LA NATION / ST-ISIDORE
IP032251

J'ai épousé un inconnu

Patricia MacDonald

J'ai épousé un inconnu

ROMAN

Traduit de l'américain
par Nicole Hibert

Albin Michel

COLLECTION « SPÉCIAL SUSPENSE »

Édition originale :
MARRIED TO A STRANGER

Publié en accord avec Atria Books

À mon amie Mary Jane Salk,
qui n'est que charme, esprit, sagesse et bonté.

1

LA FILLE squelettique tourna la tête et fixa Emma Hollis de ses grands yeux noirs et vides.

– Laissez-moi tranquille. Je suis trop fatiguée pour parler davantage.

Emma considéra avec inquiétude la si frêle adolescente assise en face d'elle. Tasha Clayman avait été admise la veille au Centre Wrightsman pour la Jeunesse. Sous le fin sweater de cette fille de seize ans, Emma distinguait chacune de ses côtes. Ses joues étaient creuses, ses cheveux blonds, secs et relevés en une pauvre queue de cheval. L'image d'Ivy Devlin surgit dans l'esprit d'Emma qui dut refouler une bouffée d'angoisse. Tu as fait le maximum pour Ivy, se dit-elle. Pour elle, c'était trop tard. Ce n'est pas ta faute. Cependant elle avait du mal à s'en convaincre. Les cauchemars peuplés par une Ivy aux yeux caves où l'on lisait une sinistre accusation la réveillaient encore au milieu de la nuit.

– Tasha ? murmura-t-elle gentiment. Permettez-moi de vous poser une question. Pouvez-vous me dire ce qu'il faudrait pour vous donner l'envie de vivre ?

– Je n'ai pas dit que je ne voulais pas vivre, protesta la jeune fille d'une voix monocorde, si faible qu'elle en était presque inaudible. Je dois juste contrôler mon alimentation parce que je suis trop grosse.

Emma hésita, choisissant soigneusement ses mots. À vingt-six ans, elle était titulaire d'un doctorat en psychologie, mais ce poste au Centre Wrightsman était son premier emploi à plein temps. Travailler avec des patients – même sous la supervision d'un professionnel expérimenté – était infiniment plus stressant que s'engloutir dans des recherches à la bibliothèque universitaire. Parfois, elle avait le sentiment de n'avoir pas recouvré son équilibre depuis que l'anorexie avait tué Ivy, six mois auparavant. Burke Heisler, le psychiatre qui dirigeait le centre, avait approuvé les décisions qu'elle avait prises quant au traitement d'Ivy. Même après le décès d'Ivy Devlin, il s'était employé à empêcher Emma de douter. Tu n'as rien à te reprocher, je t'assure, lui répétait-il. Tu as fait tout ton possible pour elle.

Il a raison, pensa-t-elle. Et maintenant cette jeune fille a besoin de moi, or je peux l'aider.

– Tasha, nous savons toutes les deux que ne pas manger conduit à la mort. La mort est un moyen de fuir votre souffrance, dit Emma. Quelque chose vous fait mal, et c'est terriblement douloureux.

Une larme roula sur la joue de Tasha, qu'elle n'essuya même pas.

– En parler est aussi un moyen d'échapper à ça. Un meilleur moyen. Une fois que vous aurez réussi à l'exprimer, nous pourrons chercher des solutions.

La jeune fille fixa sur Emma un regard halluciné.

– Je me déteste. Comment j'échappe à moi-même ? Je suis grosse. Je suis une ratée. Je n'ai pas de petit ami parce que personne ne pourra m'aimer, jamais. Je n'ai pas d'assez bonnes notes. Je ne suis pas jolie. Pour mes parents, je suis une déception intégrale...

Emma songea aux parents de Tasha, des gens cultivés, séduisants et fortunés. Tasha était leur unique enfant. Au cours du bref entretien qu'Emma avait eu avec eux la veille, Wade Clayman lui avait déclaré que sa femme et lui avaient de l'argent. Ils avaient tout donné à leur fille. Ils ne s'imaginaient pas comme étant une part du problème de Tasha.

Leur opinion s'arrêtait là, se remémora Emma. À moi de sauver la vie de cette fille, c'est mon job.

– Bien, dit-elle en prenant une grande inspiration. Parlez-moi de vos parents.

Après la séance, Emma descendit au rez-de-chaussée dans le hall peint de couleur gaie, qui menait au bureau du Dr Heisler. Elle avait un petit moment avant son prochain patient. La porte du secrétariat du directeur était ouverte. Geraldine Clemens, la secrétaire de Burke, regarda Emma par-dessus ses lunettes de lecture.

– Il est là ? Je peux le voir une minute ? demanda Emma.

– Je vérifie, répondit Geraldine qui décrocha le téléphone pour appeler son patron.

– Bonjour, docteur Hollis, dit soudain une voix derrière Emma.

Celle-ci se retourna et découvrit Kieran Foster, l'un des membres de son groupe de toxicomanes qui se réunissait le jeudi matin. Elle avait lancé ce projet thérapeutique environ un an plus tôt, peu après son arrivée au Centre Wrightsman. Au début, elle n'avait que trois adolescents ; à présent ils étaient généralement huit, parfois plus, ce qu'elle considérait comme un succès. Kieran était assis dans la salle d'accueil. Poser le regard sur lui sans sursauter était quasiment impossible. Tout de noir vêtu, il arborait une aigrette de cheveux fuchsia sur le sommet du crâne et un œil tatoué au milieu du front. Emma songea, comme chaque fois qu'elle croisait ce garçon perturbé de dix-sept ans, que le tatoueur responsable de cette horreur devrait être mis en prison.

– Bonjour, Kieran. Hier, tu nous as manqué.

– J'avais des trucs à faire, marmonna-t-il.

Abandonné par une mère alcoolique, Kieran était soigné en ambulatoire et habitait chez sa demi-sœur et le mari de celle-ci, extrêmement riche. Ses tuteurs lui procuraient plus de voitures, matériel informatique et argent qu'il ne pouvait en désirer, moyennant quoi ils menaient leur vie comme s'il n'existait pas. L'histoire de Kieran avec la drogue ne datait pas d'hier. Il avait laissé tomber le lycée et n'avait qu'une seule véritable passion : composer des chansons sur sa guitare électrique – musique atonale et textes centrés sur la mort et la décomposition. Depuis près de neuf mois, il participait au groupe d'Emma, même si, en principe, il n'intervenait guère dans la discussion.

– Il y a un problème ? demanda-t-elle.

– Non, répondit-il en fixant le sol – il la regardait rarement dans les yeux, ni elle ni quiconque, d'ailleurs. Le Dr Heisler a convoqué ma sœur.

Oh, oh, se dit Emma. Que se passait-il ? Elle savait que Burke avait dû menacer cette femme pour l'obliger à venir ici parler de Kieran. Elle se désintéressait complètement de son jeune frère déséquilibré.

– Eh bien, j'espère que tu te joindras à nous jeudi prochain, dit-elle avec un sourire. Ça me fait toujours plaisir de te voir aux séances.

– Le Dr Heisler va vous caser entre deux rendez-vous, annonça Geraldine en reposant le téléphone. Allez-y.

Emma ouvrit la porte directoriale mais resta sur le seuil.

– Hello !

Burke Heisler leva le nez et lui sourit. Il était jeune pour assumer autant de responsabilités – trente-cinq ans environ. Il avait les cheveux blonds, courts et coiffés en arrière, une large et rude figure qui aurait mieux convenu à un boxeur. Son regard gris vous transperçait. Emma avait fait la connaissance de Burke Heisler au tout début de son cursus universitaire, quand, maître assistant, il enseignait la psychologie aux étudiants de première année.

À l'époque, elle avait eu un coup de cœur pour lui, pourtant il ne lui prêtait pas plus d'attention qu'aux autres filles du cours – une centaine. Elle s'était dit qu'il voulait éviter toute relation déplacée professeur-élève, mais voilà qu'il avait fini par courtiser, et au bout du compte par épouser Natalie White, la belle camarade de chambre d'Emma. Un an plus tôt, quand Natalie avait invité Emma dans leur maison de Clarenceville, New Jersey, Burke avait paru ravi d'apprendre qu'elle était titulaire d'un doctorat en psychologie et qu'ils avaient choisi la même spécialité. Avant que le week-end s'achève, il avait proposé à Emma un poste au Centre Wrightsman, inclus dans l'immense complexe que constituait Lambert University.

Burke lui fit signe d'entrer et de s'asseoir.

– On a un peu de mal à se concentrer, aujourd'hui ?

Emma rougit, se demanda si cela se lisait sur son visage. Elle s'efforçait de rester aussi professionnelle que possible, mais c'était difficile. Demain, elle se mariait.

– C'est un euphémisme, avoua-t-elle.

– Bah, c'est naturel. À propos, puisque tu es là, que veux-tu comme cadeau de mariage ? Je pensais à quelque chose de pratique, un robot ménager par exemple.

– À condition que tu viennes me montrer comment ça marche, plaisanta Emma.

Burke était réputé pour ses talents culinaires. Son père, qui était riche, avait possédé un casino à Atlantic

City, où Burke avait passé plusieurs étés à travailler en cuisine.

– D'accord, dit-il, feignant d'en prendre note. Acheter un Cuisinart et faire une démonstration.

Il reposa son stylo, la dévisagea.

– Alors, qu'y a-t-il ?

– Eh bien, m'absenter tout le week-end m'inquiète un peu.

Heisler fronça les sourcils.

– Pourquoi ?

– On a une nouvelle patiente... Tasha Clayman.

– L'anorexique.

– Après ce qui est arrivé... c'est plus fort que moi.

– Je comprends... Ivy Devlin. Écoute, je t'interdis de t'inquiéter pour ça. Sarita surveillera Tasha de près.

Sarita Ruiz était une jeune conseillère qui s'occupait des ados dont elle avait la responsabilité avec compétence et gentillesse.

– Si la patiente présente le moindre signe de déshydratation ou de problème rénal, Sarita s'en apercevra et on enverra immédiatement Tasha à l'hôpital. Toi, tu te contentes de profiter du grand jour, tu m'entends ? Je ne saisis d'ailleurs pas pourquoi, tous les deux, vous ne prenez qu'un week-end pour votre lune de miel. Vous auriez pu vous octroyer une semaine de congé.

– Pour l'instant, c'est très bien comme ça. Ma mère nous offre un voyage en Europe, mais il faut l'organiser, ça demande du temps. Les choses se sont... faites plutôt vite, du coup maintenant nous ne pouvons nous accorder qu'un week-end. D'ailleurs, David a un rendez-vous important la semaine prochaine à New York, avec un gros producteur qui vient de L.A. Donc, nous n'aurons que deux jours dans les Pine Barrens.

Emma faisait allusion au million d'hectares, ou plus, de terre sablonneuse, marécageuse et recouverte de pins – la Réserve nationale des Pinelands en plein centre du New Jersey. C'était un paradis pour les amoureux de la nature, sillonné de cours d'eau et habité par une peu nombreuse population de gens retirés du monde et xénophobes, connus de tous sous le nom de Pineys depuis la publication, en 1968, du livre de John McPhee, *Les Pine Barrens.*

– On va faire du canoë et de la randonnée. David et moi, on adore ça.

– Vous dormirez dans ce chalet que possèdent son oncle et sa tante ?

– Absolument.

– Son oncle nous y emmenait quand on était gosses.

Burke et le futur mari d'Emma, David Webster, étaient les meilleurs amis du monde depuis l'enfance.

– On avait toujours peur que le Diable du New Jersey[1] nous attrape, ajouta Burke qui faisait référence à l'enfant démoniaque prétendument immortel, né d'une certaine Mme Leeds, et qui, assurait-on, hantait toujours les Pinelands.

– Le folklore et les monstres, ce n'est pas mon truc, dit Emma. Pour autant que je sache, la plupart des monstres sont humains.

– Je suis complètement d'accord. J'ai remisé ces enfantillages aux oubliettes, sauf par les sombres nuits d'orage, bien sûr.

– Bref, être loin de tout, ensemble, ce sera formidable.

– Quand on vient de se marier, peu importe où on est, soupira-t-il. Être ensemble, rien d'autre ne compte.

---

1. Légende du New Jersey, selon laquelle un enfant, treizième d'une famille pauvre, se serait métamorphosé en une bête affreuse, à queue fourchue, qui terrorisait les habitants de la région au XVIIIe siècle.

Il jeta un regard à la photo encadrée d'une belle femme au teint clair et à la soyeuse chevelure rousse qui contemplait rêveusement un canal vénitien. Trois mois auparavant, en rentrant d'un voyage d'affaires, Burke avait découvert que son épouse avait disparu. La police retrouva sa voiture arrêtée sur un pont au-dessus de la Smoking River, son sac et ses clés sur le siège avant. Son corps ne réapparut qu'un mois après, mais le billet qu'elle avait laissé annonçait clairement ses intentions.

L'ancienne coturne d'Emma, brillante, accomplie, poétesse publiée, était cyclothymique et refusait souvent d'avaler ses médicaments, sous prétexte que cela entamait ses facultés et l'empêchait d'écrire. Emma se rappelait, quand elles partageaient la même chambre à l'université, les phases maniaques de Natalie, ses accès de dépression. Lorsque Emma arriva à Clarenceville, Natalie était exubérante. Elle venait de publier son dernier recueil de poèmes, salué par la critique. Six mois plus tard, l'ouvrage remporta la prestigieuse Solomon Medal, ce qui accrut la renommée de Natalie et, semblait-il, son bonheur. Elle donnait des interviews à la presse locale et nationale ; comme elle était belle et s'exprimait avec aisance, elle devint une invitée populaire sur les chaînes de télévision, dans les émissions littéraires. C'est alors que, en plein succès, le moral de Natalie commença à s'effondrer, inexplicablement. Malgré le désespoir qui la gagnait, elle refusait de se soigner. Emma redoutait que Natalie tombe dans un cycle de dépression sévère. Mais quand elle essayait de lui en parler, la pressait de consulter, Natalie réagissait de façon agressive, clamant qu'elle allait bien. Emma n'était pas dupe. Cependant, malgré les signes avant-coureurs, le suicide de Natalie fut un terrible choc pour son mari et aussi pour Emma.

– J'espère qu'assister à ce mariage ne sera pas trop pénible pour toi, dit-elle. Tu es encore en convalescence.

– Je penserai beaucoup à elle, demain, soupira Burke.

– Moi aussi.

Burke secoua la tête, cependant il y avait de la douleur dans ses yeux.

– Mais je serai fier d'être le témoin de David. Je suis heureux pour toi. Pour vous deux. Il me semble que Natalie et moi, nous avons joué les marieurs.

– Effectivement. Vous nous avez présentés l'un à l'autre.

Burke avait invité Emma à un dîner organisé chez eux pour célébrer la Solomon Medal de Natalie. David Webster, journaliste free-lance de New York et le meilleur ami de Burke depuis l'enfance, était également convié. La réception fut une vraie fête, Natalie était rayonnante et pleine d'esprit. Emma se souviendrait éternellement de cette soirée, car ce fut le dernier moment joyeux qu'elle passa avec sa vieille amie. Elle s'en souviendrait aussi pour une autre raison. Entre elle et David, ç'avait été le coup de foudre.

La sonnerie de son bipeur tira Emma de ses pensées.

– Ah, quand on parle du loup...

– Le futur marié ?

Emma opina et jeta un coup d'œil à sa montre. Elle n'avait que quelques minutes avant la thérapie de groupe. Mais la perspective de voir David, qui l'attendait dans le hall, l'emplit de la même étourdissante excitation qu'elle avait éprouvée la première fois qu'elle avait posé les yeux sur lui, six mois plus tôt.

– Merci, Burke, dit-elle en se levant.

En traversant le hall, Emma entendit Geraldine dire à Kieran :

– C'était votre sœur. Elle est obligée d'annuler. Je suis désolée, Kieran.

Emma poussa un soupir. Parfois, tenter d'aider des gamins comme Kieran paraissait vain, lorsqu'ils affrontaient chez eux une indifférence aussi colossale. Mais quelquefois, malgré tout, elle pouvait réellement les aider, et cela seul rendait son métier très gratifiant. Emma poussa les portes et balaya le hall du regard. David, appuyé contre le comptoir, bavardait avec la nouvelle réceptionniste. Comme souvent, Emma retint son souffle. Pour elle, il était l'homme le plus attirant qu'elle ait jamais connu. L'un des plus séduisants qu'elle ait jamais vu, en fait.

– David...

En entendant sa voix, il pivota et ses yeux s'élargirent.

– Salut, mon cœur.

Il avait à peu près l'âge de Burke, trente-trois ans, cependant en dépit des mèches grises qui parsemaient ses longs cheveux noirs, et des ridules autour de ses beaux yeux noisette, il paraissait beaucoup plus jeune que son ami. Il avait la mâchoire volontaire, et de parfaites dents blanches étincelant dans un juvénile sourire à fossettes qui chavirait le cœur d'Emma. Aujourd'hui, il portait ses habituels jean et veste de cuir – un style cow-boy urbain qui flattait son image de non-conformiste. De son propre aveu, il avait eu une jeunesse rebelle et plusieurs accrochages avec la loi – résultat, clamait-il, non d'un quelconque délit, mais de son attitude réfractaire et de sa mauvaise réputation. Il manifestait toujours une résistance obstinée à toute forme d'autorité et disait à Emma qu'il était devenu un journaliste free-lance parce qu'il n'aurait jamais supporté les contraintes d'un boulot normal, sous les ordres d'un patron.

Avant leur rencontre, David avait vécu à l'étranger et fait de grands voyages en écrivant des articles pour divers magazines. Sa source de commandes la plus régulière était *Slicker*, un rutilant magazine masculin du style *Esquire*, mais destiné à un lectorat plus jeune. Lorsqu'il avait assisté à la réception chez Burke et Natalie, David était seul et sous-louait un appartement new-yorkais à loyer modéré. Il n'évoquait jamais d'anciennes petites amies, mais Emma savait que c'était par simple courtoisie. Les femmes le mangeaient des yeux, comme, en cet instant précis, la nouvelle réceptionniste. Même certains hommes s'illuminaient en sa présence.

Emma courut vers lui, l'étreignit et embrassa ses lèvres douces, gourmandes. Elle sentit l'onde brûlante qui la parcourait dès qu'ils se touchaient. On se marie demain, songea-t-elle, s'émerveillant encore une fois de sa chance et de son bonheur.

– Salut, murmura-t-elle. Qu'est-ce qui t'amène ?

– Je suis là pour te faire changer d'avis.

– À quel sujet ? demanda-t-elle en s'écartant légèrement de lui.

– Ta nuit chez Stephanie. C'est nul. C'est démodé.

Stephanie Piper, professeur de collège et colocataire d'Emma depuis que celle-ci s'était installée à Clarenceville, serait, demain, sa demoiselle d'honneur. Il y avait un mois de ça, à peine, Emma et David s'étaient retrouvés confrontés aux aspects pratiques de leur futur mariage et, en raison du travail d'Emma, avaient loué une maison ici, à Clarenceville, où ils avaient emménagé. Heureusement, malgré le stress de l'adaptation et l'organisation du mariage, leur nouvelle demeure s'avérait être un abri presque aussi délicieux que la garçonnière de David. Mais ce soir, Emma retournait à ses racines pour enterrer sa vie de « jeune fille » avant la cérémonie.

– Je m'en fiche, je suis démodée, dit-elle. Je ne veux pas te voir avant de marcher vers l'autel. Tu n'as qu'à, de ton côté, enterrer ta vie de garçon.

– Avec qui ? Je ne connais plus personne dans le coin.

C'était vrai. Il était parti de Clarenceville à la fin du lycée. Quand Emma et lui s'étaient rencontrés, chez Burke et Natalie Heisler, il venait de New York rendre visite à sa mère, Helen, atteinte d'une sévère pathologie cardiaque. En quittant la réception, ce soir-là, Emma avait pensé qu'elle ne reverrait peut-être jamais le mystérieux auteur, mais elle n'était pas plus tôt rentrée chez elle que le téléphone sonnait. David l'appelait de la gare de Clarenceville et lui demandait de l'accompagner à New York, sur-le-champ. Après un instant d'hésitation, elle avait jeté la prudence par-dessus les moulins et l'avait rejoint sur le quai.

Le reste était d'un romantisme échevelé. Ils s'étaient fréquentés pendant six mois, à distance, en se retrouvant le week-end. Comme Emma partageait son logement de Clarenceville avec Stephanie, ils passaient la majeure partie de leur temps chez David, à New York. En réalité, ils passaient le plus clair de leur temps dans la chambre spartiatement meublée, indifférents au monde extérieur. Parfois ils faisaient une balade dans Central Park, allaient au cinéma ou au théâtre. Mais sitôt de retour dans l'appartement de David, ils regagnaient immédiatement la chambre, insatiables drogués d'étreintes qu'interrompaient de tardifs dîners chinois, dégustés à même les cartons, de longues conversations et des fous rires, des parties de Scrabble, nus dans le lit, qui se terminaient en principe abruptement – plateau repoussé, lettres éparpillées et supports en bois valsant par terre – lorsque le désir les accaparait de nouveau. Durant tous ces mois, Emma avait eu l'impression que l'amour faisait la loi.

Mais ce soir, c'était différent. Ce soir, il s'agissait de traditions et de rites de passage.

– Eh bien, tu n'as qu'à sortir avec Burke, suggéra-t-elle.

David grimaça.

– Je doute qu'il ait envie d'enterrer ma vie de garçon. Assister au mariage, c'est déjà beaucoup exiger de lui.

Il faisait allusion au décès de Natalie, bien sûr.

– Oui, tu as raison, soupira-t-elle. Eh bien, tu pourrais peut-être aller à New York. Je te parie qu'au Short Stop, tu t'amuserais.

Le Short Stop était un bar, dans le quartier de David, où il l'avait emmenée quelquefois boire un verre et palabrer avec d'autres écrivains et artistes.

– Veillez simplement à être de retour demain à dix heures, cher monsieur.

– Rien au monde ne m'en empêcherait, répondit-il avec un sourire malicieux.

– Docteur Hollis, dit la réceptionniste.

Emma s'arracha au regard de David et s'efforça de reprendre une contenance professionnelle.

– Oui ?

– Ceci est arrivé pour vous.

La réceptionniste tendit une banale enveloppe blanche, sur laquelle était imprimé en grosses capitales EMMA HOLLIS.

– Tu es occupée, je te laisse.

– Non, attends, dit Emma en lui agrippant le bras.

Une expression circonspecte se peignit aussitôt sur le visage de David.

– C'est une de ces lettres ?

Emma saisit l'enveloppe comme si c'était un explosif et la déchira d'un doigt tremblant.

– Je ne sais pas, elle ressemble aux autres.

Elle en extirpa une feuille de papier. Les battements de son cœur s'accéléraient. « VOUS N'AVEZ PAS

COMPRIS LA PROFONDEUR DE MON AMOUR, SINON VOUS N'AURIEZ PAS LE PROJET DE ME FAIRE SOUFFRIR ET DE M'HUMILIER. »

Emma hocha la tête et, d'une voix qu'elle essaya de contrôler :

– Oui, c'est bien ça.

– Laisse-moi voir, dit David en lui arrachant la feuille des mains.

Emma se tourna vers la réceptionniste. Malgré son émotion, elle s'exprima posément :

– Comment cette lettre est-elle arrivée ?

– Je l'ai trouvée sur le bureau quand j'ai pris mon service. Il y a un problème ?

– Bordel, jura David entre ses dents.

– Non, non, tout va bien, dit Emma à la réceptionniste.

David la dévisagea gravement.

– Ça ne va pas du tout, Emma.

– Je sais.

D'abord il y avait eu une rose, glissée sous l'essuie-glace de sa voiture. Elle se rappelait avoir été, à ce moment-là... surprise, un rien flattée. Elle avait présumé que c'était un cadeau de David, jusqu'à ce qu'elle lui pose la question. Ensuite il y avait eu les lettres.

– C'est la quatrième.

– Il nous faut avertir la police, ma chérie.

Toutes les lettres étaient sur le même papier ordinaire, tirées sur imprimante. Chaque fois qu'il en arrivait une, Emma était désemparée, et elle passait les jours suivants à traquer les sous-entendus dans de banales conversations, à tenter d'imaginer, en parlant aux gens qu'elle côtoyait quotidiennement, qui parmi eux l'épiait et fantasmait sur elle. Ensuite elle se détendait et commençait à croire que c'était terminé, que l'auteur des missives s'était déniché quelqu'un d'autre sur qui focaliser son obsession. Mais il en arrivait alors une nouvelle. Emma reprit la dernière à David, la replia et la fourra dans sa poche.

– La police ne peut rien. Les lettres ne sont pas menaçantes.

– Qu'est-ce qu'on fait ? On attend que ce type pète les plombs ? grogna David.

– C'est sans doute un de mes patients. Ils ont parfois ces coups de cœur qui deviennent incontrôlables. Ça me file aussi la trouille, évidemment. Qui que ce soit, j'ai l'impression qu'il me surveille.

– On ne peut pas laisser courir sans réagir, insista David.

– La plupart du temps, ces... béguins restent sans conséquence.

– Et d'autres fois... ?

– Et d'autres fois, on se retrouve avec un John Hinckley[1], admit-elle. Je sais, David. Mais j'essaie de garder la tête froide, parce que la police ne s'en mêlera pas. Interroge Burke, si tu ne me crois pas. Dans ce domaine, il a de l'expérience. Envoyer une lettre d'amour n'est pas un crime. Même si l'auteur est obsédé.

– Il te traque..., marmonna David, serrant le poing.

– Je sais, je sais. Je t'assure, j'espère que le soufflé se dégonflera de lui-même. Je déteste ça, moi aussi, mais ce sont malheureusement les risques du métier.

Elle caressa la joue, la mâchoire crispée de David.

– Il ne faut pas que ça gâche tout. S'il te plaît, David. Je comprends que ça te mette en rogne. Mais tu dois le prendre avec un peu de recul. Moi aussi, ça me déplaît – je ne prétendrai pas le contraire, ce serait mentir. Mais dans un endroit comme ici, c'est mon-

1. Il tira sur Reagan pour attirer l'attention de son idole, Jodie Foster.

naie courante. Il s'agit sans doute d'un gamin, solitaire et incapable de communiquer.

– Je ne suis pas certain que ce soit un de ces ados. Et si c'était un... cinglé ?

– Les cinglés ont tendance à être un peu plus exhibitionnistes, plaisanta Emma. Il se mettrait à poil devant le capot de ma voiture.

– Tu en es vraiment convaincue ? Professionnellement parlant.

– Oui, absolument. Allez, essaie d'oublier ça pour l'instant.

Il inspira à fond.

– Un avorton quelconque a sans doute tapissé les murs de sa penderie avec tes photos, fulmina David. Quand je pense à ça...

– Jaloux ? dit-elle en lui étreignant la main, pour tenter d'alléger l'atmosphère.

Il soupira, un coin de sa bouche se retroussa.

– Je suis le seul avorton autorisé à faire un truc pareil.

– Tu n'es pas un avorton.

Grognant, il l'attira contre lui, la serra dans ses bras. Elle se mit à rire.

– Il faut vraiment que je me remette au travail, dit-elle.

– Tu campes sur tes positions, pour ce soir ? chuchota-t-il à son oreille d'une voix caressante. Tu vas me laisser tout seul dans notre grand lit ?

– Tu as intérêt à y être seul, le taquina-t-elle.

Lorsque Burke les avait présentés l'un à l'autre, il avait décrit son meilleur ami David comme un « playboy ». Et au tout début, sincèrement, Emma ne s'attendait qu'à une brève et excitante aventure. Maintenant les choses avaient changé, et elle détestait songer à son passé de séducteur.

Cependant elle ne s'inquiétait pas vraiment. Leur amour allait bien au-delà de l'attirance sexuelle, même si leur entente, sur ce plan, était un trésor rare et merveilleux. Elle savait que ce désir irrésistible finirait pas s'estomper, à mesure qu'ils vivraient ensemble. Tout le monde le lui disait. Mais pour le moment, il lui était impossible d'imaginer qu'elle pourrait un jour voir ce sourire, ces yeux, sans brûler de désir. Elle lui donna encore un petit baiser et s'écarta.

– À demain, ma belle, dit-il. Toi et moi.

– Oui, répondit-elle avec un sourire radieux.

– Ma femme.

À ces mots, le cœur d'Emma se dilata.

– Mon mari, souffla-t-elle.

2

Le General Crossen Inn était un bâtiment de l'époque coloniale, à la façade à clins moutarde, agrémentée de boiseries d'un blanc pur et de cheminées en brique à chaque extrémité. Situé au bout d'une artère tranquille bordée de maisons, à l'écart de la rue, il était entouré sur trois côtés d'un parc qui s'étendait sur plusieurs hectares. La mère d'Emma avait loué pour la nuit toute l'auberge qui comptait huit chambres ; sa fille lui avait pourtant répété que le mariage, précipitamment organisé, serait modeste.

En s'arrêtant devant l'hôtel, Emma vit que la voiture de Stephanie était déjà là, ainsi que le van du fleuriste et la camionnette du traiteur. L'enterrement de sa vie de jeune fille avec Stephanie avait été épatant. Elles s'étaient empiffrées de cochonneries, s'étaient mutuellement verni les ongles des pieds, avaient dansé sur leurs airs favoris. Elles s'étaient séparées ce matin, Stephanie voulant aller chez le coiffeur, puisqu'elle était demoiselle d'honneur. Emma avait préféré rester naturelle.

Elle gara sa voiture à côté de celle de Stephanie et saisit précautionneusement la volumineuse housse suspendue à un crochet à l'arrière. La robe de mariage, obscènement coûteuse, que sa mère avait tenu à lui acheter, y était rangée, emmaillotée dans du papier de soie. Emma se serait volontiers contentée d'une petite robe de chez Bloomingdale's, mais Kay l'avait suppliée – elle voulait faire le voyage Chicago-New York d'un coup d'aile, et l'emmener explorer les showrooms des couturiers ; Emma avait accepté à contrecœur. Son mariage décidé à la dernière minute n'était pas ce que Kay imaginait depuis toujours pour sa fille unique. Emma considérait donc qu'elle pouvait au moins céder sur le chapitre de la robe. Maintenant, pour être honnête, elle se félicitait de l'avoir. Elle était impatiente de la revêtir et de se voir dedans.

Emma pénétra dans l'hôtel. À l'autre bout de la salle, un jeune homme binoclard aux cheveux en brosse disposait les chaises et les pupitres pour le trio de jazz chargé de l'ambiance musicale. Stephanie, en jean, sa chevelure blonde relevée et bouclée, étudiait l'emplacement des arrangements floraux dans la salle, avec son beau plafond aux poutres apparentes, où se déroulerait la cérémonie.

Stephanie pivota en entendant la porte s'ouvrir et poussa un soupir de soulagement.

– Te voilà. Il était temps ! On croirait que c'est mon mariage. Le traiteur me demande des instructions, je m'occupe du fleuriste. Je pensais que ces gens savaient ce qu'ils avaient à faire. C'est pour ça que tu les as engagés, non ?

– Ne t'inquiète pas, maman sera là d'une minute à l'autre pour tout mener à la baguette. Je l'ai appelée sur son portable, elle ne veut pas louper une seconde de l'événement. Dis donc, j'aime beaucoup ta coiffure.

– Oh, s'il te plaît. Je pourrais jouer dans « Gidget[1] au bal de la promo ».

1. Gidget : héroïne d'une série télévisée des années 60.

– C'est très élégant, dit loyalement Emma.

– Et toi, coiffée comme ça, tu as l'air d'une déesse du sexe.

Emma jeta un coup d'œil à son reflet dans le miroir, au-dessus du manteau de la cheminée décoré de fleurs. Ses cheveux lui tombaient sur les épaules, souples et couleur de miel.

– David n'aime pas que je les attache. Qu'est-ce que tu en penses ?

– Tu es superbe. Resplendissante. Mais évidemment...

– Toutes les femmes enceintes le sont, plaisanta Emma.

Stephanie opina, regardant la taille de son amie.

– J'espère qu'il y a de la place en rab dans ta robe de mariée.

– Arrête, protesta Emma. Je ne suis enceinte que de deux mois.

– Heureusement que tu n'avais pas prévu de te marier le jour de la Saint-Valentin.

– Je travaille aussi vite que je le peux.

À la vérité, lorsque, quatre mois après le début de leur histoire, Emma s'était retrouvée enceinte sans l'avoir programmé, elle s'était secrètement, tristement persuadée que ce serait la fin de sa relation avec David. Il avait vécu jusque-là son existence d'adulte sans se séparer de son sac de voyage ni s'installer. Une part d'elle avait la certitude que, malgré l'intensité de leur passion, ce n'était pour lui qu'une aventure de plus et que la nouvelle de cette grossesse le ferait déguerpir à toute allure. À sa stupeur, il avait abruptement proposé le mariage. Il la voulait et il voulait leur bébé. Rien ne l'en dissuaderait. Quand elle l'interrogeait – c'était bien ce qu'il souhaitait, il en était sûr ? – il répondait qu'elle était son miracle.

– Comment tu peux être aussi calme ? s'étonna Stephanie. Tu n'as pas le trac ? Toutes les mariées ont le trac.

Emma y réfléchit un instant, mais fut forcée de s'avouer qu'elle n'avait pas le trac. Vraiment pas. Elle était excitée, oui, mais pas anxieuse.

– Comment t'expliquer ? C'est l'homme de ma vie. Tu comprends ?

– Comment je comprendrais ? dit lugubrement Stephanie.

À l'époque où Emma s'était installée en ville et dans leur appartement, Stephanie venait de rompre avec Ten Treeman, le bien nommé paysagiste qu'elle avait espéré épouser, avant de découvrir qu'il la trompait.

Emma essayait de trouver une réplique réconfortante, lorsqu'elle entendit dans son dos une voix familière :

– Vous ne m'avez rien laissé à faire, toutes les deux ?

Une femme blond platine, svelte et vêtue d'un tailleur en bouclette turquoise se tenait sur le seuil, un grand sourire aux lèvres.

– Maman, s'écria Emma qui courut l'embrasser. Tu es magnifique.

– Oh, merci. J'avais peur que mon tailleur soit tout froissé.

Ce matin, la mère et le beau-père d'Emma avaient fait le voyage en avion depuis Chicago, puis loué une voiture au Philadelphia Airport. Kay et Rory passeraient la nuit à l'hôtel. Emma aurait souhaité qu'ils arrivent la veille, mais il n'y avait pas de répétition prévue pour la cérémonie, et Rory affirmait avoir un rendez-vous qu'il ne pouvait absolument pas remettre, avec le notaire de la famille, à Chicago. Emma n'en croyait pas un mot. Elle était persuadée que Rory l'évitait, à juste titre.

– Rory apporte les bagages ?

– Non..., répondit Kay. Il m'a déposée, en disant qu'il avait encore quelque chose à faire, que ce ne serait pas long. Le business, je ne sais pas. Il était très mystérieux.

Emma s'efforça de rester impassible. Toute sa vie, elle avait adoré son père et idéalisé le mariage de ses parents. À ses yeux, Mitch et Kay Hollis partageaient cet amour qui inspire des chansons, aussi l'enfance d'Emma dans leur vieux manoir sur les rives du lac Michigan avait-elle été fabuleusement heureuse. Elle était en première année de faculté à la mort de son père ; elle en avait été anénantie, pour elle-même mais plus encore pour sa mère. Elle ne voyait pas comment celle-ci réussirait à survivre sans Mitch Hollis. Dix mois après, à son club de remise en forme, Kay rencontrait Rory, un divorcé, banquier d'investissement. Avant qu'Emma ait pu dire ouf, sa mère se remariait.

Kay et Rory vendirent le manoir et s'installèrent dans un somptueux penthouse de Chicago Loop. Emma se rua à Chicago pour sauver une pleine remorque de bric-à-brac, de souvenirs de la maison de son enfance, dont sa mère comptait se débarrasser à l'occasion de son déménagement. Pour l'instant, les trouvailles d'Emma étaient logées dans un box de stockage près de Smoking River à Clarenceville. Un de ces jours, lorsqu'elle se serait organisée, elle les récupérerait et les disposerait dans le foyer qu'elle partagerait avec David, et où ces souvenirs trouveraient leur place.

Quant à Kay, elle sembla se couler sans à-coups dans sa nouvelle existence citadine et confia avec gratitude les rênes des finances familiales à Rory, qui gérait à présent les actions d'Emma et la fortune du grand-père armateur dont Kay avait héritée. Rory McLean avait quinze ans de moins que la mère d'Emma, manifestement ravie d'avoir une deuxième chance de bonheur. Même si Emma ne comprenait pas comment sa mère pouvait se remarier si vite, elle avait tenté de partager sa joie. Mais un soir, deux mois auparavant, alors qu'elle dînait dehors avec David, elle avait surpris son beau-père dans un restaurant italien new-yorkais, le Chiara's. Assis dans un box cosy, il serrait une femme contre lui, riait et lui parlait à l'oreille.

À cette vue, Emma s'était figée, horrifiée. Le temps de se résoudre à se lever et à l'affronter, Rory et sa compagne avaient quitté le restaurant. Emma était furibonde et humiliée pour sa mère. Ne sachant trop quelle attitude adopter, elle en avait discuté avec David. Il lui avait conseillé de ne pas briser le cœur de sa mère avant de connaître le fin mot de l'histoire. Emma avait néanmoins appelé sa mère, qui lui avait gaiement raconté que Rory était à New York, en voyage d'affaires. Hésitante, Emma avait répondu qu'elle l'avait aperçu au Chiara's, mais qu'il était parti avant qu'elle puisse lui parler.

– Je le lui dirai, avait pépié Kay. Il sera tellement désolé de ne pas t'avoir vue.

Désolé, en effet. Quand Rory saurait qu'elle l'avait pris en flagrant délit au Chiara's, il serait embarrassé et réaliserait sans doute qu'il avait intérêt à s'expliquer. Emma attendait ça avec une sombre satisfaction.

– Cette charmante auberge est parfaite pour se marier, décréta Kay en balayant la salle du regard.

– Ce n'est pas hyper chic, mais ce n'est pas un grand mariage, dit Emma.

– Bon, apparemment ils ont les choses bien en main. Je suppose que cette table, dans le fond, est réservée aux cadeaux que les invités apporteront, reprit Kay, désignant une table jonchée de fleurs où étaient déjà posés plusieurs paquets enveloppés de papier blanc et argenté. Franchement, qu'a-t-on fait de la charmante coutume d'envoyer les présents chez la fiancée ?

– Oh, maman, ne fais pas ton Emily Post[1]. C'est très bien comme ça.

– Je sais, je sais. Ne m'écoute pas. Tout sera parfait. Ce sera un beau mariage. Et maintenant, nous allons t'habiller.

– Ta mère a raison, intervint Stephanie. Tu ne sais pas que l'essentiel, dans un mariage, c'est le look de la mariée ?

– Bien sûr que si, répondit Emma avec un sourire éblouissant.

– Toutes les deux, vous montez et vous commencez, ordonna Kay. Je veux parler au traiteur, ensuite je vous rejoins.

– Merci, maman, dit Emma qui l'étreignit de nouveau.

– Pressons, madame la mariée, dit Stephanie. Il faut voir si on peut encore te caser dans cette robe.

Emma s'examina dans la psyché.

– Alors, qu'est-ce que tu en penses ?

– Wouah, murmura rêveusement Stephanie, les yeux rivés sur la glace. C'est fantastique.

Étudiant la robe bustier, moulante et coupée dans du satin duchesse, Emma dut s'avouer qu'elle était spectaculaire. La couleur du satin évoquait celle de la crème Devonshire, l'étoffe épousait parfaitement sa silhouette, et on ne distinguait pas de rondeur révélatrice à la taille. Le sillon entre ses seins était légèrement plus prononcé qu'à l'accoutumée, mais cela ne manquait pas de charme.

---

1. Auteur d'un manuel de bienséance.

– Oui, c'est joli, dit-elle.

Elle pivota vers Stephanie qui l'avait accompagnée pour choisir cette robe, ainsi que sa propre toilette, un élégant fourreau vert olive.

– Ta robe aussi est superbe.

Stephanie se leva et pirouetta dans la pièce.

– Je l'adore. Je suis bien contente que ta mère se soit financièrement chargée des toilettes.

On frappa à la porte, Kay apparut.

– Je peux entrer ?

– Bien sûr, répondit Emma.

– Oh, ma chérie, souffla Kay. Tu es magnifique.

– Merci, maman. La robe est somptueuse. Comment ça se passe, en bas ?

– Tout va bien. Les fleurs sont splendides, et le feu flambe dans la cheminée. Le petit groupe de jazz s'installe. Les serveurs sont tous là. Il y a des litres de Veuve Cliquot, et un fumet divin qui s'échappe des cuisines.

Emma sourit.

– Génial.

– Et tu es incroyablement belle. Il ne te manque plus qu'une chose. Ferme les yeux.

– Pourquoi ?

– Ferme les yeux. Et soulève tes cheveux.

Emma obéit. Elle sentit que sa mère lui attachait quelque chose autour du cou, entendit le « wouah ! » de Stephanie.

Elle rouvrit les paupières. Une rivière de diamants étincelait sur sa peau mate.

– Oh, maman...

– Ce collier appartenait à ta grand-mère, dit Kay. Il te va à ravir.

Emma, souriant à son reflet dans le miroir, soupira de plaisir.

– Et voilà les boucles d'oreilles assorties, ajouta Kay. Vous aussi, Stephanie, vous êtes ravissante. À vous voir toutes les deux, on croirait des sœurs.

– Aujourd'hui, il me semble que je suis sa sœur, dit Stephanie.

Emma regarda affectueusement Stephanie, cependant elle ne put s'empêcher de songer à ses chères amies qui n'assisteraient pas à son mariage. Elle pensait d'abord à Natalie dont l'absence, naturellement, était tragique. Natalie avait été capricieuse et souvent difficile durant les mois précédant son suicide, mais Emma se la rappellerait toujours telle qu'elle était lors de leur rencontre. Une étudiante boursière brillante, une imitatrice-née, une risque-tout dont les farces rendaient la vie excitante et drôle. Une fois, n'ayant pas révisé pour un examen, Natalie s'était faufilée de bonne heure dans la salle de classe et avait écrit au tableau noir : « Le professeur Smith a reporté l'examen qui devait avoir lieu aujourd'hui. » Les étudiants, en arrivant, lurent l'avertissement et repartirent. À l'époque, Emma n'avait pas réalisé que l'insouciance fascinante de Natalie était le signe avant-coureur de sa maladie mentale.

Les pensées d'Emma dérivèrent de sa chère Natalie disparue à son amie d'enfance Jessica, qui habitait New York. Les mères de Jessie et Emma, des amies de jeunesse, se réjouissaient que leurs filles soient liées par une amitié aussi solide que la leur. Emma avait toujours considéré comme acquis que, le jour de son mariage, Jessie serait sa demoiselle d'honneur. Mais voilà, Jessie et son mari Chris seraient absents. Jessie, enceinte de six mois, avait une grossesse très difficile, et le médecin lui avait ordonné de garder le lit.

La soudaineté de ce mariage la privait de la présence de gens qui comptaient beaucoup pour elle. Cependant elle estimait avoir toujours eu de la chance en amitié, et même si Stephanie était une amie récente, elles étaient déjà aussi proches que si elles se connaissaient depuis des années.

– Merci d'être là pour moi, Steph.
– Ne pleure pas. Tu vas abîmer ton maquillage, dit Stephanie.
On toqua à la porte ouverte – Rory, en costume ruineux et lunettes d'écolier, ses cheveux auburn grisonnants coiffés en arrière pour dégager son front constellé de taches de son.
– Est-ce réservé aux dames, ou puis-je entrer une minute ?
Emma se retourna vers le miroir et entreprit de mettre ses boucles d'oreilles.
– Tu as fini ton travail ? demanda Kay qui s'approcha de son mari et l'embrassa sur la joue. Oh, tu transpires, chéri.
– Je me suis dépêché. Emma, tu es éblouissante.
– Merci.
– Où étais-tu, à propos ? Quelle affaire pouvait donc être si importante ? questionna Kay.
– C'est justement de cela que je veux parler à notre fille.
Rory lança un coup d'œil à Stephanie.
– Mademoiselle, vous nous excusez un instant ?
Stephanie se redressa gauchement.
– Moi ? Bien sûr. Je vais...
Elle souleva l'ourlet de sa robe vert olive et sortit.
Emma eut une bouffée d'angoisse. Rory n'avait quand même pas choisi d'expliquer son rendez-vous galant, là, quelques minutes avant le mariage. Elle regarda Stephanie qui s'éclipsait en hâte.
– Qu'est-ce que c'est que cette histoire ? s'indigna-t-elle.
Rory s'éclaircit la gorge et glissa la main dans la poche intérieure de sa veste.
– Ce mariage s'est décidé si brusquement que nous n'avons même pas eu l'occasion d'en discuter. J'étais dans ta nouvelle maison, j'ai parlé à ton futur mari.

Emma le dévisagea.

– Tu as parlé à David ?

Elle eut la déplaisante vision de Rory essayant de donner à David des conseils paternels quant à leur nuit de noces.

– Qu'est-ce que tu avais à lui dire ?

– Nous n'avons pas pu être là dès hier soir à cause de ça, justement. Je voyais notre notaire pour finaliser les derniers détails.

Il prit dans sa poche intérieure une enveloppe d'où il extirpa quelques feuillets agrafés et pliés.

– Ce document est un contrat de mariage, et je te recommande fortement, comme je le lui ai recommandé, de le signer avant la cérémonie.

Emma le regarda fixement. C'était si loin des justifications et des excuses qu'elle attendait qu'elle en fut momentanément réduite au silence.

– Je dois reconnaître que ton futur mari a été très poli. Il a dit que si c'était ce que tu voulais...

– Tu n'es pas sérieux, n'est-ce pas ?

– Au contraire, répondit Rory. Il n'y a rien de plus sérieux que de grosses sommes d'argent.

– Comment as-tu osé ? Je n'en reviens pas que tu aies fait ça. Maman, tu étais au courant de ce qu'il manigançait ?

Kay McLean semblait en colère.

– Rory, franchement !

– Allons, Kay, il y a beaucoup d'argent à la clé. En tant que gestionnaire de ton capital, il est de mon devoir de te conseiller dans ce domaine. Cela ne porte pas atteinte à l'honneur de David, en aucune manière. C'est une simple formalité. Je conviens que nous nous y prenons à la dernière minute, mais nous n'avons appris ton mariage que...

– Dehors. C'est insultant. Dehors !

– Rory, dit Kay. Il vaudrait mieux que tu sortes. Reprends cette chose et sors d'ici. Ma fille est adulte. Si elle ne veut pas faire de...

– Il y a beaucoup d'argent en jeu, Kay.

– Mon argent, pas le tien ! cria Emma.

L'air grave, Rory remisa le document dans sa poche intérieure.

– Il n'y a pas de quoi s'emballer. Nous devons être réalistes. À notre époque, le pourcentage de divorces étant ce qu'il est...

– Rory, tu sors ! dit Kay, poussant son mari hors de la pièce.

– Emma, si je t'ai perturbée, j'en suis désolé. Je m'efforce seulement d'agir au mieux de tes intérêts...

Emma tremblait et refusa de croiser son regard. Elle était abasourdie. Au lieu de se montrer repentant et honteux de sa conduite, Rory était entré ici d'un pas conquérant et l'avait offensée. Elle aurait voulu lui rendre la pareille et cracher ce qu'elle savait. Mais elle ne le pouvait pas. Rory franchit le seuil et Kay referma la porte derrière lui.

– Emma... Je suis navrée. J'ignorais qu'il allait te tomber dessus avec ça. Il a un sens du timing désastreux.

– Je crois que ça va légèrement au-delà d'un mauvais timing, fulmina Emma.

– Ne te fâche pas. Il ne songe qu'à ton bien.

– Mon bien, ricana Emma. David doit être dans tous ses états...

– Je suis sûre qu'il comprend, dit Kay d'un ton apaisant. Il sait que ta famille ne veut que ton bien. Je t'en prie, chérie, ne laisse pas cet incident gâcher le plus beau jour de ta vie.

– Mon Dieu, il faut que je l'appelle vite pour lui expliquer.

Emma se mit à chercher frénétiquement son portable dans son sac. Elle s'assit sur le lit et composa le numéro de leur maison d'un doigt tremblant. La sonnerie retentit plusieurs fois, dans le vide. Elle essaya alors le mobile de David. Toujours pas de réponse.

– Merde...

– Il est peut-être déjà en bas. Calme-toi, Emma. Tout ira bien.

– Il est sans doute furieux.

– Ça me surprendrait. Il sait que l'idée ne vient pas de toi. S'il t'aime, il comprendra.

– Si ? répéta Emma.

Kay prit les mains de sa fille dans les siennes.

– Évidemment qu'il t'aime. J'en suis certaine.

– Et s'il n'est pas en chemin ? S'il ne se montre pas ?

– Il sera là. Sois un peu confiante.

Emma, qui tremblait encore, respira à fond. Révéler le secret de Rory la démangeait. Elle se répéta que ce serait trop cruel pour sa mère, qui ne méritait pas qu'on lui gâche cette journée. Elle lui lança un regard oblique.

– Écoute, maman, je ne me comporte pas comme une gamine butée. J'ai conscience d'avoir beaucoup d'argent. David et moi, nous en avons discuté. Il comprend la situation. Simplement, il a le sentiment que ça ne le concerne pas. Ce n'est pas quelqu'un d'intéressé. Il dit que c'est mon argent et que j'en fais ce qui me plaît. Permets-moi de te poser une question. Je ne voudrais pas être grossière, mais vu l'attitude de Rory avec moi... Tu as signé un contrat de mariage ?

Kay secoua la tête.

– Je suis comme toi. Une romantique. Pour moi, on se marie sans se ménager des issues de secours. De la confiance et de l'espérance. Voilà ce qu'il faut dans un mariage.

Emma opina, mais elle avait une crampe au creux de l'estomac et, à l'esprit, l'image de Rory McLean serré contre une autre femme, dans un restaurant.

– Et je vois que tu es heureuse, poursuivit Kay. Et très amoureuse.

– Oui.

Kay l'entoura de ses bras et appuya sa joue contre celle de sa fille.

– Ne change pas, surtout.

3

Le cœur d'Emma battait la chamade lorsqu'elle descendit, derrière sa mère et Stephanie, l'étroit escalier moquetté menant au hall de l'hôtel. Au pied des marches, Stephanie prit leurs bouquets et tendit celui de la mariée à Emma. Celle-ci coula un regard dans la salle aux poutres apparentes. Tous les invités étaient groupés sur quelques rangées de chaises à dossier droit, face à la cheminée au manteau jonché de fleurs.

Devant le feu crépitant, se dressait le juge Harold Williamson, en toge, qui allait officier. David avait voulu une cérémonie civile. La religion organisée, il n'en avait rien à faire. Il n'était pas athée, ainsi qu'il l'avait expliqué à Emma, avec circonspection, mais il était carrément contre les rites religieux. Au tréfonds d'elle, Emma aurait préféré se marier à l'église, cependant elle respectait les opinions bien arrêtées de David. Un mariage était un mariage. Près du juge Williamson, elle reconnut Burke Heisler, dont la blondeur était mise en valeur par un élégant costume d'un gris identique à celui de ses yeux. Des yeux gris qui, pour l'heure, scrutaient nerveusement l'entrée de la salle, d'où l'on apercevait celle de l'hôtel. À l'évidence, il attendait l'arrivée de David Webster. La place dévolue au marié était vide.

– Où est-il ? chuchota Emma.

– Je sors voir si sa voiture est sur le parking, proposa Stephanie.

– Merci..., répondit Emma – son bouquet de muguet et de roses blanches tremblait dans sa main.

– Ne t'inquiète pas, murmura Kay d'un ton rassurant, en lui caressant le dos. Il sera là.

Quelque part derrière elle, Emma entendit Rory toussoter.

David avait changé d'avis, pensa-t-elle. Oh, mon Dieu ! Elle ferma les paupières, souhaitant disparaître. J'aurais dû le prévoir. Il sera toujours un être libre, sans attaches. Il ne voulait pas d'une maison, d'une femme et d'un bébé. Je le savais, pourtant. Pourquoi ai-je cru qu'il se métamorphoserait ? Pourquoi ai-je accepté de l'épouser ? Et il est sans doute furieux à cause du contrat de mariage. Il s'imagine que c'est moi qui en ai eu l'idée, que je lui ai envoyé Rory pour faire illusion. Il ne veut plus rien de moi ni de ma famille. Mais quand même, c'est trop cruel. David, comment peux-tu m'abandonner comme ça ? J'ai l'impression d'être dans un de ces cauchemars dont on se dit que non, ça ne peut pas être réel.

– Le voilà, dit Kay.

Emma rouvrit les yeux, soulagée au point d'en avoir le vertige.

– David... où ?

– Là, répondit Kay, montrant l'homme qui venait d'entrer dans la salle et se dirigeait vers la cheminée.

Emma en eut le souffle coupé. David avait fait rafraîchir et coiffer ses boucles noires, il portait un costume bleu marine et une cravate en soie. Il était si beau qu'elle en eut les jambes en coton. Sans la regarder, il se hâta vers la cheminée et prit sa place entre le juge et son témoin. Burke lui donna gauchement l'accolade, puis David rajusta sa veste, croisa les mains devant lui, et tourna discrètement la tête vers le fond de la salle. Quand il aperçut Emma, il en resta bouche bée, les yeux écarquillés. Il mima un hurlement de loup, et un petit rire étouffé parcourut l'assistance.

Emma rougit, ses angoisses envolées. Kay saisit la main de sa fille.

– Allez, ma chérie. Tu es prête ?

– Oui, balbutia Emma, le cœur gonflé de joie.

Toutes deux s'avancèrent vers le juge, Emma tremblait comme une feuille sous sa robe en satin. Elle songea un instant à son bébé, leur bébé qui, bien à l'abri, assistait au mariage de ses parents. Un jour, David et elle raconteraient cette journée à leur enfant.

Elles étaient maintenant devant le juge. Kay embrassa Emma sur la joue et lui murmura à l'oreille :

– Sois heureuse, ma chérie.

Emma hocha la tête, mais elle n'écoutait pas vraiment. Elle ne voyait que son mari.

Les serments prononcés, les anneaux et les baisers échangés, il fallut bien qu'Emma et David cessent de se contempler. Un serveur passa avec un plateau de coupes de champagne, mais Emma refusa et demanda un verre de cidre pétillant. Quand on le lui apporta, David et elle trinquèrent, burent, et s'embrassèrent encore une fois avant de s'occuper de leurs hôtes. Dans la salle attenante, les couverts en argent tintaient à mesure que les convives découvraient l'élégant buffet, agencé par Kay McLean et composé de terrines, de poissons, fruits de mer et autres mets délicats. Les jazzmen enchaînaient les riffs, on faisait circuler des amuse-gueules, tandis que les invités commençaient à lier conversation. Les gens s'installaient aux petites tables, tout autour de la salle, recouvertes de nappes blanches et ornées de roses et de gypsophile dans des vases ronds et transparents. La première personne qu'Emma croisa fut Aurelia Martin, la plus vieille amie de Kay et la mère de Jessica, la meilleure amie d'Emma. Celle-ci l'avait toujours considérée comme une tante. Installée à une table, devant une coupe de champagne, elle se redressa pour embrasser la mariée.

– Tante Aurelia... je suis si contente de te voir. Où est oncle Frank ?

Le mari d'Aurelia était beaucoup plus âgé qu'elle, et en mauvaise santé.

– Il n'est pas assez en forme pour ce genre d'événement, ma chérie.

– Tu l'embrasseras pour moi. Et Jessie, comment va-t-elle ? Elle me répète sans arrêt qu'elle en a assez de rester au lit, qu'elle s'ennuie.

– Oh, c'est vrai qu'elle s'ennuie. Mais elle suit les consignes du docteur. Tout pour le bébé. N'empêche qu'elle était très contrariée de manquer ton mariage. J'ai dû promettre de lui faire un rapport exhaustif. Je lui dirai comme tu es belle. Et que tu as un mari très séduisant.

– Merci, répliqua Emma avec un sourire radieux.

Elle suivit la direction du regard d'Aurelia. De l'autre côté de la salle, David était accroupi à côté du fauteuil où il avait installé sa mère. Il lui tendait une assiette sur laquelle il avait découpé de petits morceaux de nourriture.

Helen Webster, décharnée dans une robe manteau en polyester rose qui semblait trois fois trop grande pour elle, était reliée par deux longs tuyaux transparents à une bouteille d'oxygène placée sur un caddie. Elle avait le teint pâle, comme exsangue. Son dernier espoir de survie résidait dans une transplantation cardiaque, malheureusement son groupe sanguin était rare, et ses chances fort minces. Parvenue au stade terminal de la maladie, ses activités étaient extrêmement limitées, cependant elle observait d'un regard pétillant le spectacle qui se déroulait autour d'elle, et grignotait ce que David lui avait apporté.

– Il a l'air d'un jeune homme très gentil, dit Aurelia.

– Il l'est.

– Jessie le connaît ?

– Pas encore, avoua Emma.

David et elle ayant vécu le plus clair de leur liaison à New York, elle s'était évertuée à organiser une rencontre avec Jessie et son mari Chris, mais David n'avait pas cédé. Il ne voulait pas, répétait-il, perdre une minute de leur précieux temps avec d'autres personnes. Peut-être ne voulait-il pas non plus que les amis d'Emma le jugent. Mais ce n'était plus un problème.

– Elle le connaîtra bientôt, assura Emma.

– Eh bien, soyez heureux, tous les deux, dit Aurelia en effleurant la main d'Emma.

– Excusez-moi... puis-je embrasser la mariée ?

Emma pivota pour découvrir Burke qui la regardait affectueusement. Elle noua les bras autour de son cou et, quand il l'étreignit, sentit son after-shave au parfum léger et raffiné.

– Burke... je suis tellement heureuse.

– Tu en as l'air. Et tu es absolument ravissante.

Emma fit la courbette, pour le remercier.

– J'ai quand même eu une petite angoisse, dit-il. À cause du marié.

– Moi aussi. En voyant qu'il n'était pas arrivé, j'ai cru qu'il avait changé d'avis.

– Moi, cette idée ne m'a pas effleuré. Il aurait fallu qu'il soit cinglé.

Emma rougit.

– Merci. Et merci d'être un aussi merveilleux ami pour nous.

– Je regrette simplement que Natalie ne soit pas là, dit Burke, et elle lut dans ses yeux un chagrin immense. Elle aurait approuvé.

– Je l'espère. Si seulement j'avais réalisé, à l'époque... si j'avais pu l'aider...

– Toi ? Imagine ce que je ressens.

Elle lui pressa la main, ne sachant que dire pour tenter de rendre cette journée moins pénible pour lui.

– Sa vie a été largement cauchemardesque. Elle n'a connu le vrai bonheur qu'avec toi, j'en ai la certitude.

Il haussa les épaules.

– Je ne mentirai pas, Emma. Parfois, être marié avec elle n'était pas facile. Mais ça pouvait aussi être formidable. Ce sont ces moments-là que je préfère me rappeler. De toute façon, le mariage, c'est ça, dit-il d'un ton faussement gai. Le pire et le meilleur.

Il s'arracha un sourire qu'Emma lui rendit.

– Merci d'être là aujourd'hui pour nous. Je sais à quel point c'est dur.

– Je serais venu contre vents et marées.

– Il faut que j'aille dire bonjour à ma belle-mère, s'excusa-t-elle.

– Va, dit-il, souriant lorsqu'elle souleva le bas de sa robe pour traverser la salle.

À côté d'Helen trônait une sexagénaire aux courts cheveux gris, dodue et à la mine joyeuse. Elle était cramoisie, probablement à cause du champagne. Birdie, la cousine germaine d'Helen, était veuve. Quelques années plus tôt, elle avait emménagé dans la maison où David avait passé son enfance. Elle y logeait gratuitement et veillait sur sa cousine malade.

David se redressait quand Emma s'approcha et lui toucha le bras. Il se tourna vers elle avec un soulagement visible.

– Hello, mon cœur.

Emma l'embrassa, puis se pencha pour effleurer la main d'Helen, glacée et inerte sur l'accoudoir du fauteuil.

– Comment vous sentez-vous, Helen ?

– Oh, je vais bien, répondit celle-ci d'une voix faible. Je regrette juste que Phil ne soit pas là.

Phil était le frère aîné de David, un avocat qui habitait Seattle. Il avait été convié, mais avait répondu qu'il lui était impossible de réorganiser son planning.

– Moi aussi, maman, dit David.

Après que le père de David, vendeur de meubles et joueur impénitent, avait abandonné sa petite famille, Helen s'était battue comme une forcenée, exerçant le métier de serveuse pour élever ses fils. David ne prononçait jamais le nom d'Alan Webster sans dégoût. Si la paternité l'effrayait, avait-il expliqué à Emma, c'était notamment parce que cet homme les avait laissés tomber. Il ne voulait pas être ce genre de père, méprisé par sa femme et ses enfants.

– Hé, frangine, ça te dérange pas qu'on se joigne à vous ? lança un homme bedonnant, aux cheveux de neige.

Il tenait une assiette sur laquelle s'empilait une montagne de homard et de viande de bœuf. Une petite femme maigre, frisottée et ridée, le suivait.

– John, Tilly, dit Helen. Asseyez-vous.

– Et comment qu'on va s'asseoir. Salut, cousine, dit John en plantant un baiser sur la joue de Birdie.

– Bonjour, mon grand, dit gaiement Birdie – elle arrêta une serveuse qui passait pour échanger sa coupe de champagne vide contre une pleine.

– Emma, intervint David, je te présente mon oncle et ma tante, John et Tilly Zamsky. Le chalet leur appartient.

– Oh, bonjour..., dit chaleureusement Emma qui leur serra la main.

Elle avait beaucoup entendu parler du jovial plombier et de son épouse, qui avaient cherché à intégrer dans leur vie familiale leurs neveux privés de père.

– Merci de nous prêter votre chalet pour le week-end.

John Zamsky agita une main charnue.

– Ne me remerciez pas, je ne m'en sers plus. J'emmenais ces garçons pêcher là-bas quand ils étaient petits. Tu te rappelles, Davey ?

– Évidemment. Tu as reconnu Burke, mon témoin ? Il est venu plusieurs fois avec nous.

– Le gamin grassouillet dont le père était propriétaire du casino ?

– Lui-même. Burke.

John Zamsky gloussa.

– Nom d'une pipe, vous avez drôlement changé, tous les deux. À l'époque, vous n'étiez que des gamins. Mais on y a passé quelques bons moments, là-bas. Maintenant, je ne vais plus jamais respirer le grand air.

– Maintenant, on ne peut pas l'extirper de sa chaise longue, déclara Tilly.

– Depuis combien de temps on n'est pas allés là-bas, Tilly ?

Elle roula les yeux.

– Longtemps.

– Nos gosses n'y vont jamais. On devrait vendre.

– Ils iront peut-être un jour, protesta vivement Tilly. D'ailleurs, tu es un adepte des placements dans l'immobilier. Tout le monde sait ça. Ces choses ont de la valeur.

– En tout cas, nous vous sommes reconnaissants de nous le prêter, dit Emma. Au mois de novembre, ce doit être très joli.

– Oh oui, acquiesça Tilly. C'est la meilleure époque de l'année.

– Profitez-en et prenez du bon temps, renchérit John.

Emma et David se sourirent.

– On n'y manquera pas, rétorqua David.

– Regardez-moi comme ils sont impatients de fiche le camp d'ici, commenta John.

Tilly lui assena un coup de coude.

– John !

Emma rougit, mais David l'attira contre lui, un bras autour de sa taille.

– Ne comptez pas sur moi pour dire le contraire.

– Comment tu te sens, Helen ? demanda Tilly avec sollicitude.

– Je m'amuse bien.

– Ce n'est pas trop d'agitation pour toi ?

– Mais fous-lui la paix, elle va bien, dit John Zamsky. Hé, Davey, j'aime ce groupe de jazz que tu as engagé. Ils jouent des vieux airs drôlement chouettes.

David plongea son regard dans celui d'Emma.

– Il est l'heure d'ouvrir le bal.

– Ne te fatigue pas trop, dit Tilly à la mère de David. Il ne faudrait pas que tu te trouves mal.

Les lèvres exsangues d'Helen se retroussèrent dans un petit sourire, ses yeux brillèrent.

– Arrête de te tracasser. Je vais bien, je m'amuse. Je n'aurais pas cru voir ce jour. Ce garçon répétait qu'il ne se marierait jamais. On allait dans un magasin, et il disait : « Regarde ce pauvre type. Sa femme le mène par l'anneau qu'elle lui a mis dans le nez. » Moi, je riais. Tu t'en souviens, Davey ? Tu me répétais que tu ne laisserais pas une femme te faire ça. Et maintenant, regarde-toi. L'anneau est peut-être à ton doigt, mais c'est tout de même un anneau.

David la dévisagea sans sourire.

– Je ne me souviens pas.

– Ça fait du bien à mon cœur. Si je me trouve mal, tant pis. Au moins, je mourrai heureuse.

4

– IL VA FALLOIR que je t'interdise de conduire, dit David.

Emma ouvrit les yeux, bâilla.

– On est où ?

– Presque arrivés. Chaque fois que tu es dans une voiture, tu t'endors. Je ne sais pas trop s'il est sage de te laisser prendre le volant.

Elle sourit, se redressa sur son siège.

– Tu as raison. Mais en principe, quand je suis au volant, je reste éveillée.

– En principe ? répliqua-t-il, une note d'incrédulité dans sa voix grave et langoureuse.

Emma éclata de rire.

– Dis donc, ce n'est pas une journée ordinaire. Je me suis mariée il y a quelques heures. C'était un peu fatigant.

Elle se repassa mentalement certains événements de la journée. Après la cérémonie, le lunch, les toasts et le gâteau de mariage, elle était remontée quatre à quatre à l'étage pour ôter sa somptueuse robe et enfiler son jean – que, maintenant, elle pouvait à peine boutonner – un polo à manches longues en thermolactyl et une veste sans manche. Elle avait ramassé ses cheveux soyeux sous une casquette de baseball, en laissant quelques boucles miel lui encadrer le visage. David et elle avaient fui la réception sous une pluie de riz et de vœux de bonheur, ainsi qu'il se devait.

Ils étaient sortis de la ville depuis vingt minutes, quand Emma avait confessé que, trop nerveuse pour ça, elle n'avait pas avalé une miette. David avait avoué que lui non plus n'avait rien mangé. Quittant l'autoroute, ils avaient fait un pittoresque détour et déjeuné dans un routier. La patronne les avait installés au fond de la salle, où ils s'étaient détendus et régalés de hamburgers. Quand ils avaient repris la route, ils étaient repus et, en ce qui concernait Emma, agréablement pompette.

– Tout compte fait, décréta-t-elle, je dirais que ç'a été un succès.

– D'accord avec toi. Tu étais inouïe. J'ai cru que les autres hommes allaient tomber à la renverse en te voyant.

– Les autres ? Et toi ?

Il lui décocha un sourire coquin.

– Moi, ma jolie, je ne te fais pas un dessin.

Emma pouffa de rire. Puis elle prit sa respiration, baissa la visière de sa casquette.

– Je suis vraiment désolée pour cette histoire de contrat de mariage.

– Ne le sois pas. Rory veille sur tes intérêts.

– Rory, articula-t-elle avec dégoût.

– Je pense que, à sa manière tordue, il a de l'affection pour toi. Bref, je lui ai répondu que je le signerai, ce contrat.

– Et moi, que je ne le signerai pas. On n'a pas besoin de ça, décréta Emma.

– C'est toi qui décides.

– Ma mère est de mon avis. Elle m'a dit que nous devions fonder notre union sur la confiance et l'espérance. J'ai trouvé ça mignon.

– Je suis d'accord avec elle.

– Pourtant son cher époux n'est pas digne de confiance.

– Tu ne lui as tout de même pas craché le morceau aujourd'hui ?

– Non, évidemment. Je ne lui aurais pas gâché sa joie. N'empêche qu'il faudra bien régler ça à notre retour. Je ne peux pas garder indéfiniment ce secret. Mais aujourd'hui, je me suis tue. Elle a toujours rêvé de cette journée, elle était aux anges. Nos deux mères avaient l'air très contentes.

– Tu as entendu la mienne. Elle était convaincue que je n'étais pas de la race des maris.

Il demeura silencieux un moment, et Emma vit son regard s'assombrir. Pourquoi cette expression ?

– Je me réjouis que tu aies résolu d'appartenir à la race des maris.

Un tendre sourire éclaira de nouveau le beau visage de David.

– Moi aussi. Alors, prête pour notre week-end de camping ? demanda-t-il, changeant brusquement de sujet.

– Ce n'est pas du camping ! Chalet, eau courante, électricité. Feu de bois dans la cheminée. Ce sera super.

– Une femme enceinte dans les contrées sauvages du New Jersey...

– Allons voyons, « contrées sauvages du New Jersey », c'est un oxymoron.

– Tu es très mignonne dans cette tenue. Une vraie « Pine Barrens girl » !

– C'est un compliment, je suppose.

Jetant un coup d'œil dans le rétroviseur latéral, elle se vit, vêtue pour crapahuter dans les bois, le teint cuivré par le soleil qui déclinait. La sagesse populaire concernant la grossesse disait vrai. Ou bien était-ce son état de jeune mariée qui la faisait rayonner ainsi ? Sa peau n'avait jamais eu autant d'éclat, le gris-bleu de ses yeux n'avait jamais semblé plus doux.

Elle contempla sa main gauche, l'alliance qui brillait aussi dans la lumière du couchant.

– Elle te plaît ? murmura David.

Ils étaient mari et femme, ils commençaient leur vie commune. Emma eut l'impression qu'elle allait éclater de bonheur.

– Je l'adore.

– Tant mieux.

– C'est magnifique, par ici, dit-elle en regardant par la vitre.

Il acquiesça. Cet après-midi de novembre était doré, des rais de lumière obliques perçaient les bois qui flanquaient l'autoroute.

– On se sent loin de tout, dit-il. Qui croirait qu'on est seulement à une heure de Clarenceville ?

– Quand je t'ai rencontré, je n'imaginais pas découvrir chez toi ce côté gentleman farmer. Tu me paraissais du style à ne pas mettre un orteil hors de New York.

– J'aime surprendre.

Elle sourit et se radossa à son siège, s'abandonnant à ses souvenirs. Dès le premier jour, il l'avait effectivement surprise. Après leur nuit passionnée, et improvisée, dans l'appartement new-yorkais, elle s'attendait à ce que David la congédie sur-le-champ, pressé de retrouver son intimité ; elle était prête à se rhabiller et reprendre le train pour Clarenceville. Au lieu de quoi, il l'avait réveillée avec du café et des bagels tout frais, et avait absolument voulu l'emmener à une brocante dans Little Italy, où il lui avait offert un camée monté en bague. Après une brève escale dans un café littéraire pour une lecture de poèmes, désireuse de ne pas abuser, Emma avait déclaré qu'il était temps pour elle de prendre le chemin de la gare. Il avait fixé sur elle un regard perdu. Non, ne pars pas, avait-il dit.

Elle se rappelait la façon dont tout son corps avait frissonné sous ce regard. Ils avaient couru à l'appartement et s'étaient abattus sur le lit. Leur histoire d'amour avait été une chevauchée étourdissante, vertigineuse. Mais, de toutes les surprises, ce mariage était le summum. Dès le premier jour, ils n'avaient vécu que pour le moment présent, et voilà que maintenant, tout à coup, ils étaient mariés, bientôt parents.

Était-ce trop tôt, trop rapide ? Un doute assombrit un instant son bonheur, tel un nuage voilant le soleil des tropiques. Il disparut aussi vite qu'il était venu. David n'était pas homme à respecter les convenances. Il avait choisi. Ils avaient choisi tous les deux. Et tu peux encore vivre au présent, songea-t-elle. C'est le jour de ton mariage. Tu te lances dans la grande aventure de la vie. Savoure-la. Elle se relaxa et contempla de nouveau le paysage.

Les bois qui s'épaississaient avaient pour elle un excitant parfum de mystère. Elle avait toujours adoré le camping. En vacances, son père et elle visitaient les parcs nationaux, sac au dos, marchant et nageant le jour, allumant des feux de camp et admirant les étoiles la nuit, pendant que Kay se prélassait au spa de Canyon Ranch avec une pile de bouquins. C'était quelque chose de spécial qu'Emma partageait avec Mitchell Hollis. Désormais, elle le partagerait avec David – vivre à la dure en pleine nature.

– Regarde, David ! La rivière. Elle étincelle, ce que c'est beau. C'est là qu'on va faire du canoë ?

– Oui, je crois. On est presque arrivés au chalet.

– Comment peux-tu te souvenir du chemin après tout ce temps ?

David hésita.

– Je ne sais pas. Sans doute que je suis un scout dans l'âme.

– Ça fait combien d'années ?

– Je ne me rappelle pas. Longtemps.

Ils roulèrent quelques minutes en silence, plongés dans la contemplation de la superbe et étrange forêt où ils avaient pénétré. La voiture cahota sur cinq cents mètres de sentier en terre battue pour aboutir à une clairière. Là se nichait un authentique chalet en rondins, qui était cependant loin de la maisonnette de pionniers. Il avait encore la couleur rousse du cèdre qui avait servi à le construire, était doté d'une cheminée en pierre et d'un perron auquel menaient quelques marches flanquées de rampes en bois. À une centaine de mètres, un appentis abritait un énorme tas de bûches. Un canoë était retourné sur deux chevalets de sciage. De l'endroit où ils s'étaient garés, on apercevait le scintillement de la rivière.

Emma ouvrit la portière et bondit hors de la voiture.

– Oh, David, quelle merveille ! C'est fantastique !

– Tu sais que, pour une petite fille riche, tu es facile à contenter, dit-il en la rejoignant pour la prendre par la taille.

– Jure-moi qu'on pourra dormir devant la cheminée, même si ce n'est pas la chambre.

– C'est notre nuit de noces. Nous pouvons faire tout ce que ton petit cœur désire. Il n'y a que toi et moi.

Emma inspira l'air qui embaumait le pin.

– C'est fabuleux. Loin de tout. J'adore, j'adore, j'adore !

Elle se mit à danser la gigue, dans les bottes de chantier qu'elle s'était procurées en prévision de ces deux jours. En quittant le General Crossen Inn, elle avait trouvé ces godillots ridicules, mais ici, ils paraissaient tout à fait appropriés.

– Bon, dit David, contournant la voiture pour ouvrir le coffre. Entrons, que je te fasse faire le tour du propriétaire.

Emma voulut prendre son sac de voyage, mais David le lui retira des mains.

– Je porte ce machin. Ici, ma pionnière, tu te reposes.

Hilare, elle grimpa les marches du perron et se tourna vers son mari qui la suivait.

– Les clés ?

– L'oncle John les a toujours cachées sous le paillasson.

Emma se pencha et souleva le paillasson usé par les intempéries.

– Effectivement.

Elle tourna la clé dans la serrure rouillée, poussa le battant et s'avança.

– Une minute, stop ! s'exclama David, abandonnant les sacs au bas des marches.

– Qu'est-ce qu'il y a ? s'inquiéta-t-elle.

Il se précipita, la souleva dans ses bras comme si elle n'était pas plus lourde qu'une plume et la porta à l'intérieur du chalet.

– Permettez-moi, madame Webster. C'est le premier seuil que nous franchissons en tant que couple marié.

– Comme c'est mignon. J'avais complètement oublié cette coutume.

– Il ne faudrait pas attirer sur nous le mauvais sort, dit-il en la reposant par terre.

Une légère odeur de moisi imprégnait l'atmosphère. La grande pièce était sobrement meublée d'un tapis tressé, d'un canapé à armature en bois et d'un fauteuil face à l'imposante cheminée en pierre brute où s'attardait un fumet de viande grillée. À côté de l'âtre, une paire de pagaies de canoë était posée contre le mur. Le long du mur en face se trouvait un comptoir avec une cuisinière et un réfrigérateur, ni neufs ni anciens. Les placards avaient la teinte rousse des murs extérieurs du chalet. Une table aux abattants repliés et deux chaises en vis-à-vis se blottissaient contre un étroit îlot comportant l'évier et un plan de travail dans le style bloc de boucher.

– Ça te paraît différent après toutes ces années ? demanda Emma.

– Non, presque pas. Je vais chercher les bagages.

Emma ouvrit quelques placards où elle découvrit de vieux pots et flacons d'épices, des cocottes et des poêles usagées, et quelques boîtes de conserve rouillées.

– Heureusement qu'on a apporté des provisions, dit-elle à son mari qui revenait, traînant les sacs de voyage en toile.

– Je mets ça dans notre chambre.

– Attends, je visite avec toi, rétorqua-t-elle en refermant les placards.

Elle le suivit jusqu'aux deux chambres que séparait une salle de bains agréablement propre et d'apparence moderne.

– Laquelle ? interrogea David.

– Aucune importance. On dort devant la cheminée, je te signale.

– Jusqu'à ce que l'un de nous deux soit trop courbatu pour le supporter.

Il posa les bagages dans la chambre pourvue d'un grand lit. Emma regagna la cuisine et inspecta le réfrigérateur. Il y avait une canette de soda ouverte, quelques bouteilles de coca et des pots de confiture rangés dans les compartiments de la porte. À part ça, le réfrigérateur était vide.

David regarda par-dessus son épaule.

– Pas très bien garni, dit-il d'un ton penaud.

– Tu vois, j'aime bien. Ça a du caractère. De nos jours, tous les lieux de vacances se ressemblent. On ne fait plus la différence entre Tortola et Tombouctou. Ici, on sent en quelque sorte la présence de la famille. Un souvenir du passé.

– Tu veux que j'installe le matelas maintenant ?

– Non, attendons après le dîner, répondit-elle en souriant. On aura peut-être envie de s'asseoir et de lire. Mais je veux absolument un feu de cheminée et qui flambe tout le temps.

– Vos désirs sont des ordres, madame. L'oncle John a une hache dans la remise. Je vais couper davantage de bois. Ce petit tas de bûches ne fera pas la nuit. J'ai intérêt à me mettre au boulot.

Il gonfla son biceps et le fit admirer à Emma qui lui tâta le bras, repoussa en arrière la visière de sa casquette et l'embrassa. Il lui rendit son baiser, d'abord gentiment puis avec plus d'ardeur. La casquette de baseball tomba sur le sol. Le corps d'Emma répondait à celui de David, c'était un automatisme, et elle fut aussitôt excitée et langoureuse. Elle sentait le désir de son mari s'embraser aussi, et soudain plus rien ne compta. Elle commença à lui déboutonner sa chemise.

– Hé, pas si vite. Il faudrait que j'aille couper du bois avant qu'il fasse trop noir.

– On pourrait se débrouiller sans feu ?

– Oh non. On en a impérativement besoin. Ce sera beaucoup mieux devant un bon feu.

Il avait raison, bien sûr. Ils étaient au milieu de la forêt et devaient se montrer raisonnables. Pourtant c'était la première fois depuis six mois, depuis le début de leur brève histoire, que David n'était pas aussi pressé qu'elle de plonger sur le lit. Un petit coin de son cœur en fut meurtri.

– C'est donc ça, la malédiction de la vie conjugale ?

– Non, répondit-il avec une pointe d'irritation. Mais je dois prendre soin de toi, à présent. Autrement dit, je n'ai pas envie que notre bébé et toi, vous mouriez de froid cette nuit.

– D'accord, va jouer les Paul Bunyan[1]. Mais ne t'épuise pas complètement.

– Jamais. Allons, tu me connais.

Il lui planta un baiser sur le front et sortit.

– À plus tard, murmura Emma lorsque la porte claqua derrière lui.

Ensuite elle entendit claquer la portière de la voiture. Elle entreprit de déballer les provisions qu'ils avaient emportées. Je me demande s'il y a de la glace, se dit-elle en ouvrant machinalement le compartiment congélateur. À l'intérieur, elle découvrit une boîte de café et un paquet de lasagnes recouvert d'une épaisseur de glace. Beurk... C'était là depuis quand ? Elle saisit le paquet et essuya la glace qui cachait l'étiquette, s'attendant à lire une date de péremption remontant au déluge. À sa grande surprise, les chiffres correspondaient au mois d'août de l'année en cours. Août ? Quelle était la durée de vie d'un produit de ce genre ? John Zamsky avait dit qu'il n'utilisait plus le chalet depuis longtemps. Peut-être l'un de ses enfants était-il venu ici. Elle faillit jeter le paquet à la poubelle, puis décida de ne pas y toucher. Ça ne lui appartenait pas. Elle remplit d'eau le bac à glaçons et le remit à sa place.

---

1. Bûcheron géant mythique.

Quand elle eut terminé son déballage, le réfrigérateur n'était pas vraiment plein, mais il y avait de quoi les nourrir durant le week-end. Elle ne voulait pas être obligée, le lendemain, de chercher un magasin et avait donc tenu à apporter des produits de base, ainsi que quelques gâteries. David avait pris de la bière ; elle, qui ne pouvait pas boire d'alcool à cause du bébé, avait malgré tout raflé deux bouteilles de cidre pétillant du mariage, qui lui donneraient l'impression de siroter du champagne. Elle referma le réfrigérateur. Dehors, elle entendit le craquement sec du bois que David coupait. Elle regarda par la fenêtre et le vit en train de placer les bûches sur une souche et de les partager adroitement à l'aide d'une hache luisante.

Bon, je vais faire le lit, se dit-elle. Même s'ils installaient le matelas dans le salon, devant la cheminée, il serait préférable que la literie soit prête. Depuis qu'elle était enceinte, elle avait tendance à sombrer dans le sommeil sans crier gare. Ici, au grand air, elle risquait fort de s'endormir debout. Elle passa dans la chambre, alluma la lampe de chevet, vida les bagages et rangea leurs affaires dans l'étroite penderie. Puis elle prit les draps glissés dans un grand sac en plastique. Elle dépliait le drap housse, quand elle réalisa qu'on n'entendait plus le craquement des bûches fendues par la hache.

C'est du rapide, pensa-t-elle.

Elle contourna le lit, tirant sur le drap housse, puis secoua le drap de dessus qui se déploya mollement. En bordant le lit, elle sentit un petit élancement dans son abdomen. Tu en fais trop, se tança-t-elle. Elle s'assit sur le bord du matelas et jeta un coup d'œil par la fenêtre de la chambre. On apercevait la rivière entre les pins, un ruban argenté aussi brillant qu'une lame de couteau. Le monde entier semblait plongé dans un silence que troublaient seulement les cris des oiseaux dans les arbres et le froissement des feuilles.

J'aime ça, songea-t-elle. J'en ai besoin. Elle perçut un grincement, comme si on ouvrait la porte d'entrée.

– David ? appela-t-elle.

Pas de réponse.

Sans doute le vent. Ou le Diable du New Jersey, se dit-elle. Elle se remémora aussitôt sa conversation avec Burke à propos des monstres. Au fil des ans, la légende du Diable du New Jersey, à défaut du diable soi-même, s'était perpétuée et on lui avait attribué nombre de violences commises dans les Pine Barrens. Cela conférait un certain mystère à cette forêt. Mais ce n'était qu'une légende. Quoique vraiment effrayante.

Ne sois pas nouille. Tu te fais peur toute seule. Elle inspira à fond, se leva et se remit à border le lit. Un instant, elle regretta de n'avoir pas de radio pour lui tenir compagnie jusqu'au retour de David. Bravo. Ce serait super pour la quiétude et le silence.

Quand elle en eut fini avec le drap, elle pivota pour saisir la couverture. Par la porte de la chambre, elle crut capter un mouvement dans l'autre pièce.

– David ?

Pas de réponse. Elle déglutit avec peine, inspira de nouveau. Tu te fiches la trouille toute seule. Simplement parce que tu n'as pas l'habitude du silence. Elle lissa la couverture, fourra les oreillers dans les taies puis s'occupa de la courtepointe.

Ça, c'est du David tout craché, songea-t-elle, mal à l'aise. Il est sans doute parti explorer les alentours. Trop impatient pour attendre demain. Elle se redressa et tapota son ventre. On va sortir et l'appeler, Aloysius, se dit-elle, utilisant le surnom qu'elle donnait au bébé qui poussait en elle. Qu'est-ce que tu en penses ?

Elle éteignit la lampe de chevet et regagna le salon. Hormis la lumière de la hotte qui était allumée, tout le reste baignait dans la pénombre du crépuscule, et la température avait passablement dégringolé avec la tombée du jour. Tout paraissait tranquille, à sa place. Emma ouvrit la porte et s'avança sur la plus haute marche du perron. Il y avait du bois fendu empilé près des tas de bûches, mais aucune trace de son mari, nulle part. Elle envisagea d'essayer de le retrouver, cependant elle ignorait dans quelle direction il avait bien pu partir. Du perron, elle voyait les rais de lumière dorée se retirer des arbres et s'effacer brusquement du sol de la forêt, un tapis brun mêlé de feuilles. Ne t'aventure pas là-dedans. Si tu te perds dans ces bois, tu seras vraiment dans la mouise. Tu n'es qu'une bécasse, arrête. Il reviendra d'une minute à l'autre.

Soupirant, elle rouvrit la porte et rentra. Le salon, qui sentait le moisi, semblait tout à coup désagréablement sombre et froid. Sur le manteau de la cheminée étaient disposées deux grosses chandelles rouges sur des soucoupes en étain, et sur la petite table à abattants deux bougies à moitié consumées dans des bougeoirs en faïence. Je pourrais les allumer, se dit-elle. Créer une atmosphère plus cosy. Sur la cheminée traînait une vieille boîte d'allumettes aux grattoirs complètement usés. Elle prit une allumette, la frotta sur l'enduit. L'allumette s'enflamma, et Emma l'approcha des chandelles rouges et des bougies. La pièce en fut instantanément transformée. Grâce à cette seule lueur dansante, malgré la pénombre ambiante, le salon était déjà plus chaud et douillet. Je devrais peut-être m'occuper du feu. Il y avait, près du foyer, un panier de bois et du papier. Ta maman sait faire ça, Aloysius. Elle n'était pas beaucoup plus grande que toi quand elle a appris à faire du feu.

Emma s'accroupit devant la cheminée, entreprit de froisser le papier en boule et le plaça dans l'âtre qui empestait la viande fumée. Un bon feu dissipera au moins cette odeur, se dit-elle. Elle posa quelques bûchettes sur le papier, puis arrangea le bois en tipi, ainsi que son père le lui avait enseigné. Okay, ça a l'air impec. Elle se redressa, frotta une allumette sur le grattoir mais, avant qu'elle ait pu se pencher pour la glisser sous le papier, la petite flamme s'éteignit.

D'accord, il n'y a qu'à recommencer. Elle s'accroupit de nouveau, la boîte d'allumettes dans les mains. Cette fois, elle réussit et le papier prit feu. La flamme parut hésiter avant de lécher le bord du papier, d'enfler et bondir pour embraser le petit bois. Parfait... Quand David rentrera, il sera drôlement fier de moi.

Au moment précis où elle savourait ce modeste triomphe – avoir allumé le feu – elle sentit la lueur des bougies, sur la table de cuisine, s'évanouir, comme si les flammes s'étaient éteintes. Au même instant, la flamme des chandelles, sur la cheminée, vacilla et s'étira en un filet fuligineux. Le cœur d'Emma se dilata. Quelqu'un, derrière elle, s'approchait.

– David ?

Elle se retourna, toujours accroupie, et leva les yeux.

Dans la pénombre, elle le vit. Il était tout près. À un mètre d'elle. Une silhouette en gros sweatshirt à capuche. Une cagoule de ski noire masquait tout son visage, hormis les yeux que l'on distinguait à peine dans deux trous aux bords rouges effilochés. Emma en fut pétrifiée, il lui sembla que son cœur allait imploser.

– Qui êtes-vous ? Que voulez-vous ? s'écria-t-elle.

Il ne répondit pas. Dans sa main gantée, il tenait une hache. Les flammes dans la cheminée en firent étinceler la lame, tandis qu'il s'avançait vers Emma. Elle leva les mains pour se défendre, protéger son bébé. Oh mon Dieu. Oh, pitié ! Ce n'est pas possible. Au secours.

Alors qu'il brandissait la hache, affolée, elle jeta un regard circulaire. Elle hurla et tenta, à quatre pattes, de mettre de la distance entre elle et lui. Peine perdue. Il était trop près.

Elle vit l'éclat de l'acier qui s'abattait sur elle.

5

CLAUDE MATHIS avait passé une mauvaise journée. La veille il avait parié à Holly, son ex-femme, que leur fils de quatorze ans, Bobby, voudrait venir à la chasse aujourd'hui ; mais quand Claude, en tenue de camouflage de pied en cap, s'était pointé dès l'aube à la caravane où Holly vivait avec son nouveau copain, celle-ci, affublée de son ample et vieux peignoir en éponge, avait ouvert la porte et déclaré avec une extrême satisfaction que Bobby dormait encore et comptait assister à une espèce de festival d'animation japonais. Allez savoir ce que c'était.

Claude, au volant de son pick-up, avait mis le cap sur la forêt, son chien Major affalé, patient, sur la plate-forme arrière. Claude s'efforçait de ne pas éprouver de colère contre son gamin, mais c'était plus fort que lui. Pourquoi le môme était-il aussi indifférent ? Il avait beaucoup à apprendre, et il était grand temps pour lui de s'y mettre. De plus, que Holly ait raison sur ces choses-là le vexait. « Je te l'avais bien dit », c'était sa rengaine favorite. Claude avait fulminé toute la journée, ce qui affecta probablement la précision de son tir, car il eut quelques occasions qu'il loupa. Sans bruit, il se posta non loin de deux chevreuils en train de brouter et qui levèrent la tête, sans toutefois bouger. Il visa, en silence, pressa la détente et manqua son coup.

Finalement, après des heures de totale frustration, ce fut le moment de rentrer. Claude marchait à grands pas à travers bois, songeant au bar qu'il fréquentait, voyant déjà ses lumières accueillantes. Saucisse, choucroute et bière blonde. Il essayait d'inventer une histoire sur sa journée qui ne soit pas humiliante et qui fasse rigoler les gars, quand il entendit la femme hurler.

Claude, que Major remorquait, s'arrêta net. C'était un son horrible qui fit se hérisser ses cheveux bruns, de plus en plus clairsemés. Major n'eut pas la sottise d'aboyer. Tous deux restèrent un instant pétrifiés, et puis ça recommença. À cet instant, Claude sentit une odeur de fumée et réalisa d'où provenait le hurlement. Il était passé devant le petit chalet près de la rivière. Armant son fusil automatique, il partit au trot dans cette direction, flanqué de Major.

Il y avait encore une lueur grise au-dessus des arbres sombres. Claude écartait les ronces et fonçait vers la clairière, droit devant. Il jaillit du bois et regarda la maisonnette. De la fumée s'échappait en volutes de la cheminée, une lumière tremblotait derrière les fenêtres. Et ce hurlement qui déchirait l'air. Claude monta les marches du perron à toute allure, poussa la porte et se rua à l'intérieur du chalet, tellement plus obscur que les bois.

Emma, en hurlant, avait roulé sur elle-même pour esquiver le premier coup qui, avec un atroce bruit métallique, toucha un chenet. Elle ne pensait qu'à son bébé. Elle devait protéger le bébé. Elle devait s'enfuir. Elle tenta de se redresser, de courir, mais le deuxième coup tomba, et celui-ci ne l'épargna pas. La hache lacéra sa veste. La doublure matelassée amortit quelque peu la violence du choc. Mais elle fut blessée, la lame coupa sa chemise, lui entailla le flanc et la jeta à terre. Son sang gicla, tandis qu'elle s'efforçait de se mettre hors de portée. Malgré sa panique, elle remarqua la pagaie debout à côté de la cheminée. À genoux, tant bien que mal, elle la souleva pour écarter son agresseur. La hache s'abattit de nouveau, fendant cette fois le bouclier de fortune d'Emma. Les morceaux d'aviron volèrent à travers la pièce. Emma n'avait plus que la poignée dans les mains. Elle la lança en direction de l'homme, rampant sur le tapis tressé pour contourner le canapé et tenter de fuir, le sang éclaboussant le sol dans son sillage. Il la poursuivit, le sang le fit déraper, il reprit son équilibre. Le canapé ne serait pas un rempart suffisant. Il fallait qu'elle essaie de sortir. Elle souffrait, comme si un tisonnier brûlant lui avait perforé les poumons. Elle aurait voulu se rouler en boule, s'envelopper de ses bras. Mais il n'était pas question de capituler, de se laisser tuer. À grand-peine, elle se releva et s'élança vers la porte ; quand il la frappa de nouveau, un coup oblique derrière la cuisse, elle s'effondra sur le sol et poussa un lugubre cri de douleur.

– Mais qu'est-ce que c'est que ça ?

Emma et son agresseur masqué levèrent simultanément la tête. Un homme en tenue de camouflage, armé, franchissait le seuil. Sa longue figure chevaline refléta la stupeur quand il découvrit le sanglant spectacle qui se déroulait sous ses yeux.

– Au secours ! s'écria Emma.

Le chasseur resta là un instant à regarder – un instant trop long, tandis qu'il s'efforçait d'accommoder, dans la pénombre. Se détournant d'Emma d'un bond, l'individu au sweatshirt à capuche brandit sa hache et frappa le chasseur. La lame se planta dans le crâne déplumé, creusant de haut en bas un sillon cramoisi.

Le regard stupéfait du chasseur devint vitreux. Il s'écroula, lâchant son fusil.

– Oh, mon Dieu ! Oh, Seigneur. Oh, non ! hurla Emma, horrifiée.

Le chasseur gisait sur le sol, paquet inerte de chair et de tissu dans une mare poisseuse. L'agresseur d'Emma dégagea la hache du crâne du chasseur mort, et pivota de nouveau, s'avançant entre elle et le cadavre ; le fusil était toujours abandonné par terre.

Maintenant il va me tuer.

Elle ne distinguait pas son visage, seulement l'éclat sauvage que les trous de la cagoule cerclaient de rouge. Elle pensa à son enfant qui ne verrait jamais le jour ; elle aurait dû protéger cet enfant mais avait lamentablement échoué. Et dans le laps de temps qu'il lui fallut pour prier pour leurs deux âmes, Emma entendit un terrible grognement, puis un épagneul blanc et roux surgit dans le chalet et sauta sur l'individu cagoulé. Le chien se jeta sur lui de toute sa puissance, le déséquilibra, mordant les gros gants de l'homme et plantant ses crocs dans l'épais sweatshirt.

– Bon chien ! l'encouragea Emma qui se précipita vers le fusil du chasseur, non loin de sa main sans vie.

Jamais elle ne s'était servie d'un fusil. Elle n'en avait même jamais tenu un. Elle avait mitraillé des boîtes de conserve avec le pistolet de son père. Point à la ligne. Mais aucune importance. C'était une arme, et elle allait l'utiliser. L'agresseur, avec le manche de la hache, écrabouilla le museau du chien, qui gémit de douleur. L'homme le repoussa d'un coup de botte. L'animal grogna et secoua la tête, assommé. Le type leva la hache, Emma leva le fusil. Elle appuya sur la détente.

Une détonation assourdissante retentit dans le chalet, le fusil tressauta. La douille vide fut éjectée, la suivante se logea avec un déclic dans la chambre de l'arme. L'agresseur chancela, et Emma crut l'avoir blessé. Puis elle vit un gros trou fumant dans le mur à côté de la porte où il s'encadrait. Une fraction de seconde, tous se figèrent. Emma avec le fusil, par terre, l'épagneul qui grognait sur le corps de son maître mort, et l'homme encagoulé.

Emma n'hésita pas. Elle ne s'était jamais imaginée capable de tuer un être humain, mais à présent elle n'avait aucun doute. Elle le pouvait. Elle allait le faire. Elle approcha le viseur de son œil. Le canon trembla légèrement, se braqua sur lui.

– Maintenant, murmura-t-elle.

L'inconnu lança la hache dans sa direction, alors que le chien en fureur se jetait de nouveau sur lui. La hache manqua Emma et se ficha dans le plancher de pin. Emma tira une fois encore, mais le type s'était rué au-dehors, fermant la porte au nez de l'épagneul qui aboyait tel un possédé.

En proie à des tremblements convulsifs, Emma serra le fusil contre sa poitrine et rampa vers le chasseur dont le sang se répandait sur le sol. Elle voulut le toucher, mais le chien se retourna vers elle en montrant les dents.

La planche de salut. Elle était tout près, pourtant Emma n'avait pu l'atteindre. Le salut était dans sa poche. Elle sortit enfin de la poche intérieure de sa veste son téléphone portable et composa le 911.

– C'est une urgence ? demanda une voix placide à l'autre bout du fil.

– Oui, gémit Emma, et les sanglots lui coupèrent la parole.

Le chef de la police locale, Audie Osmund, un homme de cinquante-cinq ans originaire de ces forêts, vêtu d'un uniforme kaki tendu à craquer sur sa bedaine, d'une veste matelassée noire et d'une casquette noire sur ses cheveux blancs, était immobile près de sa voiture de patrouille. Il communiquait par radio avec la police d'État du New Jersey et passait un avis de recherche national concernant le suspect. On avait administré un tranquillisant à la jeune femme, et elle était affaiblie par l'hémorragie, néanmoins elle lui avait fourni une description sommaire du tueur. Malheureusement, ça ne valait pas grand-chose, le meurtrier s'était sans doute déjà débarrassé de son accoutrement. Quant à l'autre victime, le chasseur Claude Mathis, on ne pouvait plus rien pour lui.

– Ouais, disait Audie au commandant de la police d'État. Il va nous falloir un coup de main. Ces gens ne sont pas d'ici. Le mort était du coin, mais les autres sont de Clarenceville.

Audie s'efforçait de paraître aussi professionnel que possible, néanmoins le sanglant spectacle l'avait ébranlé. Jamais il n'avait vu une scène de crime pareille. La sauvagerie de l'agression se répercutait tout autour de la clairière, comme l'écho d'un hurlement ; Audie ne se sentait pas de taille face à un tel niveau de violence. Beaucoup de chefs de police locale répugneraient à concéder une quelconque autorité à la police d'État, il le savait. Mais il ne disposait pas des effectifs ni de l'équipement sophistiqué nécessaires pour résoudre cette affaire.

Le commandant de la police d'État promit d'envoyer un inspecteur le soir même.

– Ne laissez personne contaminer la scène de crime, dit-il.

– On monte la garde, répondit Audie. Merci pour votre aide.

Qui épinglerait le tueur, Audie s'en fichait. Il suffisait qu'on le trouve, cet assassin. Les gens allaient être malades de peur, ils exigeraient une arrestation à cor et à cri. Audie avait grandi dans les Pinelands et vaguement connu Claude Mathis. Celui-ci était allé à l'école avec Larry, le plus jeune frère d'Audie. Apparemment, Claude avait couru à la rescousse de cette femme, qui n'était pas d'ici, comme le ferait n'importe quel type bien. Et il avait payé de sa vie cette bonne action. Regarder cette violence, ce carnage, sans songer à la vengeance avait été difficile, mais Audie s'efforçait de ne pas entacher d'émotion ses décisions professionnelles. Trop souvent, les crimes qu'il voyait avaient été provoqués par un déchaînement d'émotion. Selon lui, son job consistait à rester calme, l'œil du cyclone, en quelque sorte.

Il y avait là une ambulance au hayon levé, tandis qu'on préparait la civière pour la blessée qui était à l'intérieur du chalet. Les urgentistes étaient en train de s'occuper d'elle. Une autre voiture pie et trois pick-up, dont l'un pourvu d'un gyrophare, se pressaient dans la clairière devant la maisonnette ; les moteurs tournaient encore, les lumières des phares s'entrecroisaient. La fouille des bois avait déjà commencé. Audie apercevait les pinceaux lumineux des torches qui bondissaient entre les arbres.

Tout à coup, un cri retentit :

– Chef, on l'a !

Audie se propulsa d'un pas pesant vers les voix, à la lisière de la clairière. Il entendit des vociférations, tandis que les torches électriques revenaient vers lui. Deux hommes apparurent, un volontaire et un sergent de police nommé Gene Revere. Ils traînaient à moitié un troisième homme. Celui-ci avait les cheveux noirs, les tempes grisonnantes, et il portait une vareuse en toile, de grosses bottes, un jean sale et mouillé, qui était déchiré à la cheville droite. Il résistait aux deux hommes qui l'avaient menotté et il tentait de se dégager.

Lorsque tous trois émergèrent du bois, Audie Osmund scruta le type menotté.

– Où est ma femme ? implora le suspect. Qu'est-ce qui s'est passé ? J'ai entendu des coups de feu. Ma femme va bien ? Emma !

– Il dit qu'il est le mari, déclara Gene, jeune père grand et musclé de deux bambins, qui se rendait à l'église méthodiste pour dîner d'un bon rôti lorsqu'il avait reçu l'appel d'urgence de son chef. Il était en civil – jean et vieux blouson de l'équipe de foot du lycée, mangé aux mites.

David, réduit à l'impuissance, regarda le chef de la police.

– Pourquoi y a-t-il une ambulance ? Quelqu'un a tiré sur ma femme ?

– David Webster ? demanda Audie.

– Je suis David Webster, oui. Où est Emma ? Je veux la voir.

– Votre femme a été agressée, répondit brutalement Osmund. Par un homme qui avait une hache. Où étiez-vous, monsieur ?

– On l'a trouvé près de la canardière, intervint Gene. Il dit qu'il a marché sur une planche pourrie, dans la canardière, et qu'il est passé au travers. Il dit qu'il lui a fallu du temps pour s'en sortir.

David Webster cessa de se débattre et s'immobilisa. Ses yeux noisette s'écarquillèrent, la sueur perla sur son front, sa lèvre supérieure. Il dévisagea le chef.

– Emma. Est-ce qu'elle est... ?

Audie Osmund observa attentivement la réaction de son interlocuteur.

– Elle est vivante, déclara-t-il d'un ton neutre.

David, soudain livide, s'appuya contre Gene.

La porte du chalet s'ouvrit, les urgentistes apparurent, transportant une civière. Lorsqu'ils eurent descendu les marches, ils déplièrent les béquilles et firent rouler rapidement la civière vers l'ambulance où un infirmier préparait une perfusion.

– Emma ! s'écria David.

Le visage blême de la jeune femme était à peine visible sous le masque à oxygène. On lui avait surélevé le bassin, elle disparaissait jusqu'au cou sous une couverture de survie, mais le matelas du brancard, là où on l'apercevait, était maculé de larges taches rouges. Le chef de la police ordonna d'un signe à ses hommes d'enlever les menottes à David. Le sergent s'exécuta, et David eut soudain les bras libres. Il ne se frictionna pas les poignets, mais tituba à travers la clairière, inondée par la lumière des phares des pick-up qui ronflaient, et s'approcha de la civière. Il voulut toucher Emma, cependant le plus costaud des urgentistes l'en empêcha.

– Écartez-vous, monsieur.

– Je veux l'accompagner ! Je veux qu'elle sache que je suis là. Emma.

– Désolé, il n'y a pas de place, dit l'urgentiste. Elle est à peine consciente. Elle perd du sang et elle est en état de choc hypovolémique. Nous aurons besoin de tout l'espace disponible dans le véhicule, pour la préparer à la réanimation. S'il vous plaît, reculez et laissez-nous travailler.

David, chancelant, s'écarta de l'ambulance, les yeux exorbités. Audie Osmund et son adjoint, Gene Revere, échangèrent un regard tandis que les urgentistes, éclairés par les phares des pick-up, chargeaient le brancard à bord de l'ambulance. La sirène mugit.

– Monsieur Webster, dit Osmund. Vous allez devoir venir au poste. Montez dans ma voiture, là-bas, je vous emmène.

– Non. Ma femme..., balbutia-t-il.

– De toute façon, pour le moment, vous ne pouvez pas la voir. À l'hôpital, ils s'occuperont d'elle.

– Non, il faut que j'aille là-bas. Je veux être avec elle.

– Vous n'êtes pas en état de tenir un volant. Si on a des nouvelles des toubibs, on vous tiendra au courant.

David pivota vers son interlocuteur, abasourdi, bouche bée, comme s'il enregistrait enfin ce qu'on lui racontait.

– Vous êtes cinglé ? Je ne viens pas avec vous, je ne la laisse pas toute seule dans un hôpital inconnu. Laissez-moi passer.

Audie considéra le mari bouleversé, jaugeant son attitude et s'efforçant de ne pas exploser.

– Vous êtes chamboulé, je le vois bien. Mais nous aussi, nous avons nos problèmes. Il nous faut comprendre ce qui s'est déroulé dans ce chalet. On a un meurtre sur les bras.

– Mais qui a été tué ? s'affola David.

– Un chasseur, qui passait par là. Il a voulu aider votre femme, et il en est mort.

– Oh mon Dieu, murmura David qui fourragea dans ses cheveux. Oh mon Dieu ! C'est ma faute. J'aurais dû être là. Écoutez, je veux vous aider. Vraiment. Mais ça ne peut pas attendre ? Emma...

D'un geste, il montra les feux arrière de l'ambulance qui s'éloignait.

– Comme je l'ai dit, on règle ça, et ensuite je veillerai à ce qu'on vous conduise à l'hôpital. Maintenant, vous montez dans ma voiture. La portière est ouverte.

– Attendez... J'ai le choix ? Vous m'arrêtez ?

– Pourquoi je ferais une chose pareille ? Je veux juste parler avec vous, obtenir certaines réponses susceptibles de nous éclairer. Plus vite nous en aurons terminé, plus vite vous pourrez rejoindre votre femme à l'hôpital.

David grimaça, prêt à protester de nouveau. Puis, brusquement, il secoua la tête, tourna le dos à Osmund et se dirigea vers la voiture pie.

– Bon, on aurait intérêt à reprendre les recherches, soupira Gene Revere. On n'a pas réalisé que c'était le mari. Je crois qu'on s'est un peu emballés. Ce dingue est toujours dans le coin. C'est comme ça que les Pine Barrens se font une mauvaise réputation. À cause d'un bûcheron du coin qui disjoncte.

– Peut-être.

Audie approchait de la retraite, il était dans la police depuis son retour du Vietnam. Durant son service dans les marines, il avait été formé aux missions de reconnaissance et avait appris à flairer le danger tapi sous la surface.

– Quelqu'un l'a réellement vu coincé dans cette canardière ?

Gene fronça le sourcil.

– Non. On est juste tombés sur ce type qui se trimballait dans les bois, sans raison, et on s'est dit que c'était l'assassin. Alors on l'a attrapé.

– Retournez à la canardière, ordonna Audie. Fouillez le secteur. Faites venir des chiens, au besoin. J'exige que le moindre centimètre carré de terrain, entre ici et là-bas, soit passé au peigne fin. Inspectez aussi les environs de la rivière. Le bord de l'eau. Les berges.

– Le meurtrier est sans doute loin, à l'heure qu'il est, objecta Gene d'un ton morne.

– Peut-être pas, dit Audie. Ce sera probablement dans un sac.

– Quoi donc ?

– Une cagoule de ski avec des trous bordés de rouge pour les yeux, une espèce de sweatshirt à capuche, peut-être un pantalon et des chaussures de sport.

– Vous croyez que le tueur a retiré ses fringues avant de s'en aller ? demanda Gene.

Audie jeta un coup d'œil à sa voiture. Sur la banquette arrière, David Webster contemplait d'un air hagard la porte ouverte du chalet.

– À moins qu'il se soit changé et qu'il soit encore ici, déclara Audie d'une voix sinistre.

6

– MON ANGE..., murmura une voix douce.

Emma lutta pour ouvrir les yeux. Tout son corps était douloureux. Même son visage et ses paupières lui faisaient mal. Il lui fallut bander toute sa volonté pour ciller et tenter de distinguer sa visiteuse. Elle vit de courts cheveux platine, un regard anxieux.

– Maman...

– Oh, chérie, tu es réveillée, dit Kay qui se pencha pour embrasser sa fille sur le front.

Emma avait mal à la tête. Son cou était raide.

– Quelle heure il est ?

Kay consulta sa montre.

– Près de minuit. Ils ont dû t'administrer un sédatif.

– David, souffla Emma.

Alors elle ouvrit grands les yeux et s'efforça de s'asseoir.

– Mon bébé...

Kay lui tapota l'épaule, la repoussant doucement sur l'oreiller.

– Tout va bien, tout va bien. Ils ont fait un sonogramme. Le bébé n'a rien, dit Kay en ravalant ses larmes.

– Dieu merci...

Un instant, Emma referma les paupières, et les événements de cette nuit cauchemardesque affluèrent à son esprit. Elle avait eu une hémorragie sévère, elle le savait. À présent qu'elle avait repris conscience, elle se rappelait les poches de sang manipulées par des infirmières, les lumières qui l'aveuglaient, les gens en blouse et masque chirurgical qui parlaient à voix basse de clamps, débridement, sutures. Sur le moment, tout cela semblait très lointain. Comme si elle s'observait à distance. Mais maintenant elle était de retour, groggy mais réveillée. Et son bébé était toujours vivant. Leur bébé. David.

– Où est David ?

Le regard de Kay alla se poser, de l'autre côté de la pièce, sur un homme qui se levait d'un fauteuil. Emma suivit son regard. Une fraction de seconde, son cœur bondit. Puis elle reconnut le mari de sa mère.

– Comment ça va, petite boxeuse ? demanda Rory, dont les yeux, et donc l'expression, demeuraient cachés par les reflets de ses lunettes à monture d'écaille.

Emma ne répondit pas. Elle avait les lèvres gercées, fendillées. Elle essaya de les humecter du bout de la langue. Aussitôt Kay prit un gant de toilette qu'elle appliqua délicatement sur la bouche d'Emma. Quand elle retira le gant, Emma répéta sa question.

– David ?

Rory s'éclaicit la gorge et entoura d'un bras possessif les épaules de son épouse.

– David est au poste de police, annonça-t-il.

– Il aide les policiers, ajouta Kay.

Emma voulut changer de position dans le lit, mais tout son côté gauche, sous l'aisselle et jusqu'à la cuisse, lui cuisait.

– Ils savent qui a fait ça ? murmura-t-elle.

Kay hésita.

– Pas pour l'instant. Il y a encore beaucoup de points d'interrogation. Mais à présent tu es en sécurité, ma chérie. Personne ne te fera du mal. Il y a un lieutenant de la police d'État qui souhaite te parler. Tu te sens en état, ma chérie ?

– Je vais essayer, répondit-elle d'une voix chevrotante.

– Je vous laisse, dit Rory.

Malgré les brumes du sédatif, Emma savait qu'elle avait une dent contre Rory, puis elle se souvint. La femme, au restaurant.

– Qu'y a-t-il, mon ange ? Tu te rappelles quelque chose ? demanda Kay qui scrutait le visage d'Emma de son regard tendre.

Emma ferma les yeux, secoua la tête. Elle songea à son père – à sa voix apaisante, qu'elle ne pouvait plus faire résonner dans sa mémoire. Une larme roula sur sa joue, elle regretta qu'il ne soit plus là, auprès d'elle. Ce serait si réconfortant de se blottir contre sa large poitrine, dans ses bras.

– Madame Webster ?

Mme Webster, se répéta Emma, visualisant la mère de David. Elle réalisa alors qu'elle était désormais Mme Webster. Elle considéra la femme debout près du lit. Âgée d'une trentaine d'années, elle était élégante dans un tailleur-pantalon gris anthracite et un corsage blanc. Elle avait des yeux noirs perçants, des traits ciselés qu'encadraient des cheveux bruns mi-longs – une coupe dégradée, simple mais à la mode.

– Oui..., murmura Emma.

– Je suis le lieutenant Joan Atkins de la police d'État. Le chef de la police locale, Audie Osmund, a réclamé l'assistance de notre département pour cette enquête.

Joan montra sa carte d'identité et son insigne, s'efforçant de ne pas broncher à la vue de la victime. Elle ne pouvait s'empêcher de penser à ce que Osmund lui avait déclaré lorsqu'elle était arrivée sur la scène de crime. « La victime a perdu beaucoup de sang. Ils ont dû la recoudre comme une balle de baseball. » Ce n'était malheureusement que trop vrai.

– Le lieutenant Atkins est là pour t'aider, mon ange, dit Kay.

– D'accord, acquiesça Emma. Seulement... ne me laisse pas, maman.

– Puis-je rester avec elle pendant que vous l'interrogez ? demanda Kay.

– Bien sûr. Je me doute que vous avez traversé une horrible épreuve, madame Webster.

Kay se campa à la tête du lit, observant sa fille d'un air inquiet et repoussant d'une caresse les cheveux qui lui tombaient sur le front.

Le lieutenant prit place dans un fauteuil au chevet d'Emma et examina longuement la blessée. Emma était tout ankylosée, son côté gauche couvert de bandages constellés de taches de sang.

– Je ferai en sorte que ce soit bref, Emma. Puis-je vous appeler Emma ?

Celle-ci accepta d'un petit hochement de tête.

– Nous voulons appréhender la personne responsable de cet épouvantable crime. Mais nous avons besoin de votre aide. D'accord ?

Emma lécha ses lèvres fendillées.

– D'accord, chuchota-t-elle.

Joan Atkins extirpa de son sac à bandoulière noir un stylo et un bloc-notes.

– Savez-vous qui vous a fait ça, Emma ?

Les larmes ruisselèrent sur les joues d'Emma qui se mit à trembler.

– Non... je l'ai dit au premier policier. Non. Il portait...

– Je sais. Une cagoule et une capuche. Mais avait-il quelque chose de... familier ?

– De familier ? répéta Emma – il lui semblait que son cerveau était ralenti, cotonneux. Non.

– L'avez-vous reconnu ? Sa façon de bouger. Ses yeux sous la cagoule.

Emma essaya de creuser sa mémoire, ne retrouva qu'un sentiment de stupeur.

– Non... ça s'est passé si vite.

– Je crois savoir que vous vous êtes mariée ce matin, dit gentiment Joan.

Emma cilla, réalisant qu'elle l'avait oublié. Comme si ce mariage avait eu lieu des mois auparavant.

– Oui. Où est mon mari ? demanda-t-elle, et les battements de son cœur s'accélérèrent. Il va bien ?

– Il va bien, répondit Joan. Les mariages peuvent être extrêmement stressants, Emma. Je le sais, j'ai vécu ça une fois.

Machinalement, Emma regarda les mains soignées du lieutenant. Elle n'avait pas d'alliance.

Si Joan capta ce coup d'œil, elle n'estima pas devoir donner d'explication.

– Un conflit quelconque a-t-il éclaté entre vous et votre mari, avant ou après la cérémonie ? Vous êtes-vous querellés pour un motif ou un autre... ?

– Non. Pas vraiment, non...

Joan la dévisagea gravement.

– David Webster vous a-t-il jamais menacée, ou agressée physiquement ?

Emma écarquilla les yeux.

– David ?

– A-t-il eu une attitude qui aurait pu vous inciter à vous méfier de lui ?

Emma se débattit pour s'asseoir dans le lit, pour protester.

– David ne m'a pas fait de mal. Jamais.

Joan Atkins resta impassible. On n'atteignait pas le grade de lieutenant de la police d'État – malgré le préjugé tacite qui existait encore et voulait que les femmes ne soient pas faites pour ce métier – en s'épanchant. Dans l'exercice de ses fonctions, elle tenait la bride haute à ses émotions. À ses opinions également. Mais ses années d'expérience, professionnelle et personnelle, l'avaient convaincue que rien, ou presque, n'était plus dangereux qu'un mari en colère.

– Emma, il nous faut déterminer s'il s'agissait d'une agression fortuite ou si vous étiez la cible visée. Voyez-vous quelqu'un qui aurait eu une raison de vous vouloir du mal ? Quelqu'un qui chercherait à se venger de vous ? Avez-vous reçu des menaces ?

Emma se radossa à l'oreiller, regardant remuer les lèvres de Joan. Elle percevait les mots, mais réfléchir était difficile.

– Non, répondit-elle, puis elle eut une hésitation. Non, pas de menaces.

Son esprit était embrumé. Il y avait pourtant quelque chose...

– De quoi on parlait... ?

– De menaces. D'ennemis.

– Je ne... pas d'ennemis.

– Vous pouvez repasser pour moi le film des événements qui se sont déroulés dans le chalet ?

Le regard d'Emma s'emplit de terreur.

– Pourquoi ?

– Ce serait éventuellement utile. Ça nous donnerait une idée de la taille de l'agresseur. Son âge, sa corpulence. D'autres éléments pour aller plus loin.

– NON, je ne peux pas.

La perspective de se remémorer l'agression l'horrifiait, elle avait mal à la tête. Elle ferma les yeux, s'obligea à revoir tout ça. La créature sans visage qui l'enveloppait de son ombre. La hache qui étincelait. Lui qui la poursuivait, brandissait la hache. Le chasseur. Un autre lambeau de brouillard se détacha, brûlant, de son cerveau. L'homme au chien. Et au fusil. Son apparition avait interrompu... Le type à la cagoule s'était retourné contre lui.

– Oh non, marmotta-t-elle. Oh, Seigneur ! L'homme qui a tenté de me sauver.

– Mon ange, susurra Kay. Ne pense pas à ça.

– S'il vous plaît, madame McLean, objecta Joan. Il est important que votre fille nous dise tout ce dont elle peut se souvenir.

Emma revit le chasseur effondré par terre, la hache qui lui fendait le crâne, le sang partout. Elle gémit, les larmes lui montèrent aux yeux. La migraine qui lui martelait le crâne comprima ses tempes comme un étau et, soudain, elle eut un haut-le-cœur. Ce spasme attisa la souffrance que lui causaient ses blessures. Elle poussa un cri plaintif, tandis que son estomac se soulevait.

– Oh, non. Ses cicatrices ! s'exclama Kay. Appelez l'infirmière. Vite.

Kay saisit un bassin, près du lit. Joan bondit sur ses pieds et se précipita vers la porte où elle manqua heurter Rory qui entrait d'un pas pressé.

– Rory, va chercher de l'aide. Un docteur ! dit Kay.

Il fit volte-face et disparut dans le couloir. Un instant plus tard, une infirmière surgissait, ainsi qu'un médecin en tenue de chirurgien sous une blouse blanche. L'infirmière se précipita au chevet d'Emma, le docteur, pour sa part, ordonna qu'on ajoute un tranquillisant et un antalgique à la perfusion.

– Qu'est-ce qui s'est passé ? demanda-t-il.

– Elle se remémorait l'agression, répondit le lieutenant d'un ton sinistre.

Kay, désemparée, les poings crispés, contemplait sa fille.

– Comment quelqu'un a-t-il pu lui faire ça ? s'indigna-t-elle.

Joan sentit alors son portable vibrer dans la poche de sa veste et s'éloigna de Kay McLean pour prendre la communication.

– Oui...

C'était Audie Osmund. Joan avait parfaitement interprété l'expression du chef de la police des Pine Barrens, lorsqu'elle avait débarqué sur la scène de crime un peu plus tôt dans la soirée et s'était présentée. On lui envoyait une femme, et cet homme d'âge mûr se sentait floué. Il avait l'impression que le commandant de la police d'État n'avait pas pris au sérieux sa demande d'assistance. Joan Atkins était accoutumée à cette réaction. Elle s'efforçait toujours de l'ignorer.

– Le mari est fermé comme une huître, dit Osmund. Son avocat vient d'arriver. Il a appelé son frère à Seattle, un avocat qui lui a dit de ne plus prononcer un mot, qu'il allait contacter un gros bonnet du barreau et le convaincre de se pointer ici immédiatement. Eh ben, il est là, l'avocat.

– Je vois.

– Vous êtes avec la victime ?

– Oui.

– On n'a pas de quoi le boucler. On va être obligés de le relâcher.

– Je comprends. Je vous revois demain.

Joan rempocha son portable. La nausée d'Emma s'était enfin calmée, et la jeune femme retomba sur son oreiller, blanche comme de la craie.

– Ça suffit, implora Kay. Je vous en prie, laissez-la tranquille.

– Ce ne sera pas long, madame McLean. Votre inquiétude est compréhensible mais, croyez-moi, je suis dans votre camp.

– Faites vite, intervint l'infirmière. D'ici quelques minutes, elle sera de nouveau dans le brouillard.

Joan opina et se rassit à côté du lit.

– David, gémissait Emma qui tourna vers Joan un regard trouble. Où est mon mari ?

– Il sera bientôt près de vous, la rassura Joan – malheureusement, pensa-t-elle.

– Quand ? souffla Emma.

– D'un moment à l'autre.

Par conséquent, le lieutenant n'avait plus qu'un moment en tête à tête avec la victime. Plus que quelques minutes avant que le mari ne se précipite pour l'embobiner et la persuader qu'il n'était pour rien dans cette histoire.

– Emma... Tout à l'heure, vous avez paru hésiter quand j'ai demandé si vous connaissiez quelqu'un qui pourrait vous en vouloir, ou qui vous aurait éventuellement menacée. À qui pensiez-vous ?

– Joan observait le regard vague d'Emma, calculant la minuscule fenêtre de lucidité encore disponible pour poser des questions. La blessée perdait le fil.

– Emma, il est important de nous dire tout ce qui peut vous venir à l'esprit. Si vous vous rappelez quelqu'un qui vous aurait menacée...

Emma hocha imperceptiblement la tête, déglutit avec peine.

– Pas des menaces... J'ai reçu des... messages. Anonymes.

– Quel genre de messages ?

– Comme des... lettres d'amour. Mais un peu... pas normales.

– Vous les avez toujours ? Combien en avez-vous reçues ? Depuis combien de temps ? Vous les receviez à votre domicile ou au travail ?

Emma ferma les paupières, et Joan craignit un instant qu'elle ne se soit endormie. Puis elle bredouilla :

– Au travail. Peut-être... deux mois. Il y en a eu quatre. Et une rose. Je les ai encore.

– Il faudra que je lise ces messages. Qui les a envoyés, vous en avez une idée ?

– ... sais pas... un patient...

Un patient ? songea Joan. Ses certitudes à propos du mari vacillèrent. Kay McLean lui avait signalé que sa fille était une psychologue qui travaillait dans une espèce de centre. Une fois, Joan Atkins avait eu un dossier concernant un médecin qui était devenu l'obsession d'une de ses patientes, laquelle avait lacéré la capote de son cabriolet. Dans le cas présent, ce pouvait être une histoire semblable. Un type qui disjonctait parce que sa psy le trahissait en se mariant. Elle devrait creuser cette hypothèse.

– Où puis-je trouver ces messages ?

– Demandez à Burke. Le Dr Heisler. C'est mon patron. Il est au courant.

– Merci, Emma, dit Joan en se levant pour sortir. Ne pensez plus qu'à vous rétablir.

La porte de la chambre s'ouvrit alors sur un homme brun, séduisant mais à l'air hagard.

– David ! s'exclama Kay.

Joan pivota pour le dévisager.

– Monsieur Webster ?

– Me serait-il possible, maintenant, de voir ma femme ? articula-t-il d'un ton amer.

Au son de sa voix, Emma sursauta.

– David..., souffla-t-elle.

Joan laissa l'homme passer. Elle capta dans les yeux de Kay McLean une lueur d'angoisse.

– Je reste, décréta Kay, bien que nul ne l'ait priée de partir.

David Webster s'approcha d'Emma, la couva d'un regard anxieux et, avec précaution, se pencha pour l'embrasser.

– Salut, mon cœur, murmura-t-il.

– On vient de lui donner un sédatif, laissez-la dormir, déclara Kay à celui qui était son gendre depuis peu.

Emma leva vers David des yeux emplis de désarroi.

– David. Tu étais où ? J'ai eu si peur...

Il s'effondra dans le fauteuil, prit la main de sa femme, baisant ses doigts.

– Chuut... Repose-toi. Je suis là. On parlera plus tard. Tu ne risques plus rien, maintenant, murmura-t-il. Je ne te quitterai plus.

Avant de franchir le seuil de la chambre, Joan Atkins observa le couple. Emma avait les paupières closes, les larmes coulaient sur ses joues. Du gras du pouce, David les essuyait délicatement. Joan s'éloigna dans le couloir, les sourcils froncés.

7

UN BRUIT TÉNU, tout proche, s'insinua dans son sommeil ; Emma ouvrit brusquement les yeux, le cœur cognant comme s'il voulait bondir hors de sa poitrine. Entre ses cils, elle distingua une femme vêtue d'un pantalon et d'une tunique en polyester, coiffée d'un bonnet de chirurgien, et qui portait un plateau.

– Et voilà ! dit gaiement l'aide-soignante. Le petit déjeuner. Il faudrait que le prince charmant se réveille.

Emma tourna la tête sur le rugueux oreiller d'hôpital, humide des larmes qu'elle avait versées en dormant, et vit son mari. David était avachi dans le fauteuil réservé aux visiteurs, profondément endormi, la joue appuyée sur son poing. Il n'était pas rasé et paraissait totalement exténué.

– David...

Il sursauta. Dans ses yeux noirs, elle lut la confusion et la torpeur. Mais aussi autre chose. Quand leurs regards se rencontrèrent, celui de David était halluciné, comme s'il avait entr'aperçu un fantôme.

– Le petit déjeuner est servi, dit-elle doucement. Vous pouvez le poser là ? demanda-t-elle à l'aide-soignante, désignant la table de lit.

– Mais oui. Surtout, il faut manger. Vous avez besoin de reprendre des forces. Le docteur va passer vous voir.

Emma acquiesça.

– D'accord.

David s'ébrouait, frottait ses joues noircies par la barbe. Puis il traîna le fauteuil pour l'approcher du lit, se redressa et embrassa Emma sur le front.

– Ma beauté... Comment tu te sens ?

Emma bougea sa jambe, qui lui semblait en feu, et tâta délicatement son flanc blessé.

– Un peu mieux. Je crois que je me suis endormie dès que tu es arrivé, hier soir.

David opina, se rassit dans le fauteuil.

– Je t'ai regardée dormir un moment. J'avais envie de me glisser dans le lit avec toi, mais je ne voulais pas accrocher tous ces points de suture. Je ne sais pas quand j'ai sombré dans le sommeil, ajouta-t-il en lui prenant la main. Tu parles d'une nuit de noces.

Emma hocha tristement la tête. La main de David, qui étreignait la sienne, semblait l'unique source de chaleur dans toute la pièce.

– Je suis contente que tu sois là avec moi. Si je m'étais réveillée seule, j'aurais eu peur...

– Emma, je ne sais pas quoi te dire. J'aurais dû être auprès de toi dans ce chalet. Je n'aurais jamais dû t'y laisser seule...

Elle se remit à pleurer.

– C'était horrible, David.

– Je sais, marmonna-t-il avec rage. Je sais.

– Il était derrière moi avec cette hache, je me suis retournée...

La voix d'Emma s'érailla. David lui serra si fort les doigts qu'elle faillit crier.

– Non. N'y pense pas.

– Je priais pour que tu rentres.

– Je suis malade de culpabilité, soupira-t-il. Si je pouvais revenir en arrière... Je suis allé me balader au bord de la rivière. Tu comprends, avec tous les événements de la journée, j'étais un peu saturé. J'ai pensé que... en réalité, je n'ai pensé à rien. Je me suis contenté de marcher, en me réjouissant de ma chance. Le coucher du soleil était magnifique. J'ai déniché cette vieille canardière où mon oncle John nous emmenait. J'y suis monté pour regarder l'eau et je suis passé au travers des planches pourries. J'ai entendu les coups de fusil. Je me suis démené pour me sortir de là, ce qui n'a servi qu'à empirer les choses. Au moment où je me suis dégagé, la police était là. Ils cherchaient ton agresseur et, à la place, ils m'ont trouvé.

– Tu l'as vu ?

– Qui ?

– Lui, répondit-elle nerveusement. Le type à... à la hache.

– Non, et je le regrette. À présent, ce serait un homme mort.

Ils restèrent un moment silencieux. Puis David se leva brusquement et contourna le lit.

– Attention à la perfusion, dit-elle.

Il baissa machinalement la tête et positionna la table devant Emma.

– Qu'est-ce qu'ils ont mis dans cette perfusion ?

– Je ne sais pas. S'ils me l'ont dit, je ne m'en souviens pas. J'étais trop dans les vapes.

– Tiens, mange quelque chose. Tu as besoin de toutes tes forces.

Il retira l'opercule du gobelet de jus de fruit qu'il lui tendit. Emma but une gorgée.

– Tu as pu aider la police ? demanda-t-elle.

– Les aider ? ricana-t-il.

Emma, qui mastiquait un bout de toast, le dévisagea, soudain déconcertée.

– Ils ont dit que tu étais au poste, que tu essayais de les aider.

– J'étais au poste où je subissais un interrogatoire. Emma, il faut que tu regardes la réalité en face. Je suis ton mari, par conséquent le premier suspect.

– Toi ? s'exclama-t-elle.

– Le mari est toujours le premier suspect. J'étais sur les lieux. Il y avait mes empreintes sur l'arme du crime.

– La hache ? Mais tu coupais du bois, s'insurgea-t-elle.

– Hier soir, Atkins ne t'a pas interrogée à mon sujet ?

Alors la mémoire revint à Emma. Cette femme lieutenant qui lui demandait s'ils s'étaient disputés. Si David l'avait déjà agressée, physiquement. Elle grimaça en se remémorant ces questions, tellement saugrenues qu'elle les avait balayées de son esprit.

– Elle m'a demandé si je ne voyais pas quelqu'un qui pourrait m'en vouloir. Ça m'a rappelé ces lettres anonymes. Celles que je reçois au Centre... Je lui en ai parlé.

David sourcilla.

– Tu n'aurais pas dû, Emma.

– Quoi donc ? s'étonna-t-elle.

– Lui fournir cette information. Mon frère me l'a bien recommandé : motus et bouche cousue.

– Phil a dit ça ? Quand ?

– Je lui ai téléphoné hier soir.

– Oh, bien sûr. Dans un moment pareil, tu ressentais le besoin de parler à ton frère, évidemment.

David hésita, se mordillant l'intérieur de la joue.

– En fait, ce n'était pas seulement ça. Je voulais son avis d'homme de loi. Phil a appelé l'un de ses amis avocats, Yunger. Ce type a sauté dans sa voiture et il est venu me tirer du pétrin. À partir de maintenant, Emma, il vaudrait mieux que tous nos échanges avec la police se fassent par l'intermédiaire de M. Yunger.

Emma se taisait. Elle reposa la croûte de son toast sur l'assiette et essuya les miettes grasses de beurre qui lui poissaient les doigts. Elle évitait le regard de David.

– Qu'est-ce qu'il y a ? demanda-t-il.

– Pourquoi a-t-on besoin d'un avocat ? On n'a rien à cacher.

– Emma..., dit-il en lui prenant de nouveau la main. Un homme a été tué. Nous devons nous protéger.

– Contre qui ?

– La police.

Elle dégagea sa main, sentit un petit frisson glacé la parcourir.

– La police essaie de retrouver l'homme qui m'a attaquée. Pourquoi faudrait-il se protéger ?

Il la fixa longuement.

– Les policiers cherchent une solution facile. Je suis cette solution facile.

– C'est idiot. On vient de se marier. Nous nous aimons.

– Tu es riche. N'oublie pas que nous n'avons pas de contrat de mariage.

Pour un peu elle en aurait eu des remords, comme si son refus de signer ce fameux contrat de mariage les avait conduits à ce désastre.

– Je ne voulais pas compromettre notre... notre avenir. Pour moi, ça ressemblait à un manque de confiance...

– Moi, je le sais. Mais pas eux. Ils considèrent ton argent comme un mobile.

– David, non. C'est absurde. Ils ne peuvent pas t'accuser.

– Ne sois pas naïve. Tu lis les journaux. On expédie sans arrêt des innocents en prison. Nous devons éviter de parler aux flics. Laissons l'avocat s'en charger.

Elle le dévisagea, sans ciller, même si tout son être tremblait.

– Mais ça ne me paraît pas bien, dit-elle.

– Il faut que tu sois de mon côté, rétorqua-t-il, la mine sombre.

La porte s'ouvrit, livrant passage à un homme grisonnant, en chemise et cravate sous sa blouse blanche.

– Comment allons-nous ? Vous vous souvenez de moi ? Je suis le Dr Bell. Je me suis occupé de vous hier soir.

Battant des paupières, Emma regarda le médecin.

– Je... je crains de ne pas bien me rappeler...

– C'est compréhensible. Vous étiez assommée par les sédatifs. Je me suis dit que vous seriez contente d'apprendre que vous pourrez probablement rentrer chez vous demain.

– Oh, c'est formidable, dit David. Chérie, c'est formidable.

– Pendant un certain temps, vous aurez des difficultés à vous mouvoir. Les lacérations sont importantes et profondes. Vous avez plus de deux cents points de suture et il y aura sans doute quelques séquelles d'ordre neurologique. Plus tard, vous souhaiterez peut-être une opération de chirurgie réparatrice pour estomper les cicatrices. Il vous a fallu trois transfusions pour compenser l'hémorragie, ce qui n'est pas rien, mais nous redoutions surtout – c'était le plus grand danger – que votre organisme ne supporte pas le choc.

Par chance, les secours sont arrivés à temps et vous vous êtes bien battue.

– Je ne... je n'ai rien fait.

– Nous ne sous-estimons jamais le pouvoir de la volonté.

– Je vous suis reconnaissante de ce que vous avez fait pour moi. Et pour mon bébé.

– C'est mon boulot, répondit le Dr Bell en souriant. Quant à votre convalescence, j'ai une bonne nouvelle pour vous : aucun ligament ni tendon n'a été sectionné. Ce sera juste douloureux un certain temps. Je vous donnerai un traitement qui vous soulagera, naturellement.

– Je peux prendre des médicaments en étant enceinte ?

– Vous ne risquez rien. À condition de respecter la posologie.

Emma opina.

– Avec autant de plaies ouvertes, nous devons être attentifs aux possibilités d'infection. Actuellement vous êtes sous antibiotiques, expliqua-t-il, désignant la poche accrochée au pied de perfusion. Lorsque vous serez de retour chez vous, vous prendrez un antibiotique par voie orale. Veillez à ce que vos pansements soient propres. L'infirmière vous montrera comment les changer. Et faites attention aux points de suture. Ne portez pas de poids, ne conduisez pas. Limitez vos activités.

– Ne vous inquiétez pas, je ne lui permettrai pas de faire des bêtises, dit David.

Le Dr Bell sourit de nouveau.

– Au bout du compte, chère petite madame, vous avez eu beaucoup de chance. Une fois les blessures cicatrisées, il ne devrait pas y avoir de séquelles durables.

C'était le médecin qui s'exprimait. Il lui parlait de son corps. Quelle chance, chère petite madame. Pas de séquelles durables. Elle pensa à l'homme encagoulé, qui brandissait la hache au-dessus de sa tête. Elle dut ravaler le sanglot qui lui mordait la gorge.

8

Le lundi matin à la première heure, le lieutenant Joan Atkins, en tailleur noir et sous-pull à rayures, pénétrait dans les locaux du poste de police de Clarenceville. Elle rejoignit le chef de la police locale et patienta, tandis que celui-ci convoquait un jeune inspecteur, Trey Marbery, qu'il chargea de travailler avec elle dans l'enquête sur l'agression contre Emma Webster. Joan remarqua que Trey Marbery était apparemment le plus jeune de la brigade et également le seul métis. Elle comprit pourquoi Osmund l'avait désigné. Un homme blanc et plus âgé aurait rechigné à recevoir des ordres d'une femme. Joan réprima un soupir. Prévisible mais lassant.

– À quoi est-ce que je vous arrache, inspecteur ? demanda-t-elle aimablement à Marbery.

Il haussa les épaules.

– Des cambriolages dans des boutiques de stations-service. Un vieux bonhomme tué par un chauffard au printemps dernier. Une histoire qui, maintenant, est aux oubliettes. Rien d'aussi intéressant que cette affaire, et de loin. Je suis ravi que le chef m'ait ordonné de vous seconder.

– Tant mieux, dit Joan avec un petit sourire. Il me faut quelqu'un qui connaisse bien cette ville.

Puis elle briefa Marbery et fut favorablement impressionnée par la concentration et les questions pertinentes du jeune homme au teint café au lait. Ils quittèrent ensemble le poste de police.

– Par où on commence ? demanda Marbery.

– Le lieu de travail d'Emma Webster. Je veux voir ces messages anonymes. Vous savez où est le Centre Wrightsman ?

– Oui, m'dame.

– Parfait. Alors, vous conduisez.

Le bâtiment abritant le Centre Wrightsman était une immense demeure en pierre grise, de style colonial, qui avait été jadis la résidence de Noah Wrightsman, l'un des personnages les plus riches de Clarenceville. Après sa mort, les héritiers avaient préféré un allègement d'impôts à la majestueuse vieille bâtisse. Ils en avaient fait donation à la Lambert University qui l'avait rapidement transformée en centre de soins pour les jeunes.

Marbery se gara sur le parking gravillonné à côté du Centre, et les deux officiers de police se dirigèrent vers l'entrée. Marbery appuya sur la sonnette.

– J'étais là il y a quelques mois, dit-il tandis qu'ils attendaient.

– Vraiment ? Pour quelle raison ?

– La femme du Dr Heisler est décédée. Elle a plongé du pont dans la rivière.

– Mort suspecte ?

– Ben, on doit toujours considérer un suicide comme un éventuel homicide. Mais c'était une poétesse. Très... artiste, très nerveuse. Elle venait de recevoir un prix littéraire important, pourtant elle a sombré dans la spirale de la déprime, d'après les gens qu'on a interrogés. Seulement, comme son corps n'est pas réapparu tout de suite, on a mis la pression sur le mari. Et puis on l'a retrouvée, et c'était un suicide.

– Qu'a conclu le coroner ?

– Que sa chute du haut du pont l'avait tuée.

– Ça paraît évident.

À cet instant, une femme hispanique au visage rond leur ouvrit la porte et annonça que le Dr Heisler les attendait.

– Je vous conduis à son bureau, ajouta-t-elle.

Joan jeta un coup d'œil à certaines des pièces devant lesquelles ils passaient. Dans les salles communes, des adolescents regardaient la télé ou pianotaient sur les claviers des ordinateurs. La bâtisse était aussi silencieuse qu'une bibliothèque.

– J'imaginais que ce serait plus bruyant, dit-elle à leur guide.

Sarita Ruiz éclata de rire.

– Il est tôt. Beaucoup d'entre eux viennent juste de prendre leurs médicaments. Revenez donc dans quelques heures.

Ils atteignirent le bureau du Dr Heisler, et Sarita les invita à entrer. Burke Heisler les attendait, debout devant sa table, nerveux. Joan fut aussitôt frappée par le contraste qu'offrait son visage taillé à la serpe et son élégant costume.

– Inspecteur Marbery, dit Burke d'un air sombre. Comme on se retrouve...

– C'est un plaisir de vous revoir, monsieur, répondit poliment Trey. Permettez-moi de vous présenter le lieutenant Atkins, de la police d'État.

– Enchanté, lieutenant, dit Burke, et ils échangèrent une poignée de main. Voulez-vous vous asseoir ? enchaîna-t-il, montrant le sofa et deux fauteuils en vis-à-vis, devant la cheminée où le feu était éteint

– fauteuils que choisirent les policiers. En quoi puis-je vous être utile ? Je suis à votre entière disposition.

– Mme Webster a mentionné qu'elle recevait de mystérieux messages, déclara Joan. Elle dit qu'elle les a gardés ici. Nous souhaiterions les examiner.

– Ma secrétaire peut vous conduire à son bureau, si vous voulez perquisitionner.

Joan fit un signe au jeune inspecteur.

– Vous vous en chargez ?

Par l'intercom, Burke appela Geraldine que Marbery alla rejoindre à l'accueil.

– Le Dr Webster nous a également dit qu'elle vous avait montré les messages, reprit Joan.

– En effet.

– Cela la préoccupait ?

Burke hésita, s'assit sur le canapé.

– Elle n'y était pas indifférente. Et, oui, cela l'inquiétait.

– Et vous ? Qu'en pensiez-vous ?

– Qu'il s'agissait peut-être d'un cas d'érotomanie.

– Un synonyme clinique d'obsession, n'est-ce pas ?

– Dans sa manifestation la plus extrême, il s'agit d'une psychose. Un individu a la conviction que l'objet de son attachement passionnel partage ses sentiments. Même quand il y a toutes les preuves du contraire. Cependant, d'une manière générale, la personne en proie à cette obsession ne reste pas dans l'ombre, elle se fait connaître de l'autre, interfère dans sa vie quotidienne, le harcèle, menace de se venger s'il refuse de lui rendre son amour.

– Et cette... illusion peut aboutir à la violence ?

– Absolument.

– Alors pourquoi n'avez-vous pas prévenu la police, quand Mme Webster vous a montré ces lettres ?

– Elles ne correspondaient pas vraiment au profil d'un psychotique violent. Et, comme vous le constaterez, elles n'avaient rien de menaçant. Ce n'est pas la première fois que je rencontre ce genre de passage à l'acte dans un établissement où l'on accueille des adolescents à l'équilibre émotionnel fragile. D'ailleurs, je sais par expérience que, concernant les lettres d'amour anonymes, la police ne peut rien faire.

– Et il y a eu d'autres incidents ? Quelqu'un qui l'aurait suivie, un voyeur ou autre ?

– Pas à ma connaissance.

– Avez-vous une suggestion quant à l'identité de l'auteur de ces messages ? L'un de ses patients a-t-il déjà fait une fixation de cette nature ?

Burke secoua la tête.

– Pas que je sache.

– Il me faudra la liste complète de ses patients.

– Je vous la fournirai. Lieutenant Atkins, il y a une chose que je crois devoir vous signaler.

– Quoi donc ?

– Nous avons eu un problème il n'y a pas très longtemps... Emma soignait une anorexique, or les parents de cette jeune fille – le père en particulier – se sont opposés aux... méthodes d'Emma. Ils ont retiré leur fille du Centre et elle est morte très vite, des suites de sa maladie. Le père était terriblement furieux contre Emma. Il s'est adressé à moi, a exigé qu'elle soit licenciée. J'ai tenté de le raisonner, sans résultat, par conséquent j'ai fait en sorte que l'accès au Centre lui soit interdit.

Joan fronça les sourcils.

– Mme Webster ne m'en a pas parlé.

– Elle l'ignore, soupira Burke. La mort de cette jeune fille a ébranlé l'assurance d'Emma. Or, selon moi, elle avait agi comme il le fallait. Je considérais que le père était... dans l'erreur. Alors je suis intervenu, en tant que directeur de cet établissement. C'est moi qui porte le chapeau, comme on dit.

Joan sortit de son sac son bloc-notes et un stylo.

– Le nom de cet homme ?

– Lyle Devlin. Il est professeur de musique à Lambert. Sa fille s'appelait Ivy. Mais soyons bien clairs. Je n'accuse pas M. Devlin de quoi que ce soit. Simplement, il était furieux contre Emma.

– Je lui parlerai, rétorqua Joan qui griffonna le nom et remit le bloc-notes dans son sac à bandoulière.

Marbery frappa à la porte tout en poussant le battant.

– Entrez, inspecteur, dit Burke.

Marbery, qui portait des gants en plastique jetables, tenait une enveloppe en papier kraft. Joan enfila également des gants pour s'en saisir et trier le contenu. Chaque lettre était brève. Joan les compulsa, lisant à voix haute certaines phrases.

– *Dans mes cauchemars votre visage luit comme une étoile lointaine. J'essaie de voler jusqu'à vous. La douleur de l'amour m'est insupportable. Comment pouvez-vous regarder à travers moi et ne pas voir les secrets de mon âme ?* Eh bien, elle semble avoir inspiré à ce type une sacrée passion.

– La passion peut être dangereuse, murmura Trey.

Opinant, Joan rangea les lettres. Puis elle ôta ses gants et, d'un ongle ovale et pâle, tapota l'enveloppe.

– Docteur Heisler, vous avez dit que Mme Webster est une consœur ainsi qu'une amie...

– À l'université, mon épouse et elle partageaient une chambre. Le jour où Emma s'est mariée, j'étais le témoin de son fiancé.

– Vraiment ? Vous êtes donc aussi lié avec David Webster.

– Nous sommes des amis d'enfance. Ma famille possédait un casino, et sa mère était serveuse dans l'un des restaurants de l'établissement. J'étais dans une école privée, mais quand je rentrais à la maison, je traînais dans les cuisines du restaurant et, quelquefois, la maman de David l'amenait pendant ses heures de travail. Nous sommes devenus les meilleurs copains du monde. Nous le sommes restés durant toutes ces années. Emma et David se sont rencontrés chez moi.

– Vous est-il arrivé de... vous interroger sur les motivations qui ont poussé Webster à épouser Emma Hollis ?

Cette suggestion fit sursauter Burke.

– Non, bien sûr que non. Qu'est-ce que vous racontez ?

Joan observait attentivement les réactions du médecin.

– Mme Webster est riche. Si elle mourait, son mari hériterait de sa fortune.

– David ? s'exclama Burke, incrédule. Non. C'est complètement impossible. David se fiche de l'argent.

– Je ne veux pas vous contredire, docteur, néanmoins si sa mère était serveuse, je doute qu'il ait été élevé dans le luxe. Vous vous fichez peut-être de l'argent, mais je présume que ce n'est pas son cas.

Burke secoua la tête.

– Vous ne le connaissez pas. Il a toujours suivi sa propre voie. Non... Il a toujours été exaspéré par les grippe-sous ou les gens qui étalent leur richesse. David n'est pas comme ça. La plupart des crimes sont domestiques, je sais, mais dans cette affaire la solution est ailleurs. Vous avez éliminé l'hypothèse d'une agression fortuite ?

– Nous n'avons encore éliminé aucune éventualité.

– Alors vous pouvez rayer David de vos tablettes. Jamais il ne ferait de mal à Emma. David est fou amoureux d'Emma.

Joan considéra l'enveloppe qu'elle tenait dans sa main.

– Est-ce une impression, ou un diagnostic ? demanda-t-elle.

9

EMMA appuya son front contre la vitre, côté passager, dans la Jeep Cherokee que David conduisait. Cet après-midi d'automne était somptueux, le feuillage flamboyait sur fond de ciel gris et brumeux. L'air vif était reconstituant après l'atmosphère confinée, recyclée, de l'hôpital. Pendant les premières vingt-quatre heures, ses deux cents points de suture lui avaient rendu la moindre respiration, le moindre mouvement douloureux. À présent, deux jours plus tard, c'était simplement très gênant. Un kinésithérapeute était passé lui montrer comment se servir d'une canne afin de réduire les tensions sur son côté gauche. « Vous prendrez le coup », lui avait-il dit, jovial. Mais quand David avait arrêté la voiture devant l'entrée de l'hôpital, elle avait failli fondre en larmes – elle se demandait comment elle allait réussir à grimper sur le siège trop haut du SUV. Alors son mari avait ouvert le coffre pour y prendre une caisse à bouteilles de lait, en plastique, qu'il avait placée près de la portière du passager. Comme Emma s'étonnait qu'il ait prévu ça, il avait expliqué qu'il gardait la caisse en plastique dans le coffre pour sa mère, qui elle aussi était incapable de monter sans marchepied. Ainsi, grâce à cet escabeau, le premier obstacle avait été aisément franchi. Mais Emma savait que les contraintes physiques seraient le cadet de ses soucis. Il y aurait d'autres souffrances, infiniment plus pénibles.

Posant une main protectrice sur son ventre, elle songea qu'elle avait de la chance d'être en vie, d'en avoir réchappé, et que son bébé soit toujours en elle, à l'abri. Elle aurait dû éprouver de la gratitude. Pourtant elle était taraudée par la mélancolie. D'abord soulagée d'avoir survécu à l'agression, elle s'était ensuite sentie déprimée. Un maniaque, encore en liberté, l'avait attaquée, et un brave homme était mort en essayant de la sauver. Son week-end dans la forêt, sa lune de miel avaient viré au cauchemar sanglant. Elle savait bien qu'il existait sur cette terre une violence sauvage – impossible de l'ignorer si on regardait la télévision ou lisait les journaux. Mais être soi-même la victime d'une agression aussi insensée... Elle n'avait jamais vraiment connu la peur. Naguère elle se croyait forte et considérait cette force comme un bouclier. Maintenant elle ne s'illusionnait plus.

– On est presque arrivés, dit David.

Elle se tourna vers lui et se força à sourire.

– Je serai contente de me retrouver dans notre maison. Dans notre lit.

– Tu ne pourras pas monter et descendre l'escalier pendant quelques jours, peut-être plus longtemps. Tu as entendu le docteur. Je te préparerai le lit au rez-de-chaussée.

Ils avaient une chambre d'amis qui jouxtait la cuisine. David y avait son ordinateur, ses dossiers, et avait décrété que c'était son bureau.

– Mais c'est là que tu travailles, objecta-t-elle. Je ne veux pas envahir ton espace.

– Ce n'est que temporaire, ça ne me dérange pas.

– D'accord, dit-elle sans conviction. À condition que tu dormes avec moi.

– Je ne suis pas certain que ce soit une bonne idée. J'aurais peur de te faire mal. Je ne voudrais pas arracher ces points de suture.

La perspective de dormir seule au rez-de-chaussée paniqua Emma.

– Je refuse d'être toute seule en bas, David.

– Tu ne risques rien, chérie. Ton agresseur, qui que ce soit, est sans doute encore dans les Pine Barrens, en train de chercher quelqu'un d'autre... une nouvelle victime.

– Je ne prétends pas que c'est rationnel. J'ai simplement peur, d'accord ?

– Mais tu n'as rien à craindre. Tout ira bien...

– Non, tout ne va pas bien ! s'écria Emma. Je n'ai pas le droit d'être terrorisée, peut-être ? Qui ne le serait pas après une histoire pareille ?

– Je suis désolé. Évidemment que tu en as le droit. Calme-toi. Il ne faut pas t'énerver. Je peux peut-être installer un lit pliant ou dormir sur le sofa.

– Il m'est rigoureusement impossible de rester seule, insista-t-elle.

– Je saisis, Emma. Je comprends.

Elle s'obligea à respirer à fond.

– Je suis navrée. Je me comporte comme un bébé.

Il posa une main rassurante sur la sienne.

– Hé... que tu sois effrayée, c'est tout à fait normal. Tu viens de vivre un cauchemar. Mais dès que nous serons à la maison, tout te paraîtra plus facile. On y sera dans un instant. Essaie simplement de te relaxer.

Elle hocha la tête.

– Tu as raison. On y est presque.

– Encore quelques centaines de mètres.

Emma contempla par la vitre les rues paisibles de Clarenceville, tandis qu'ils roulaient vers leur demeure. Elle se la représenta mentalement. Leur nid. La maison se dressait au bout d'une impasse plantée d'arbres, sans voisins pour gâcher le panorama sur les bois. Ils n'en étaient que locataires, mais Emma avait eu le coup de foudre à la seconde où elle était entrée dans la maison à un étage, de style Arts and Craft – aux omniprésentes boiseries d'acajou contrastant avec les murs écrus, comme stuqués, et les fenêtres aux verres clairs maintenus par des baguettes de plomb qui formaient des motifs géométriques. Les tissus imprimés William Morris, le cuir, les antiquités Mission qu'ils avaient achetés convenaient parfaitement à ce cadre. Elle avait même pensé qu'ils pourraient tenter de persuader le propriétaire de leur vendre la maison. Mais à présent, cela semblait si peu important.

Elle ferma les yeux, se laissa aller contre l'appuie-tête. La maison. Elle se sentirait mieux quand elle serait à la maison.

– Oh... merde, pesta David.

Il avait tourné au coin de leur rue. Emma se redressa sur son siège et rouvrit les paupières.

– Qu'est-ce qu'il y a ?

Ils avaient atteint leur ruelle à l'écart du monde et se dirigeaient vers leur résidence, tout juste visible à travers les branches dénudées des nombreux arbres qui l'entouraient. Mais au lieu d'entrevoir leur havre de paix, au bout de l'impasse, ils découvraient une collection de véhicules garés n'importe comment de chaque côté de la chaussée et une foule agglutinée à la lisière de leur pelouse. Massés autour des vans des médias, les reporters équipés de micros et de blocs-notes les attendaient.

– Qu'est-ce qu'on fait ? demanda-t-elle, angoissée.

– Eh bien, on y va, marmonna David.

Comme en réponse à ses paroles, l'un des types en anorak, dans l'allée, repéra leur voiture et la montra du doigt. Toutes les têtes se tournèrent vers eux, et les journalistes accoururent.

David serra les dents et continua à rouler lentement vers leur maison, sans adresser un regard aux gens qui s'attroupaient autour de la Jeep en braillant des questions.

Emma s'écarta de la vitre, se recroquevilla contre son mari, cachant son visage tandis que David avançait au pas, suivi par les reporters aussi bruyants qu'un essaim d'abeilles. Un van barrait l'accès à l'allée.

– On ne peut pas passer, balbutia Emma.

David baissa un peu sa vitre pour appeler le conducteur du van, mais aussitôt un micro se glissa dans l'interstice.

– Bon Dieu...

Il remonta la vitre, indifférent au journaliste qui se plaignait avec véhémence qu'on ait abîmé un matériel coûteux. David fulmina un instant, puis martela l'avertisseur. Le klaxon était si discordant qu'Emma se boucha les oreilles.

Le conducteur du van – orné sur la portière du logo d'une chaîne de télévision – parut réaliser dans un sursaut que ce coup de klaxon lui était destiné. L'air agacé, il se mit au volant et alluma les phares. David recula juste assez pour lui permettre de dégager le passage, puis voulut poursuivre son chemin.

– Oh génial, regarde qui est là.

Il s'arrêta brusquement au bout de la courte allée menant à la maison.

– Qui ?

David montra la voiture déjà garée devant chez eux.

– C'est la bagnole que Rory a louée à l'aéroport.

– Oh..., fit Emma, s'efforçant de paraître surprise.

En réalité, elle ne l'était pas. Sa mère n'avait quasiment pas quitté l'hôpital, montant la garde dans la chambre ou le couloir.

David pestait.

– Évidemment, si on avait un garage, j'aurais une solution, mais avec ces vieilles baraques...

Emma se sentit... réprimandée. À cause de la présence de sa mère, et aussi à cause de la maison. Elle ne comptait pas qu'il soit enchanté par cette visite, mais pour le reste... c'était autre chose. Elle aimait cette vieille maison. Elle pensait que David l'aimait aussi.

– Ne bouge pas, lui dit-il. Je descends et je viens t'aider. Ils n'ont pas le droit d'entrer dans notre propriété, donc ne fais pas attention à eux.

Elle acquiesça.

David ouvrit la portière de la Jeep. Emma entendit un brouhaha de voix qui la bombardaient de questions. Il claqua la portière et la verrouilla. Puis il contourna la voiture. Emma le regarda à travers la vitre, et il hocha la tête d'un air sévère.

Elle hésita, entrebâilla la portière. Il lui tendit une main qu'elle agrippa. Il ouvrit davantage la portière, elle se glissa hors de la Jeep, la jambe et tout le côté atrocement douloureux après une heure d'immobilité. Elle positionna fermement sa canne sur le sol et s'y appuya, tandis que David refermait la portière.

– Emma, comment vous allez ? lui lança une femme, l'appelant par son prénom avec un sans-gêne et une familiarité outrancière.

– Ne les regarde pas, ne leur réponds pas, chuchota David.

Encore un conseil de M. Yunger ? se demanda-t-elle.

– Emma, vous savez qui est le tueur des Pine Barrens ? vociféra, au bord du jardin, un binoclard armé d'un micro.

– Et vous, Dave ? brailla un autre type. Vous avez un commentaire sur celui qui a tenté d'assassiner votre épouse ?

Emma jeta un coup d'œil discret à David. Il bouillait de colère.

– Où étiez-vous quand ça s'est passé ? cria quelqu'un.

Brusquement, Rory apparut sur le perron, en pantalon kaki et polo de golf vert. Il menaça du doigt la horde de journalistes.

– Bon, ça suffit ! rugit-il. Cette jeune femme est blessée. Vous ramassez tout votre fourbi et vous levez l'ancre.

– Que savez-vous sur cette affaire, monsieur ? Quels sont vos liens avec la victime ? interrogea un reporter sans se démonter.

David guida Emma le long de l'allée, la fit pénétrer dans la maison et passer devant Rory qui restait planté là, bloquant quasiment la porte d'entrée. Kay, qui attendait dans le vestibule, étreignit sa fille avec précaution.

– S'il vous plaît, Kay, laissez-la s'asseoir, dit David.

Une étincelle flamba dans le regard que Kay McLean darda sur son gendre, cependant elle lâcha sa fille. David aida Emma à atteindre le canapé et à s'installer sur les coussins.

– Dave, vous ne pouvez pas permettre à ces gens de vous envahir, dit Rory, entourant de son bras les épaules de Kay.

David ne répliqua pas.

– Je retourne à la voiture prendre nos affaires, dit-il à Emma.

Elle s'adossa au canapé, hocha la tête.

– Ma pauvre petite, dit Rory. Tu as une mine épouvantable.

– Je suis juste endolorie, rétorqua Emma, irritée. Ça passera.

Kay, en tailleur-pantalon Calvin Klein couleur taupe, ses cheveux platine impeccablement coiffés, s'assit sur le divan à côté d'Emma dont elle massa la main.

– Oh, maman, j'ai mal partout, se plaignit Emma.

Le stress et la fatigue la submergeaient. Les larmes coulaient sur ses joues. Elles jaillissaient et se tarissaient de façon imprévisible, pareilles à des giboulées.

– Mon pauvre bébé...

– Qu'est-ce que vous faites ici ?

Ce matin, alors qu'Emma se préparait à quitter l'hôpital, Kay avait annoncé à David qu'elle souhaitait rester chez eux pour soigner sa fille. David avait aussitôt rejeté sa proposition.

– Je croyais que vous repartiez à Chicago, ajouta Emma.

– Nous devions repartir, répondit Kay. Nous allons repartir. Mais je voulais avoir la certitude que tu étais revenue à la maison sans problèmes. Et j'ai pensé que tu aurais besoin d'aide pour toutes les fleurs que tu as reçues...

– Nous les avons données aux autres malades. David s'en est occupé.

– Ah bon. Et Stephanie m'avait dit, quand elle est passée te voir à l'hôpital, qu'elle t'apporterait un petit ragoût pour ton retour. Il fallait bien que quelqu'un soit présent pour l'accueillir. Heureusement, nous étions là. Elle vient juste de s'en aller. Elle t'embrasse.

– C'est gentil de sa part.

– Oh, et puis je me suis souvenue que... euh... tes cadeaux de mariage étaient encore à l'auberge. Nous les avons donc récupérés, dit Kay, désignant les boîtes enrubannées, enveloppées de papier or et argent, empilées devant la cheminée où l'on n'avait pas allumé de feu.

– Merci, maman. Tu as pensé à tout.

David revint, portant les sacs. Emma lui adressa un faible sourire et un signe d'encouragement, tandis qu'il gravissait l'escalier. Puis elle posa une main sur son ventre et ferma un instant les yeux.

– Ces journalistes se comportent comme une meute de chiens enragés, dit Kay.

– Ils sont payés pour ça, soupira Emma.

– Chérie, je te prépare du thé ?

– Merci, ça va.

Rory s'approcha et s'assit au bord du fauteuil, vis-à-vis d'Emma.

– Non, ça ne va pas, déclara-t-il à voix basse. D'après ce que les policiers et les médecins ont expliqué à ta mère, c'est un miracle que tu sois encore en vie.

– En fait, je suis en vie parce que Claude Mathis a volé à mon secours. Et sa générosité lui a valu d'être assassiné. J'ai réfléchi. Je tiens à aider sa famille. Son fils. Il a un fils adolescent. Je veux qu'une sorte de rente soit versée à ce garçon. Tu n'as qu'à puiser dans l'un de mes portefeuilles de titres.

– On aura tout le temps pour ça quand tu seras remise, répondit Rory d'un ton conciliant.

– Cette famille est en souffrance. J'exige que tu le fasses immédiatement.

– Tu souhaites peut-être examiner de plus près les dispositions actuelles. Préfères-tu un compte épargne ou un petit portefeuille d'investissements ou...

– Ce n'est pas ton domaine ? coupa Emma. S'il te plaît, tu t'en occupes et voilà tout.

– D'accord, dit Rory. D'accord. Bien sûr. Considère que c'est fait. Je préparerai les documents.

– Merci.

Kay frotta l'une contre l'autre ses mains bronzées, aux ongles soigneusement manucurés.

– Emma, Rory et moi nous en avons beaucoup discuté et... nous pensons qu'il vaudrait mieux que tu rentres à la maison avec nous. Laisse-nous t'emmener à Chicago, où nous pourrons veiller sur toi.

– Ma maison est ici. J'y suis très bien, maman.

Kay et Rory échangèrent un regard.

– Quoi ? s'indigna Emma. Ça signifie quoi, ce coup d'œil en douce ?

– Rien, dit Kay. Simplement, il me semble que tu serais plus en sécurité avec nous.

– David s'occupera de moi.

– Nous ne connaissons pas très bien David, objecta Kay.

– Maman, il est mon mari, riposta Ema.

– Allons, ne parle pas à ta mère sur ce ton. Elle ne pense qu'à ton bien.

Rory pointa l'index vers Emma.

– Laisse-moi te dire quelque chose, d'un point de vue masculin. Beaucoup d'hommes ne considèrent pas la grossesse comme les femmes le font. Ils se remémorent le bon vieux temps, quand ils étaient libres, sans responsabilités. Peut-être que ton époux a regretté ce mariage.

Emma en était bouche bée.

– Qu'est-ce que tu insinues... ?

– Je te répète seulement ce que dit la police.

– Comment oses-tu ? Surtout toi.

Rory la fixa sans ciller. Kay ne tiqua pas non plus. Elle saisit le poignet d'Emma, qui crispa le poing.

– Viens avec nous, Emma, dit Kay d'une voix caressante. Reste avec nous jusqu'à ce qu'il y ait... une arrestation. Ça me donnera l'occasion de te dorloter. Tu n'es pas en état de travailler. Ça ne durera pas longtemps. Nous te chouchouterons. Ce sera amusant. Comme avant.

Emma contempla sa mère d'un air stupéfait.

– Je n'irai nulle part. C'est insultant. Pourquoi je partirais ? Je suis ici chez moi.

– Nous voulons juste te protéger, Emma, insista Rory.

– Je n'ai que faire de votre protection.

– Mon ange, protesta Kay. Regarde-toi. Tu as besoin de protection, évidemment. Tu as failli être tuée.

– Par un maniaque dans les Pinelands ! s'écria Emma. Pas par mon mari.

David descendait l'escalier ; il pénétra dans le salon et foudroya des yeux Kay et Rory.

– Votre aide ne sera pas nécessaire. Excusez-moi d'avoir écouté aux portes, mais je n'apprécie pas d'être calomnié sous mon propre toit. Je suis ici chez moi, et vous suggère de vous en aller.

– David, murmura Emma. Ma mère ne pensait pas à mal.

– Tu es d'accord avec eux ? Tu préfères partir avec eux ? s'exclama-t-il. Si tu estimes qu'ils ont raison, je ne te retiens pas.

Rory se leva, raide comme un piquet.

– Kay, je crois que nous devrions prendre congé.

– Mon ange, s'il te plaît..., dit Kay d'un ton implorant.

Emma contempla ses mains jointes sur ses cuisses, secoua la tête.

– Engage au moins une infirmière capable de s'occuper correctement de toi.

– Je peux m'occuper d'elle, rétorqua David.

– C'est vrai, maman. J'ai David. Je n'ai besoin de personne d'autre.

Au bord des larmes, Kay ébaucha un mouvement pour toucher sa fille qui se crispa.

– Je me ferai du souci pour toi jour et nuit. Je t'en prie, téléphone-moi, ma chérie. Laisse-moi t'aider.

– Tout ira bien, souffla Emma. Allez-vous-en.

Emma ne les regarda pas quitter la pièce. Lire l'angoisse dans les yeux de sa mère lui était insupportable.

David les accompagna jusqu'au vestibule, verrouilla la porte dès qu'ils furent sortis. Puis il regagna le salon.

– Où sont les draps ? dit-il, évitant le regard anxieux d'Emma. Je vais installer le lit ici.

– Je suis désolée, David. Ma mère... elle a simplement peur pour moi.

– En haut, dans l'armoire à linge ?

– Oui... Tu es fâché contre moi ?

– Non, grogna-t-il, puis son visage se radoucit. Non... Repose-toi, ajouta-t-il plus gentiment.

Emma s'adossa de nouveau au canapé. David avait raison. Même s'ils se tracassaient à son sujet, sa mère et Rory n'avaient aucun droit de débarquer ici pour, à mots couverts, accuser David. Surtout Rory. Vu ce qu'elle savait de lui, qu'il se drape ainsi dans sa vertu la hérissait. Elle serrait les poings si fort que ses ongles égratignaient ses paumes. Arrête de ruminer. Pense à autre chose.

Elle tourna la tête vers la montagne de cadeaux. Des boîtes de toutes les tailles. Elle aurait dû se réjouir que tant de gens aient eu la délicatesse de leur offrir ces présents, à David et elle, mais dans l'immédiat elle était seulement découragée par la perspective d'avoir à les remercier par écrit. Ne sois pas comme ça, se tança-t-elle. Ce sont les personnes auxquelles tu tiens le plus. Cette pile de cadeaux est le symbole de leur affection pour toi.

Cette idée la réconforta. Certes, au cours des derniers jours, elle ne s'était pas sentie seule. David était à ses côtés, dans sa chambre d'hôpital, il avait répondu à presque toutes ses exigences pour l'empêcher de se fatiguer, cependant elle avait également conscience du soutien que lui apportaient les êtres qui peuplaient son existence. Les fleurs, les cartes, les brèves visites. Elle saisit la boîte la plus proche et la plus petite, entreprit de défaire le ruban. Comme il n'y avait pas de carte épinglée au papier, Emma espéra que l'expéditeur avait eu la jugeote de la glisser à l'intérieur du paquet. Elle n'avait pas envie de se retrouver avec une brassée de cadeaux anonymes. Le ruban tomba sur le sol, Emma déplia le papier doré et blanc, et constata que la boîte venait de chez Kellerman, un orfèvre-bijoutier réputé de Main Street, qui avait perdu une considérable partie de son élégante clientèle, laquelle s'était rabattue sur Internet et les catalogues de luxe. La boîte était de taille modeste, légère. Un minuteur à œufs, plaqué argent, se dit-elle avec une pointe d'ironie. Quand elle souleva le couvercle, une odeur bizarre, désagréable, assaillit ses narines. Comme elle dégageait les copeaux de papier, elle comprit qu'elle commettait une erreur. Mais trop tard. Les papiers étaient retirés, et elle retenait sa respiration.

Un ravier d'argent en forme de coquille Saint-Jacques était blotti sur le coussin de copeaux. Dans ce ravier gisait le corps rigidifié, à la fourrure poisseuse, d'une souris morte, sa queue incurvée pour tenir dans la boîte. Ses yeux pareils à des perles étaient grands ouverts.

10

La musique intermittente d'un piano, jouée par une main experte, s'échappait d'une fenêtre du cottage blanc, de style gothique victorien, qui ressemblait plus à une petite église qu'à une maison. Une décapotable Mazda était garée dans l'allée derrière un minivan. Le lieutenant Joan Atkins frappa à la porte cintrée et attendit, flanquée de Trey Marbery. Un moment après, une grosse femme blonde vint leur ouvrir. Ses yeux charbonneux étaient d'un bleu étourdissant, ses lèvres pulpeuses. Ses cheveux étaient relevés, embroussaillés, comme si elle les avait simplement retenus par une barrette en sortant du lit. Elle portait un corsage blanc quasiment transparent, au décolleté plongeant, et un jean moulant qui ne flattait guère sa silhouette enveloppée. Elle regarda tour à tour Joan et Trey, les gratifia d'un sourire vague, ensommeillé. Elle avait des fossettes aux deux joues.

– Bonjour, dit-elle d'une voix douce et flûtée.

– Madame Devlin ? demanda Joan Atkins.

– C'est moi.

Son articulation manquait de netteté, pourtant la femme ne sentait pas l'alcool. Et si son regard paraissait embrumé, il n'était pas injecté de sang. Tranquillisants ou somnifères, pensa Joan sans méchanceté.

Une mère endeuillée pouvait naturellement avoir besoin de médicaments pour tenir le coup.

– Je suis le lieutenant Joan Atkins de la police d'État. Et voici l'inspecteur Marbery de la police de Clarenceville. Nous cherchons votre mari.

Aussitôt les yeux somnolents s'arrondirent d'inquiétude.

– Pourquoi ? Qu'est-ce qu'il y a ? Alida va bien ?

– Qui est Alida ?

– Ma fille.

– Il ne s'agit pas d'elle. Nous avons quelques questions à poser à votre mari. Il est là ?

– Oui, il travaille dans son bureau. Il compose.

– Avant que je discute avec lui, pouvez-vous me dire, madame Devlin, où était votre mari samedi soir ?

– Quoi ? bredouilla la femme, déconcertée.

– C'est une simple question.

– Samedi soir ? Je ne me souviens pas, dit Mme Devlin, et Joan vit qu'elle fouillait vraiment son esprit. Ma mémoire..., s'excusa-t-elle.

Le piano s'interrompit, puis une sombre silhouette masculine apparut dans le couloir.

– Qui est-ce, Risa ?

– Deux policiers. Enfin... un policier et une... policière.

L'homme s'approcha. En veste de cuir noir sur un pull à col roulé noir, les cheveux en brosse, poivre et sel, des lunettes à monture d'acier sur le nez, il avait dépassé la quarantaine.

– Ils veulent savoir où tu étais samedi soir, annonça la femme en s'appuyant contre lui.

– Tu leur as dit, j'espère, que j'étais ici.

– Impossible de me souvenir de samedi, répliqua-t-elle d'un ton penaud.

– Nous avons loué ce film italien, tu te rappelles ?

Elle plissa les paupières.

– Ah oui... Tu étais là. Il était là, répéta-t-elle en opinant du bonnet.

– Qu'est-ce qu'il y a ? dit Devlin.

– Professeur Devlin ? enchaîna Joan en le fixant. Je suis le lieutenant Atkins de la police d'État. Voici l'inspecteur Marbery. Pouvons-nous vous parler ?

Impassible, Lyle Devlin remonta ses lunettes sur son nez.

– Entendu, suivez-moi. Excuse-nous, Risa.

Joan se faufila entre le chambranle et la femme au corsage translucide. Elle sentit son parfum, lourd, écœurant.

– Venez dans la salle de musique, dit Devlin. Je suis en train de composer.

Joan et Trey le suivirent dans le couloir mal éclairé, jusqu'à une véranda glaciale. Il y avait là des meubles en osier, défraîchis, des rayonnages de livres et de partitions, ainsi qu'un imposant piano qui occupait la majeure partie de l'espace.

– Pas de cours aujourd'hui ? demanda Joan.

– J'ai des horaires assez flexibles, répondit-il avec un mince sourire. L'université comprend qu'il me faut du temps pour mon travail personnel. Asseyez-vous...

Il indiqua un fauteuil et une banquette de fenêtre. Joan s'assit dans le fauteuil en osier. Trey se posa sur la banquette. Devlin, lui, prit place face à eux sur le tabouret de piano.

– Eh bien, que puis-je faire pour vous ? dit-il tranquillement. Pourquoi diable vous intéressez-vous à mes allées et venues de samedi dernier ?

– Monsieur Devlin, vous aviez une fille prénommée Ivy qui est récemment décédée ? interrogea Joan.

Devlin, qui était avachi sur le tabouret, se redressa et dévisagea Joan.

– Pourquoi me parlez-vous d'Ivy ?

– Je suis désolée d'aborder un sujet douloureux, mais apparemment vous considériez que la psychologue de votre fille était peut-être partiellement responsable de la mort d'Ivy. Le Dr Webster.

Devlin la fixa un moment.

– Je ne connais pas de Dr Webster.

– C'était le Dr Hollis. Avant son mariage.

– Oh, oui... Celle qui a été agressée dans les Pine Barrens.

Joan l'observait. Son expression, son attitude ; on aurait pu croire que c'était vraiment la première fois qu'il faisait le lien. Mais, vu la couverture médiatique de l'événement, Joan ne marchait pas.

– On a attenté à la vie du Dr Webster, dit-elle. Elle a échappé de justesse à la mort.

– Quel rapport avec Ivy ?

– D'après les informations que nous détenons, lorsque votre fille est décédée, vous étiez furieux contre le Dr Webster. Vous avez proféré des menaces.

Le visage de Devlin se pétrifia.

– Qui vous a raconté ça ?

– Est-ce exact ?

Lyle Devlin détourna le regard.

– Il se peut que j'aie... passé ma colère sur elle. À ce moment-là, j'étais fou de chagrin. Et je me suis conduit comme un homme qui n'a plus toute sa raison.

– Vous incriminiez le Dr Webster. Pourquoi ?

Devlin contempla les arbres dénudés du jardin, derrière la maison. Puis il reporta son attention sur Joan.

– Vous avez des enfants, lieutenant ?

Joan pinça les lèvres. Elle n'aimait pas Lyle Devlin. Rien de rationnel là-dedans, c'était viscéral. Cependant cette question, qu'on lui avait déjà si souvent posée, exaspérait carrément Joan Atkins. Les suspects qui surestimaient leur habileté, et sous-estimaient la sienne, essayaient immanquablement de l'attirer dans leur camp avec une quelconque variation sur ce thème. *Vous et moi, inspecteur, ne sommes-nous pas – à compléter suivant le pointillé... – des parents, des gens qui travaillent, des amoureux des chiens ?*

– Pourquoi l'incriminiez-vous, monsieur Devlin ?

Les bras croisés sur la poitrine, il soupira. Joan remarqua qu'il portait des chaussures de chantier éraflées et un bracelet mexicain, en cuir et argent. L'éternel étudiant.

– Comment vous expliquer, lieutenant ? Ma fille était anorexique. C'est un abominable enfer pour des parents. Une enfant qui refuse de manger. Vous vous rendez compte ? Ma femme lui préparait tous les bons petits plats imaginables, l'encourageait, la cajolait. On a tout essayé. En désespoir de cause, nous l'avons emmenée au Centre Wrightsman. Nous avons fait confiance au Dr Hollis. Mais elle n'est qu'un être humain, hélas. Je l'ai accusée, en effet, mais simplement parce que j'avais besoin d'un bouc émissaire.

– Votre fille devait pourtant être malade depuis un certain temps. Elle a sans doute consulté d'autres médecins que le Dr... Webster, intervint soudain Trey.

Joan lança un coup d'œil au jeune inspecteur, puis dévisagea de nouveau Devlin qui prit une inspiration.

– Vous avez raison. Le Dr Webster n'était pas la première, loin de là, en revanche elle a été la dernière. Nous avons retiré Ivy du Centre parce que nous trouvions les méthodes du Dr Webster... inacceptables. Peu de temps après le retour d'Ivy à la maison, son état a empiré. Elle a été hospitalisée, mais c'était trop tard.

– Je suis navré, dit sincèrement Trey.

– À l'époque, j'ai eu le sentiment, articula lentement Devlin, que le Dr... Webster nous mettait à l'écart avec son traitement... intrusif et dont l'efficacité n'est pas prouvée. Je croyais que si Ivy avait été... soignée autrement, elle aurait pu se rétablir.

Joan percevait l'écho de la colère qui s'attardait sous l'explication soigneusement élaborée.

– Si je vous suis bien, vous ne tenez plus le Dr Webster pour responsable, dit-elle.

Devlin la fixa droit dans les yeux.

– Ma fille a succombé à son anorexie, inspecteur Atkins, et je n'ai pas été capable de l'empêcher. C'est à moi que j'en veux.

Joan comprenait évidemment que Devlin avait subi la perte la plus douloureuse pour un parent. Néanmoins, quelque chose dans le mea culpa du professeur sonnait faux à ses oreilles. Manifestement, Devlin avait été contraint de réfléchir à son comportement, aux raisons pour lesquelles il s'était conduit de la sorte. Il avait démêlé l'écheveau, et pouvait donner une explication tout à fait valable. Mais sa rancune contre Emma Webster était toujours là, juste sous la surface. Joan aurait misé son insigne là-dessus.

– Vous maintenez donc que vous étiez chez vous samedi soir entre, mettons, dix-huit et vingt-deux heures ?

Devlin se rebiffa.

– Je ne le *maintiens* pas. J'étais chez moi avec ma famille. Ma femme vous l'a confirmé.

Après que tu lui as soufflé quoi dire, pensa Joan. En réalité, sa femme avait paru ne pas très bien se souvenir. Joan se redressa, Trey l'imita.

– Très bien. Merci de nous avoir consacré un peu de votre temps, monsieur.

Avec raideur, Devlin se leva du tabouret de piano et fit signe aux deux officiers de police de le précéder. Mais, alors que Joan se dirigeait vers la porte, Devlin la retint brusquement par la manche.

– Ma femme prend des tranquillisants pour tenir le coup pendant la journée. Perdre Ivy a été... ça a failli la détruire. Parfois, à cause des médicaments, elle oublie tout. Lieutenant, chuchota-t-il, je vous supplie de ne pas lui parler de la mort d'Ivy. Dire que c'est un sujet pénible pour elle est un euphémisme.

– Lui en parler n'est pas nécessaire, rétorqua Joan en regardant sa manche.

Il retira vivement sa main.

– Merci, dit-il.

Joan sentit le professeur la suivre des yeux, tandis qu'elle et Trey longeaient le couloir. Risa Devlin émergea d'une des pièces et se précipita pour leur ouvrir la porte.

– Tout va bien ? balbutia-t-elle.

Joan acquiesça et franchit le seuil.

– Navrée de vous avoir dérangée.

– Ce n'est rien. Du moment que tout va bien.

– Très bien, madame, renchérit Trey qui, voyant l'angoisse dans le regard tourmenté de cette femme, désirait la rassurer.

Il emboîta le pas à Joan, et tous deux traversèrent la rue.

– Quelle tragédie, un enfant qui meurt de cette façon. On doit se sentir tellement impuissant...

Joan ne répliqua pas.

– Qu'est-ce que vous en pensez ? demanda-t-il, tout en pointant la télécommande vers la voiture afin de déverrouiller les portières.

Joan, par-dessus son épaule, considéra la maison semblable à une petite chapelle ; pas de musique, le professeur ne s'était pas remis au piano.

– Je pense qu'il cache quelque chose.

Le carillon de la porte d'entrée tira Emma d'un rêve où elle était pourchassée. Elle grogna, le réveil lui rendant la conscience de ses blessures. Cette nuit, elle avait peu et mal dormi, mais au moins, dans son sommeil, elle ne sentait plus la douleur physique. Le matelas vibra lorsque David se leva du lit pliant qu'il avait installé tout près de la couche d'Emma. Elle tendit la main pour toucher son mari, mais il était déjà sorti de la pièce. Elle referma les yeux, la cuisse et le côté taraudés par des élancements. Elle avait besoin d'un antalgique, cependant il lui faudrait bander toute sa volonté pour s'extirper du lit. Immobile, elle ne put s'empêcher de songer à la boîte qu'elle avait ouverte la veille, à son répugnant contenu. Quand elle l'avait appelé à grands cris, David avait manqué dégringoler dans l'escalier en volant à sa rescousse. Avec une grimace de dégoût, il avait emporté la boîte dehors, balancé la souris crevée dans le bois derrière la maison. Il avait également jeté la boîte et les papiers dans la poubelle extérieure. N'y pense plus, lui avait-il dit lorsqu'il était rentré. Plus facile à dire qu'à faire.

David reparut sur le seuil de leur chambre improvisée. Vêtu de son seul pantalon de pyjama, pieds nus, il avait la mine sombre.

– Qui c'était ? interrogea Emma.

– Ton infirmière. Elle attend dans le vestibule.

– Mon infirmière ? Quelle infirmière ?

David jeta un coup d'œil par-dessus son épaule.

– Celle que ta mère et ton beau-père ont engagée pour prendre soin de toi. Elle a un badge d'identification et toutes ses références, plus les instructions écrites de Rory lui stipulant de venir ici et de ne s'adresser qu'à toi.

Emma saisit son peignoir au bout du lit et s'en enveloppa.

– Il vaut mieux que tu la fasses entrer, dit-elle d'un ton hésitant. Laisse-moi lui parler.

David pivota et, d'un geste, indiqua à l'infirmière de les rejoindre.

– Je monte m'habiller. Envoie-la paître. Une étrangère qui s'inscruste chez nous, non merci. Je suis capable de m'occuper de toi.

Il sortit, et une petite femme d'une quarantaine d'années, aux cheveux courts et grisonnants, aux yeux gris, entra. Elle était en jean, sweatshirt gris et chaussures de sport, avec un sac à dos en bandoulière.

– Bonjour, madame Webster, déclara-t-elle sans sourire. Je suis Lizette Slocum.

– Enchantée, mais je crois qu'il y a un malentendu, répondit Emma. Voyez-vous, je n'étais pas au courant de votre venue.

Son interlocutrice avait le regard froid et fixe.

– Je suis une infirmière libérale. Vos parents m'ont engagée pour rester à vos côtés.

– Mais je ne suis pas vraiment malade. Je dois simplement me ménager. Par conséquent, je n'ai pas besoin de vos services.

– Je suis aussi ceinture noire de Tae Kwon Do, renchérit Lizette Slocum. Votre beau-père a bien précisé qu'il voulait quelqu'un ici pour assurer votre protection.

– Ma protection ? Mais mon mari est là !

– Ce sont les directives de votre beau-père.

David revint dans la petite pièce, achevant de boutonner sa chemise.

– Le problème est réglé ?

– Madame Slocum..., bredouilla Emma.

– Lizette. Appelez-moi Lizette.

– Lizette, pourriez-vous attendre un instant à côté ? Je voudrais parler à mon mari.

Docile, Lizette se retira, mais avant qu'ils aient pu échanger un mot, le téléphone sonna. David décrocha, aboya un « allô » revêche. Soudain, quand il reconnut la voix de son correspondant, son attitude se métamorphosa.

– Nevin, comment va ?

Il blaguait, avec cette voix de fausset qu'il prenait toujours lorsqu'il parlait à Nevin McGoldrick, le directeur de *Slicker.*

– Le mariage... Oui, très bien. Tout va bien. Quoi de neuf ?

Tout va bien ? se dit Emma.

David hésita une fraction de seconde.

– Oh merde. Tu as raison. Je suis désolé. J'ai été... distrait par tout ce... remue-ménage, ici. Bien sûr. Attends, je prends de quoi noter.

Il alluma la lampe de bureau. Emma regarda son mari fureter partout avant de repérer un stylo et un bout de papier sur lequel il se mit à griffonner.

– Hmm-hmm... D'accord. Absolument. Formidable. J'y serai. Tout à fait. Salut.

David interrompit la communication et rapporta le téléphone à Emma. Il s'agenouilla près d'elle, doucement pour ne pas risquer de la bousculer.

– C'était Nevin. Il me donnait des précisions sur mon rendez-vous avec Bob Cheatham, ce producteur de L.A. Tu te souviens que je t'en ai parlé ?

– Je me souviens. C'est quand ? s'inquiéta-t-elle.

– Eh bien... aujourd'hui. Il veut que je fonce à New York pour déjeuner avec ce bonhomme au restaurant Le Bernardin. Ensuite je me dépêcherai de rentrer.

– Tu vas me laisser seule ici ? s'exclama-t-elle.

– Bien sûr que non. Je vais trouver quelqu'un pour rester avec toi. Il me suffit de passer quelques coups de fil. Birdie pourrait quitter ma mère un petit moment.

– Birdie. Une vieille dame toute frêle. Qu'est-ce qu'elle fera s'il revient ?

– Qui ?

Les yeux d'Emma s'emplirent de larmes.

– C'est ce qui te tracasse ? Le type à la cagoule de ski ? Chérie, il ne viendra pas ici. Selon toute vraisemblance, ce cinglé t'a choisie au hasard. Il n'est pas question pour nous d'avoir sans arrêt peur de vivre notre vie.

– Tu affirmes des choses sans savoir. J'étais peut-être une cible. Et ces messages que j'ai reçus ? Et cet affreux cadeau de mariage ? Si, derrière tout ça, il y avait la même personne ? En plus, ce n'est pas toi qui as été agressé. Ta vie à toi n'est pas en danger.

– Inutile de me le rappeler, murmura-t-il.

Elle le regarda tristement.

– David... Nevin ne pouvait pas trouver quelqu'un d'autre ? Il ne sait donc pas ce qui m'est arrivé ?

David fourragea dans ses cheveux indisciplinés.

– Je présume qu'à New York, on n'a pas fait sensation. Tu connais Big Apple. Ce qui ne se passe pas là-bas n'existe pas.

– Pourquoi tu ne l'as pas mis au courant ? J'ai failli être assassinée.

– Je le lui dirai, rétorqua-t-il, comme un enfant promettant de s'acquitter d'une corvée. Mais connaissant Nevin, il s'en fichera éperdument. Mes problèmes ne le concernent pas. Il s'intéresse uniquement au boulot qu'il m'a confié, ce dont je me félicite.

– Mais... aujourd'hui ? Il faut vraiment que ce soit aujourd'hui ?

– Je préférerais remettre ça à plus tard, crois-moi. Seulement voilà, ce bonhomme ne sera à New York qu'un jour ou deux.

– Bon, très bien, s'énerva-t-elle. Finalement, je vais dire à Lizette Slocum de rester. Au moins, c'est une experte en self-defence. Heureusement que ma mère se soucie de moi.

– Tu insinues que ce n'est pas mon cas ? Je ne t'aurais pas laissée toute seule. Évidemment.

– Je crois que je vais téléphoner au lieutenant Atkins et lui parler de... du cadeau de mariage, ajouta Emma, ignorant les protestations de son mari. J'ai rêvé toute la nuit que j'ouvrais cette boîte, qu'elle m'était envoyée par l'homme à la cagoule.

– Je sais... Tu t'es agitée sans arrêt.

Emma vit qu'il avait les yeux cernés et, aussitôt, se sentit coupable.

– David... il me semble que la police doit être informée.

– Allons, ma belle, tu oublies les recommandations de M. Yunger. On ne doit pas parler à la police. Je pensais que nous étions d'accord là-dessus.

– Mais... je n'ai jamais donné mon accord.

David la fixa d'un air consterné puis détourna le regard.

– Il faut que je les appelle, David.

– Tu ne piges pas, Emma. Ils m'ont dans le collimateur, ça leur suffit.

– Justement, ça leur fournira une autre piste à creuser, insista-t-elle.

Soudain, elle s'interrompit.

– Qu'est-ce que c'est ? Tu n'entends pas de l'eau couler ?

Les sourcils froncés, David se redressa et passa la tête dans la cuisine. Lizette remplissait un arrosoir déniché sous l'évier.

– J'ai eu l'idée d'arroser vos plantes avant qu'elles ne meurent toutes, déclara-t-elle.

David revint près d'Emma.

– Lizette arrose les plantes.

– Elles en ont besoin, répliqua Emma avec un sourire contraint.

Elle lui tendit une main qu'il ne prit pas.

– David, il y a peut-être des empreintes sur le cadeau de mariage. Un détail quelconque, susceptible d'aider la police à arrêter l'individu qui m'a attaquée.

– Fais ce que tu as à faire, répondit-il. Moi, je vais me préparer.

Blessée par cette rebuffade, Emma entreprit de se lever et fit passer ses jambes bandées par-dessus le bord du matelas. Le moindre mouvement était une torture.

– Hé... Qu'est-ce que tu fabriques ?

– J'ai besoin de mes cachets, dit-elle.

– Je te les apporte.

– Je ne veux pas être dépendante de toi, s'obstina-t-elle.

David la dévisagea longuement.

– Merci, Emma. C'est génial.

11

AUDIE OSMUND avait les articulations ankylosées, d'où il concluait que le ciel sombre et bas annonçait l'orage. Le vent fouettait les feuilles dans la clairière déserte autour du chalet des Zamsky. Le ruban qui bouclait le périmètre de la scène de crime étant toujours en place, Audie l'écarta d'un revers de main comme un insecte importun. Il gravit les quelques marches, ouvrit la porte du chalet et entra. Il jeta un regard circulaire, grimaça. Les murs et le sol étaient encore tachés de sang, une odeur de putréfaction s'attardait dans l'air.

Il revenait régulièrement ici, se passait mentalement le film du meurtre. Le tueur avait pris la hache qui était dehors, sur la pile de bois. Le mari l'y avait laissée, d'après la jeune femme, Emma Webster. La hache n'était plus là. Les techniciens de la police d'État l'avaient emportée dans un sac en plastique.

L'assassin avait monté ces marches, pénétré dans la maisonnette. Attendu, caché, qu'Emma regagne la pièce principale, allume les bougies et fasse du feu. Audie se gratta la tête, songeant aux premiers coups qui avaient été portés. Elle s'était retrouvée par terre, près du canapé. Les restes de la pagaie fracassée, avec laquelle elle avait essayé de se défendre avaient également été emportés par la police d'État.

Audie réfléchissait. Elle se bagarre. Un petit bout de femme sacrément coriace. Elle réussit même à s'emparer du fusil du chasseur mort et à tirer sur l'agresseur. Combien de femmes auraient la présence d'esprit d'en faire autant ?

Malheureusement, sa bravoure n'avait pas suffi à sauver Claude Mathis, dont les obsèques auraient lieu le lendemain. Audie allait devoir affronter la famille et admettre qu'il était aussi loin d'une arrestation que le soir où Claude avait été tué.

Audie Osmond ne voyait pas beaucoup de meurtres dans sa juridiction des Pine Barrens. L'année précédente, un type avait pris une cuite dans un bar et abattu son cousin. Deux histoires de violences conjugales s'étaient terminées par un homicide. Enfin... trois, si l'on comptait Shannon O'Brien, la jolie petite Irlandaise qui avait « disparu » après ses heures de travail dans une station-service du coin. Audie classait cette affaire dans les violences conjugales car le petit ami, Turk, était un toxicomane notoire, méchant comme la gale. Jusqu'ici, le frère de Turk lui fournissait toujours un alibi pour la nuit où on avait inscrit la môme dans le fichier des disparitions. Audie n'y croyait pas, mais il ne pouvait pas prouver le contraire. De même, il était certain que, dans le cas présent, il ne s'agissait pas d'un crime fortuit. Les gens d'ici, certes, n'aimaient pas beaucoup les étrangers, et parfois les menaçaient d'une arme en braillant, mais rien de comparable à ça. Rien de comparable à ce crime atroce.

Derrière lui, le plancher craqua. Audie lâcha une exclamation et porta la main à son arme.

– Hé, ne tirez pas !

Il pivota et découvrit une femme sur le seuil. Le visage blême, dénué de maquillage, les cheveux noirs coupés court, elle portait une informe chemise en tartan vert, un jean et des bottes crottées. Dehors retentit un hennissement nerveux, et Audie aperçut un grand cheval bai attaché à un arbre.

– Excusez-moi, mais j'ai vu la voiture, dit-elle. Vous n'êtes pas le chef de la police locale ?

Il se redressa et la détailla.

– Je suis bien Audie Osmund. Et vous, qui êtes-vous ?

– Moi ? Oh... je m'appelle Donna Tuttle. Mon fils et moi, on habite l'ancienne maison des Fiore, à trois cents mètres environ. En réalité, on est les plus proches voisins, de l'autre côté de la colline. Lui, c'est Sparky, ajouta-t-elle, désignant le cheval qui s'ébrouait et s'efforçait de se libérer de sa bride. Ce temps lui tape sur les nerfs.

La femme entra. Audie tendit le bras pour l'en empêcher, trop tard.

– Oh, mon Dieu ! s'écria-t-elle, une main sur sa bouche.

Audie soupira, contempla de nouveau la pièce éclaboussée de sang.

– Si on sortait ? suggéra-t-il.

La visiteuse avait des haut-le-cœur. Il la prit par le coude et l'aida à descendre les marches.

– Oh, mon Dieu, bredouilla-t-elle. Les pauvres gens.

Il acquiesça d'un air grave.

– Ce n'est pas beau à voir.

Donna Tuttle inspira profondément puis se redressa, retrouvant son aplomb.

– Je suis désolée. En principe, j'ai l'estomac solide. Mon mari était chasseur. Oui..., murmura-t-elle, promenant alentour un regard triste. Il avait toujours prévu de se retirer ici. Butch était sapeur-pompier à

Trenton. Il a été tué en luttant contre un incendie, l'an dernier. Un toit s'est effondré sur lui.

– J'en suis navré, dit sincèrement Audie.

Donna Tuttle accueillit ces mots de sympathie par un bref hochement de tête.

– Vous savez, s'il avait pris sa retraite au moment où il était en droit de le faire, il ne se serait même pas approché de cet immeuble. Il avait déjà vingt-cinq ans de service quand c'est arrivé. Il avait commencé très jeune, bien sûr. On était des gamins quand on s'est mariés et qu'il est entré dans la brigade.

Audie opinait patiemment.

– Madame Tuttle, intervint-il dès qu'elle s'interrompit pour reprendre sa respiration, vous dites que vous occupez la maison la plus proche. Vous étiez chez vous la nuit du crime ?

– Absolument. Avec mon fils. Un de vos policiers est venu nous interroger. Un jeune homme charmant qui s'appelle... j'ai oublié. Roberts, non ?

– Revere. Gene Revere.

– Voilà. Il ne nous a pas raconté ce qui se passait, évidemment. Il voulait juste savoir si on avait vu quelque chose.

– Et c'est le cas ? Vous n'avez pas remarqué quelqu'un qui rôdait dans les parages ? Entendu des bruits bizarres ?

– Non, pas du tout, répondit-elle d'un ton de regret. On s'est creusé la cervelle, mais non. On n'a même pas entendu les coups de feu. Le vent ne devait pas souffler dans notre direction. Quand la police est arrivée, par contre, on a entendu. Toutes ces sirènes, on ne peut pas les louper.

– Sans doute, soupira Audie.

– Mais ensuite, évidemment, j'ai écouté les informations avec beaucoup d'attention. Et voilà pourquoi je me suis arrêtée quand j'ai vu votre voiture. Je voulais vous signaler quelque chose. Ce matin, j'avais allumé la radio, les nouvelles locales, et ils récapitulaient toute l'histoire parce qu'on enterre ce chasseur demain. Et figurez-vous que le journaliste a dit un truc qui m'a donné à réfléchir.

– À quel sujet ?

– Ben, il a dit que le couple était là pour le week-end, en lune de miel, et que le mari n'était pas revenu depuis son enfance.

– Effectivement.

– Eh ben, il y a quelques mois, je ne me souviens pas si c'était à la fin du printemps ou au début de l'été, mais je me rappelle qu'il y avait des mouches, donc c'était peut-être l'été...

– Et alors ? coupa Audie qui s'énervait – cette bonne femme était bavarde comme une pie.

– Souvent, on se balade à cheval dans le coin. Encore que je n'aime plus trop ça parce que ça me fiche la trouille, voyez ?

– Donc, vous disiez...

– Ben, en principe, il n'y a personne.

– Exact.

– Mais cette fois-là, j'ai été surprise parce qu'il y avait un type. Naturellement, je n'ai pas voulu être impolie, on ne rencontre pas grand monde dans ces bois. Alors je l'ai salué, et il m'a saluée. Et puis, on a parlé du temps. Ce devait être l'été, maintenant que j'y repense.

Audie pinça les lèvres et compta mentalement jusqu'à dix.

– Bref, je lui ai demandé s'il avait acheté le chalet. Et il m'a répondu que non, que ça appartenait à son oncle.

Audie tressaillit.

– Son oncle ? Vous en êtes certaine ?

– Oui, répondit Donna. Du coup quand j'ai entendu à la radio, ce matin, qu'il n'était pas revenu ici depuis son enfance, je me suis dit... tiens, c'est bizarre.

– Il nous a affirmé n'avoir pas mis les pieds ici depuis des années, déclara Audie, une note d'excitation dans la voix. Ce sont ses propres mots : « Je n'ai pas mis les pieds ici depuis des années. » Il a menti.

– Évidemment, l'oncle pourrait avoir plusieurs neveux, objecta Donna.

Audie Osmund se rembrunit.

– Exact. Ce Webster a un frère. Un avocat. Mais il vit quelque part dans l'Ouest.

Donna Tuttle hocha la tête.

– Il vous a dit comment il s'appelait ? demanda Audie.

– Oui, mais je n'ai pas la mémoire des noms, grimaça Donna Tuttle. Franchement, je ne me souviens pas.

Audie semblait au supplice.

– Je crois quand même que ça commençait par un D. Vous comprenez, moi je m'appelle Donna. Alors, le D, ça me frappe.

Le policier s'évertuait à dissimuler son impatience.

– Accepteriez-vous de descendre au poste de police pour examiner quelques photographies ?

– Bien sûr. Je peux faire ça. Bien sûr.

– Laissez-moi reparler à cet homme. Voir s'il continue à nier être venu ici avant.

– Je ne savais pas trop s'il fallait vous déranger avec ça, c'est vraiment un petit détail, mais quand j'ai aperçu votre voiture qui passait, j'ai décidé de vous suivre pour vous le raconter, expliqua-t-elle gaiement. Au cas où.

– Merci, madame Temple.

– Tuttle.

– Madame Tuttle. Merci beaucoup d'avoir pris cette initiative.

– Ravie d'avoir pu vous être utile.

Elle détacha le cheval, glissa le bout d'une botte crottée dans l'étrier et se hissa sur le dos de sa monture.

– J'espère que vous l'attraperez.

– Oh, on le coincera, rétorqua Audie qui n'avait pas eu le cœur aussi léger depuis un certain temps. Au fait, ce type, il était seul quand vous l'avez rencontré ?

Donna Tuttle haussa les épaules, tira sur les rênes du cheval pour lui faire regagner le sentier.

– Je n'ai vu personne, mais maintenant que vous en parlez, j'ai eu l'impression qu'il y avait quelqu'un avec lui. Je ne sais pas pourquoi. C'est important ?

– Ça pourrait l'être.

– S'il faisait du repérage, il serait sans doute venu seul, non ?

– À sa place, c'est ce que j'aurais fait, acquiesça gravement Audie.

Après le départ de David, Lizette changea les pansements d'Emma avec beaucoup de soin, tout en relatant l'histoire de sa vie. Elle était veuve, elle avait vingt-cinq ans quand son jeune époux s'était tué dans un accident de voiture, elle ne s'était jamais remariée et n'avait pas eu d'enfants. Elle était installée depuis peu dans la région. Elle vivait seule, aimait son indépendance et espérait se retirer un jour dans les Keys de Floride car elle adorait la pêche. À la demande d'Emma, elle monta chercher quelques vêtements, au cas où Emma souhaiterait s'habiller. Elle essaya toutefois de l'en dissuader.

– Vous n'avez pas besoin de vous habiller, décréta-t-elle.

Trop fatiguée pour lire, Emma s'assit et, l'esprit engourdi, regarda à la télévision les talk-shows du matin, pendant que Lizette s'affairait à ranger la maison et faire la poussière. L'antalgique renvoya bientôt Emma au lit pour un petit somme. Lorsqu'elle se réveilla, Lizette annonça qu'il était l'heure de déjeuner et lui prépara un potage et un sandwich. Après le repas, Lizette décida de changer les draps.

– Nous n'y avons dormi qu'une nuit, protesta Emma. Ce n'est pas nécessaire.

– Laissez-moi en juger.

Lizette disparut dans la chambre d'où elle ressortit les bras chargés de linge.

– Où est votre machine à laver ?

– En bas, au sous-sol.

– Vous avez d'autres paires de draps ? demanda Lizette d'un ton soupçonneux.

– Dans l'armoire à linge, au premier. Je préférerais que vous ne fassiez pas tout ça.

– Je déteste me rouler les pouces. Je ne suis pas de ces gardes-malades qui restent assises toute la journée devant la télé. J'aime mériter l'argent que je gagne. Vous pourriez m'ouvrir ? conclut-elle, désignant du menton la porte du sous-sol.

Emma s'exécuta, et l'énergique Lizette descendit l'escalier menant à la buanderie. Soupirant, Emma déambula cahin-caha dans la maison, en peignoir. Appuyée sur sa canne, elle regarda par chaque fenêtre le ciel menaçant. Dans sa main, elle serrait un bout de papier sur lequel était inscrit le numéro de téléphone du poste de police. Sitôt que David l'avait quittée, elle avait cherché et noté ce numéro.

Que David se sente harcelé, injustement visé par la police, elle le comprenait. Mais il transformait ça en une sorte de test de loyauté auquel il la soumettait. De toute façon, elle devait songer en priorité à sa propre sécurité. Et à celle de son bébé. Pourtant, à plusieurs reprises, elle décrocha le combiné pour le reposer immédiatement sur son support. Si elle contactait la police derrière le dos de David, il l'interpréterait comme une trahison. Certes, il arrivait qu'on envoie des innocents en prison. Mais David prenait trop à la lettre le conseil de l'avocat – éviter la police. Emma avait la certitude que le paquet-cadeau était une preuve potentiellement importante.

Ça pourrait contribuer à innocenter ton mari, se dit-elle en boitillant jusqu'au téléphone de la cuisine. D'un doigt tremblant, elle composa le numéro inscrit sur le bout de papier, pour apprendre malheureusement que le lieutenant Atkins n'était pas au poste. Emma donna l'information à la standardiste, raccrocha et s'assit sur une chaise. Maintenant, j'attends, se dit-elle. Elle imaginait David rentrant à la maison juste au moment où la police débarquait. Son visage d'homme trahi.

Non, ne pense pas à ça. Ta sécurité passe avant tout, et si ton mari ne voit pas les choses de cette manière, c'est son problème. Le répugnant cadeau de mariage ne cessait de lui revenir à l'esprit. Et si l'expéditeur était, en fait, son agresseur ? Il avait peut-être laissé une trace, une empreinte, un cheveu, n'importe quoi, sur le ravier en argent ou sur la boîte, que la police serait en mesure d'analyser. Mais plus le paquet resterait dehors dans la poubelle, plus les preuves tangibles risquaient d'en pâtir.

Elle jeta un coup d'œil par la fenêtre. La lumière devenait de plus en plus lugubre. Elle devait sortir, aller prendre la boîte dans la poubelle, bien que cette idée la fasse frémir. S'il pleuvait, si la boîte n'était pas bien fermée, tous les indices seraient détruits. Elle se leva, s'imagina sortant dans ce léger peignoir qu'elle portait, style kimono. Non, habille-toi, ça te donnera plus... d'assurance.

Elle peigna ses longs cheveux miel et les rassembla en un petit chignon serré sur la nuque. Puis elle étudia son reflet dans le miroir de la salle de bains. Elle avait le teint cireux, les yeux cernés. Elle mit un peu d'anticerne, de rouge à lèvres. Après quoi elle claudiqua jusqu'à la chambre pour prendre la robe décolletée en V, droite et coupée dans un souple jersey noir, que Lizette lui avait apportée au rez-de-chaussée. Elle avait choisi cette robe, conçue pour une femme enceinte de plusieurs mois, car elle était ample et ne comprimerait pas ses blessures. Elle l'enfila par la tête, avec précaution. OK, se dit-elle. Pour aller trifouiller dans la poubelle, ça suffira.

Elle ouvrit la porte de derrière, humant l'air humide et embrumé de cette journée de novembre.

– Tout va bien ? questionna Lizette, toujours au sous-sol.

– Oui, très bien, répondit Emma d'un ton revêche.

S'armant de courage pour la suite, elle descendit les marches. Lentement mais sans flancher, en s'aidant de sa canne, elle s'approcha du petit enclos réservé à la poubelle, sur le côté de la maison. Elle s'apprêta à soulever le couvercle en plastique, bloquant sa respiration au cas où David aurait simplement dit, pour la tranquilliser, qu'il avait jeté la souris dans le bois. La sale bête était peut-être encore dans la boîte. Emma redoutait de la voir, mais elle ne reculerait pas. Elle souleva le couvercle de la poubelle et regarda à l'intérieur.

La boîte Kellerman était toujours là, sur les sacs-poubelles. Emma s'en saisit. Se raidissant, elle ouvrit la boîte. Ainsi que David l'avait affirmé, la souris n'y était plus. Il ne restait que le ravier argenté.

Bon, se dit-elle. OK. Son cœur cognait. Je la remporte à la maison. Puis, alors qu'elle rebroussait chemin, elle eut une idée. Peut-être, pourquoi pas, s'ils détenaient plus d'informations, pourrait-elle convaincre David qu'il avait intérêt à ce que tous deux parlent à la police. Or c'était un moyen d'obtenir des informations. Ce ne serait pas facile, dans son état, mais c'était possible. D'ailleurs, elle devait agir. Elle se sentait prisonnière dans la maison, à la merci de sa propre vulnérabilité et de l'envahissante efficacité de Lizette. Cet objectif lui donna de l'espoir et un regain d'énergie.

Elle regarda avec regret sa voiture dans l'allée, coincée par la Toyota marron de Lizette. On lui avait de toute façon interdit de conduire, et elle n'était pas censée sortir aujourd'hui. Un taxi serait un compromis raisonnable.

Elle rentra, téléphona à la compagnie de taxis et demanda au standard que le véhicule l'attende au coin de la rue. Puis elle glissa la boîte Kellerman dans un sac en papier et alla prendre son manteau dans la penderie du vestibule. Mais quand elle essaya de l'enfiler par-dessus sa robe, il lui parut peser, sur sa chair meurtrie, d'un poids insupportable. Un instant, elle fut dans une impasse. Puis elle se souvint de la cape. Une cape turquoise, en alpaga moelleux, que Rory lui avait offerte pour le Noël dernier. Elle n'avait jamais mis ce vêtement qui portait pourtant la griffe d'un couturier. Ce n'était pas du tout son style. La cape était toujours dans sa boîte d'origine. Emma avait failli la donner à une œuvre caritative quand ils avaient emménagé ici, mais, prise de remords, elle l'avait fourrée dans le placard du bureau. Elle retourna clopin-clopant dans le bureau, à présent devenu sa chambre.

Elle posait la main sur la poignée, lorsque Lizette ouvrit la porte de l'intérieur. Emma poussa un petit cri.

– Je faisais vos lits, déclara l'infirmière d'un ton sévère. Je vous ai vue par la fenêtre du sous-sol. Qu'est-ce que vous fabriquiez dehors, à fouiller dans la poubelle ?

Emma se sentit espionnée, captive.

– J'avais jeté quelque chose par inadvertance.

– Eh bien, vous auriez dû me demander d'aller le récupérer. C'est mon travail.

– Ce n'était pas nécessaire.

– Vous auriez pu arracher vos points de suture, la réprimanda Lizette.

– Je n'ai rien.

– Le lit est fait, allongez-vous et reposez-vous, commanda l'infirmière. Je vais passer l'aspirateur.

– Parfait, dit Emma en refermant la porte de la chambre.

L'aspirateur. Excellente idée, songea-t-elle. Le vacarme couvrirait le bruit de ses pas, elle pourrait s'en aller en catimini. Se comporter comme une voleuse dans sa propre maison, c'était ridicule, mais Lizette ne démordrait pas de son programme – garder sa patiente entre quatre murs, au repos.

Emma s'approcha du placard, y jeta un coup d'œil et repéra, par terre, la boîte cabossée. Elle drapa sur ses épaules la cape qui lui sembla agréablement légère et chaude. Puis elle écrivit sur une feuille de papier, « Ne pas déranger ». Elle entendait le vrombissement aigu de l'aspirateur, Lizette s'affairait au fond de la maison.

Impeccable. Je lui expliquerai à mon retour.

Elle se faufila hors de la chambre, scotcha l'écriteau improvisé sur la porte qu'elle referma. L'aspirateur rugissait toujours. Précautionneusement, elle gagna le perron. Le taxi était au coin de la rue, son moteur tournant au ralenti. Emma fit signe au chauffeur qui la vit dans son rétroviseur, tandis que, appuyée sur une canne, elle descendait péniblement les marches. Il fit marche arrière, s'arrêta devant la maison et vint lui ouvrir la portière. Emma le remercia et se glissa doucement sur la banquette arrière, se mordant les lèvres pour ne pas crier de douleur. Le chauffeur se rassit prestement au volant.

– Je voudrais que vous me conduisiez chez Kellerman. Dans Main Street, dit-elle. Et j'aimerais que vous m'attendiez devant le magasin.

12

LA VENDEUSE de Kellerman – une jolie jeune femme qui portait un pull à col roulé bleu ciel et dont les cheveux blonds étaient coiffés en queue de cheval – fronça le nez de dégoût.

– Qu'est-ce qui est arrivé à cette boîte ?

– Je l'ai jetée par inadvertance, répondit Emma, baissant les yeux sur la boîte posée sur la vitrine qui faisait office de comptoir.

– À la poubelle ?

Emma acquiesça.

– Ça sent effectivement la poubelle, commenta la vendeuse.

– Après le mariage, c'était le chaos total. Il n'y avait pas de carte sur le paquet. Rien. Je voudrais savoir qui m'a offert ce cadeau pour le remercier.

– Elle a l'air plutôt vieille, cette boîte, remarqua la vendeuse d'un ton dubitatif. Quoique... elle pourrait s'être abîmée dans la poubelle. Mais les nôtres sont beaucoup plus... brillantes.

Elle se pencha pour prendre une boîte d'un blanc luisant qu'elle posa sur le comptoir.

– Vous voyez ?

– Vous avez raison, la mienne est un peu jaunie.

– Ça vous ennuierait de retirer vous-même le couvercle ?

Emma s'exécuta. Avec circonspection, la vendeuse saisit le ravier en forme de coquille Saint-Jacques. Elle l'examina un instant puis secoua la tête.

– Je ne crois pas qu'on ait ça en magasin.

– Pourtant ce ravier vient bien d'ici.

– On l'a peut-être acheté ailleurs et on l'a mis dans une boîte de Kellerman. Les gens font ce genre de chose, vous savez. Ils achètent un truc dans n'importe quel bazar et puis ils s'arrangent pour que ça paraisse sortir de chez Kellerman.

– Ce ravier est en argent. Il ne vient pas de n'importe quel bazar.

– Oui, enfin, vous voyez ce que je veux dire... Un magasin bon marché.

Emma se sentit soudain épuisée.

– Vous êtes certaine que vous ne vendez pas de raviers comme celui-ci ? Vous pourriez poser la question à quelqu'un ? Un responsable ?

– Je n'ai pas besoin de demander à un responsable. C'est moi qui déballe le stock.

– Avez-vous vendu une pièce de vaisselle comme celle-ci à un moment quelconque ?

La jeune femme soupira et appela, à l'autre extrémité de la boutique, un homme chauve, affublé d'un nœud papillon et de demi-lunes, qui époussetait du cristal à l'aide d'un plumeau.

– Harvey, est-ce qu'on a eu en stock ce genre de pièce ? interrogea-t-elle en levant la coupelle.

Le plumeau en l'air, l'homme jeta un coup d'œil par-dessus ses lunettes. Puis il s'approcha et saisit le ravier pour l'étudier.

– Ah oui... On en a vendu pendant des années. On a arrêté il y un an environ. D'où vient ce ravier ?

– On me l'a offert pour mon mariage. Il n'y avait pas de carte.

L'homme renifla.

– Je crains qu'on vous ait... refilé un cadeau indésirable, si vous voyez ce que je veux dire.

– Bon... Merci pour votre aide.

Emma rangea la coquille dans la boîte qu'elle remit dans le sac en papier. Elle se détourna du comptoir en s'appuyant sur sa canne.

– On peut vous aider ? suggéra gentiment la vendeuse.

– Non, ça va.

Emma regagna la sortie, circulant entre les vitrines de bijoux, les tables chargées de linge et de splendide vaisselle qui semblaient n'avoir jamais été touchés. Le silence régnait dans le magasin. Emma dut déployer toute son énergie pour ouvrir la porte. Le taxi l'attendait, le chauffeur lisait son journal. Péniblement, elle réussit à s'installer à l'arrière et demanda au chauffeur de la reconduire chez elle.

En chemin, Emma mitonna une excuse. Si Lizette s'était aperçue que sa patiente avait pris la poudre d'escampette, elle serait certainement fâchée. Mais tu ne lui dois pas d'explication, arrête de culpabiliser, se dit-elle.

Quand le taxi stoppa devant la maison, qu'Emma eut payé le chauffeur et entrepris de s'extirper du véhicule, elle constata avec étonnement que la Toyota marron n'était plus dans l'allée.

Avec difficulté, elle atteignit la porte qu'elle poussa, tandis que le taxi s'éloignait à vive allure dans la rue.

– Lizette ! appela-t-elle. Lizette, je suis rentrée !

Pas de réponse. Pas un bruit. Emma n'entendait que le vent qui sifflait au-dehors et cinglait les arbres. Elle referma la porte, la verrouilla. Se disant à mi-voix qu'il n'y avait pas de quoi s'affoler, elle s'avança dans la maison déserte. L'après-midi n'était pas achevé, mais l'orage qui couvait assombrissait le ciel, et les pièces plongées dans la pénombre n'étaient guère accueillantes. Elle alluma les lampes du salon, elle aurait voulu que David soit là. L'idée d'être seule ici lui déplaisait au plus haut point.

Elle se mit en quête d'un message expliquant le départ de Lizette. Rien. Le sac de l'infirmière avait disparu. Serait-elle partie à sa recherche ? se demanda-t-elle. Cela dépasserait le cadre de ses responsabilités, cependant Lizette lui avait paru du genre à ne pas s'en tenir strictement à son rôle. Dans la cuisine, la porte du bureau devenu chambre était entrebâillée. Emma continua à avancer. Ce qu'elle découvrit lui donna un désagréable coup au cœur. Le petit écriteau « Ne pas déranger » avait été arraché. Les coins déchiquetés du papier étaient toujours scotchés au battant. Lizette avait dû le déchirer, de rage, en réalisant que sa patiente s'était éclipsée en catimini. Emma fouilla des yeux l'étroit couloir et vit sur le sol la feuille chiffonnée. Elle se pencha pour la ramasser, la défroissa. Elle imagina l'infirmière toquant à la porte, trouvant la pièce vide. Le feu monta aux joues d'Emma : à l'évidence, son escapade avait provoqué une colère noire. Elle s'était manifestement trompée sur le caractère de l'infirmière ; elle ne l'aurait pas crue aussi irascible.

D'accord, elle avait eu tort. Et puis flûte, tant pis. David... tu reviens quand ? Lorsqu'il saurait qu'elle avait échappé à la surveillance de l'infirmière, il la gronderait. Mais elle se débrouillerait pour faire de l'incident une histoire drôle. Elle essaya de se concentrer sur cette image, David qui riait, cependant son cœur cognait et une part d'elle était puérilement furieuse contre lui, parce qu'il ne se trouvait pas là à ses côtés. Lizette était partie, et maintenant elle était toute seule.

Son cœur battait à se rompre, elle détestait ça. Non, ce n'est pas stupide d'avoir peur, se dit-elle. C'est tout à fait normal. Après ce que tu as subi, n'importe qui redouterait la solitude. Pourtant elle ne parvenait pas à se calmer. Sa panique enflait, et rien de ce qu'elle pouvait se raconter ne l'apaisait.

À quelle heure rentrerait-il ? Combien de temps devrait-elle attendre ici, seule ? Bien sûr, il ne se doutait pas de sa situation. Il pensait que l'infirmière veillait sur elle. Une envie dévorante de lui téléphoner pour le prévenir la submergea. Leur chambre de fortune était obscure, et il n'y avait pas d'interrupteur près de la porte. Emma prit une grande inspiration et s'avança d'un pas vif. Elle se cogna le tibia contre le lit pliant, cria de douleur tout en allumant la lampe de bureau. Le petit abat-jour en parchemin diffusait une lumière dorée. Emma alluma ensuite la lampe placée près du lit, et une chaude atmosphère enveloppa la pièce. C'était mieux.

Elle s'assit dans le fauteuil pivotant de son mari. Assise là, elle avait presque l'impression d'être dans les bras de David. Elle l'appela sur son portable, mais il l'avait éteint. Naturellement. Pendant une interview, il coupait son portable. Elle pensa au restaurant où il avait rendez-vous. Y était-il encore à cette heure ? Dans ce cas, lui et son interlocuteur devaient être les deux derniers clients dans la salle. Quel était le nom de ce restaurant ? Un nom français. Peut-être l'avait-il noté quelque part.

Elle fouilla des yeux le fatras qui jonchait le bureau, ne repéra pas le bout de papier sur lequel il avait griffonné les coordonnées du restaurant. Sans doute l'avait-il pris. Zut. Son ordinateur était branché. Elle enfonça une touche du clavier et constata que David était en train de corriger l'article qu'il avait commencé avant leur mariage, l'interview d'une star du basket à propos des scandales de dopage aux stéroïdes. Sur le mur était encadré un reportage dont il était l'auteur, où il racontait une partie de pêche dans les bayous de Louisiane avec un célèbre chef cuisinier cajun. Le récit était accompagné d'une photo en noir et blanc où l'on voyait un cygne qui semblait voguer dans l'ombre mystérieuse.

C'était Nevin qui avait chargé David de rédiger ces deux articles pour *Slicker.* Nevin saurait comment joindre David. Et si elle le contactait sur sa ligne professionnelle ? D'abord, elle repoussa cette idée. David n'apprécierait pas du tout qu'elle mêle Nevin à leurs affaires privées. Il avait été très clair là-dessus. Puis elle pensa : tant pis. J'ai besoin de parler à mon mari. David avait le numéro personnel de Nevin dans son répertoire, elle le savait. Elle fouilla de nouveau le bureau du regard. Pas de carnet en vue. Sans doute était-il dans le tiroir. Machinalement, elle tira sur la poignée du tiroir, lequel résista.

Coincé ? À deux mains, elle essaya de le soulever par en dessous pour le faire coulisser. Il ne bougea pas d'un millimètre. Il était verrouillé. Ça alors. Qu'est-ce que David avait voulu cacher ? Qu'est-ce que les gens mettaient sous clé ? De vieilles lettres d'amour, dans le cas des femmes. Et les hommes ? Ne pas se voiler la face. Probablement de la pornographie. À cette idée, l'agacement se surajouta à son anxiété. Il ne la jugeait quand même pas pudibonde au point d'enfermer ces machins-là dans un tiroir. Elle avait déjà vu ce style de magazine. À moins, se dit-elle avec une grimace, qu'il soit attiré par une pratique révoltante. Les enfants, les animaux, d'autres hommes. Mais non. C'était stupide. Elle savait avec certitude que les appétits sexuels de David étaient sains. Elle secoua impatiemment la poignée, mais le tiroir ne s'ouvrit pas. Tant pis, se dit-elle, laisse tomber. Ça ne te regarde pas.

Soudain, la sonnerie du téléphone la fit sursauter. Décrochant l'appareil posé près de son coude, elle appuya sur le bouton permettant de prendre la communication et, le cœur battant, approcha le combiné de son oreille.

– Allô ?

Silence. Elle percevait néanmoins le bruit d'une respiration.

– Allô ? Qui est à l'appareil ?

Pas un mot. Puis il y eut un déclic, et la tonalité.

Il y avait pourtant quelqu'un à l'autre bout du fil. Pourquoi ne lui avait-il pas répondu ? Elle composa le *69 pour obtenir le numéro de son correspondant – celui d'un portable qu'elle ne reconnut pas. Elle envisagea un instant de le rappeler, se dit qu'elle était idiote. Quelqu'un avait fait un faux numéro et raccroché en réalisant qu'il s'était trompé. Voilà tout.

Mais brusquement, elle ne se sentait plus en sécurité dans la petite chambre. Le téléphone. Le tiroir verrouillé. L'infirmière mystérieusement évaporée dans la nature. La pièce qu'elle partageait avec son mari, dans la maison qu'elle aimait tant, lui paraissait subitement hostile. Le vent se levait, les branches des arbustes griffaient les vitres. Elle se demanda si toutes les fenêtres étaient bien fermées. La perspective de se mettre debout et de vérifier, même en se limitant aux fenêtres du rez-de-chaussée, lui semblait au-dessus de ses forces. Et monter au premier lui serait impossible. J'ai besoin d'aide, pensa-t-elle fébrilement. Elle passa rapidement en revue les gens qu'elle connaissait. Stephanie. Elle lui téléphona et tomba sur son répondeur. Peut-être qu'elle était encore au collège. Il lui fallut un moment pour se remémorer les coordonnées de l'établissement scolaire. Tout ça pour que la secrétaire lui annonce que Stephanie était partie depuis une heure.

Frustrée, Emma reposa brutalement le combiné. Elle avait envie de se rouler en boule et de sangloter tout son soûl. Elle se cramponna à la part de raison qui subsistait en elle. Tu dois t'assurer que les fenêtres sont fermées. N'importe qui pourrait entrer. Cette idée la propulsa hors du fauteuil mais la fit aussi fondre en larmes. Claudiquant, en pleurs, elle passa de la chambre à la cuisine. David, pourquoi tu n'es pas près de moi ? sanglota-t-elle. Espérer qu'il ne la quitte pas d'une semelle était une manifestation de faiblesse et de mollesse. Mais elle se sentait faible et molle. Emma se traîna jusqu'à l'évier et ébaucha un mouvement pour contrôler que la fenêtre était bien fermée. Elle posait les doigts sur la poignée de l'espagnolette quand un grand craquement résonna au-dessus de sa tête. Elle en eut la chair de poule. Elle pivota sur ses talons.

Quelqu'un dans la maison. En haut. On était entré dans la maison. Elle imagina l'homme à la cagoule marchant sur le plancher du premier, commençant à descendre l'escalier. Emma tituba jusqu'au téléphone et composa le 911.

– Puis-je vous aider ? interrogea une voix ferme.

– Je crois qu'il y a quelqu'un dans ma maison, sanglota Emma.

– D'accord, calmez-vous. Est-ce que vous voyez quelqu'un ?

– Non, mais un homme a tenté de me tuer et peut-être qu'il est revenu, chuchota Emma.

– D'accord. Pourquoi croyez-vous qu'il y a un intrus chez vous ?

Emma était au bord de l'hyperventilation.

– Il y a eu... un grand craquement. En haut. Il est en haut. Envoyez-moi la police. S'il vous plaît... Je suis blessée et je ne peux pas...

– D'accord, je vous envoie quelqu'un.

– Je m'appelle Emma Webster. Au 611 Spencer Drive. Nous sommes au bout de la rue. La dernière maison.

– Je lance l'appel, une voiture de patrouille va arriver, dit la standardiste d'un ton apaisant.

– Ne raccrochez pas, supplia Emma.

– Je reste en ligne. L'officier de police n'est plus très loin. Il devrait être là d'un instant à l'autre.

– Merci. Vraiment, je vous remercie.

– Il n'y a pas de quoi, madame. Regardez par la fenêtre. Vous devriez apercevoir son gyrophare.

– Oui, je regarde. Je ne vois rien.

Les doigts crispés sur le téléphone, Emma s'approcha de la fenêtre. Soudain, il y eut un éclair lumineux dans l'allée.

– Il est là ! s'écria-t-elle.

– Très bien, madame. Maintenant, vous ne risquez plus rien.

Une minute après, on frappait à la porte.

Emma saisit sa canne et boitilla jusqu'au vestibule, sans lâcher le téléphone. Elle regarda par le judas. Un jeune policier en uniforme se tenait sur le perron. Emma déverrouilla la porte et le fit entrer.

– Merci, monsieur, d'être venu si vite.

– C'est normal, madame, répondit le policier qui semblait à peine plus âgé qu'Emma. Alors vous pensez qu'il y a quelqu'un chez vous ?

– Oui, à l'étage.

– D'accord, je vais monter. Vous attendez ici.

– Soyez prudent, dit Emma qui le suivit dans le salon.

Le jeune homme actionna l'interrupteur au pied de l'escalier et gravit les marches. Emma s'appuya contre le dossier d'un fauteuil du salon.

La sonnerie stridente du téléphone, dans sa main, lui arracha un cri. Son cœur s'emballa de nouveau dans sa poitrine, il cognait si fort que c'en était douloureux. Elle aboya dans le récepteur :

– Qui est à l'appareil ?

– Emma ? dit une voix inquiète. C'est Burke.

Emma se laissa aller contre le fauteuil, poussa un soupir.

– Burke. Oh, Dieu merci.

– Qu'est-ce qui se passe ? Ça va ?

– Non, pas du tout. La police est ici. Il y a quelqu'un dans la maison.

– Où est David ?

– Il n'est pas là.

Burke se tut un instant.

– Bon, j'arrive. Je quitte le Centre immédiatement, je serai là dans quelques minutes.

– Merci, murmura-t-elle, mais il avait déjà raccroché.

– Madame ! lança le policier, toujours à l'étage. Vous avez l'habitude de laisser la porte de la salle de bains ouverte, en haut de l'escalier ?

Emma s'efforça de réfléchir.

– Je ne sais pas. Oui, il me semble.

Le policier apparut sur le palier.

– La fenêtre de la salle de bains est ouverte, et la porte fermée.

– Je ne comprends pas. Vous avez trouvé quelqu'un ? On est entré par la fenêtre ?

Le jeune homme secoua la tête.

– Il n'y a personne. Par contre, le vent souffle sacrément, dehors. Il arrive que le vent fasse claquer une porte, alors on entend un grand bruit.

Emma était silencieuse, le visage en feu. À la seconde où le policier émit cette hypothèse, elle comprit que son diagnostic était exact. La fenêtre de la salle de bains, en haut de l'escalier. Elle s'écroula dans le fauteuil et essaya de calmer les battements de son cœur.

– Je suis absolument désolée. Je n'aurais pas dû vous déranger, je suis navrée.

Voilà donc ce que va devenir mon existence ? songea-t-elle. Je serai une femme qui appelle la police quand une porte claque ? Qui a peur de son ombre ? Comment vivre de cette façon ? Elle cacha son visage dans ses mains. Se rendre chez Kellerman, tenter de contrôler la situation lui avait fait tant de bien. Mais au bout du compte, cela n'avait servi à rien. Elle était plus vulnérable que jamais, un paquet de nerfs à vif.

Le policier la rejoignit.

– Ne vous tracassez pas pour ça. Il n'y a pas de problème.

– Je me sens tellement bête. Je vous ai fait perdre votre temps.

Il la regarda d'un air grave.

– Je vous le répète, ne vous tracassez pas pour ça. Vous avez de bonnes raisons d'être nerveuse, madame Webster.

Emma leva vers lui des yeux étonnés.

– Oui, madame Webster, dit-il gentiment. Je sais qui vous êtes.

Emma détourna la tête, incapable de soutenir son regard compatissant. Une victime, pensa-t-elle. Voilà ce que je suis.

– Un de mes amis va arriver, murmura-t-elle. Cela ne vous ennuierait pas trop de l'attendre avec moi ?

Sans répondre, le jeune policier passa derrière le fauteuil où elle était installée et s'assit sur le canapé.

13

LA PLUIE cinglait les larges fenêtres de la cuisine, chez Burke Heisler, mais Emma ne redoutait pas sa furie. Installée dans un fauteuil club en tissu écossais, les pieds sur un pouf, légèrement surélevés, un verre d'eau gazeuse à la main, elle commençait enfin à se relaxer. Lorsque Burke était arrivé, le policier avait pris congé. Burke avait proposé de commander un dîner et d'attendre ensemble le retour de David. Mais Emma était en pleine crise de claustrophie, en proie au désir dévorant d'être n'importe où ailleurs que chez elle. Burke avait donc suggéré de laisser un mot à David et de se rendre chez lui, où il préparerait le repas et où Emma pourrait se reposer.

– Je suis désolée, Burke. J'ai l'impression d'être une gamine qui crie au loup. Je suis à bout de nerfs.

– Ne te fais pas de souci pour ça. Je suis content d'avoir pu être utile.

Burke s'affairait dans le coin cuisine, face à Emma, affublé d'un absurde tablier de boucher sur lequel on lisait : *Un baiser pour le cuisinier.* Il sirotait un verre de vin tout en remuant les pâtes en train de cuire. L'odorante sauce qu'il avait décongelée bouillonnait sur un autre brûleur. La chaleur qui régnait dans la pièce, ajoutée aux antalgiques, engourdissait agréablement Emma.

– Tu n'as pas l'air d'un cuisinier, dit-elle en souriant.

Burke se mira dans une spatule luisante.

– Pourquoi ? Parce que j'ai une figure de bouledogue ?

– Pas du tout, rétorqua-t-elle avec véhémence. Quand je t'avais comme prof de psycho, en première année de fac, j'avais le béguin pour toi.

Burke plissa le front.

– Ah bon ? Je suis flatté.

– Pour nous, petites étudiantes, tu étais une espèce de personnage mystérieux, fascinant. Je me figurais que toi aussi tu m'aimais bien, en secret, mais que tu ne voulais pas franchir la barrière professeur-étudiantes. Enfin, c'est ce que j'ai cru jusqu'à ce que tu commences à sortir avec ma coturne.

– Je t'avais remarquée, Emma. Je te trouvais mignonne.

– Oh, ne te fatigue pas. Natalie était dans une tout autre catégorie. Elle avait tellement de... magnétisme.

– Je me sentais effectivement coupable d'avoir une relation avec une étudiante, mais Natalie transgressait toujours les règles. Quand j'ai tenté de lui expliquer mes réticences... autant agiter un chiffon rouge sous le nez d'un taureau. Ça a redoublé son désir. Elle n'aurait pas toléré un refus.

– Tu veux dire que c'est elle qui t'a fait des avances ? interrogea Emma avec un brin d'indignation.

– Elle m'a foncé dessus comme une locomotive. Pourquoi ? Ça paraît te surprendre.

– C'est juste que... elle savait que tu me plaisais. Je n'arrêtais pas de parler de toi.

– Si ça peut te consoler, au cours des années, il m'est arrivé de regretter de ne pas lui avoir résisté, avoua-t-il en soupirant.

Emma perçut l'ombre de mélancolie qui s'abattait sur son hôte. Elle se hâta de changer de sujet.

– Écoute, je vais au moins mettre la table. À rester là sans rien faire, j'ai l'impression d'être une limace.

Burke prit une table pliante derrière la porte de la cuisine, et la plaça devant Emma.

– Non, pas question. Tu n'es pas en état de faire quoi que ce soit. Je te servirai. Mettre la table... Alors que, sans doute, tu ne devrais même pas être sortie de chez toi.

– Plus je sortirai de la maison, mieux ça ira. En réalité, j'espère reprendre le travail cette semaine.

– C'est trop tôt, Emma.

– J'en ai besoin. Je ne peux pas m'enfermer chez moi à ressasser ce que j'ai subi. En plus, les problèmes de mes patients m'aideront à oublier les miens.

– On en discutera dans un jour ou deux.

Il mit son couvert sur le comptoir de l'îlot, puis disposa serviettes, couteaux et fourchettes en argent sur la table pliante. Un instant après, il apportait une assiette pleine à Emma.

– On devrait peut-être attendre David, suggéra-t-elle, soucieuse.

– Je lui en garderai une assiette.

Le fumet de la nourriture la fit saliver.

– Burke... merci encore, dit-elle en dépliant sa serviette.

Il leva son verre.

– Je bois à ton prompt rétablissement.

Souriante, Emma leva aussi son verre d'eau gazeuse.

– Merci d'avoir volé à mon secours. Je me sens beaucoup mieux ici avec toi qu'à la maison.

– Tant mieux. *Mangia, mangia.*
Ils mangèrent un moment en silence.
– Succulent, commenta-t-elle.
Burke lui sourit.
– Alors, tu as des nouvelles de la police ? Leur enquête progresse ?
– Notre avocat nous a conseillé de ne pas leur dire un mot. D'ailleurs, ils ont apparemment des œillères. David affirme que toute leur attention est centrée sur lui.
– Je sais ce que c'est. Quand Natalie... avant qu'ils découvrent son corps... ils n'ont pas arrêté de m'interroger. De me harceler, plutôt. Que les gens te regardent de cette manière, quand tu es accablé de chagrin, c'est très perturbant. Et David... il a toujours eu des relations difficiles avec la police. Gamin, il faisait des bêtises, du coup chaque fois qu'il y avait un problème en ville, les flics venaient le chercher. Mon père a dû aller au poste deux ou trois fois pour qu'on le relâche.
– C'est vrai qu'il a une dent contre la police.
– Mais là c'est différent, Emma. Il faut collaborer. Les éléments que vous pouvez apporter leur sont nécessaires.
Emma rougit.
– C'est aussi mon avis mais... David prétend être dans le collimateur pour la simple raison qu'il a épousé une fille bien nantie.
– L'argent est un pousse-au-crime indémodable.
Elle reposa sa fourchette.
– Comment peux-tu dire une chose pareille ? s'insurgea-t-elle. David est ton meilleur ami.
– Ce n'est pas une opinion personnelle que j'exprime. Bien sûr que non. Mais, franchement, il ne m'a pas semblé que le lieutenant Atkins soit déjà fixée sur

le coupable. Je lui ai remis les lettres anonymes que tu as reçues, et elle m'a paru très intéressée. Je lui ai également suggéré – j'espère que tu ne m'en voudras pas – d'avoir un entretien avec Lyle Devlin.

– Lyle Devlin ? Le père d'Ivy ?

– Ils m'ont demandé si quelqu'un t'avait... menacée. Je ne t'en avais pas parlé quand ça s'est passé, mais après la mort d'Ivy, Devlin a débarqué dans mon bureau. Il était fou de rage, il délirait.

– À mon sujet ?

– À ce moment-là, j'ai préféré que tu ne saches rien. Tu étais déjà suffisamment bouleversée.

Emma pâlit.

– Tu étais pourtant d'accord avec la décision que j'ai prise...

– Absolument. Je l'ai signifié à Devlin et je l'ai prié de sortir de mon bureau. Toutefois, il m'a semblé que la police devait être informée de cet incident.

Emma opina, se força à avaler une autre bouchée, malheureusement elle n'avait plus faim. Les larmes perlaient de nouveau à ses paupières, elle se tamponna les yeux avec sa serviette.

– Oh, Emma, je suis désolé...

– Non, tu n'y es pour rien. C'est juste la douleur et la fatigue.

Les sourcils froncés, Burke promena sa nourriture d'un bord à l'autre de son assiette.

– Je comprends, murmura-t-il en évitant son regard.

Elle l'observa avec tristesse. Évidemment qu'il comprenait. Il y avait tant de souvenirs de Natalie dans cette ravissante et lumineuse maison. Des piles de recueils de poésie, des photos dans des cadres en argent massif. Malgré sa jeunesse débilitante, les maltraitances qu'elle avait subies, Natalie avait un goût exquis et ruineux ; chaque recoin de la demeure en témoignait. Elle était aussi pleine de fantaisie. Emma avait remarqué un tablier identique à celui que portait Burke, accroché dans le placard à provisions.

– Comment tu t'en tires ? demanda-t-elle.

Il haussa les épaules.

– Le temps guérit toutes les blessures.

– Ça devient un peu moins dur ? insista-t-elle.

Il soupira, reposa ses couverts.

– Ça dépend. Quelquefois je suis très rationnel, je m'autoanalyse. Je teste mon chagrin et je décrète que je m'adapte bien ou que je gère la situation. D'autres fois...

Il tourna les yeux vers la pluie qui fouettait la fenêtre, et une expression d'affliction s'inscrivit sur ses traits.

– D'autres fois... je maudis le ciel. Je marchande avec Dieu. Si Tu acceptais de me la rendre... Enfin, tu vois le genre.

– Oh, Burke..., murmura-t-elle avec compassion.

Une part d'elle, cependant, se demandait comment il pouvait souhaiter retrouver une existence qui avait été si pénible et, sur bien des plans, vraiment malheureuse. Il n'était naturellement pas question de reprocher à Natalie ses troubles bipolaires, néanmoins Emma avait toujours jugé son refus de suivre son traitement quelque peu... égoïste.

– Oui, je sais, dit-il. C'est complètement dingue.

– Tu l'aimais, répondit-elle gentiment.

Il acquiesça, puis le silence s'installa entre eux. Emma regarda la pluie qui tombait au-dehors.

– J'espère que David va bien, s'inquiéta-t-elle.

– Il est allé à New York en voiture ?

– Non, en train.

– Je m'étonne qu'il t'ait laissée seule, dans ton état.

– En fait, je n'étais pas seule. Ma mère a engagé une infirmière pour monter la garde au pied de mon lit. Mais je lui ai faussé compagnie. Je suppose que ça l'a mise en colère et que, vexée, elle est partie. À mon retour, elle s'était évaporée.

– Sans explication ?

– Non, elle a ramassé ses affaires et levé l'ancre.

– C'est bizarre.

– Oui...

– Elle doit revenir demain ?

– Je n'en ai aucune idée. Elle exigera sans doute d'être affectée ailleurs.

Burke la dévisagea d'un air préoccupé.

– Alors tu as quitté la maison toute seule ? Ce n'était pas un peu dangereux ? Où es-tu allée ?

– Eh bien, ce n'est pas très ragoûtant, mais...

Et elle lui relata brièvement l'épisode de l'affreux cadeau de mariage.

– Oh non..., dit-il gravement. Un nouveau message de ton admirateur ? Il faut impérativement que tu parles à la police pour l'aider à découvrir qui est ce type.

– J'ai pensé que je pourrais peut-être y arriver seule, rétorqua-t-elle, avant d'expliquer sa visite chez Kellerman pour tenter d'identifier l'expéditeur.

– Tu as trouvé qui t'avait envoyé ça ?

– Non, ils ont longtemps vendu cet article, mais ce n'est plus le cas.

– De quoi s'agissait-il ?

– En fait, c'est plutôt joli. Un ravier en forme de coquille Saint-Jacques, en argent. Le vendeur m'a dit qu'on m'avait sans doute refilé un cadeau dont on ne voulait plus.

Burke pâlit soudain.

– De quelle taille c'était ?

– Quoi donc, le ravier ? Pas très grand. Pas plus... qu'une souris.

Il détourna le regard.

– Qu'est-ce qu'il y a, Burke ?

– Nous en avions un de ce style.

– Vraiment ?

– Je t'assure.

Un coup frappé à la porte les fit sursauter. Burke descendit de son tabouret de bar, mais leur visiteur avait déjà ouvert la porte d'entrée.

– David ! s'exclama Emma.

Il avait les cheveux mouillés, décoiffés. Sa veste en cuir dégoulinait et ses boots couinaient.

– Eh bien, vous avez l'air de vous la couler douce, tous les deux.

– Ta femme voulait t'attendre, plaisanta Burke, mais j'ai pensé que te garder ta part du festin suffirait.

David déclina l'invitation d'un revers de main.

– J'ai eu un déjeuner pantagruélique. Emma, qu'est-ce que tu fabriques ici ? Tu ne devais pas sortir.

– C'est une longue histoire. Il a fallu que j'appelle le 911...

– Le 911 ? coupa-t-il. Pourquoi ?

– J'ai cru qu'il y avait quelqu'un dans la maison. En réalité, le vent avait simplement fait claquer une porte, mais j'étais terrifiée. Là-dessus, Burke a téléphoné, et il est venu me chercher.

– Tu étais seule ? Où était passée Lizette ?

– Elle a disparu. Je te le répète, c'est une longue histoire.

– Assieds-toi, dit Burke à son vieil ami. Enlève cette veste trempée.

– Non merci. La voiture est dehors, le moteur tourne. Emma, je te ramène à la maison. Si tu veux assister à ces obsèques, demain, il faut te reposer.

– Quelles obsèques ? demanda Burke.

– Oh, j'avais presque oublié. Oui, tu as sans doute raison, marmotta Emma en se relevant péniblement.

Burke saisit la cape en alpaga pendue à un crochet près de la porte de la cuisine, et la posa doucement sur les épaules d'Emma sitôt qu'elle fut debout. Elle s'en enveloppa étroitement.

– L'enterrement de Claude Mathis. Le chasseur... qui m'a sauvée. J'y serai, évidemment.

– Merci de t'être occupé d'elle, dit David à Burke.

– Oui, merci infiniment, Burke. Tu as vraiment été ma planche de salut.

Burke sourit.

– À ta disposition.

Il les accompagna jusqu'au vestibule, et les salua de la main lorsqu'ils sortirent sous la pluie.

– Comment s'est passée l'interview ? demanda Emma, tandis que David, après avoir lentement reculé dans la longue allée de Burke, regagnait la rue.

– Bien.

– Bien, répéta-t-elle d'un ton de reproche. C'est tout ?

– Figure-toi que je ne peux pas conduire sous cette pluie et discuter en même temps.

– D'accord.

Ils firent le reste du trajet en silence. Courbé sur le volant, David s'efforçait de distinguer la chaussée à travers les cascades d'eau que les essuie-glaces ne balayaient pas assez vite.

Parvenu dans leur allée, David dit à Emma d'attendre un instant, il allait l'aider, mais elle sortit tant bien que mal de la voiture et ouvrit son parapluie. Elle fit quelques pas avant que David l'entoure de son bras pour la guider vers la maison. Elle aurait voulu s'appuyer sur lui, mais c'était impossible. Elle était trop tendue et en colère. Quand ils furent entrés, elle ôta sa cape et la suspendit dans la buanderie, en espérant que l'ourlet humide serait sec le lendemain. Elle enleva aussi sa robe qu'elle mit sur un cintre, enfila l'ample peignoir qu'elle avait laissé là quand elle s'était changée.

David émergea de la salle de bains en se séchant la tête avec une serviette.

– Je t'apporte tes médicaments ?

– Je vais les chercher, répondit-elle froidement.

Elle dut bander toute sa volonté pour se traîner dans la cuisine sans grimacer. Elle se cramponna à l'évier pour reprendre sa respiration. Elle avait beaucoup lutté contre la douleur. David, qui s'était débarrassé de ses vêtements mouillés pour passer son pantalon de pyjama, la rejoignit. Il avait peigné en arrière ses longs cheveux humides, dégageant son beau visage à la mâchoire carrée.

Il prit une bière dans le réfrigérateur.

– Tu en veux une ?

– Non. Le bébé. Tu te rappelles ?

– Ah oui, c'est vrai. Désolé.

Elle claudiqua jusqu'à la petite chambre, s'effondra sur le lit et contempla ses pansements souillés de rose. Les changer, bouger, lui semblait complètement au-dessus de ses forces.

Au bout de quelques minutes éprouvantes, David apparut sur le seuil ; il tenait la boîte à pansements.

– Je peux t'aider ? proposa-t-il.

Emma poussa un soupir de soulagement, lui lança un regard fugace.

– Ce serait gentil.

Il s'assit précautionneusement sur le bord du lit et entreprit de retirer les pansements usagés. Sous ces doigts chauds et familiers, Emma se décontracta.

– Lizette a récuré la maison de fond en comble, dit-il.

– Oui. Elle était vraiment... consciencieuse.

– Raconte-moi ce qui s'est passé. Elle est partie comme ça ? Elle t'a expliqué pourquoi ?

– Eh bien, je voulais sortir un petit moment...
– Tu n'étais pas censée sortir.
– J'ai appelé un taxi et je suis allée en ville chez Kellerman, au cas où ils sauraient qui a envoyé le... ravier avec la souris dedans.
– Emma. Tu es folle... ? Tu n'es pas en état.
– Je n'ai pas envie d'argumenter. J'y suis allée, point. D'accord ?
David resta un instant silencieux, secoua la tête, puis :
– Ils ont pu te renseigner ?
– Non. Quand je suis rentrée, on avait arraché de ma porte mon petit écriteau « Ne pas déranger », et Lizette avait disparu. Avec armes et bagages.
Elle s'était imaginé qu'il ricanerait en entendant ce récit, mais il était on ne peut plus sérieux, tout en lui appliquant soigneusement sur la cuisse gaze et sparadrap.
– Quand j'ai réalisé que j'étais toute seule, j'ai paniqué, ajouta-t-elle.
– Et tu as alerté les flics.
– Pas tout de suite. J'attendais ton retour.
– J'étais en retard. Je suis navré. Et ensuite, que s'est-il passé ?
– L'orage grondait. Et puis il y a eu ce bruit de respiration au téléphone.
David sourcilla.
– Comment ça ?
Emma rabattit les pans de son peignoir sur sa jambe fraîchement pansée.
– On a téléphoné, mais on n'a pas prononcé un mot.
– Ça n'a pas d'importance, j'en suis sûr. Sans doute un faux numéro.
Elle hésita puis se jeta à l'eau, étourdiment, aiguillonnée par l'impassibilité de David.

– Je voulais te parler. J'ai eu l'idée de contacter Nevin, et j'ai donc cherché ton répertoire. Le tiroir de ton bureau est fermé à clé. Comment ça se fait ?

– Je ne sais pas... Pourquoi ?

– Ça me paraît... bizarre que tu le fermes à clé, dit-elle d'un ton de défi.

Les yeux de David s'étrécirent, et soudain elle sut qu'elle avait dépassé les bornes. Si seulement elle pouvait revenir en arrière... Elle furetait dans son bureau. S'il verrouillait le tiroir, en quoi cela la concernait-il ? Il avait son jardin secret, c'était son droit le plus strict, et le mariage n'y changeait rien.

– Je l'ai peut-être fermé à clé quand on a déménagé, suggéra-t-il. Pour que le contenu ne tombe pas.

Cette explication simple, évidente, la soulagea.

– Oui, bien sûr. Et ça t'est sorti de l'esprit.

David lui lança un coup d'œil impatient.

– Si ça te préoccupe tellement, j'essaierai de dénicher cette clé.

– Non, non, c'est ton bureau. Je n'aurais même pas dû t'en parler.

Il ne sourit pas.

– Tu as un reproche à me faire ?

Elle se sentit stupide. Indiscrète.

– Non, pas du tout. Je suis désolée, David, je t'assure.

Il la dévisagea longuement.

– Ça ne marchera pas si tu n'as pas confiance en moi.

– Mais j'ai confiance.

Il ramassa les tampons de gaze souillés sur le couvre-lit, se redressa et fixa sur Emma ses yeux noisette où brillait une lueur glacée.

– Je l'espère, dit-il.

14

LA CHAPELLE était bondée pour les obsèques de Claude Mathis. Les journalistes n'étaient pas autorisés à entrer, quant à Emma et David, ils arrivèrent suffisamment en avance pour se glisser sur un banc, dans le fond, afin de ne pas se faire remarquer. Mais un murmure parcourut l'assistance quand Emma s'assit, et de nombreuses personnes tournèrent la tête vers elle. Elle s'était habillée avec soin – tailleur-pantalon en jersey rouille et châle douillet en cachemire –, consciente que les gens, inévitablement, la regarderaient avec curiosité. L'ensemble qu'elle portait était infiniment moins confortable que sa robe noire, mais faire un effort pour la circonstance lui semblait la moindre des choses. Elle s'était maquillée, et David lui avait lavé les cheveux qui retombaient en vagues souples autour de son visage au teint pâle.

Emma suivit l'office avec attention et écouta les anecdotes racontées par les amis de Claude, qui semblaient abasourdis par sa mort brutale. Elle fut plusieurs fois émue aux larmes pendant la cérémonie pour un homme qu'elle n'avait, en réalité, jamais rencontré. Elle essaya de l'imaginer vivant, cet homme qui avait perdu la vie en se précipitant à son secours. Le chien de Claude, Major – qui, lui, avait eu l'autorisation de pénétrer dans la chapelle – gisait tristement aux pieds de Bobby, le fils adolescent du défunt, et semblait plus affligé que certains humains.

Emma essaya de trouver un peu de réconfort dans la beauté toute simple de la petite église, dont les vitraux chatoyaient dans la lumière matinale de l'automne. Cependant, bien qu'elle fût en sécurité parmi la foule, le bras protecteur de son mari autour de ses épaules, elle ne pouvait empêcher les images de l'effroyable cauchemar d'assaillir son esprit. Elle revoyait l'homme à la hache se jeter sur Claude Mathis, lorsque celui-ci était entré dans le chalet. Elle entendait encore craquer le crâne de Claude, quand la hache l'avait fendu et s'y était plantée. Elle saisit la main de David et la serra très fort pour apaiser son angoisse.

Après l'office, Emma s'attarda dans le vestibule de l'église et, timidement, s'approcha du fils et de l'ex-femme de Claude Mathis, qui recevaient les condoléances.

– Excusez-moi... je suis Emma Webster. Je voulais simplement vous dire à quel point je suis... navrée.

L'ex-femme de Claude, Holly, semblait toute fragile, juchée sur de hauts talons, avec son jean et sa veste en vinyle rouge agrémentée d'un col de fausse fourrure. Elle avait allumé une cigarette et se détournait pour souffler la fumée dehors.

– Je sais qui vous êtes, articula-t-elle d'une voix sourde. J'ai appelé votre beau-père, comme vous le disiez dans votre lettre. Il m'a expliqué, pour l'argent que vous nous donnez. C'est gentil. Dieu sait qu'on en aura besoin. Bobby, c'est la dame.

L'adolescent, affublé d'un sweatshirt noir informe, le visage terreux et renfrogné, considéra Emma avec méfiance. Il tenait Major en laisse. Le chien, muet et patient, avait du désespoir dans le regard.

– Je suis infiniment désolée pour ton papa, dit Emma. Ton père était très courageux, Bobby. Il a perdu la vie en nous arrachant, mon bébé et moi, à une mort certaine.

Le garçon haussa les épaules, mais quelque chose vacilla dans ses yeux, comme si, sous sa carapace d'ado agressif, il appréciait les paroles d'Emma.

David serra aussi la main du garçon et lui présenta ses condoléances à voix basse. Puis il tapota la tête de Major. Le chien émit alors un grognement sourd, menaçant, puis un aboiement bref. Les gens qui se pressaient dans le vestibule se retournèrent pour voir ce qui se passait.

– Major, tais-toi, se fâcha Bobby en retenant le chien par son collier. Il n'aime pas les étrangers, expliqua-t-il.

– Désolé, dit David. Emma, il vaut mieux nous en aller.

Elle contemplait Major, se remémorant le spectacle de ce chien qui s'élançait, les yeux étincelants, les babines retroussées, le poil hérissé.

– Major, murmura-t-elle, tendant une main hésitante.

Le chien recommença à aboyer, ses jappements assourdissants, inquiets, ricochant sur les murs de la chapelle. Ce raffut terrifiant la ramena en un éclair au soir de son agression. Elle se figea, tandis que le chien tirait frénétiquement sur sa laisse.

– Emma, viens, s'écria David en agrippant Emma – ce qui lui causa une épouvantable douleur dans tout le côté – pour la mettre hors de portée du chien.

– Major, arrête ! ordonna Bobby.

– Sors ce fichu corniaud d'ici, s'écria Holly d'une voix stridente. Emmène-le dehors.

Emma se cramponna à David, tandis que le garçon poussait tant bien que mal Major hors de l'église.

Au pied des marches étaient massés autant de journalistes et policiers que de personnes venues assister à la cérémonie. Les reporters savaient que les obsèques d'un homme mort héroïquement pour sauver une jeune femme enceinte constitueraient un sujet de choix pour le journal du soir. Néanmoins ils s'écartèrent du chien qui grondait, reculèrent quand il se mit à sauter en tout sens, retenu à grand-peine par Bobby Mathis.

– Viens, dit David. Ils sont distraits, on arrivera peut-être à passer.

Alors que David et Emma descendaient les marches, Bobby poussait Major sur la banquette arrière d'une vieille Electra ; soudain, la foule des reporters, reconnaissant Emma à sa canne et sa démarche claudicante autant qu'à son visage, se précipita vers elle.

– Ça suffit ! rugit David, comme les photographes braquaient leurs appareils sur Emma. Laissez ma femme tranquille.

Le plus proche refusant de reculer, David le repoussa fermement. Le type se mit aussitôt à protester avec véhémence, et trois officiers de police accoururent, notamment Audie Osmund.

Sourd aux revendications des journalistes, Osmund fit de son corps un bouclier pour Emma qu'il entraîna hors de la cohue. David leur emboîtait le pas. Ils aperçurent alors le lieutenant Joan Atkins qui les attendait à l'écart, tambourinant avec impatience sur le toit de la voiture pie d'Audie Osmund. Elle portait un tailleur-pantalon bleu marine, des chaussures à talons plats et un discret collier en or.

– Bonjour, lieutenant, dit Emma.

David prit sa femme par le bras.

– Viens, chérie.

– Monsieur Webster, intervint Audie Osmund en lui posant sur l'épaule une main pareille à un battoir, je me demandais... vous accepteriez de me consacrer un moment ?

– Pour quoi faire ?

– Je voudrais aller au chalet pour la reconstitution des événements de l'après-midi et de la soirée de samedi. Je souhaite simplement que vous me montriez le chemin que vous avez suivi du chalet à la canardière.

– Mon avocat m'a interdit de vous parler en son absence.

– Monsieur Webster, vous venez d'assister aux obsèques de Claude Mathis. J'ai son meurtre sur les bras. Vous ne pensez pas avoir une dette envers cet homme ? Il a sacrifié sa vie pour sauver votre femme.

– Je... j'en suis conscient. Et j'en suis infiniment navré. Mais je suis dans mon droit, rétorqua David avec raideur.

Osmund se tourna vers le lieutenant Atkins, qui les observait de son regard perçant.

– Je ne peux pas le forcer à parler, soupira-t-il.

– Retournons à la voiture, dit David à Emma.

Ils se dirigèrent vers la Jeep Cherokee, précédés par Audie Osmund et le lieutenant Atkins. David ouvrit la portière passager et alla prendre dans le coffre la caisse à bouteilles de lait, pour aider Emma à se hisser sur le siège. Ensuite il remit la caisse à sa place, claqua le hayon. Il s'approchait de la portière, quand Joan Atkins lui barra le passage. Elle souriait, mais ses yeux restaient froids.

– Vous devriez suivre le chef de la police locale, monsieur Webster, il faut que je discute avec votre femme.

– Elle n'a rien à vous dire.

– Eh bien, je crois que si, puisqu'elle m'a téléphoné. Elle a laissé un message au poste de police, pour me prévenir qu'elle souhaitait avoir un entretien avec moi.

Blême, David passa la tête dans la voiture. Emma rougit sous son regard accusateur.

– C'est vrai ? Tu as appelé le lieutenant Atkins ?

– Je voulais l'avertir pour le... cadeau de mariage. Je t'ai prévenu que je le ferais.

– Parfait. J'attendrai que tu aies fini.

Emma se détourna un instant de lui, s'efforçant de mettre de l'ordre dans ses idées. Il était dans son droit, effectivement. Mais ne fallait-il pas surtout agir au mieux ? Elle le regarda de nouveau.

– David, s'il te plaît. Ils ont raison à propos de Claude Mathis. C'est le moins que nous puissions faire. Nous n'avons pas à nous abriter derrière un avocat.

– Ils sont en train de nous feinter, Emma. Ils savaient que tu réagirais de cette manière.

– Pourquoi nous ne pourrions pas coopérer ? Ça ne prendra pas beaucoup de temps. Allez, finissons-en avec ça. Je t'en prie, David.

– Vous venez, monsieur Webster ? demanda Osmund. Le lieutenant Atkins nous suivra dans votre voiture.

– Nous serons juste derrière vous, dit Joan.

Les yeux de David avaient la couleur du plomb. Il jeta ses clés à Joan Atkins. Puis, sans un regard pour Emma, il se dirigea vers la voiture pie, flanqué de l'imposant chef de la police locale.

Le lieutenant Atkins s'assit au volant de la Jeep Cherokee et mit le contact.

– Votre mari semble plutôt énervé.

– Mon mari va très bien.

– Vous avez fait allusion à un cadeau de mariage. J'ai essayé de vous rappeler, mais...

Emma soupira, puis lui raconta l'incident de la boîte contenant le ravier et la souris morte.

– Il me faudra récupérer cette boîte chez vous. Bien qu'elle soit sans doute passablement contaminée, à l'heure qu'il est.

Emma ne répondit pas. Elles roulèrent en silence, derrière la voiture de patrouille, sur l'autoroute ombreuse. Osmund mit son clignotant droit, et ils s'engagèrent sur un chemin de terre. La gorge nouée, Emma reconnut le décor. Dans un instant, ils seraient à destination. Elle avait le cœur qui cognait quand ils atteignirent la clairière et le chalet.

– Il n'est pas question que j'entre dans cette maison, décréta-t-elle.

– Vous n'y êtes pas obligée.

Osmund arrêta sa voiture et sortit. David l'imita. Tout en parlant, ils se dirigèrent vers le bûcher. David montra le tas de bois, la souche sur laquelle il avait fendu les bûches. Osmund opinait. Puis David fit signe au policier de le suivre. Ensemble, ils disparurent dans les bois.

Emma s'adossa à son siège et, avec un nouveau soupir, ferma les yeux. Le lieutenant Atkins tambourinait sur le volant ; soudain, elle tourna la tête et dévisagea Emma.

Celle-ci, sentant son regard, rouvrit les yeux.

– Qu'est-ce qu'il y a ?

– Emma... j'ai une chose à vous dire, si vous le permettez. Chacun est persuadé de connaître son conjoint. Croyez-moi. Interrogez n'importe quelle femme dans la rue, elle vous affirmera qu'elle sait tout de son mari. Ce qu'il aime. Ce qu'il n'aime pas. Où il va. Qui il voit. Toutes en sont convaincues. Jusqu'à ce qu'elles découvrent la vérité.

Emma s'abîma dans la contemplation de la rivière.

– J'ai été mariée, Emma. Ce que je vous dis est le fruit de mon expérience. Moi aussi, je pensais connaître mon mari. Si vous m'aviez demandé s'il était capable de me faire du mal, je vous aurais répondu : non, absolument pas. N'empêche qu'un jour, de rage, il a levé la main sur moi.

– Ça a dû être... terrible, murmura Emma.

Une imperceptible rougeur colora les joues de Joan.

– Oui. C'était le début de la fin. Je vous en parle parce que je comprends que vous ne vouliez pas envisager le pire. Mais vous devez mesurer la gravité de votre situation. J'ignore ce que David Webster vous a raconté à propos de son interrogatoire, néanmoins il a refusé de se soumettre au détecteur de mensonge. Avant même de contacter son avocat.

Emma regardait le chalet, la clairière. Le ruban argenté de la rivière chatoyait entre les arbres. Les pins frissonnaient sous la brise. Tout semblait si paisible et idyllique, dans la lumière de novembre. Mais Emma n'était pas dupe. Elle ne pénétrerait plus jamais, volontairement, dans cette maisonnette. Si David et elle n'avaient pas été escortés par des policiers armés, elle aurait eu peur de sortir de la voiture. Et pourtant, étrangement, le fait d'être ici avait quelque chose de presque rassurant. Elle pouvait se représenter son agresseur, la violence avec laquelle il s'était attaqué à elle. Ce n'était pas David. C'était quelqu'un qui vivait là, dans ces bois, qui s'y terrait. La police suivait une mauvaise piste.

– Pourquoi un innocent refuserait-il de se soumettre au détecteur de mensonge, Emma ?

Celle-ci ne détourna pas les yeux.

– Il peut y avoir une foule d'explications, et vous ne l'ignorez pas. Ce test n'est pas infaillible. Il n'est même pas recevable par un tribunal. Pourquoi êtes-vous si déterminée à accuser mon mari ? Pendant que Osmund et vous décortiquez le moindre mot que nous prononçons, il y a dans le coin un maniaque qui a tué et tuera de nouveau. Vous vous en fichez ?

Joan Atkins la dévisagea sans ciller.

– Emma, votre mari vous a-t-il déjà amenée ici avant l'agression ?

– Non. Il n'était pas venu depuis des années.

– C'est aussi ce qu'il nous a dit. Mais il a menti. Il était ici il n'y a pas très longtemps.

Emma lui décocha un regard noir.

– Non, ce n'est pas vrai.

Elle descendit de la voiture, claqua la portière, et s'y appuya. Elle resserra autour d'elle le châle en cachemire, croisa les bras sur sa poitrine. La caresse de la brise sur sa peau était agréable. Joan Atkins sortit à son tour et contourna la Jeep.

– Une habitante de la région l'a vu. Elle lui a même parlé.

À cet instant, David reparut ; il discutait avec Osmund qui fronçait les sourcils.

– S'il était ici, quelle importance ? rétorqua Emma. Hein ? Peut-être que... il avait simplement besoin d'une journée de congé. Et il a oublié de m'en parler.

– Ou peut-être qu'il élaborait son plan.

– Vous n'en savez rien ! s'insurgea Emma.

– Eh bien, vous n'avez qu'à lui poser la question, dit Joan.

15

DAVID dardait sur le lieutenant Joan Atkins un regard implacable.

– Nous avons coopéré avec vous plus qu'on ne l'aurait dû. Maintenant, on s'en va.

– Eh bien, dit Joan à Emma. Posez-lui la question.

– Quelle question ? rétorqua David. Qu'est-ce que tu as à me demander ?

Joan le considérait froidement.

– Quand êtes-vous venu ici, chez votre oncle, pour la dernière fois ?

– Vous le savez pertinemment. Épargnez un peu ma femme. Elle est prête à collaborer avec vous, mais il n'est pas nécessaire de lui faire revivre cette tragédie.

– Avant l'agression, insista Joan.

– Je ne me souviens pas, grimaça David. J'avais... quelque chose comme dix ans. Je venais ici avec ma tante, mon oncle, et un ami.

– Ça ne colle pas avec les informations que nous possédons.

– Peut-être que j'avais douze ans. Vous n'avez qu'à me traduire en justice pour ça.

– Nous avons un témoin qui vous a vu récemment.

Emma regardait son mari dont les yeux flamboyaient.

– Quel témoin ?

– Une personne digne de foi, répondit Osmund.

– Foutaises, marmonna David. Viens, Emma.

– Auriez-vous par hasard oublié de nous parler de ce récent séjour ? interrogea Osmund.

Emma sentit son estomac chavirer. Elle appuya sa main sur la carrosserie de la voiture pour ne pas perdre l'équilibre.

– Bon, ça suffit, trancha David. On s'en va. Vous racontez n'importe quoi, j'en ai ma claque. Et, visiblement, ma femme aussi en a plus qu'assez.

Osmund et Joan Atkins échangèrent un coup d'œil.

– Allez-y, monsieur Webster. Nous vous recontacterons.

Les lèvres pincées, David ouvrit la portière passager et aida Emma à monter. Elle considéra tour à tour Audie Osmund et le lieutenant Atkins qui rendait les clés à David. Celui-ci claqua la portière, contourna la Jeep, s'installa au volant et démarra. Les deux policiers les regardèrent faire demi-tour dans la clairière et s'éloigner sur le chemin de terre dans un nuage de feuilles mortes et de poussière.

David et Emma ne prononcèrent pas un mot avant d'avoir rejoint l'autoroute.

– Tu n'aurais jamais dû me mettre dans cette situation.

– Ne me dis pas ce que je dois faire ou ne pas faire, riposta-t-elle sèchement.

Il ne répliqua pas. Ils restèrent silencieux pendant le reste du trajet. Pour une fois, Emma ne s'endormit pas dans la voiture.

Il était quinze heures lorsqu'ils furent de retour à Clarenceville. Il pleuvait. David tendit une main à Emma.

– Attends, je t'aide.

– Je n'ai pas besoin d'aide.

Soupirant, il la laissa descendre péniblement de la Jeep et entrer dans la maison. Là, il se dirigea droit vers son bureau.

– Qu'est-ce que tu fais ? demanda-t-elle.

– J'appelle Yunger. Il faut qu'il connaisse l'existence de ce... témoin mystérieux.

Elle le suivit, le regarda saisir le téléphone sans fil et composer le numéro. Yunger n'étant pas à son cabinet, David lui laissa un message sur son répondeur : « J'ai à vous parler, c'est urgent... »

Quand il vit Emma immobile sur le seuil, il pivota et continua à voix basse. Puis il reposa le téléphone et se retourna. Emma le fixait d'un air peiné.

– Bon... Qu'est-ce qu'il y a ? bougonna-t-il.

– Pourquoi as-tu menti aux policiers ?

– À quel propos ?

– Tu es allé au chalet.

David secoua la tête.

– Tu commences à ressembler à un flic. Très bien, ajouta-t-il, levant les mains dans un geste de capitulation. Ne me crois pas.

– Tu as entendu le lieutenant Atkins, s'exclama-t-elle. Ils ont un témoin.

– Emma, elle raconte des bobards, elle essaie de te dresser contre moi, et ça marche.

– Elle dit ça parce qu'elle te soupçonne de mentir.

– Écoute, soupira-t-il, évitant son regard, je suis leur unique suspect. Ils ne font rien pour trouver le véritable assassin. Alors ils te servent ces conneries.

– Tu n'as qu'à dire la vérité. Si tu es allé au chalet avant, avoue-le. Pourquoi est-ce si difficile ?

– Parce que je n'y suis pas allé. Pourquoi tu ne me crois pas ? Parce que ce sont des flics ? Parce que les flics ne mentent jamais ? Ils cherchent à me coincer, et tu ne réagis pas.

– C'est ma faute, maintenant ? protesta-t-elle.

– Pourquoi ma parole a si peu de valeur pour toi ? Le prétendu témoin s'est trompé, manifestement. Ils ne voient que ce qu'ils veulent voir.

Emma fronçait les sourcils. David la fixa de ses yeux étrécis.

– Tu ne peux donc pas me croire ? Tu es ma femme. Je t'aime. J'ai besoin que tu aies confiance en moi. C'est trop demander ?

Elle entendit une portière claquer, regarda par la fenêtre.

– Voilà Yunger. Il a été rapide.

– Tu ne m'as pas répondu.

– Tu ferais mieux d'aller parler à ton avocat.

– Merci infiniment.

Il passa tout près d'elle en sortant de la pièce. Elle rougit et baissa le nez. Elle culpabilisait de se montrer aussi entêtée. Ce qu'il affirmait était logique. D'une certaine manière. Il n'était pas impossible que le témoin se soit trompé. Et elle se devait d'accorder toute sa confiance à son mari. Elle entendit la porte claquer, se dirigea vers le bureau et jeta un coup d'œil par la fenêtre. Yunger, un homme chauve à l'allure distinguée et muni d'un attaché-case, se tenait avec David dans l'allée. Ils discutaient, leurs cols remontés pour se protéger de la bruine.

Emma s'assit lourdement sur le fauteuil de bureau. Ses yeux se posèrent sur la poignée du tiroir. Regardant de nouveau par la fenêtre pour vérifier s'ils étaient toujours dehors, elle tira sur la poignée.

Elle s'attendait à rencontrer de la résistance, mais cette fois le tiroir glissa sans effort. David l'avait déverrouillé depuis la nuit dernière. Elle examina le contenu – le bric-à-brac habituel qu'on trouvait dans un tiroir de bureau. Un paquet de microfiches. Un répertoire. Des trombones, élastiques et stylos. Rien que quelqu'un voudrait cacher. Elle en fut d'abord soulagée, puis une idée contrariante lui vint. S'il avait effectivement caché quelque chose dans ce tiroir, il l'avait enlevé de là. Il s'en était débarrassé ou l'avait mis dans une nouvelle cachette. Elle ouvrit le classeur de David. Si elle la voyait, reconnaîtrait-elle la chose secrète, quoi que ce fût, qu'il avait dissimulée ?

Alors elle pensa à ce qu'elle était en train de faire et poussa un soupir. Qu'est-ce qui te prend ? Pourquoi faut-il que tu t'imagines le pire à propos de ton mari ? Il t'aime. Tu lui as dit que tu avais confiance en lui. Tu laisses les soupçons des policiers te transformer en une femme radoteuse et suspicieuse qui furète dans les affaires de son mari. Ça n'allait sans doute pas plus loin que ce qu'il avait expliqué. Il avait fermé le tiroir à clé au moment du déménagement. Pour empêcher tout ce fatras de tomber. Et quand elle le lui avait fait remarquer, il l'avait déverrouillé.

Elle allait refermer le tiroir, lorsqu'elle aperçut le porte-clés, dans le fond. Elle s'en saisit. Il n'y avait qu'une seule clé et un porte-photo en plastique. D'un côté, sur une étiquette, était inscrit « abri de jardin ». Dans le cadre était glissée une photo d'Emma prise par David. Elle était en salopette, casquette de base-ball, et rangeait dans la cabane le matériel pour la pelouse. Sa figure était barbouillée de terre, et elle adressait un sourire lugubre à David qui la photographiait. Son expression semblait dire : Pose donc cet appareil et donne-moi un coup de main. C'était une jolie photo, une jolie idée. Il avait encadré ce cliché pour en faire un aide-mémoire particulier afin de se rappeler à quoi servait cette clé. Elle ébaucha un sourire... qui s'évanouit bientôt.

La porte d'entrée s'était ouverte, elle entendait leurs voix dans le vestibule. Elle repoussa le tiroir, se leva.

– Asseyez-vous, disait David à Yunger. Vous voulez une bière ?

– Non, je retourne au bureau.

– J'aimerais que vous rencontriez ma femme, Emma. Je vais voir si elle est couchée. Elle a eu une matinée plutôt difficile.

Emma franchit le seuil de la chambre.

– Ah, chérie, je venais justement te chercher. Voici M. Yunger. Ma femme Emma.

– Bonjour, Emma. Appelez-moi Cal. Ravi de vous connaître.

Ils échangèrent une poignée de main.

– Moi aussi, dit Emma.

– Je sais que vous avez traversé une terrible épreuve. Maintenant ils tirent de leur chapeau des témoins fantômes. Comme je le disais à l'instant à votre mari, je crois que vous n'avez rien à craindre. S'ils étaient tellement sûrs de ce témoin, ils auraient pu l'amener aux obsèques pour identifier votre mari. Manifestement ils se sont abstenus, d'où je déduis qu'ils ne sont pas persuadés que ce témoignage tiendra. D'ailleurs nous savons qu'il ne tiendra pas, puisque, de toute façon, David n'était pas là-bas.

– Vous voulez bien m'excuser ? Je suis très fatiguée.

– Oh... naturellement, répondit Yunger, l'air quelque peu surpris. Je suis désolé.

– Tu te sens mal, chérie ? demanda David.

– Je vais bien, je suis simplement fatiguée.

Sans lui laisser le temps d'ajouter un mot, elle regagna leur chambre provisoire, referma la porte et tourna la clé dans la serrure.

16

EMMA s'assit sur la chaise de bureau. Elle resta là plusieurs minutes, à réfléchir. Puis elle décrocha le téléphone.

Elle composa le numéro de Stephanie, au collège, et eut en ligne l'une des secrétaires qui lui annonça que Stephanie était sortie.

– Elle est rentrée chez elle ? interrogea Emma.

– Non, elle avait une réunion à Trenton.

Emma la remercia et reposa le combiné.

Où aller ? Elle envisagea d'appeler Burke mais y renonça aussitôt. Mauvaise idée. Il était son patron et l'ami de David, pas question de l'entraîner dans cette histoire. Elle contempla le téléphone, songeant à sa mère, regrettant de ne pas pouvoir se transporter par enchantement jusqu'à Chicago où elle serait dorlotée comme une enfant.

Un instant elle eut une bouffée de remords, au souvenir de sa mère qui lui avait envoyé quelqu'un pour la bichonner – l'infirmière, Lizette, qu'Emma avait littéralement poussée dehors. Mais ce n'était pas une infirmière qu'il lui fallait. Elle avait besoin d'un être qu'elle aimait, à qui elle pouvait se fier. Elle parviendrait même, lui semblait-il, à tolérer la présence de

Rory, pourvu qu'elle soit avec sa mère. Malheureusement, dans son état, le voyage était trop pénible.

Brusquement, le téléphone sonna. Emma décrocha.

– Ma chérie, dit Kay McLean. Je sais que tu es furieuse contre moi, je ne te le reproche pas, mais je n'ai pas pu m'empêcher de t'appeler.

Cette voix maternelle était pareille à un baume apaisant.

– Maman, je pensais justement à toi. Il y a une seconde à peine.

– La télépathie entre une mère et sa fille, commenta Kay en riant. Nous avons toujours eu un petit don, n'est-ce pas ?

Emma sourit, car c'était vrai.

– Oui, en effet.

– Qu'y a-t-il ? Comment te sens-tu ? Est-ce que l'infirmière est venue ? Tu m'avais dit de ne pas m'en mêler, je sais, mais...

– Elle est venue, répondit Emma avec circonspection.

– Comment, elle n'est plus là ? Nous l'avons engagée jusqu'à nouvel ordre.

– Elle... elle est partie, soupira Emma. Je suppose qu'elle s'est un peu fâchée parce que je... j'ai quitté la maison sans l'avertir.

– Emma ! Elle devait s'occuper de toi. Te protéger.

– Je sais, maman, rétorqua Emma qui n'avait pas réellement envie d'en discuter. Et j'apprécie. Franchement. Seulement, j'aimerais plutôt être avec toi. M'en aller d'ici et... me cacher quelques jours.

– Vraiment ? dit Kay d'un ton suspicieux. Emma, ce serait merveilleux, enchaîna-t-elle, se reprenant immédiatement. Pourquoi pas ? Oh, rien ne me ferait plus de plaisir que de pouvoir te chouchouter.

Elle eut une hésitation.

– Chérie, y a-t-il un problème ? Il s'est passé autre chose ?

– Non, pas vraiment. Je me sens juste... stressée.

– Eh bien, tu n'as qu'à sauter dans le prochain avion, ma chérie. Tu supporteras le voyage ?

– C'est le hic, justement. Je ne crois pas que je sois en état. Les bagages. L'aéroport. Les contrôles. La foule. Et les kilomètres jusqu'à la porte d'embarquement.

– Tu n'as pas à marcher. Il y a des employés pour te transporter dans ces espèces de chariots. Tu sais, ceux qui klaxonnent pour qu'on dégage le passage.

– Je ne peux pas. Pas encore. C'est trop pour moi.

– Oh, alors laisse-moi venir.

– Non, il ne vaut mieux pas, murmura Emma.

– Je n'aime pas être si loin de toi.

Emma opina ; elle avait les yeux pleins de larmes et était incapable de prononcer un mot.

– Chérie, écoute-moi. Si tu ressens le besoin de partir, pourquoi tu n'irais pas à New York rendre visite à Jessie ? Tu n'as qu'à réserver une voiture avec chauffeur, qui te déposera devant chez elle.

– Maman, elle est alitée. Elle n'est pas assez en forme pour avoir de la compagnie.

– Emma, s'il te plaît. Je discute sans arrêt avec Aurelia. Jessie est aidée de toutes les façons possibles. Sa mère y a veillé. Et Jessie, elle, écoute sa mère. De plus, son appartement est immense. Elle s'ennuie à mourir, coincée chez elle. Tu n'as qu'à l'appeler et lui annoncer ton arrivée.

Emma se représenta le visage rond et joyeux de Jessie, la chaleur qu'elle avait toujours lue dans ses yeux pétillants.

– Tu crois que je devrais ? demanda-t-elle, redevenant une enfant qui attendait les solutions de sa mère.

– Oui, absolument. Tu veux que je lui téléphone pour organiser ça, ou tu t'en chargeras ?

– Je ne sais pas.
– S'il te plaît, chérie. Ce serait bon pour vous deux.
– D'accord. Je le ferai. Merci, maman.
– Rappelle-moi de chez Jessie, insista Kay avant de raccrocher.

Pour ne pas se raviser, Emma composa le numéro de sa chère vieille amie, clouée au lit, et lui demanda si elle accepterait de l'accueillir. Jessie la bombarda illico de questions.

– Merci pour tes magnifiques fleurs que j'ai reçues à l'hôpital. Tu veux tout savoir, je le comprends, mais je ne peux pas parler pour l'instant. Je te raconterai dès mon arrivée, promis.

Jessie réagit comme l'amie véritable qu'elle était.

– Quand peux-tu être là ?
– Je prendrai le prochain train.
– Ce que je suis impatiente ! On restera couchées toutes les deux. Toi, moi et nos bébés qui ne sont pas tout à fait des bébés. Ce sera comme quand on passait la nuit chez l'une ou chez l'autre.

Emma fit de son mieux pour paraître enthousiaste. Puis elle raccrocha et s'assit, contemplant le crachin. Une part d'elle ne désirait qu'une chose : s'allonger et se pelotonner sous une couverture. Elle était si exténuée qu'elle avait envie de pleurer. Mais elle avait une boule à l'estomac, elle ne parviendrait pas à s'assoupir. Remue-toi, s'exhorta-t-elle. Va-t-en d'ici. Mets quelques affaires dans un sac. Elle ne pouvait pas porter de bagage trop lourd. Si elle avait besoin de vêtements, Jessie et elle faisaient la même taille. Sa mère lui avait suggéré de louer une voiture avec chauffeur, sans doute à juste titre, mais elle avait trop hâte de partir d'ici. Elle prendrait le train. Ce ne serait pas un voyage si pénible, dans ces grands fauteuils confortables. D'ailleurs, elle avait toujours aimé le train.

Appuyer sa tête contre la vitre, regarder défiler le paysage.

Elle tira du placard un sac léger, en microfibre, qu'elle posa sur le lit. Elle y rangea une chemise de nuit, une tunique orange brûlé et un pantalon en stretch qui ne la gênerait pas, malgré ses pansements. Ensuite elle déverrouilla la porte de la chambre et boitilla jusqu'à la salle de bains où elle ne prit que sa brosse à dents. Jessie lui prêterait tout ce dont elle aurait besoin.

Lorsqu'elle ressortit, David, immobile à côté du lit, contemplait le sac de voyage. Il leva les yeux vers elle.

– Qu'est-ce que c'est que ça ? demanda-t-il.

– Ton avocat est parti ?

– Notre avocat. Oui. Qu'est-ce que tu as ? Tu as l'air bizarre.

Emma ne répondit pas. Elle s'avança pour fourrer la brosse à dents dans le sac.

– Emma...

– Tu m'as menti.

– Ça recommence. Combien de fois faudra-t-il que je te le répète ? Je n'étais pas au chalet.

– Je ne te parle pas du chalet, mais du tiroir du bureau. Tu m'as menti. Tu as dit que tu l'avais fermé à clé quand on s'est installés ici.

– C'est ce que j'ai fait.

– Non, ce n'est pas vrai.

Elle ouvrit le tiroir, en extirpa le porte-photo pendu à la chaînette. Elle le lui jeta.

– Tu vois ça ?

Il le tourna et le retourna entre ses doigts.

– Et alors ?

– Cette photo de moi, tu l'as prise le jour du déménagement.

– Et alors ? s'exclama-t-il.

– Alors, si le tiroir était resté fermé à clé depuis notre emménagement, comment tu aurais pu mettre cette photo sur la chaînette ?

David la dévisageait fixement.

– Je n'arrive pas à y croire. Qu'est-ce que tu es en train de faire ? Tu élabores un acte d'accusation contre moi ? Tu travailles pour les flics, maintenant ?

Emma piqua un fard, néanmoins elle jeta son sac sur son épaule.

– C'est la deuxième fois aujourd'hui que tu me compares à un flic.

– Excuse-moi, mais je me sens un peu... cerné. Un tiroir. Tu t'en vas à cause d'un tiroir ? C'est ça, mon crime ? J'ai fermé un tiroir à clé.

Elle fit mine de franchir le seuil de la chambre, mais il lui barra le passage.

– Écarte-toi, ordonna-t-elle.

Il hésita un instant avant de s'exécuter. Emma passa près de lui.

– D'accord, attends. Tu veux bien m'écouter ?

Elle s'immobilisa, sans répondre ni le regarder.

– Bon, fit-il en s'asseyant au bord du lit. Il y a quelque chose dont je... j'aurais probablement dû te parler.

Emma, figée, l'observait. Ses jambes flageolaient.

– Quoi ?

– Je préférais que personne ne sache. C'est... embarrassant.

– Quoi donc ?

– Emma, quand nous nous sommes rencontrés, je sortais avec une autre femme...

Il soupira.

– Elle s'appelle Connie. Elle est... hôtesse de l'air. Elle s'était mis dans la tête que nous étions... fiancés. Ce n'était pas vrai, mais je suppose que je l'ai laissée croire ça. Bref, quand je t'ai connue, j'ai compris que j'avais rencontré la femme de ma vie et j'ai rompu. J'ai essayé de le faire en douceur, seulement elle était amoureuse de moi. Elle m'a harcelé un certain temps. Elle m'écrivait des lettres insensées. En fait, ça me rappelait celles que tu recevais. Plutôt dingues.

Emma fronça le sourcil.

– Dingues de quelle manière ?

– Eh bien, elles étaient très... intenses.

– Et voilà ce qui se trouvait dans le tiroir ? demanda Emma qui le scrutait. Les lettres de cette femme ?

David acquiesça.

– Je ne sais pas pourquoi je les ai conservées.

– Où sont-elles, à présent ?

– Quand tu as mentionné le tiroir, hier soir, j'ai réalisé qu'il était stupide de les conserver. La police veut déjà ma tête sur un plateau. S'ils découvraient ces lettres... entre ça et le soi-disant témoin des Pinelands, ils risqueraient d'en tirer des conclusions erronées.

– Ils pourraient penser que ta liaison se poursuit.

– Ils semblent n'avoir aucune difficulté à se forger une épouvantable opinion de moi.

Emma hocha la tête.

– Par conséquent tu t'es débarrassé des lettres.

– Hier soir. Après que tu t'es endormie.

– Et tu n'as pas une minute songé à en parler aux enquêteurs. Ou à moi.

– J'aurais dû. Je sais. Mais personne n'a envie d'entendre l'histoire des anciennes petites amies de son mari. Connie a été blessée, et lui mettre à présent les flics aux trousses... ça me paraissait indigne. Tout ça remonte à six mois. Je l'ai fait souffrir, elle m'a écrit quelques lettres un peu folles. Tu n'as jamais fait de bêtises quand tu étais en plein chagrin d'amour ? J'ai trouvé injuste de l'entraîner dans cette affaire.

Emma eut l'impression que son cœur allait exploser.

– Ma vie et celle de notre bébé sont en danger, et tu cherches à protéger cette femme avec qui tu couchais ? L'idée que c'est peut-être elle qui a tenté de me tuer ne t'a pas effleuré ?

– Emma, ce n'était pas Connie. Je n'ai eu aucune nouvelle depuis des mois. Elle ne sait sans doute même pas que je me suis marié. Elle savait encore moins où nous avions prévu de passer notre lune de miel. D'ailleurs, elle est petite et menue. Elle n'aurait même pas la force de soulever une hache, alors s'en servir pour assassiner quelqu'un...

– Tu as un sens des priorités plus que discutable.

– Qu'est-ce que cela signifie ? Je ne la protège pas. Emma, pose ce sac.

– Comment puis-je te croire ? Tu as trop de secrets.

– J'ai des secrets ? Tu prétends peut-être n'en avoir aucun ?

– Que veux-tu dire ?

Il la défia du regard.

– Rien. Passons.

Emma reposa le sac sur le lit.

– Non. Tu as abordé le sujet, va jusqu'au bout. À quoi fais-tu allusion ?

– Bon, répondit-il, pointant le menton. Je parle de toi. Et de Burke.

– Moi et Burke ? répéta-t-elle, ahurie.

– Tu l'as connu à l'université.

– Ça, ce n'est pas un secret. Donc, je l'ai connu à l'université. Et alors ?

– Tu as eu une histoire avec lui, n'est-ce pas ?

– Une histoire ? Non.

Elle rougit cependant, se remémorant son aveu à Burke, l'autre soir. Mais ça n'avait pas d'importance.

Elle s'était bornée à confesser avoir eu le béguin pour lui.

– Il ne s'intéressait pas à moi. Je te signale qu'il a épousé ma coturne.

– Et pourtant, il t'a proposé de venir ici et de travailler pour lui. Tu passes un week-end chez eux, et il te demande de travailler pour lui.

– Parce que...

– Parce que quoi ? À cause de ta vaste expérience ? Parce qu'il n'y a pas d'autres psychologues dans le New Jersey ?

Emma était à présent cramoisie. La question était simple, néanmoins elle ne pouvait que bredouiller en guise de réponse.

– Moi, je pense que, dans la mesure où sa cinglée de femme le rendait malheureux, il désirait renouer avec toi, claironna David, triomphant. Là-dessus j'ai débarqué et je lui ai mis des bâtons dans les roues.

– David, c'est faux. Tu... tu t'imagines n'importe quoi.

– Comment le savoir ?

– Parce que je te dis la vérité.

– Eh bien, je ne te crois pas.

– David..., balbutia-t-elle.

– Tu trouves ça agréable ?

Un instant, Emma fut abasourdie. Puis elle lui décocha un regard noir.

– Oh... Oh, je comprends. Ce petit jeu a pour but de m'éclairer.

– Les petits jeux sont censés être amusants, dit-il amèrement.

Emma reprit son sac. Malgré sa légèreté, il semblait tirer sur les points de suture qui dessinaient une courbe dans son dos.

– Nous sommes au moins d'accord sur une chose, dit-elle. Ce n'est pas drôle du tout.

– D'accord, on arrête. J'essayais de marquer un point. Je te crois, bien sûr. Je voulais juste que tu sentes ce que ça fait. Maintenant, où vas-tu ?

– Merci pour la leçon de choses. Ma vie est en danger, et tu joues à me manipuler psychologiquement. Je pars, David. Chez Jessie, pour quelques jours.

– Emma, tu ne peux pas...

La sonnerie du téléphone l'interrompit. Il décrocha.

– Allô !

Il écouta un instant, serrant les mâchoires. Puis il tendit le combiné à Emma.

– Pour toi. Tu ne devineras jamais qui c'est.

Elle saisit le téléphone, tandis que David sortait à grands pas de la chambre et claquait la porte.

– Allô ? dit-elle.

– Emma, c'est Burke. Je tombe mal ?

17

EMMA poussa la porte de la chambre qu'occupait Tasha Clayman, au Centre Wrightsman, et jeta un coup d'œil par l'entrebâillement. La mère de Tasha, Nell, était assise dans un fauteuil à côté du lit où sa fille gisait, fixant le plafond. Nell caressait le bras duveteux de Tasha ; Wade Clayman, lui, se tenait dans l'ombre, dans un coin de la pièce, et regardait par la fenêtre d'un air soucieux. Burke avait téléphoné pour annoncer que Tasha commençait à lâcher prise et refusait de voir quiconque, à l'exception d'Emma. Il s'était platement excusé, mais Emma pourrait-elle trouver un moyen de venir parler à la jeune fille ?

L'idée d'une séance épuisante avec les Clayman, avant de se rendre à la gare, paraissait à Emma au-dessus de ses forces, et pourtant lorsqu'elle arriva au Centre Wrightsman, elle se sentit étrangement heureuse d'être de retour, attendue par une patiente. Au moins, songea-t-elle, cela la détournerait de ses propres problèmes.

Wade Clayman pivota vers la porte et, avisant Emma, poussa une exclamation de soulagement, sentiment qui vira au désarroi quand Emma s'avança, appuyée sur sa canne, et qu'il vit à quel point elle était amochée.

– Seigneur, ma pauvre ! dit-il.

Tasha souleva sa tête, énorme par rapport à son corps squelettique.

– Docteur Hollis... Qu'est-ce qui vous est arrivé ?

– J'ai été victime d'une agression, répondit Emma, surprise qu'ils ne soient pas au courant, l'événement étant toujours aussi médiatisé – mais avoir une enfant malade, en péril, primait évidemment tout le reste.

– Je n'envisageais pas de revenir au Centre si vite, ajouta-t-elle, mais tu es très importante pour moi, Tasha.

Les yeux exorbités de Tasha s'écarquillèrent encore, et un rare sourire plissa sa peau en éventail.

– Merci...

– Il faut que tu travailles pour moi, aujourd'hui.

Tasha s'efforça d'acquiescer.

– Je vais essayer.

Nell, qui ne pouvait détacher son regard angoissé de la figure décharnée de sa fille, émit un son bizarre, mi-rire mi-sanglot.

– S'il te plaît, Tasha, essaie.

Wade apporta un fauteuil à Emma qui s'y installa.

– Parlons du sentiment de déception, dit-elle.

Audie Osmund s'engagea dans la clairière où se dressait l'ancienne maison des Fiore : une bicoque aux murs de bardeaux et dont le toit avait désespérément besoin de réparations. À deux cents mètres se trouvait un bâtiment à la toiture à un seul pan et qui, désormais, servait probablement de grange. Audie sortit de son véhicule de patrouille, monta les marches du perron, à côté duquel s'empilaient des pots de fleurs en terre cuite. Il frappa à la porte décorée de quelques épis de maïs – dont les piverts avaient picoré la plupart des grains. Pas de voiture à la ronde. Il n'était guère optimiste.

Tout en attendant, il pensa à cette femme lieutenant de la police d'État. « Une perte de temps », avait-elle décrété d'un ton franchement sec, après que David Webster et sa femme étaient repartis ensemble, aujourd'hui. « Pourquoi ne pas demander à ce témoin de l'identifier formellement ? » avait-elle ajouté, traitant Audie comme s'il n'était qu'un bleu. Il savait par expérience que les membres de la police d'État souffraient d'un complexe de supériorité, avec leurs beaux costumes et leurs cheveux bien coupés. Il s'en accommodait. Mais c'était plus dur à avaler lorsque le flic était une femme comme Joan Atkins. Elle semblait mettre un point d'honneur à ne pas souffler mot de sa part de l'enquête, pour être sûre qu'Audie ait un train de retard. C'était le genre de femme qu'il n'aimait pas.

Néanmoins, il n'avait pas d'argument à lui opposer. Ça lui retombait sur le dos. Aussi était-il là, chez les Fiore, pour tenter de réparer son oubli. Personne ne vint ouvrir et, quand il regarda par les fenêtres, les vitres étaient si sales qu'on n'y voyait rien.

On n'avait pas fait grand-chose pour entretenir cet endroit, pensa-t-il. Ce serait sans doute différent si le mari était encore de ce monde. Il scruta la clairière avec impatience. Elle est peut-être sortie à cheval. Ça valait la peine d'essayer. Il se dirigea vers le bâtiment délabré, recouvert d'une vigne vierge flamboyante et entouré, jusqu'aux appuis de fenêtres, de broussailles sèches. Il entendit, en approchant, un hennissement.

– Madame Tuttle ? appela-t-il.

Il discernait la croupe du cheval sous l'appentis. Brusquement, une figure blanche émergea de la pénombre.

– Qui c'est ? demanda une voix grave.

– Police, annonça Audie. Et vous, qui êtes-vous ?

Un adolescent, vêtu d'un sweatshirt gris et d'une casquette ornée de l'emblème des Philadelphia

Eagles[1] et enfoncée jusqu'aux oreilles, sortit du bâtiment, une étrille à la main. Il dévisagea Audie avec méfiance.

– J'habite ici, dit-il.

– Tu es le fils de Mme Tuttle ?

Le garçon opina.

– Et comment tu t'appelles ?

– Sam.

– Figure-toi, Sam, que je cherche ta mère.

– Elle est pas là, elle est allée à Trenton. Une histoire d'assurance à propos de mon papa. Il était pompier. Il est mort dans un incendie.

– Je comprends. Je suis désolé.

– Merci, marmotta l'adolescent. Qu'est-ce que vous lui voulez, à ma mère ?

– Elle m'aide pour une enquête. Elle est venue me voir pour témoigner. Elle ne t'en a pas parlé, ta maman ?

Le garçon haussa les épaules.

– J'sais pas.

L'ado typique, conclut Audie.

– Tu as un numéro où je peux la joindre ?

– Non. On avait un portable, mais on a dû s'en débarrasser. Ma mère a dit qu'on avait pas les moyens. Elle a été témoin de quoi ?

– Une femme a été agressée, pas loin d'ici. Un chasseur a été tué. Tu as dû en entendre parler.

– Ouais. Qu'est-ce qu'elle a dit qu'elle avait vu ? enchaîna le garçon, sarcastique, comme si sa mère était encline à l'affabulation. Elle a pas vu ça. Après, les flics sont venus nous poser des questions. Elle a rien vu du tout. On était à la maison, tous les deux. Elle et moi, on n'a rien vu et rien entendu.

---

1. Équipe de football.

– Elle a juste remarqué un... une activité suspecte autour du chalet des Zamsky, il y a un certain temps. Tu as aperçu quelqu'un par là-bas, récemment ? interrogea Audie d'un ton plein d'espoir.

– Moi ? Non. J'sais rien.

– Très bien, fiston, soupira Audie. Elle rentre quand, ta mère ?

– Demain, j'crois. Peut-être demain soir tard.

– Bon, je suis Audie Osmund, le chef de la police. Demande à ta mère de me contacter.

Il n'avait aucune intention d'appeler Joan Atkins pour lui raconter qu'il avait égaré son témoin. Il lui faudrait éventuellement manœuvrer un peu, mais il rattraperait cette Mme Tuttle et obtiendrait qu'elle identifie David Webster. Quitte à ce que ce soit son dernier acte sur cette terre. Aux yeux de cette femme lieutenant de la police d'État, il n'était qu'un bouseux, mais ça ne signifiait pas qu'il accepterait qu'on se fiche de lui.

Emma guida les Clayman jusqu'au bout d'une séance qui s'avéra fructueuse et s'aperçut qu'elle se sentait dynamisée par l'entretien. À la fin, Wade Clayman admit qu'il regrettait le temps perdu en réunions professionnelles tardives, temps qu'il aurait pu passer avec sa fille. Tasha l'avait dévisagé avec stupéfaction.

En quittant le centre, Emma garda les yeux baissés pour ne pas avoir à expliquer sa vie à tous ceux qu'elle croisait. Elle dut cependant parler à Burke avant de partir. Elle tourna l'angle du couloir et s'efforça de ne pas croiser le regard de la personne qui sortait de l'accueil de la zone directoriale.

– Hé ! fit une voix coléreuse. Attendez une minute !

Elle préféra supposer qu'on ne s'adressait pas à elle, et se hâta vers la porte de la réception.

– J’ai dit : « une minute » ! insista la voix.

Emma s’immobilisa et leva la tête. Elle se retrouva nez à nez avec un homme furibond, en veste de cuir noir, bottes de chantier et lunettes à monture métallique.

– Monsieur Devlin..., dit-elle, circonspecte.

– Quelle magnifique surprise, n’est-ce pas ? Je vais vous répéter ce que je viens de lui expliquer, articula Lyle Devlin, montrant la porte du bureau de Burke. Vous avez un sacré culot, après ce que vous avez fait à ma famille, de me flanquer la police sur le dos...

– Je n’ai pas..., protesta Emma.

– Qu’est-ce qui se passe ici ? interrogea anxieusement Geraldine.

– Je vous poursuivrai en justice, vous et tout le monde ici, clama Lyle Devlin, un doigt pointé vers la poitrine d’Emma. Vous le regretterez. Vous allez le payer cher. Amener ma fille dans ce prétendu centre de soins, vous permettre de poser la main sur elle, c’est la pire chose que j’aie jamais faite !

– Je vais appeler la sécurité, balbutia Emma.

Burke, alerté par Geraldine, ouvrit sa porte. En voyant Emma plaquée contre le mur par Devlin, il se précipita.

– Je vous ai demandé de partir d’ici !

La figure de Devlin n’était qu’à quelques centimètres de celle d’Emma.

– La sécurité ne pourra rien pour vous, mon chou.

Avant que Burke ait pu l’atteindre, Devlin tourna le dos à Emma et se rua vers la sortie. En un instant, Burke fut au côté de la jeune femme, qu’il examina avec inquiétude.

– Ça va ? Il ne t’a pas touchée, au moins ? Entre et assieds-toi.

– Non, je vais bien. Qu’est-ce qui l’a mis dans cet état ?

– La police l'a interrogé sur ce qui t'est arrivé. Sur les menaces qu'il a proférées contre toi. Du coup, il a complètement pété les plombs.

– Il a dit qu'il ferait un procès au Centre. Je suis vraiment navrée, Burke.

– C'est moi qui suis désolé que tu aies à subir ça. Ne te tracasse pas à cause de lui. Il crache le feu, rien de plus. Il ne tient pas à ce que toute cette histoire soit rendue publique. Comment ça s'est passé avec Tasha Clayman ?

Emma répondit que la séance s'était bien déroulée, et qu'elle avait promis de revoir la jeune fille dès son retour de New York.

– Tu pars à New York ? demanda Burke. Tu crois que c'est une bonne idée ?

– Je n'y resterai que quelques jours. J'ai envie de... de m'éloigner de tout ce tapage. J'ai une très bonne amie là-bas. Je peux me réfugier chez elle.

– J'espère que tu ne prends pas la voiture.

– Non, j'ai un taxi qui m'attend pour m'emmener à la gare. Écoute, je suis sincèrement navrée que le Centre soit mêlé à cette affaire. Avec... Devlin.

– Je me chargerai de Devlin. Toi, tu prends soin de toi. Mais n'oublie pas qu'ici, on a besoin de toi. Il y a une chance que tu sois de retour pour ton groupe du jeudi ?

– Je ne sais pas encore, soupira-t-elle. Quand tu as téléphoné, cet après-midi, je ne voulais pas venir. Je pensais qu'il m'était rigoureusement impossible d'affronter les patients. Mais ça m'a réellement fait du bien d'être là. Je ne me suis pas sentie aussi solide depuis longtemps. Depuis que... c'est arrivé. Je te promets que je ne m'absenterai pas longtemps. Au fait, puisqu'on parle de mon groupe, comment va Kieran ? On l'a revu depuis que sa sœur a annulé votre rendez-vous ?

Burke secoua la tête d'un air écœuré.

– Non, mais on pouvait s'y attendre. Sa sœur est une idiote, elle n'a rien dans le crâne. Elle sait que ce gamin est au bord du gouffre, mais au lieu d'essayer de l'aider, elle part en croisière. Pour résumer, elle s'en fout.

– Je ferai le maximum pour insérer Kieran dans le groupe.

Burke la prit doucement par le bras et l'embrassa sur la joue.

– Sois prudente, Emma. Tu es très importante pour... nous.

La gare de Clarenceville, à une petite heure de New York, jouxtait le vaste campus de Lambert University. Cette proximité était un atout à la fois pour les étudiants et la gare. Le taxi déposa Emma devant le bâtiment d'un vert sapin terne. Elle entra. Un étudiant en parka était couché sur l'un des bancs disposés le long des murs en lambris blancs. Il avait posé la tête sur son sac à dos et dormait comme un bienheureux, ronflotant gentiment. Du côté des voies, Emma aperçut par les fenêtres deux ados, coiffés de bonnets enfoncés jusqu'aux sourcils, qui filaient comme des flèches sur le quai en béton.

Alors qu'Emma approchait du guichet, l'homme en uniforme bleu derrière l'hygiaphone marmonna :

– Ces gamins ! Excusez-moi, mademoiselle.

Il s'extirpa de son cagibi par la porte latérale donnant sur l'extérieur, brailla :

– Hé, les jeunes ! Fichez-moi le camp d'ici, avec ces planches à roulettes !

Les ados éclatèrent d'un rire insolent, mais roulèrent lentement vers les rampes pour handicapés flanquant les marches qui menaient à la passerelle, au-dessus des rails, qu'ils avaient empruntée en sens inverse.

– Descendez de ces planches, portez-les ! vociféra le guichetier.

Emma ne vit pas si les gamins avaient obéi. L'employé revint en branlant la tête et en râlant.

– Ils sont pires que des cafards. On croit s'en être débarrassé et, dix minutes après, ils sont de nouveau là.

Il se rassit sur son haut tabouret, fixa Emma.

– Quelle est votre destination ?

– New York. Penn Station.

– Aller et retour ?

Emma eut une hésitation.

– Oui, aller et retour.

Le guichetier jeta un coup d'œil à la pendule.

– Le prochain train est un express. Il ne s'arrête pas. Le suivant est à dix-sept heures.

– Très bien.

Emma paya le billet et remercia son interlocuteur. Puis elle sortit pour attendre. Côté nord, le quai était désert. Dans une heure environ, les trains de Manhattan arriveraient côté sud, dégorgeraient hommes en costume et femmes en tailleur, leur mobile collé à l'oreille. Cependant, dans l'immédiat, Emma était l'unique voyageuse. Pas un chat à la ronde. Parfois elle se demandait comment les sociétés ferroviaires pouvaient continuer à fonctionner avec aussi peu d'usagers durant toute la journée.

L'obscurité tombait et les lampadaires halogènes qui éclairaient le quai commençaient à s'allumer. Emma faillit s'asseoir sur un banc rivé au mur du bâtiment, mais elle était trop nerveuse pour rester en place. Elle marcha à pas lents jusqu'au bout du quai. Là, sur la plate-forme déserte, elle se posa enfin la question : pourquoi avait-elle décidé de s'en aller ?

Maintenant qu'elle était loin de David, il lui manquait, et elle commençait à se dire que, peut-être, elle était partie trop précipitamment. À l'évidence, leur mariage débutait mal. Entre la police, les journalistes, l'état physique d'Emma, ils géraient la situation de leur mieux. Tous deux subissaient un terrible stress. Sans tous ces événements, elle ne se serait jamais souciée, n'aurait même pas pensé à ce tiroir fermé à clé.

Si elle partait maintenant, se rangeait-elle dans le camp des oiseaux de mauvais augure ? Un mariage exigeait du temps et de la confiance. En quelque sorte, elle s'enfuyait au premier pépin. Elle frissonna, contente d'avoir mis la cape en alpaga au lieu du châle qu'elle portait pour les obsèques. De plus, un châle n'était vraiment pas pratique pour voyager. Elle avait également troqué sa jupe rouille contre un pantalon en jersey, un pull à col roulé, et relevé en chignon ses cheveux luisants.

Une vive lumière blanche apparut au loin, accompagnée du fracas du train qui arrivait. Un sifflet strident retentit, avertissant qu'il s'agissait d'un express qui ne s'arrêterait pas. Emma se raidit, agressée par le bruit, et contempla le rond lumineux, blanc, qui s'élargissait à mesure que le train approchait sur la voie.

Il n'est pas trop tard, songea-t-elle. Tu peux déchirer ton billet et rentrer à la maison. Qu'est-ce que tu en penses, Aloysius ? se dit-elle, posant une main protectrice sur son ventre. Tu serais probablement d'avis que je retourne auprès de ton papa. Les enfants préfèrent tous ça. Ils sont toujours partisans de la réconciliation.

Le vacarme était assourdissant. Emma recula, s'écartant de la ligne jaune tracée sur le quai, la limite de sécurité à ne pas dépasser. Elle capta alors, du coin de l'œil, un mouvement vif. Sur le quai, elle vit l'un des ados amateurs de skate-board qui dévalait la rampe pour les handicapés, avec sa capuche et son survêtement baggy. Le guichetier va être furieux, pensa-t-elle en souriant. Le garçon, qui venait à présent droit sur elle, se mit à gesticuler frénétiquement. Il lui criait quelque chose qu'elle ne comprit pas.

– Quoi ? fit-elle, le regard fixé sur lui.

Elle se rendit compte qu'il accélérait. Prudemment, elle recula encore et, soudain, sentit qu'on lui assenait une violente bourrade dans le dos. Des mains pesèrent sur ses omoplates. Elle chancela et poussa un hurlement qui fut englouti par le sifflet du train. Elle vit la lumière blanche, tandis qu'elle basculait en avant, vers la voie.

18

OH, MON DIEU, NON, pensa-t-elle avec désespoir. Mon bébé.

Alors elle fut brutalement tirée en arrière, à demi étranglée par le col boutonné de sa cape. Sa tête fut projetée en avant, ses bras battirent l'air ; elle tomba, atterrit sur une hanche avec un craquement sec. Le train passa dans un hurlement, elle vit défiler les wagons éclairés.

Le garçon au bonnet de marin et sweatshirt trop grand, un pied sur son skate, l'autre sur le sol, se pencha pour la regarder avec circonspection.

– Ça va ? Wouah... vous saignez.

Il s'était précipité derrière elle et l'avait agrippée par sa cape. Ses réflexes l'avaient sauvée. Emma, sidérée d'être vivante et entière, essaya de parler sans y parvenir. Elle se borna à hocher la tête.

Un homme en trench-coat Burberry qui sortait juste du bâtiment de la gare en compagnie d'une femme d'âge mûr, en manteau noir, accourut vers Emma.

– Qu'est-ce que tu as fait à cette dame ?

– Je lui ai rien fait du tout, grogna l'adolescent.

L'homme au trench-coat s'accroupit et passa un bras sous les épaules d'Emma.

– Attendez, laissez-moi vous aider. Comment vous sentez-vous ?

– Vous les jeunes, avec vos skate-boards, ronchonna la femme. Un jour, vous tuerez quelqu'un.

Emma tremblait. Elle voulait expliquer, mais le col de la cape lui avait tellement comprimé la trachée qu'elle ne put émettre qu'un couinement.

– Toi, mon garçon, tu restes là. J'ai à te parler, déclara l'homme au trench-coat, l'index pointé vers l'adolescent.

– Je vous emmerde, décréta celui-ci en leur faisant un doigt d'honneur et, rapide comme le vent, il reprit sa course dangereuse, sautant cette fois du bord du quai pour rejoindre le parking.

– Sale petit délinquant, cracha l'homme. Vous a-t-il fait du mal ? Oh Seigneur, regardez-moi tout ce sang. Mais que s'est-il passé ?

Emma l'agrippa par la manche. Le train était loin, et la gare de nouveau silencieuse.

– Ce n'était pas lui, croassa-t-elle. Quelqu'un... m'a poussée par-derrière. On a essayé de me faire tomber sous les roues du train.

L'homme la dévisagea, les sourcils froncés.

– Vous en êtes certaine ? On vous a poussée volontairement ?

– Mon bébé ! s'écria Emma. Et mon bébé ?

– Mon Dieu, vous aviez un enfant avec vous ? s'affola son interlocuteur.

– Non... je suis enceinte, bredouilla-t-elle, et elle fondit en larmes.

– Linda, dit-il à sa femme, sans cesser d'observer Emma. Prends ton téléphone, appelle le 911.

Joan Atkins, alertée par la police de Clarenceville, arriva à toute allure dans le parking de la gare. Il n'y restait plus la moindre place pour stationner. La police locale était venue en force, ses gyrophares lançant des éclairs rouges en tout sens, ses voitures pie garées selon les angles les plus bizarres. Il y avait également une ambulance, le hayon déjà levé. Les journalistes, toujours branchés sur la fréquence radio de la police, étaient là aussi, quoique maintenus hors de la gare proprement dite par un agent. Joan exhiba son insigne pour fendre la foule, grimpa les marches quatre à quatre et pénétra dans le bâtiment.

Dix flics au moins se trouvaient dans ce minuscule espace. Deux d'entre eux parlaient à voix basse au chef de gare. Un autre escortait l'homme au trench-coat et son épouse sur le quai, réclamant des explications, bombardant le couple de questions. Joan vit Trey Marbery, son portable collé à l'oreille, et lui fit signe. Il hocha lugubrement la tête.

Emma était étendue sur une civière, entourée d'urgentistes qui soignaient de ses blessures. Elle avait le regard vide, le teint blafard. Quand elle avisa Joan, elle la reconnut, et une étincelle s'alluma dans ses yeux.

– Lieutenant Atkins...

Joan lui prit la main, la serra brièvement. Emma semblait si fragile, cassée, que cela faisait peine à voir.

– Que s'est-il passé, Emma ?

Les yeux de la jeune femme s'emplirent de larmes.

– Pardon, marmonna-t-elle, agitant une main impatiente comme pour s'empêcher d'éternuer. J'ai eu... tellement peur.

Les urgentistes s'affairaient à stopper l'hémorragie, car la plaie latérale s'était rouverte. Une jolie fille aux boucles noires, qui d'après son badge se nommait Bobby Shields, prenait la tension d'Emma. Trey Marbery, après avoir rempoché son mobile, s'approcha de la civière.

– Qu'est-ce qu'on sait ? lui demanda Joan.

Il s'éclaircit la gorge.

– Mes hommes ont interrogé le couple qui a alerté le 911. Ils étaient sur la scène de l'incident et ont cru qu'un gamin sur une planche à roulettes l'avait percutée, mais cette jeune dame nous a expliqué le contraire. Apparemment, quelqu'un l'a poussée par-derrière, et le gamin l'a retenue. Il l'a empêchée de tomber sur la voie.

Joan grimaça – la catastrophe avait été évitée d'un cheveu.

– Où il est, maintenant, ce skater ?

– Une demi-douzaine de gars le recherchent.

– Bon, dit Joan qui baissa les yeux sur Emma. Racontez-moi. Que faisiez-vous ici ?

Elle fixait Emma de son regard perçant ; son calme, sa solidité étaient réconfortants.

– J'attendais le train de New York. J'allais chez une vieille amie. J'étais au bord du quai – Emma humecta ses lèvres sèches. J'ai vu le train arriver, et puis le skater. Il venait droit sur moi, à toute vitesse. Il me criait quelque chose, il gesticulait. Je suppose que...

Elle laissa échapper un sanglot, essaya de se ressaisir.

– ... il voulait me prévenir. Je n'ai pas compris.

– Bon, répéta Joan. Reposez-vous.

Emma ferma les paupières, poussa un soupir tremblé. Elle entendait Joan Atkins et l'autre inspecteur, plus jeune et qui avait le teint café au lait, discuter hors de son champ de vision.

– Un autre témoin ? Quelqu'un ? demandait Joan.

– Le quai était désert. Le skater est notre meilleur client.

– Et le chef de gare ? Ou le conducteur du train ? Peut-être quelqu'un de l'autre côté ?

– Que dalle. Le chef de gare était à l'intérieur. On a pu contacter le conducteur par téléphone, mais il ne s'est rendu compte de rien, le train roulait trop vite. Et, de l'autre côté, il n'y avait pas un chat.

Joan repassa devant Emma en se dirigeant vers la fenêtre qui dominait le parking.

– Ces bâtiments, là-bas, qu'est-ce que c'est ?

– Ils font partie du campus de Lambert, répondit l'inspecteur.

– Peut-être y avait-il quelqu'un qui regardait par la fenêtre et qui a vu quelque chose. Vous avez deux agents pour quadriller ces bâtiments ?

– Je vais les trouver immédiatement.

– Merci, inspecteur.

Joan retourna auprès d'Emma.

– Où est votre mari ? La police n'a pas réussi à le joindre.

– Je ne sais pas, murmura Emma.

– Savait-il que vous veniez prendre le train ici ?

Emma se remémora ses accusations, David qui l'implorait de ne pas partir. Elle opina.

– Il y a d'autres personnes qui le savent ? interrogea Joan d'un ton brusque.

– Quelques-unes.

– On peut continuer la discussion à l'hôpital ? intervint l'urgentiste nommée Bobby. Il faut l'emmener, à présent.

– Bien sûr, dit Joan qui recula, sortant de nouveau du champ de vision d'Emma.

Celle-ci ferma les yeux, sentit la civière s'ébranler sous elle en ferraillant. Retour à l'hôpital, songea-t-elle et, malgré le brouillard qu'elle avait dans la tête à cause de l'antalgique qu'on lui avait administré, cette perspective la désespéra.

Soudain, il y eut du tapage à l'entrée de la gare. Emma entendit Joan Atkins crier :

– Une minute !

Puis le lieutenant Atkins se matérialisa près de la civière, tenant par le bras un garçon en sweatshirt trop grand et bonnet de marin.

– Lâchez-moi, madame ! protesta-t-il. J'ai rien fait.

– Emma, est-ce le jeune homme dont vous nous avez parlé ?

Emma jeta un coup d'œil à la figure, rouge de colère, du skater.

– Oui... Vous m'avez sauvée, ajouta-t-elle, s'adressant cette fois à lui.

– Bof, c'est rien.

– Comment tu t'appelles, mon grand ? demanda Joan.

– Josh, répondit-il d'un air renfrogné.

– Josh, tu as été formidable, extrêmement courageux.

Il haussa les épaules, mais parut se décontracter quelque peu.

– Maintenant, dis-moi, Josh. C'est très important. As-tu vu la personne qui a voulu pousser le Dr Webster sur la voie ?

– Elle est docteur ?

– Réponds à ma question.

– J'ai vu un type qui s'approchait d'elle et j'ai compris qu'il allait la pousser.

– À quoi ressemblait-il ?

– Je sais pas. Il avait une cagoule. Avec du rouge autour des yeux.

Emma étouffa une exclamation. Il lui sembla qu'on lui posait un poids écrasant au beau milieu de la poitrine. Bobby, qui lui attachait précautionneusement les chevilles à la civière, la considéra avec inquiétude.

– Je vous fais mal ?

– Non...

– Continue, dit Joan au garçon.

– Des fringues normales. Un pantalon noir. Une capuche.

– Un sweatshirt à capuche ?

Josh acquiesça.

– Grand ? Petit ?

– Moyen. Je sais pas. Ça s'est passé tellement vite. Je l'ai vu que quelques secondes.

– Autre chose ?

Le garçon secoua la tête.

– OK, donne ton nom et ton numéro de téléphone à cet inspecteur avant de partir. On aura peut-être besoin de parler de nouveau avec toi.

– Merci, Josh, murmura Emma au skater qui se détournait.

Joan la dévisagea, les sourcils froncés.

– Vous comprenez que ceci élimine la possibilité que l'agression des Pine Barrens ait été perpétrée au hasard.

Emma en était terriblement consciente. Elle ne répliqua pas.

– On doit vraiment y aller, lieutenant, déclara la jolie urgentiste brune. Immédiatement.

– D'accord, pour l'instant on a tout ce qu'il nous faut, répondit Joan. Vous êtes prête ?

Emma opina.

– Je vais vous faire escorter par des hommes de patrouille. Ils resteront avec vous à l'hôpital.

– Merci, répondit Emma d'une petite voix.

Joan adressa quelques mots au sergent, qui était l'officier présent le plus gradé ; deux policiers apparurent aussitôt à la tête de la civière, de chaque côté d'Emma qui se laissa retomber sur l'oreiller et transporter en cahotant vers la sortie de la gare.

Elle vit quelqu'un ouvrir la porte, puis sentit qu'on la soulevait, qu'on inclinait la civière pour descendre les marches. Elle s'attendait à ce que le parking soit tout noir, mais il était inondé de lumière. Des câbles zigzaguaient sur le sol, certains photographes avaient installé des projecteurs. Les journalistes braillaient, et Emma évitait de croiser le moindre regard. Les projecteurs étaient si aveuglants dans la nuit que les grandes fenêtres éclairées du bâtiment du campus, à l'autre bout du parking, paraissaient obscures. À plusieurs de ces immenses fenêtres, Emma distingua des gens qui observaient la scène avec curiosité. Elle avait la sensation d'être une bête de foire. On la contemplait, sur sa civière que l'on pilotait vers l'ambulance dont le moteur tournait au ralenti. Les badauds, pressés contre les vitres, étaient comme des ombres chinoises. À l'une des fenêtres, Emma discerna trois personnes. Un jeune homme paraissait s'appuyer contre une chose aussi grande que lui, et dont la large base arrondie s'étirait ensuite en une sorte de long manche droit. Emma réalisa soudain de quoi il s'agissait. Une contrebasse. Ce jeune homme tenait un archet.

Comme pour confirmer l'impression visuelle d'Emma, la fille qui était près de lui plaça un violon sous son menton et s'écarta de la fenêtre. Ses amis musiciens se détournèrent également du spectacle. Ils avaient à répéter. Le bâtiment qui surplombait la gare abritait l'école de musique.

La gare et le quai sont parfaitement visibles depuis l'école de musique, pensa Emma.

On replia les roues de la civière que l'on poussa dans l'ambulance. Les portes furent refermées, et le hurlement de la sirène retentit.

19

– Attention, c'est froid, dit l'assistante en étalant le gel sur l'abdomen d'Emma, avant de connecter la sonde à l'appareil.

Un interne en blouse blanche, grand et pourvu de lunettes, pénétra dans le box de la salle des urgences où l'on avait installé Emma.

– Tout est prêt, docteur, annonça l'assistante.

– Bien, dit-il en s'asseyant. Je suis le Dr Weiss, du service de gynécologie-obstétrique. Je crois que tout va bien, madame Webster. Pas de saignement ni de contractions. Mais par précaution, nous allons jeter un œil.

Il brancha l'échographe et promena la sonde sur le ventre d'Emma.

Une image renversée, en éventail, apparut sur l'écran, masquée par une masse de taches et bandes blanches. Le médecin les examinait en hochant la tête.

– Tout va bien, manifestement. Vous l'entendez ?

– Je l'entends, répondit Emma.

Le battement du cœur de son bébé l'émut aux larmes. Le Dr Weiss poursuivit un instant son examen puis éteignit la machine.

– Notre petit patient se porte bien. Et vous, comment vous sentez-vous ?

– Mieux, maintenant. Ça va. Je peux rentrer chez moi ?

Il regarda d'un air dubatif les blessures d'Emma, que l'on avait de nouveau suturées et pansées.

– Je pense que oui, à condition que vous ayez quelqu'un pour s'occuper de vous.

Elle acquiesça.

– Pourriez-vous demander si je suis autorisée à partir ?

– D'accord, dit le Dr Weiss. Je vais voir si j'arrive à terroriser suffisamment le médecin de garde pour lui faire signer le formulaire de sortie.

– Merci, docteur.

L'interne se leva, tandis que l'assistante débranchait la machine et la faisait rouler hors du box.

– À propos, il y a quelqu'un qui désire vous voir, déclara le Dr Weiss. Vous avez envie d'un peu de compagnie ?

– Qui est-ce ? interrogea Emma, mais l'interne avait déjà disparu.

Serait-ce David ? Non. Objectivement, non. Si David avait, Dieu sait comment, découvert qu'elle était ici et tenté de la voir, les policiers qui veillaient sur elle l'auraient arrêté et emmené directement au poste de police. À leurs yeux, il était suspect. Le suspect numéro un. Et, d'après les dernières informations que lui avait données le lieutenant Atkins, la police n'était pas encore parvenue à le trouver ; pourtant ils le recherchaient bel et bien. Emma leva le nez. L'interne écartait le rideau blanc et, d'un signe, invitait la visiteuse à entrer.

Stephanie, ravissante dans un tailleur en jersey bleu marine égayé par un foulard éclatant, gratifia le jeune médecin d'un sourire enjôleur en passant devant lui.

Elle se pencha pour embrasser doucement Emma sur le front.

– Mon Dieu... ça va, Emma ? J'ai entendu la nouvelle à la radio, dans ma voiture. Je revenais de Trenton. J'ai essayé d'appeler David, mais il n'a pas répondu, alors je me suis précipitée ici.

Emma soupira.

– On a voulu me pousser sous les roues de l'express.

Stephanie pressa une main sur son cœur.

– Je sais. Oh, Seigneur.

Elle se laissa tomber sur la chaise en plastique moulé que venait de libérer le Dr Weiss.

– Ils pensent que c'est le type des Pine Barrens ?

– Oui. Il portait une cagoule de ski et... oui, c'était le même type. À présent il n'y a plus de doute. Je n'étais pas simplement au mauvais endroit au mauvais moment. Quelqu'un veut... ma mort.

Prononcer ces mots à voix haute la fit frissonner.

– Le lieutenant Atkins estime que c'est mon mari.

Stephanie lui caressa le dos de la main, distraitement, en évitant son regard.

– Tu es drôlement silencieuse, dit Emma.

– Je... j'essaie d'assimiler tout ça.

– C'est aussi ton opinion ?

– Je n'ai pas d'opinion.

– Mais si, rétorqua Emma. Dis-moi ce que tu penses. Allons-y.

Une expression peinée se lisait sur le visage de Stephanie.

– Écoute, j'aime bien David. C'est un garçon charmant. Et vous semblez si heureux, tous les deux...

– On vient de se marier, nom d'une pipe. Pourquoi il m'épouserait et tenterait de me tuer dans la même journée ?

– Je l'ignore. Peut-être a-t-il considéré que c'était une erreur. Tu es enceinte. Tu m'as raconté toi-même qu'il t'avait demandée en mariage quand tu lui as annoncé ta grossesse.

– Mais pourquoi m'épouser et ensuite nous tuer, moi et son bébé ? Ça n'a aucun sens.

– Il a peut-être une maîtresse. Les hommes sont infidèles.

Emma savait que Stephanie songeait à Ken, lequel, alors qu'ils étaient ensemble, avait eu plusieurs aventures. Quand Stephanie l'avait appris, elle avait balancé ses affaires sur la pelouse et lui avait interdit de remettre les pieds dans la maison.

– Steph, voyons, il ne s'agit pas d'infidélité. Il s'agit de meurtre. Le type qui m'est tombé dessus avec une hache était déterminé à m'assassiner. D'ailleurs il a tué quelqu'un.

– Emma, je ne veux pas être méchante, mais tu dois l'admettre : tu as beaucoup d'argent. Les gens tuent pour de l'argent, tous les jours. C'est une réalité. Or ta mort ne profiterait qu'à une seule personne.

– Il se moque complètement de l'argent.

– Tout le monde s'intéresse à l'argent.

– D'une certaine manière, ce que tu dis est logique, je le sais. C'est exactement l'avis de la police. Mais pour moi, c'est tellement difficile à concevoir. Je me suis mariée avec cet homme il y a moins d'une semaine. J'ai fait le serment de l'aimer et de le chérir jusqu'à la fin de mes jours. Maintenant, on veut me convaincre que l'homme à qui j'ai donné ma vie cherche à me précipiter dans la tombe. Tu comprends l'effet que ça fait ?

Stephanie ne répondit pas.

– Je n'arrive pas à y croire, reprit Emma.

– Mais tu le connais à peine. Tout est allé si vite.

– Ça ne signifie pas que c'était une erreur. David m'aime.

– Oui... eh bien, s'il t'aime tellement, pourquoi il n'est pas là ?

Les yeux d'Emma s'emplirent de larmes.

– Je ne sais pas.

– Oh, Emma..., bredouilla Stephanie d'un air penaud. D'accord, mettons qu'il n'est pas coupable. S'il n'y est pour rien, alors qui ? Tu n'as pas d'ennemis.

Emma garda un instant le silence.

– Manifestement, si.

– Quelqu'un que je connais ?

– Je suis sérieuse, Steph. Il y a peut-être quelqu'un... J'ai eu une patiente qui est décédée. Une jeune fille. Sa famille, son père surtout, me tient pour responsable. Il est même venu au Centre et a menacé de se venger. Les vigiles ont dû le flanquer dehors.

– Cette fille s'était suicidée ?

– Non, elle souffrait de troubles alimentaires.

– Je ne saisis pas. Pourquoi ce type t'en rendrait responsable ? Il y a quand même eu des médecins qui sont intervenus pour traiter sa fille. Avant d'en arriver au stade terminal d'un trouble alimentaire...

Emma hésita, puis :

– Pendant que je m'occupais de cette adolescente, j'ai commencé à le suspecter d'abuser d'elle sexuellement.

– Qui ? Le père ?

Emma acquiesça.

– La plupart des anorexiques sont sexuellement abusées ? Qu'est-ce qui t'a fait penser à ça ?

– Non, les causes de l'anorexie sont nombreuses. Les conséquences le sont également. L'une d'elles est indiscutablement de bloquer, voire de faire régresser le développement sexuel, mais cela, en soi, n'est pas un signe d'abus. Et bien sûr, cette patiente était dépressive, mais tous les malades anorexiques le sont.

Donc, non, je ne m'appuyais pas là-dessus. Lorsque j'ai rencontré les parents pour la première fois, j'ai noté que la mère était bien en chair et, d'une certaine façon, très... provocante. Je me suis alors dit que le refus de s'alimenter pouvait être une réaction vis-à-vis de la mère – s'acharner à lui ressembler aussi peu que possible. Chez une adolescente, ça ne serait pas inhabituel. Cependant, plus je discutais avec la patiente, plus je commençais à croire que son état était dû au fait qu'elle évitait de prendre le rôle de sa mère, en quelque sorte.

– C'est-à-dire ?

– Le rôle d'une partenaire sexuelle, répondit gravement Emma.

– Oh... oh, merde. Et alors, qu'est-ce que tu as fait ?

– Eh bien, j'en ai parlé à Burke, mon directeur. Il a été d'accord avec moi : il fallait qu'un médecin de l'hôpital l'examine, un gynécologue spécialisé dans les cas de ce genre. Le médecin a accepté de pratiquer l'examen. Quand le père a appris ce que nous mijotions, il a été furieux.

– Donc elle n'a jamais été examinée ?

– Si, elle l'a été. Sa mère nous en a donné l'autorisation. Le médecin n'a découvert aucune preuve physique de pénétration. Et le père l'a sortie du Centre.

– Ensuite de quoi, cette jeune fille est morte.

– Quelques semaines après.

– Tu te serais trompée sur le père ?

– Peut-être. Mais il y a différentes formes de maltraitance. Sans preuve physique, je ne pouvais pas aller plus loin.

– Tu as raconté tout ça à la femme lieutenant de police ? Celle que j'ai croisée à l'hôpital quand j'étais venue te voir.

– Elle est au courant pour ce type. Elle est allée l'interroger. Maintenant, il est plus enragé que jamais.

Aujourd'hui, au Centre, il m'a hurlé dessus après s'être déchaîné sur Burke. Et ce que je voulais te dire, c'est que j'ai remarqué, dans l'ambulance, que l'école de musique où Dev... où le père de la fille travaille est située juste en face de la gare. Il y a de grandes fenêtres cintrées, et j'ai aperçu les élèves avec leurs instruments.

– Quel rapport avec ce qui t'est arrivé ?

– Le quai de la gare est visible depuis l'école de musique. Il aurait pu me voir, pendant que j'attendais, et en profiter.

Stephanie opina, songeuse.

– Oui, c'est... possible.

– Seulement, le lieutenant Atkins fait une fixation sur David. Elle n'a qu'une préoccupation, ma sécurité, d'accord. Mais elle a des œillères. Elle m'a raconté que son propre mari était... enfin bref, disons simplement qu'elle est largement hostile au mariage. Par conséquent, pour elle, c'est David et personne d'autre. En ce moment même, elle est à sa recherche.

– Ta patiente s'appelait Ivy Devlin ? demanda soudain Stephanie.

Emma sursauta.

– Pourquoi cette question ?

– S'il te plaît, Emma. Je suis professeur au collège. Les gamins qui meurent d'anorexie ne sont pas légion. C'était Ivy Devlin, n'est-ce pas ? J'ai sa sœur dans une de mes classes.

Emma rougit.

– Seigneur, maintenant je me sens coupable. Je n'aurais pas dû te parler de tout ça.

– Pourquoi ? Tu ne m'as pas révélé son identité, ni ce qu'elle t'avait confié. D'ailleurs, Ivy est morte et à présent on veut te tuer. Pour quelle raison te sentirais-tu coupable d'essayer de comprendre avant qu'on ne réussisse à t'éliminer ?

– N'empêche, j'ai eu tort d'aborder le sujet.

– Alida... sa sœur, dit Stephanie, sourde aux inquiétudes de son amie. Récemment, elle s'est métamorphosée. Elle était très timide, pudique. Plus maintenant. Après le décès d'Ivy, peu de temps après, elle a commencé à se promener le nombril à l'air, maquillée – un vrai pot de peinture. Le genre petite allumeuse.

– Ah...

– Quoi ?

– Rien...

Néanmoins Emma était préoccupée. Nul n'ignorait que les prédateurs réitéraient leurs méfaits au sein de la famille. Parfois des enfants longtemps négligés étaient reconnaissants qu'on leur accorde de l'attention, quelle qu'elle soit. Ils s'évertuaient à satisfaire leur bourreau.

– Remarque, en cinquième, un tas de filles s'habillent comme ça, dit Stephanie. C'est le contraire d'une anorexique. Elle affiche sa sexualité.

– Je sais. Mais cette transformation et la période où elle s'est produite sont alarmantes.

– Pourquoi ?

– Je ne devrais pas faire de l'analyse à distance. Il se pourrait que je me trompe complètement. Je ne suis pas une experte dans ce domaine, vois-tu. Il m'a fallu me documenter énormément et consulter des confrères pour ne pas patauger.

– Tu penses que, maintenant, il s'en prendrait à la petite ? Le père.

– Steph, je ne me sens vraiment pas qualifiée pour en discuter.

Stephanie la scruta d'un air songeur.

– Il n'est pas question qu'il s'en tire comme ça. Et si je parlais à Alida ? Elle se confierait peut-être à moi.

– Je t'en prie, Stephanie, ne te mêle pas de cette histoire. Je ne plaisante pas. J'aurais dû fermer mon clapet. Je suis vraiment à côté de mes baskets.

– Mais cette gamine pourrait être en souffrance, protesta Stephanie.

– Écoute-moi bien. Si tu commençais à lui poser des questions, Alida risquerait d'en parler à ses parents. Or je te dis une chose : je crois que Lyle Devlin est potentiellement dangereux. Promets-moi que tu ne...

– Ne t'inquiète pas.

À cet instant, le Dr Weiss écarta le rideau et jeta un coup d'œil à l'intérieur du box. Il tenait un document. Il sourit à Stephanie avant de s'adresser à Emma.

– Voilà votre autorisation de sortie. Si vous voulez la signer, vous êtes libre de partir.

– Formidable, dit Emma en saisissant le formulaire.

– Y a-t-il quelqu'un qui puisse passer vous chercher et rester auprès de vous ?

– Elle vient chez moi, répondit Stephanie, devançant Emma.

Celle-ci la regarda avec gratitude.

– Merci, Steph.

– Elle devra s'en aller en fauteuil roulant, déclara le Dr Weiss. L'aide-soignante en amène un. Vous avez un permis pour piloter ces engins ? taquina-t-il Stephanie.

– Non, je n'ai pas encore l'âge, susurra-elle.

À contrecœur, le Dr Weiss reporta son attention sur Emma.

– Avant votre départ, il vous faut voir le médecin de garde.

– Merci.

Dès que le Dr Weiss eut pris congé, Stephanie aida Emma à s'extirper du lit, à remettre sa robe sale, tachée de sang.

– On la lavera à la maison, décréta Steph. Je te prêterai quelque chose. On fait à peu près la même taille.

– Merci.

Emma essaya de lever le bras pour se brosser les cheveux, mais son flanc était douloureux.

– Laisse-moi faire.

Stephanie brossa l'épaisse chevelure miel d'Emma, puis, malgré ses protestations, lui appliqua un peu de blush sur les joues. Après quoi elle fourragea dans le sac de son amie.

– Tiens, mets-toi un peu de rouge à lèvres. Tu as l'air d'un fantôme.

Emma s'exécuta et examina le résultat dans le miroir de son poudrier. Ses cheveux brillaient. La touche de couleur sur ses joues et sa bouche rehaussait son teint. Elle ne ressemblait pas à une femme qui a failli passer sous un train.

Le médecin de garde apparut. Il lui expliqua comment soigner ses blessures, lui donna ses instructions.

– Parfait, dit Stephanie quand il eut tourné les talons. Maintenant on s'en va d'ici.

Emma hocha la tête. Elle s'estimait chanceuse d'avoir une amie aussi attentionnée, mais son cœur se serrait à l'idée que son mari paraissait l'avoir abandonnée, qu'il était introuvable. À moins qu'il ne soit entre les mains de la police, en plein interrogatoire. Soupirant, Emma saisit son sac, sa cape turquoise, et se dirigea vers la porte.

– Minute, papillon ! Dans le fauteuil.

Docile, elle s'installa dans le fauteuil roulant que Stephanie entreprit de pousser. Le jeune policier assis à l'extérieur du box, dans la salle des urgences, se releva d'un bond en les voyant.

– Attendez, attendez, bredouilla-t-il. Vous avez l'autorisation officielle de sortir, madame Webster ?

Stephanie lui tendit le formulaire qu'il parcourut.

– Mon amie m'emmène chez elle, expliqua Emma.

– Vous pouvez patienter un instant ? Il faut que mon chef me donne ses instructions.

– Bien sûr..., répondit Stephanie.

Le policier chuchota dans son émetteur-récepteur, puis se retourna vers elles.

– Je dois vous escorter jusqu'à votre destination. Ensuite, on patrouillera autour de la maison toutes les heures.

– Merci, dit Emma.

– Je suis garée devant l'hôpital. On va sortir par la grande porte.

– Super, ça me fait une balade plus longue.

Suivant les flèches, elles se mirent en route, flanquées de leur ange gardien en uniforme, dépassèrent le service des admissions, les archives et le laboratoire pour atteindre le hall. Là, Emma jeta machinalement un coup d'œil vers les ascenseurs et poussa une exclamation.

David, qui portait un plateau en carton chargé de gobelets de café et d'un sachet, attendait patiemment l'ascenseur.

– David ! s'écria-t-elle.

Il pivota pour regarder dans sa direction. Ses yeux tristes s'arrondirent, affolés. Les portes de la cabine coulissèrent, mais il n'y prêta aucune attention, posa le plateau sur une table et se précipita vers Emma. Il s'accroupit près du fauteuil et la prit dans ses bras.

– Ma chérie, qu'est-ce que tu fabriques ici ? Je te croyais à New York. Tu vas bien ?

Le policier empoigna sa matraque qu'il pointa vers David.

– Excusez-moi, vous connaissez cet homme, madame ? demanda-t-il à Emma.

Toute la colère qu'elle avait éprouvée s'était envolée, tant elle était soulagée de le revoir.

– C'est mon mari, David Webster. Et toi, qu'est-ce que tu fais ici ? La police t'a cherché partout.

David se balança sur ses talons.

– Pourquoi ? Que s'est-il passé ?

Emma le fixa gravement.

– On a tenté de me pousser sous un train.

– Quoi ? s'exclama-t-il. Oh, Seigneur ! Emma, murmura-t-il en lui saisissant les mains pour les serrer si fort qu'elle en eut mal.

Elle hocha la tête.

– Le même type. Avec sa cagoule. J'étais sur le quai, il m'a poussée par-derrière. C'est un skater qui m'a sauvée. J'ai essayé de t'appeler. Tu n'étais pas là.

Le policier coinça la matraque sous son bras, prit sa radio et parla dans l'émetteur.

– Mon Dieu. Tu vas bien ? Le bébé n'a rien ?

– Ils vont bien tous les deux, intervint Stephanie d'un ton froid. J'emmène Emma chez moi.

– Tout ça, c'est ma faute, dit David. Je n'aurais jamais dû te laisser quitter la maison de cette façon. Je n'aurais pas dû te perdre de vue une seconde.

– Tu ne pouvais pas deviner, dit Emma. Toi et moi, on pensait que c'était un accident, le hasard.

– Maintenant, nous savons que ce n'est pas le cas.

– Oui.

– Comment quelqu'un pourrait... ? bredouilla-t-il, ses yeux tristes reflétant un profond tourment. Pourquoi on voudrait te faire du mal ?

– Je l'ignore. David, pourquoi es-tu ici, à l'hôpital ?

Il fourragea dans ses cheveux décoiffés.

– J'y suis depuis des heures. Ma mère. Son état a empiré. Birdie m'a téléphoné, paniquée, juste après ton départ pour m'avertir que maman ne pouvait plus du tout respirer.

– Oh non..., murmura Emma avec sollicitude. Et maintenant, comment va-t-elle ?

– Pour l'instant elle est tirée d'affaire. Son état est stable. Ils ont été forcés de modifier son traitement. Bref, j'étais sur le point de partir, ajouta-t-il, montrant le sachet en papier marron et le plateau sur la table. Je suis juste descendu chercher du café pour Birdie.

Le policier raccrocha sa radio à son ceinturon et s'interposa entre eux, appuyant le bout de sa matraque sur la poitrine de David.

– Vous vous levez, s'il vous plaît, monsieur ? J'ai l'ordre de vous accompagner au poste de police. Immédiatement.

– C'est un malentendu, protesta Emma. Mon mari est resté ici, à l'hôpital, tout l'après-midi.

– On éclaircira ça au poste. Levez-vous, monsieur, s'il vous plaît.

– Écoutez, je désire simplement être avec ma femme. Elle vient de subir un traumatisme.

– Elle est ici depuis des heures, rétorqua le policier, impassible. Vous auriez peut-être dû y penser avant.

– Je ne savais rien, d'accord ? Je croyais ma femme ailleurs. Je ne peux pas la quitter maintenant.

– Vous y serez forcé, déclara le jeune policier.

David plissa les paupières.

– Vous m'arrêtez ?

– Si c'est nécessaire..., répondit son interlocuteur. On y va, tout de suite.

David dévisagea Emma, hébété.

– Je suis désolé, Emma...

Il lui tendit une main. Elle hésita. Lorsqu'elle voulut saisir cette main tendue, le policier avait agrippé David par le bras.

– J'ai dit : on y va, monsieur Webster.

David se dégagea.

– D'accord, d'accord. Je vous suis.

Le policier, sourd à ces paroles, continua à l'entraîner vers la sortie.

– Oh mon Dieu, Steph, gémit Emma. Qu'est-ce qu'ils font ? Ils se fourvoient complètement.

– Laisse faire la police. Partons d'ici.

20

– JE VEUX rentrer à la maison, dit Emma.

– A la maison ? répéta Stephanie, quittant une seconde la route des yeux. Tu veux dire, chez toi ?

– Oui. Je veux être là quand David reviendra du poste de police.

– Ma grande, on ne sait pas s'il reviendra ce soir.

– Il était avec sa mère, Steph. Tu l'as entendu.

– Je n'ai pas envie de discutailler, répondit Stephanie d'un ton las. Si tu veux rentrer chez toi, je t'y conduis.

– Tu resteras avec moi ?

– Évidemment.

Lorsqu'elles arrivèrent et sortirent de la voiture, les caméras s'activèrent et les micros surgirent sous leur nez. La maison, que les lampes à l'intérieur faisaient briller d'un éclat chaleureux, n'était qu'à cent mètres mais paraissait aussi inaccessible que Shangri-la.

– Emma, que s'est-il passé ? vociféra un journaliste.

– Il a recommencé ? demanda un autre.

– Vous allez bien ? Comment ça s'est passé ?

Les questions pleuvaient.

– Fichez-lui la paix ! s'insurgeait Stephanie, tandis qu'elles avançaient, centimètre par centimètre, vers le perron.

Emma entendait leurs horribles commentaires. Il ne fallait pas qu'elle y prête attention. Le policier qui les avait suivies se matérialisa soudain dans la foule, repoussant les reporters de ses bras écartés, une matraque dans une main.

Quand elles pénétrèrent dans la maison, les voix des journalistes retentissaient derrière elles comme des croassements. Stephanie referma la porte et s'y adossa.

– Bon Dieu, ce sont des brutes.

– Tu as été épatante. J'ai cru que tu allais en assommer un.

– Je n'aurais pas dû m'en priver.

Elles se sourirent et, brusquement, commencèrent à rire. Ce rire n'était pas vraiment joyeux – elles riaient plutôt pour ne pas pleurer, mais ça soulageait quand même.

– On peut rire avec vous ?

Stephanie poussa un cri, Emma sursauta et pivota pour découvrir son beau-père immobile sur le seuil du salon.

– Qu'est-ce que tu fais ici ? Comment es-tu entré ? lança-t-elle.

– Ta mère m'a donné un double de sa clé, répondit-il, très calme.

– Alors tu débarques ici sans prévenir. Comme oses-tu t'introduire dans ma maison ? protesta Emma, tremblante.

Rory ne répliqua pas. Il retourna au salon, où il s'installa confortablement dans un fauteuil. Emma regarda Stephanie, secouant la tête d'un air incrédule.

– Je vais nous préparer du thé, décréta Stephanie.

Emma n'eut d'autre choix que de rejoindre Rory.

– Pourquoi es-tu ici ?

– J'étais à New York pour affaires, ta mère m'a appelé de Chicago. Elle était terriblement inquiète pour toi, après t'avoir eue au téléphone, aujourd'hui. Et puis, comme tu n'es pas arrivée à New York, Jessie l'a alertée, expliqua Rory.

– Oh non, grogna Emma. J'ai téléphoné à Jessie, je lui ai laissé un message où je le lui disais que je ne viendrais pas.

– Après qu'on t'a emmenée à l'hôpital.

– Comment sais-tu ça ? rétorqua Emma en rougissant.

– J'ai contacté la police, bien sûr. Et rassure-toi, je n'ai pas encore prévenu ta mère. Tu aurais intérêt à lui passer un coup de fil pour lui dire que tout va bien. Ça va bien, n'est-ce pas ? Le bébé et tout ça.

– Oui, très bien.

– Et je suppose qu'ils ont mis ton mari en garde à vue ?

– C'est cela, oui. Je ne te retiens pas, Rory.

– Ils ne l'ont pas fait ?

– Pour ta gouverne, David était à l'hôpital au moment où on m'a agressée. Avec sa mère. Navrée de te décevoir, mais mon mari n'est pas le coupable.

Rory rajusta sa cravate et joignit les mains sur ses cuisses.

– Tu ne m'aimes pas, Emma, je le sais. Mais ta mère t'adore, et son bonheur est très important pour moi.

– Vraiment ?

Emma bouillait de rage et, tout à coup, il lui sembla que c'était l'occasion idéale pour affronter cet homme, pour gommer de sa figure ce sourire affecté.

– Naturellement, dit-il.

– C'est pour cette raison que tu sors avec d'autres femmes ?

– Assieds-toi, ma chérie, s'il te plaît. Tu es blessée. Tu es enceinte.

– Ne change pas de sujet.

Cependant elle sentait ses jambes flageoler. Elle contourna le divan et se laissa tomber sur un coussin, recroquevillée contre l'accoudoir, le plus loin possible de Rory.

– Et quel est le sujet ? demanda-t-il.

– Je t'ai vu à New York, au Chiara's. Tu bécotais une femme qui n'était pas ma mère.

– Je regrette de ne t'avoir pas aperçue. Tu aurais dû venir me dire bonjour.

– Je ne voulais pas déranger.

– Tu ne m'aurais pas dérangé. J'aurais été ravi de te présenter cette personne. Et tu aurais apprécié Charlotte. Elle est belle et pleine d'humour. En fait, elle a été ma première épouse.

– Ton épouse ? répéta Emma, stupéfaite.

– La première, oui. Je me suis marié avec elle à l'université. Je l'aimais beaucoup, mais elle m'a quitté.

– Et maintenant, alors ? Elle s'est ravisée ?

– Elle m'a quitté pour une femme.

Emma pâlit.

– Oh, j'en ai été humilié. J'ai survécu, pourtant. À présent, je me fiche que ça se sache. Mon union avec ta mère est bien plus heureuse. Et Charlotte vit avec une vétérinaire dans le nord-ouest de la Floride. Elle venait à New York pendant que j'y séjournais aussi. Tu aurais préféré, je suppose, une histoire bien sordide que tu aurais pu raconter à ta mère...

– Je ne lui en ai jamais parlé.

Rory l'interrompit d'un geste.

– Kay n'ignore rien de Charlotte. Comme je sais tout de Mitch Hollis. J'admets toutefois que leur mariage a été plus harmonieux que le mien. Mais, Emma, ta mère et moi sommes heureux ensemble. Nous avons beaucoup de chance d'avoir trouvé un autre conjoint.

Cette fois, Emma rougit. Il gardait son calme, mais elle les avait insultés, Kay et lui, en insinuant qu'il lui était infidèle. N'était-ce pas exactement ce que les gens leur infligeaient, à David et elle – douter de leurs sentiments ? Et n'était-ce pas insupportable ?

– Excuse-moi, marmonna-t-elle. Je ne voulais pas t'offenser.

– Je ne le suis pas. Au fait, ta mère m'a dit au téléphone que l'infirmière que nous avions engagée est partie et n'est pas revenue.

– C'est vrai. Elle est partie. Elle a piqué une crise et elle est partie.

– J'ai contacté l'agence d'infirmières. La direction n'était pas informée du départ de Mlle Slocum.

– Ils n'étaient pas au courant ? demanda Emma, consternée. Ils étaient inquiets ? C'est la première fois qu'elle se comporte de cette manière ?

– Elle est extrêmement fiable. Sinon, je ne l'aurais pas engagée. Et oui, ils étaient préoccupés. Ils vont tenter de la joindre chez elle.

– J'espère qu'elle y est. Ils devraient peut-être alerter la police.

Rory secoua la tête.

– Pour les adultes, les disparitions ne sont considérées comme telles qu'au bout de plusieurs jours. Mais cela me paraît un peu bizarre.

– Ça l'est.

Stephanie reparut avec un plateau chargé de trois tasses à thé.

– Des amateurs pour un petit remontant ?

Rory s'extirpa du fauteuil.

– J'aimerais bien profiter de votre compagnie, mesdames, mais je dois vous laisser. Merci quand même. Oh, à propos, Emma. Avant que j'oublie, j'ai les papiers pour le petit capital du fils de Claude Mathis.

Rory fouilla dans un porte-documents en chevreau et tendit les feuillets à Emma.

– Si tu veux bien signer, aux endroits que j'ai indiqués, je les reprendrai pour mettre la machine en route.

– D'accord.

Elle ne jeta qu'un bref regard à la liasse de papiers, les parapha partout où il avait tracé une croix.

– Merci de t'occuper de ça... Rory.

– Je suis content de pouvoir t'être utile.

Il renfonça le capuchon de son stylo qu'il glissa dans la poche intérieure de sa veste. À cet instant, la poignée de la porte d'entrée grinça. Tous les trois se tournèrent. David pénétra dans le vestibule, regarda autour de lui.

– David !

Emma se leva, mais il fut près d'elle avant qu'elle ait fait un pas. Il l'enveloppa de ses bras et l'étreignit de toutes ses forces. Emma sentit dans cette étreinte s'évanouir sa propre tension. Il la relâcha enfin, et elle le dévisagea.

– Qu'est-ce qui s'est passé ? lui demanda-t-elle.

– Rien. J'avais un alibi pour tout l'après-midi. J'étais à l'hôpital. Yunger a débarqué, il les a enguirlandés, ils ont été forcés de me laisser partir. Et me voilà.

Il pivota vers Rory et Stephanie.

– Bonsoir, Rory. Quelle surprise.

– J'étais sur le point de m'en aller.

– Merci, enchaîna David, s'adressant à Stephanie. Merci d'avoir veillé sur Emma pour moi.

– De rien.

David regarda Emma.

– Maintenant je prends le relais.

Rory rangea les papiers dans son porte-documents.

– Protégez Emma et mon petit-enfant, dit-il à David d'un ton qui sonnait comme un avertissement.

– Je ferai le maximum.

– Jusqu'ici, votre maximum n'a pas été à la hauteur.

Une protestation monta aux lèvres d'Emma, mais David sourit et serra la main de Rory.

– Vous avez ma parole.
– Au revoir, Emma, dit Rory.
– Je crois que je vais m'en aller aussi, intervint Stephanie. Tu es sûre de ne pas vouloir venir chez moi ?
– Je suis très bien ici, répondit Emma en embrassant son amie.
– Je te téléphonerai demain. Essaie de dormir un peu.
– Je suspends mon manteau et je vous raccompagne à la porte, dit David.
Quand tous furent sortis de la pièce, Emma se laissa tomber sur le divan. Elle était vidée et tout étourdie.
David la rejoignit, roulant les manches de sa chemise en toile qu'il mettait pour travailler.
– Ce n'est pas un si mauvais type, commenta-t-il en s'écroulant près d'Emma.
– Rory ? Je le croyais, je l'ai peut-être mal jugé.
– N'empêche, j'ai toujours horreur qu'il m'appelle Dave.
Emma sourit.
– Tu es sûre que ça va ?
Elle acquiesça, le regarda.
– Maintenant, oui.
– Tu es encore fâchée contre moi ? Pour cet après-midi ? Si tu l'étais, je ne te le reprocherais pas.
– J'ai l'impression que ça remonte à un million d'années.
David se redressa et s'approcha de la fenêtre. Il écarta la tenture couleur de cire.
– La police est dehors. Ils ont dit que, cette nuit, ils viendraient patrouiller régulièrement autour de la maison. Franchement, ça me soulage. Ce cauchemar n'en finira pas. Je veux que tu me racontes tout ce qui s'est passé.
– Plus tard. Je suis exténuée.
– Oui, je sais. Il vaudrait mieux que nous te mettions au lit.

– J'aimerais que nous puissions dormir dans notre grand lit. Tous les deux.

Il la contempla un instant, immobile. Puis il se pencha et la souleva. Elle poussa un petit cri de surprise et noua les bras autour du cou de David.

– Nous le pouvons, dit-il.

Il se dirigea vers l'escalier, tandis qu'elle appuyait doucement sa tête contre la poitrine de son mari. Elle entendit son cœur battre. La serrant plus étroitement contre lui, il entreprit de gravir les marches.

Malgré son épuisement, Emma fut envahie par un désir irrésistible et, avec moult précautions, ils réussirent à faire l'amour. Ensuite elle sombra dans un profond sommeil. Le genre de sommeil qui, si on ne l'interrompt pas, dure jusqu'au milieu de la matinée et vous laisse groggy au réveil. Cependant, au bout de trois ou quatre heures, quelque chose la réveilla en sursaut. Un cauchemar, se dit-elle. Probablement. Mais elle ne s'en souvenait plus.

Le chauffage dans la chambre était au plus bas pour la nuit, et elle sentait le froid qui imprégnait la pièce. Elle se tourna pour toucher David, se blottir contre lui et se rendormir, bercée par sa rassurante chaleur animale. Mais il n'était plus là, il avait repoussé ses couvertures.

Elle fut aussitôt tirée de sa torpeur, en proie à une bouffée de panique. Je suis seule, pensa-t-elle. Il est parti. Non, calme-toi. Il est sans doute à la salle de bains. Elle écouta, dans l'espoir d'entendre un bruit d'eau. Rien, la maison était silencieuse.

– David, murmura-t-elle.

Pas de réponse.

À présent, son cœur cognait, elle avait la nausée. Elle se sentait tomber dans une spirale de terreur. Arrête. Il n'arrivait peut-être pas à dormir, il ne voulait pas la déranger. Il était peut-être en bas, il regardait la télévision, le son coupé. Mais aucune de ces hypothèses ne la rassurait. Peut-être avait-il disparu lui aussi, comme l'infirmière. Évaporé de la maison.

Elle pouvait rester là, couchée dans le noir, à se torturer avec mille questions, ou se lever et aller voir. Sa décision fut vite prise. Elle allait se lever. Malheureusement, il lui semblait avoir les membres en plomb, sous les couvertures, et elle était trop effrayée pour bouger.

Tu dois te lever, s'exhorta-t-elle. Sinon tu vas rester jusqu'au matin comme ça, à scruter l'obscurité pendant des heures interminables – car ne compte pas te rendormir. Elle fouilla mentalement la chambre, cherchant quelque chose, n'importe quoi, pour lui servir d'arme. Alors elle se souvint du couteau de cuisine. Après qu'ils avaient fait l'amour, David était descendu chercher une boisson fraîche. Il avait rapporté ce couteau et l'avait fourré sous le matelas, au cas où.

Emma sortit un bras de sous les couvertures et, de sa main glacée, chercha le bord du matelas. Hésitante, elle glissa les doigts entre celui-ci et le sommier, tâtonna un moment avant de trouver la lame métallique, puis le manche qu'elle empoigna. Elle extirpa le couteau de sa cachette et le fourra sous les couvertures.

À présent qu'elle était armée, une part d'elle désirait simplement rester là, comme si le lit était une forteresse. Cependant, à contrecœur, elle se mit debout, cueillit son peignoir qu'elle revêtit ; la pointe du couteau fit un accroc à la manche. Quand elle eut noué la ceinture, elle chercha ses chaussons du bout des orteils et, frissonnante, les enfila. Elle faillit allumer la lampe de chevet, se ravisa. L'obscurité pouvait être un atout. Si le pire était advenu, si son ennemi était là, dans la maison, et avait d'une manière quelconque réduit David à sa merci, elle aurait plus de chances dans le noir. Elle connaissait cette maison mieux que quiconque. Elle était capable d'y naviguer sans lumière. Quelqu'un d'autre risquerait de trébucher. Peut-être de tomber.

Sur la pointe des pieds, elle gagna le palier. Le couteau à la main, elle fouilla des yeux le salon, par-dessus la rampe de l'escalier. Elle ne discerna pas son mari. Où es-tu, David ? Tu avais promis de ne pas me quitter. Un instant, elle regretta de n'être pas allée chez Stephanie.

Arrête, se tança-t-elle. Tu laisses ton imagination s'emballer. David est là, pas loin. Il avait peut-être faim, il mange un morceau dans la cuisine. Ou bien il avait une insomnie et il a décidé de travailler un peu dans son bureau. Tu n'as qu'à descendre voir.

Mais l'idée de s'aventurer seule dans l'escalier obscur la terrifiait. Elle restait immobile en haut des marches, écartelée entre la volonté de descendre et l'envie de courir se réfugier dans sa chambre, de verrouiller la porte et d'appeler le lieutenant Atkins. Joan Atkins ne lui en voudrait pas. Elle comprendrait. Elle en était là de ses tergiversations, retenant sa respiration à l'instar de quelqu'un sur le point de sauter dans un profond ravin, lorsqu'elle capta un mouvement dans la nursery inachevée, de l'autre côté du palier.

Seul un angle de la pièce était visible, mais ses yeux s'étaient accommodés à l'obscurité. Elle aperçut quelque chose qui bougeait dans un rayon de lune sur le sol. Serrant le couteau dans sa main moite, elle fit quelques pas en direction de la porte. Son champ de vision s'élargissant, elle découvrit ce qui avait attiré son attention. Le fauteuil à bascule s'était légèrement balancé car l'homme pieds nus qui y était assis avait changé de position. Il lui tournait le dos, pourtant elle le reconnut tout de suite. En T-shirt et pantalon de pyjama, il était penché en avant, accoudé sur les bras arrondis du fauteuil, les paumes pressées sur ses orbites, les doigts crispés sur son front et son cuir chevelu. Comme pour empêcher sa tête d'exploser.

Emma s'avança dans la pièce, glissa le couteau dans la poche de son peignoir.

– David ?

Il étouffa une exclamation, baissa les mains.

– Chéri, qu'est-ce qui ne va pas ?

Elle s'approcha et, avec précaution – consciente d'avoir ce couteau dans la poche –, s'assit sur le tapis près du fauteuil et posa le front sur les genoux de David.

– Tu as l'air en piteux état, dit-elle.

– Ce n'est rien. Je n'arrivais pas à dormir.

– Tu avais l'air de souffrir.

– Je vais bien, assura-t-il en lui tapotant le bras, sous l'étoffe veloutée du peignoir.

– Qu'est-ce que tu fais ici ?

– Je ne voulais pas descendre et te laisser seule en haut.

Emma opina, feignant de croire à ses explications, mais son cerveau fonctionnait à toute allure. Elle n'avait pas mal interprété ce qu'elle avait vu. Il était manifestement dans une profonde détresse, et maintenant il le niait pour l'apaiser. Ce n'est pas si étrange, se dit-elle sans conviction. Pas après les événements de ces derniers jours.

– Tant de choses se sont passées. Je me suis tellement focalisée sur moi-même que je n'ai pas pensé à toi. Tu t'inquiètes pour ta mère ?

Il la dévisagea, déconcerté. Puis il haussa les épaules.

– Oui, bien sûr. Mais à moins qu'elle puisse être greffée... ce genre de pépin est inévitable. Elle ne tient que par un fil. Cette fois, elle s'en est tirée. La prochaine... qui sait ? Écoute, je n'ai pas envie de penser à ma mère. Ni d'en parler.

– D'accord. C'est juste que tu parais si... désespéré.

– Tu n'étais pas censée me surprendre, répondit-il avec douceur. Il faut que tu dormes.

– Ne me fais pas ça, s'il te plaît. Ne me tiens pas à distance, parle-moi. Te voir si... anéanti m'effraie. Confie-toi à moi. Nous devons nous confier l'un à l'autre. Quoi que ce soit, dis-le-moi.

David scruta son visage à demi éclairé par la lune. Dans la pièce obscure, ses yeux étaient deux puits brillants.

– Tu ne veux pas savoir.

– Si, objecta-t-elle, mais à ces mots son estomac se contracta. Si, je le veux.

Il regarda les fenêtres. Puis, avec un soupir, il prit les mains d'Emma, les pétrit machinalement.

– Tu es une femme si adorable. Le genre de personne que n'importe quel homme serait fier d'avoir pour épouse.

Ces compliments alarmèrent Emma. Ils semblaient étrangement... impersonnels. Elle dégagea ses mains et se rassit sur ses talons.

– Qu'est-ce que tout ça signifie ?

– Emma, tu n'aurais jamais dû m'épouser. Je sais bien que c'est moi qui en ai eu l'idée, mais je n'ai pas l'étoffe d'un mari. Ni d'un père.

Elle eut l'impression qu'il l'avait frappée en plein cœur.

– Ne dis pas des choses pareilles, David. Pourquoi tu dis ça ?

Elle espérait qu'il sourirait, ou répondrait que c'était un coup de cafard qui l'incitait à parler de cette façon, mais il la regarda de nouveau, et son expression était la même.

– Tu m'as demandé de me confier à toi.

– Ce n'est pas vrai. Tu es un mari merveilleux. C'est seulement à cause de cette... horrible histoire. N'importe qui se sentirait... dépassé.

Mais elle entendait la panique dans ses propres paroles. David était-il dépressif ? Et, si c'était le cas, cette dépression était-elle sévère ? Elle n'en avait remarqué aucun signe auparavant. Pourtant c'était forcément une dépression. Qui s'était déclarée brutalement. À moins qu'il ne l'ait parfaitement dissimulée.

– Quand as-tu commencé à avoir ces idées-là ? interrogea-t-elle.

David secoua la tête ; il avait l'air de scruter le passé.

– Je les ai depuis toujours. Les enfants, c'était trop pour mon père. J'avais deux ans quand il nous a abandonnés. Et il me semblait que ma mère n'était jamais là. Elle n'avait pas le choix, naturellement. Elle faisait de son mieux, mais elle était obligée de travailler. Mon frère devait s'occuper de moi, la plupart du temps, or il avait horreur de ça. Il avait inventé un jeu – il jetait sur moi des allumettes enflammées. Ou alors il m'emmenait avec lui, au cinéma par exemple, et puis... il me laissait en plan.

– Oh, David...

– Je ne cherche pas ta pitié. Non. C'est seulement que je... je me suis considéré comme un fardeau pour les gens. Je traiterais peut-être un enfant de la même manière.

Emma éprouva alors une peur qui égalait celle qui l'avait submergée plus tôt dans la journée, lorsqu'elle chancelait au-dessus de l'abîme de la voie ferrée. Ce danger était peut-être encore plus redoutable. Il menaçait, non pas sa vie, mais son bonheur. Ses espoirs, ses rêves. Arrête. Une dépression, ce n'est pas la fin du monde. Ça se soigne. Les choses peuvent s'arranger.

– David, une fois que cette affaire sera derrière nous, qu'ils auront arrêté celui qui commet ces atrocités, tu te sentiras mieux. Et, d'ici là, il existe beaucoup de médicaments susceptibles de t'aider. Je te parle en psychologue, je sais, mais c'est mon boulot. Sur la dépression, j'en connais un rayon. Il faut que tu me fasses confiance. Toi et moi, nous allons avoir ensemble une vie merveilleuse. Quant aux enfants, un tas de gens qui ont eu une enfance malheureuse sont irréprochables avec leurs propres rejetons. Ils font davantage d'efforts. Pour eux, c'est plus important.

Il la contemplait en silence.

Mon Dieu, je vous en prie, songea-t-elle, recourant à la foi plutôt qu'à ses connaissances professionnelles. Ne le laissez pas m'abandonner. Aidez-le à réaliser combien j'ai besoin de lui.

– Reviens te coucher, lui dit-elle. Dans l'immédiat, tu as besoin de repos. Et moi aussi. Demain, ça s'arrangera.

Elle se pencha pour l'enlacer et sentit la pointe du couteau percer la poche de son peignoir et entailler sa cuisse. Elle réprima un cri. Elle ne voulait surtout pas qu'il sache qu'elle avait ce couteau sur elle. Qu'elle avait peur.

21

LONGTEMPS après que David se fut rendormi, respirant paisiblement, Emma resta éveillée, songeant à son mari, à leur union. David semblait avoir changé durant le bref laps de temps écoulé depuis le jour de leur mariage. Évidemment, ils avaient vécu un cauchemar, mais peut-être était-ce la vulnérabilité d'Emma qui affolait David. Peut-être ses blessures, sa faiblesse, ses terreurs le ramenaient constamment au rôle difficile qu'il avait endossé. En tant que père, il serait responsable d'un être humain minuscule et fragile. La perspective d'avoir une femme également fragile et dépendante avait pu lui sembler écrasante.

Elle ne pouvait pas le délivrer de son angoisse concernant la paternité. En revanche, elle pouvait regarder en face sa propre peur. Celle-ci n'était pas un caprice de son imagination. Elle était fondée. Oui, quelqu'un cherchait effectivement à la tuer. Elle avait beau réfléchir, encore et encore, elle ne voyait pas qui était susceptible de la haïr autant, de vouloir sa mort. Lyle Devlin était furieux contre elle, mais l'était-il assez pour aller jusqu'au crime ? Ou était-ce la personne qui lui avait envoyé ces lettres anonymes ? Quelqu'un qui n'aurait pas toléré qu'elle se marie ? Elle essaya d'imaginer une haine pareille, de mettre un visage sur ce déséquilibré, en vain.

Heureusement, la police recherchait l'assassin et finirait par l'arrêter. En attendant, se dit-elle, elle n'était pas seule. Et elle n'était pas une poule mouillée. Elle le prouverait à David. D'ailleurs, elle ne supportait plus cette impuissance qui gouvernait sa vie. Un changement pouvait sauver son mariage tout neuf. Si elle survivait à cette tourmente et perdait son couple, elle serait affreusement malheureuse. Elle devait essayer. Cette détermination, pour subite qu'elle fût, calma son cœur agité, et elle réussit enfin à s'endormir.

Elle se réveilla le lendemain matin tenaillée par l'anxiété, l'appréhension, et avant même d'ouvrir les yeux, elle se souvint pourquoi. Mais lorsqu'elle se contraignit à admettre qu'elle était bel et bien réveillée et regarda son mari, elle le découvrit appuyé sur un coude. Il la contemplait.

– Salut, murmura-t-elle.

– Salut.

– Comment te sens-tu ?

– Mieux. Désolé pour cette nuit.

– Ne t'excuse pas, je suis contente que tu te sentes mieux.

– C'est le cas. Sauf que je suis malade d'angoisse à ton sujet. En principe, il me faut retourner à New York aujourd'hui. Un autre reportage. Mais j'ai l'intention d'annuler. Ça peut se faire par téléphone.

– Il vaudrait sans doute mieux que tu y ailles. Ça te changerait les idées.

– Non, pas question que je te laisse seule ici.

– Quels sont tes projets, alors ? le taquina-t-elle. Tu m'accompagnes au boulot ?

– Tu comptes travailler ? Mais c'est impossible.

– Je veux reprendre mes activités, David. Je ne resterai pas assise là à attendre... je ne sais quoi. J'ai besoin de m'occuper. Surtout après ce qui s'est passé hier. J'ai besoin de me rendre utile.

– Tu as surtout besoin de repos, s'obstina-t-il.

– Ne pas être désœuvrée sera mon meilleur traitement, répondit-elle en souriant.

– Autant parler à un mur. Tu me parais songeuse, ajouta-t-il, fronçant les sourcils. À quoi tu penses ?

Emma pinça les lèvres.

– À quelque chose qui aurait dû me venir à l'esprit plus tôt.

– Quoi donc ?

– Puisque je suis la cible de ce... maniaque, je suis obligée de modifier mon comportement. Je ne peux pas exiger des gens qu'ils me couvent en permanence. Je refuse que tu négliges ton travail à cause de moi. Et regarder par-dessus mon épaule à longueur de temps... ce n'est pas possible. J'ai donc décidé de me procurer une arme.

– Une arme ? Tu es dingue. Je croyais qu'il serait question d'un garde du corps.

– La police m'en fournira peut-être un.

– Rien à faire. Je le leur ai demandé hier soir, quand ils m'ont relâché, mais le chef de la police de Clarenceville m'a répondu que son budget ne permettait pas de payer des gardes du corps pour la protection des personnes. Tu te rends compte ? À quoi servent nos impôts ? Bref, je vais passer quelques coups de fil pour me renseigner. Un garde du corps, c'est ce qu'il nous faut, à mon avis.

– Très bien, tu as raison. Mais en attendant, je veux une arme.

– Je n'en reviens pas. Tu sais t'en servir, au moins ?

– Hé, j'ai tiré sur le type qui a tenté de me tuer dans le chalet, n'est-ce pas ?

– Tu as réussi par miracle à décharger un fusil, en effet. Ça ne signifie pas que tu sais tirer.

Emma tendit la main, comme un pistolet imaginaire, et souffla sur son index.

– Eh bien, détrompe-toi. Mon père m'a appris à me servir d'une arme quand j'étais gamine et que nous partions camper ensemble. On tirait sur des bouteilles en plastique vides et des canettes. Qu'est-ce que tu as ? Tu es tout blanc.

– Emma, je n'aime pas ça.

– Un homme cherche à me tuer, David. C'est un fait. J'ai envie de l'empêcher de recommencer.

– Ne dis pas ça.

– Je ne peux pas me fourrer la tête dans le sable. Il faut que j'affronte la réalité.

David lui prit les poignets, les secoua doucement.

– Je le sais, chérie. Mais canarder des canettes, ça n'a aucun rapport avec tirer sur un être humain. Tu y arriverais si tu étais forcée ?

Emma réfléchit sérieusement à la question.

– Alors ? insista-t-il.

Elle dégagea ses poignets, croisa les bras sur sa poitrine.

– Maintenant, j'ai aussi la vie de mon bébé à protéger. S'il le fallait, oui. Oui.

– On dit qu'une arme se retourne facilement contre toi si tu n'es pas champion de tir.

– Je crois que ça me reviendra vite. C'est comme le vélo, ça ne s'oublie pas.

Elle avait l'air de plaisanter, pourtant elle ne souriait pas.

– Mais il faut du temps pour se procurer une arme, objecta-t-il. Il ne suffit pas d'entrer dans un magasin, d'allonger des billets et de repartir avec un pistolet.

– Ce ne sera pas la peine. J'ai déjà ce qu'il me faut.

David la dévisagea. Puis il considéra les murs de leur chambre comme s'il les voyait pour la première fois.

– Tu as une arme ici ? Dans cette maison ?

– Non. Figure-toi que je loue un box de stockage. Il est encore à moitié plein. Des affaires de mon père dont ma mère s'est débarrassée quand Rory et elle ont emménagé en ville.

– L'arme est là-dedans ?

– J'en suis à peu près certaine. C'est un pistolet qui appartenait à mon père. On ne l'a pas utilisé depuis... je ne sais pas combien de temps. Mais avec un peu de dégrippant, je serai parée.

– Emma, franchement...

Lentement, car bouger ainsi était douloureux, elle bascula les jambes par-dessus le bord du lit.

– Qu'est-ce que tu fabriques ?

– Je me lève. Pas question de rester ici, à attendre que ce maniaque me tombe dessus. Je dois m'occuper l'esprit. Je te l'ai dit, je vais travailler. Et ensuite j'irai chercher mon pistolet.

David la conduisit au Centre Wrightsman et l'accompagna jusqu'à son bureau. Il l'aida à retirer sa cape en alpaga turquoise, qu'il suspendit au portemanteau perroquet de la salle d'attente et, bien qu'Emma ait l'habitude de ranger son manteau dans la penderie de son cabinet, elle lui fut reconnaissante de se montrer aussi attentionné. Sous sa cape, elle portait une longue jupe caramel en mérinos et un pull à col roulé assorti. Ses cheveux brillants étaient nattés, quelques boucles soyeuses encadraient son visage. David l'enlaça et l'embrassa à plusieurs reprises.

– Tu es belle. Maintenant, écoute-moi bien. Ne quitte pas cet endroit toute seule. Ni pour déjeuner, ni pour quoi que ce soit. Quand tu voudras que je revienne te chercher, appelle-moi. Je passerai te prendre et on ira au box de... stockage.

– D'accord.

– Ne laisse pas des inconnus entrer dans ton bureau.

Avec douceur, il effleura les cheveux d'Emma.

– En partant, je demanderai à Burke qu'un type de la sécurité soit sur tes talons toute la journée, jusqu'à ce qu'on puisse engager notre propre ange gardien.

Emma faillit protester, se tut. Affirmer qu'elle allait bien, qu'elle était en mesure d'assumer tout ce qui pouvait arriver était un réflexe. Le réflexe d'une fille, puis d'une femme qui avait toujours eu confiance en soi, qui avait toujours eu le sentiment de contrôler son destin. Mais ce n'était plus vrai, et il ne servait à rien de le nier. Sa vie était menacée. Ça, c'était la vérité.

– D'accord, mon chéri.

Elle lui dit au revoir sur un dernier baiser. Il pivota pour sortir de la pièce et, soudain, étouffa une exclamation.

– Qu'y a-t-il ? bredouilla-t-elle.

Elle entendit une voix grave demander :

– Le Dr Webster est là ?

David recula. Kieran Foster, tout en noir, avec sa crête fuchsia et son troisième œil tatoué sur le front, apparut sur le seuil. Il tenait une guitare.

– Kieran, dit Emma. Je suis contente de te voir.

Les sourcils froncés, David regarda le garçon passer devant lui et s'installer dans le fauteuil près du bureau. Emma envoya un baiser à son mari, tandis qu'il quittait la pièce. Kieran semblait n'avoir rien remarqué.

– Je voulais que vous écoutiez une chanson que j'ai écrite, annonça-t-il.

Emma lui sourit. Naguère, à la demande de Burke, Natalie commentait parfois les textes et créations des patients adolescents du Centre. Emma l'avait entendue dire, un jour, que les chansons de Kieran étaient prometteuses et, d'après tout le monde, le garçon avait été sur un nuage pendant une brève période. Natalie était une poétesse publiée, par conséquent son opinion avait du poids.

– Je ne suis pas une spécialiste, dit Emma, jouant machinalement avec sa boucle d'oreille en or, qui avait la forme d'une larme. Mais je serais ravie de t'écouter.

La sonnerie stridente retentit, annonçant la fin de la quatrième heure de cours, à l'instant où Stephanie énumérait d'une voix de stentor les pages du manuel à étudier à la maison.

– Et laissez votre cahier de rédaction sur votre bureau pour que je puisse vous noter.

Un brouhaha de grognements accueillit la perspective d'une rédaction notée et d'un devoir, les élèves ayant espéré n'avoir rien à faire.

Il y eut l'habituelle agitation qui accompagnait toujours le changement de classe – bousculades sans méchanceté et noms d'oiseaux. Stephanie s'approcha d'une fille blonde et très mince, qui rassemblait ses livres et plaçait son cahier sur le coin du bureau.

– Alida ? Puis-je te parler une minute ?

Alida Devlin considéra Stephanie avec méfiance. Ses joues et ses lèvres étaient fardées de diverses nuances de rose, assorties à un haut diaphane qui semblait constitué de lambeaux – apparemment du dernier cri. On distinguait son soutien-gorge rembourré à travers le tissu. Sa chevelure blonde était relevée en un tortillon qui se terminait par une couette ébouriffée ; une longue frange raide cachait une moitié de son visage et ses yeux charbonneux.

– J'ai biologie.

– Ce n'est pas grave, je te donnerai un billet d'excuse. Assieds-toi un instant.

Alida soupira et s'assit au bureau qu'elle s'apprêtait à libérer, une table en formica beige à laquelle était fixé un siège. Elle empila ses manuels devant elle et sortit un feutre violet de son sac. Les épaules voûtées, elle entreprit de gribouiller sur la couverture marron d'un de ses cahiers, évitant le regard de Stephanie.

– Qu'est-ce que j'ai fait ? marmonna-t-elle.

Stephanie s'installa au bureau de devant, pivota pour pouvoir parler par-dessus le dossier du siège.

– Rien. Tu n'as rien fait.

– Alors pourquoi vous m'avez demandé de rester ?

Stephanie hésita. Maintenant qu'elle était au pied du mur, elle ne savait pas trop comment aborder le problème. Elle y avait réfléchi toute la nuit et était résolue à dire quelque chose, n'importe quoi qui atteindrait peut-être la fille de Devlin. Si elle était la victime de son père, il fallait tenter de la secourir.

– Écoute, je sais que tu... que cette année a été terrible. Je suis au courant pour ta sœur.

Stephanie vit la jeune fille pâlir, malgré les couches de maquillage rose.

– Je ne veux pas réveiller des souvenirs douloureux, mais ce que tu dois assumer est très dur. Je me demandais si tu consultais quelqu'un. Un psychologue, par exemple.

Le visage d'Alida, en forme de cœur, se durcit ; elle continua à gribouiller.

– Mon père dit que les psy, c'est n'importe quoi.

– Cela m'étonne. Ton père est un homme très... cultivé. Il n'ignore pas que les psychologues peuvent vraiment nous aider quand nous avons un problème.

– Il a dit que c'était la faute du psy pour Ivy...

– Il l'accuse de la mort d'Ivy ? s'exclama Stephanie.

Alida se recula.

– J'ai pas dit ça.

– Non, bien sûr que non, répondit Stephanie, réalisant qu'elle avait réagi trop vivement. Mais, vois-tu, quand un événement pareil se produit dans une famille, il arrive que les adultes soient trop... bouleversés pour soutenir vraiment les enfants. Voilà pourquoi il peut être utile de chercher quelqu'un d'extérieur à la famille.

– Pour quoi faire ?

– Eh bien, pour avoir quelqu'un à qui se confier. Surtout si, à la maison, ça ne va pas. D'une manière ou d'une autre.

– Qu'est-ce que vous voulez dire ? demanda la jeune fille, les yeux rivés sur son barbouillage au feutre violet.

Je dois avancer sur la pointe des pieds, songea Stephanie.

– Parfois, quand on perd un enfant, les parents peuvent se le reprocher mutuellement. Ce n'est pas rationnel, mais ça arrive.

Alida pinça les lèvres, continuant à griffonner.

– Quelquefois ils se tournent vers leurs enfants. Quand des parents... comptent sur leurs enfants pour... mettons... se faire consoler, par exemple, ça peut devenir une... une situation malsaine.

Alida arrêta de gribouiller et dévisagea Stephanie comme si elle ne saisissait pas un traître mot. Stephanie comprit qu'elle ne lui ferait aucune confidence. En réalité, elle eut la nette impression que, si elle ne se taisait pas, elle risquait de mettre son poste en péril.

– Alida, j'essaie simplement de te dire que si tu as besoin d'un adulte à qui parler, tu peux t'adresser à moi. Quel que soit le sujet. Je suis là et... j'ai le temps de discuter si tu en as envie. Ne l'oublie pas.

– Je peux m'en aller, maintenant ?

– Mais oui, répondit Stephanie qui se sentait déconfite et même un peu ridicule.

– Il me faut ce papier. Pour le cours de biologie.

– Bien sûr, bien sûr.

Stephanie se leva. Elle fureta dans les documents qui s'entassaient sur son bureau et finit par dénicher le formulaire permettant de justifier le retard d'un élève.

– Qui as-tu comme professeur ?

– M. Kurtis.

– Ah, très bien.

Stephanie remplit le formulaire qu'elle tendit à Alida.

– Merci, murmura celle-ci.

Évitant le regard de Stephanie, elle fit passer ses livres d'une hanche sur l'autre puis, d'un pas pressé, son formulaire à la main, quitta la salle.

Stephanie soupira, s'adossa à son fauteuil pivotant. Ça aurait pu être pire. D'ailleurs, qu'avait-elle espéré ? Elle était dans l'impossibilité de formuler ses hypothèses, et la gamine n'allait pas craquer et révéler ses secrets les plus intimes à une quasi-étrangère. C'était profondément frustrant, car elle souhaitait vraiment offrir à cette petite une issue de secours. Non pas parce qu'elle soupçonnait Devlin d'être un meurtrier. C'était toujours le mari d'Emma qui occupait la première place sur sa liste de suspects.

En revanche, elle se fiait à l'instinct d'Emma quant à Devlin et ses filles. Elle pouvait en témoigner, son amie possédait le don d'aller droit au cœur des problèmes d'autrui. Si elle soupçonnait Devlin d'abuser de sa fille, alors Stephanie était prête à parier là-dessus. Dommage qu'Emma ne soit pas aussi perspicace en ce qui la concernait. L'amour nous aveugle tous, se dit-elle.

Elle se redressa pour effacer le tableau, derrière elle, en prévision du prochain cours, et consulta sa montre. Il lui restait juste assez de temps pour noter quelques devoirs avant l'arrivée des élèves. Alida et ses camarades avaient laissé leurs cahiers de rédaction, ainsi qu'elle le leur avait demandé. Stephanie entreprit de les ramasser. Elle parcourut les rangées de tables, entassant les cahiers au creux de son bras. Quand elle atteignit la place d'Alida et saisit son cahier, quelque chose de violet attira son attention.

Sur la couverture du cahier, on voyait la figure d'une fille, au feutre violet. Alida l'avait dessinée, cachée derrière sa pile de bouquins. La fille qu'elle avait représentée avait une queue de cheval toute droite sur le sommet du crâne ; son visage était triangulaire, avec des yeux ronds et vides, deux points pour les narines. La bouche était un nœud minuscule.

Un ballon, pareil à un nuage, planait au-dessus de la tête, relié à la queue de cheval par des bulles rondes.

Intriguée, Stephanie se pencha pour déchiffrer les mots. Les lettres étaient petites et bien nettes. Dans le ballon, Alida avait écrit : AU SECOURS.

22

Emma écouta attentivement la démoralisante ballade de Kieran, empreinte de l'angoisse propre à l'adolescence, et le complimenta aussi sincèrement que possible pour ses sinistres images de mort et d'anéantissement. Elle le quitta pour son rendez-vous avec Tasha Clayman et ses parents. Wade et Nell Clayman l'étonnèrent et lui firent plaisir, tant ils paraissaient disposés à opérer les changements qu'elle leur avait suggérés. Nell avait enfin réalisé que le défilé de mannequins en maillot de bain, dans son studio de design de sportswear, incitait Tasha à entretenir un sentiment d'infériorité et d'insécurité. Leur amour infini pour leur fille gagnait la partie. Emma se sentait pleine d'espoir. Comme pour confirmer son optimisme, elle croisa la conseillère, Sarita Ruiz, qui arrivait avec le plateau du déjeuner.

– Hier, elle a grignoté un bout de sandwich, chuchota Sarita.

Emma s'en réjouit. Que disait le vieux proverbe chinois ? Le chemin le plus long commence par un premier pas.

– Formidable.

Le vigile prêté par Burke sur ses talons, Emma regagna le cube qui lui servait de bureau. Lorsqu'elle déverrouilla la porte, le téléphone sonnait. Elle décrocha, c'était Burke.

– Emma, nous avons un problème. Puis-je te voir dans mon bureau, tout de suite ?

Le cœur d'Emma manqua un battement.

– Bien sûr.

Elle raccrocha et se tourna vers son ange gardien, qui venait juste de s'asseoir pour lire son tabloïd.

– On est convoqués, lui dit-elle.

Geraldine roula les yeux en guise d'avertissement, lorsque Emma pénétra dans l'aire d'accueil. Elle lui fit signe d'entrer ; le vigile, lui, se rassit dans un fauteuil.

Emma franchit le seuil du bureau directorial. Burke était à sa table. Face à lui se trouvait Stephanie, qui salua Emma d'un geste de la main.

– Steph, qu'est-ce que tu fabriques ici ?

Ce fut Burke qui répondit.

– En se fondant sur des informations que tu lui as révélées, ton amie Mlle Piper que voici a décidé de mener son enquête sur la famille Devlin.

– Steph, je t'avais recommandé de ne pas t'en mêler.

– Une minute. Je ne lui ai parlé de rien, ni de vous ni du Centre. J'ai simplement eu une conversation avec l'une de mes élèves. J'ai dit que je me faisais du souci pour elle, et je lui ai proposé de... D'être à sa disposition si elle avait besoin de se confier.

Emma lança un coup d'œil à la rude figure de Burke, qui arborait une mine sévère.

– Qu'y a-t-il de mal à ça ? Ça ne me paraît pas répréhensible. Il me semble que n'importe quel professeur se comporterait de cette façon.

Burke saisit le cahier posé devant lui et le lui tendit.

– Regarde ça.

Emma examina le dessin au feutre violet, la bulle au-dessus de la tête de la fille.

– Au secours ? articula-t-elle, parcourue par un frisson glacé. C'est Alida Devlin qui a écrit ça ?

Stephanie acquiesça.

– Tu lui as demandé ce que ça signifiait ?

– Je ne savais pas trop quelle attitude adopter si elle m'expliquait. Alors j'ai préféré m'adresser à deux experts. Et maintenant, qu'est-ce que je fais ?

Le lieutenant Joan Atkins, accompagnée de l'inspecteur Marbery, toqua à la porte de la chambre d'hôpital, qu'elle entrebâilla. Une femme frêle à la frange blanche était couchée dans le lit ; perfusée au bras, elle avait une canule nasale pour l'oxygénation. Elle était si pâle, exsangue, qu'elle en devenait presque invisible entre les draps blancs.

Il y avait une autre femme, avachie dans un fauteuil près du lit. Elle aussi était âgée, mais elle avait le teint rubicond et semblait en pleine forme. Toutes les deux étaient assoupies. La malade était absolument silencieuse, seule sa poitrine qui se soulevait et s'abaissait indiquait qu'elle vivait encore. Sa compagne ronflait allègrement.

– Excusez-moi..., dit Joan, touchant l'épaule de cette dernière.

Birdie sursauta et, instinctivement, serra son sac contre son cœur comme pour en protéger ou en cacher le contenu. Derrière ses lunettes aux verres épais, ses paupières battirent. Ses cheveux frisottés étaient décoiffés, et elle dégageait une nette odeur d'alcool. Elle s'efforça bravement de paraître cohérente.

– Est-ce Mme Webster ? demanda Joan, désignant la malade.

Birdie secoua la tête pour se rafraîchir les idées.

– Oui. Et vous, qui êtes-vous ?

– Lieutenant Joan Atkins de la police d'État. Voici l'inspecteur Marbery. Vous devez être Mme Theobald.

– Effectivement. Je suis sa cousine, je m'occupe d'elle.

Birdie renifla et se redressa dans son fauteuil.

– Je vous proposerais bien de vous asseoir, mais...

– Ce n'est pas nécessaire. Je voulais vous poser quelques questions sur l'après-midi d'hier.

– C'est à propos de David ? Parce qu'on m'a déjà interrogée hier soir. Un inspecteur m'a téléphoné ici, à l'hôpital, pour me demander si David était là hier.

– C'était moi, intervint Trey.

– Je souhaitais vérifier moi-même certains détails, si cela ne vous dérange pas, dit Joan.

Elle ne voulait pas piétiner les plates-bandes de son jeune collègue, cependant elle n'était pas présente lorsqu'on avait amené David Webster au poste. Son alibi ne la satifaisait pas complètement. Ça semblait trop commode. Mais elle avait été retenue à Newark par une autre affaire. Le temps qu'elle soit informée de l'arrestation de Webster, l'avocat avait déjà réussi à obtenir la libération de son client.

– Madame Theobald, êtes-vous restée ici, auprès de Mme Webster, tout l'après-midi d'hier ?

– Oh oui. Je ne l'ai pas quittée une minute.

– Et son fils ? David Webster ?

Birdie opina, comme si elle essayait de remettre mentalement les événements bout à bout.

– Oui, je l'ai dit à ce jeune homme qui est avec vous. J'ai appelé David parce que je ne pouvais pas la réveiller. Elle respirait à peine. Il est venu et m'a aidée à l'amener ici, à l'hôpital.

– Quelle heure était-il ?

– Oh, environ trois heures et demie. Quatre heures, au maximum.

– Et ensuite M. Webster est resté avec vous ?

– Oh oui. Il était là. Jusqu'à... ce devait être neuf heures du soir.

– Il n'a pas bougé de cette chambre. Pendant tout ce temps ?

Pour la première fois, Birdie considéra Joan d'un œil suspicieux.

– Oui. Il était là.

– Et vous ne vous êtes pas assoupie ?

Birdie se redressa encore dans son fauteuil, révoltée.

– Assoupie ? Bien sûr que non. Pourquoi je me serais assoupie ?

– Une journée à l'hôpital, c'est très stressant. Surtout quand on est un peu... fatiguée.

– Je n'étais pas fatiguée.

– Vous prenez peut-être des... médicaments qui vous rendent somnolente.

– Pas du tout.

– Madame Theobald, quand nous sommes entrés, vous dormiez, déclara Joan. Et je dois dire qu'il y a dans cette chambre une forte odeur d'alcool.

Birdie pointa le menton d'un air de défi, serrant plus fort son sac contre sa poitrine. La culpabilité se lisait dans ses yeux.

– J'ai peut-être sommeillé un peu. Mais pas plus d'une minute ou deux.

Joan la dévisagea fixement.

– Se pourrait-il que vous ayez dormi, hier ?

– Pas dormi, corrigea Birdie avec indignation, avant de baisser pavillon. J'ai peut-être fait... une sieste. Juste une petite sieste.

Joan haussa le sourcil. Trey Marbery soupira, reconnaissant ainsi qu'il avait sans doute manqué de rigueur.

– Donc, poursuivit Joan, vous n'êtes pas en mesure d'affirmer avec certitude que M. Webster était là de quinze heures trente à vingt et une heures, hier. Il peut avoir quitté l'hôpital pendant votre sommeil.

– Je n'ai pas dit ça. À ma connaissance, il était là. Pourquoi ne le laissez-vous pas tranquille ? Il n'a jamais eu d'ennuis. C'est un gentil garçon.

Burke déverrouilla la portière de sa voiture et jeta son courrier sur les dossiers et papiers qui jonchaient le siège du passager.

– Tu n'as qu'à mettre tout ça par terre, dit-il.

Emma était interloquée. Burke si ordonné, au bureau et chez lui. C'était comme s'il réservait tout le désordre de sa vie à cette voiture. D'un coup d'œil, elle constata qu'il y avait là des relevés bancaires, des factures et des lettres qu'il n'avait pas décachetés.

– Tu m'as l'air de te laisser un peu déborder, Burke.

– C'est vrai, soupira-t-il. J'ai eu du mal à me concentrer. Ces temps-ci.

Emma ramassa tous les papiers et voulut les poser sur la banquette arrière, mais pivoter était trop douloureux.

– Je vais me contenter de les tenir.

Elle s'installa à l'avant, la pile de courrier sur les genoux.

– Je dois être fou pour faire ça, dit Burke qui sortit du parking du Centre et s'engagea dans l'avenue.

– Tu n'es pas fou. Simplement, tu n'es pas un directeur type.

– Ça pourrait me coûter mon poste. Ne t'inquiète pas, ajouta-t-il en la regardant. Je ne change pas d'avis. C'est trop important.

– Tu sais où nous allons ? interrogea-t-elle.

– Oui, ce n'est pas très loin.

Emma bougea, s'adossa à son siège, incommodée par le simple poids de la paperasse qu'elle tenait. Cette constatation accrut le sentiment de fragilité contre lequel elle luttait si vaillamment. Cela faisait aussi de la guérison un horizon bien lointain. Elle faillit mettre les papiers par terre, ainsi que Burke le lui avait suggéré, regarda machinalement l'enveloppe sur le sommet de la pile. Le tampon qui y figurait l'étonna.

– Le bureau du coroner ?

Burke jeta un coup d'œil à la lettre.

– Oh, c'est arrivé.

– Oui. Qui est mort ?

– Natalie, répondit-il sévèrement.

Emma se mordit la langue. Gênée.

– Je pensais que c'était peut-être un patient.

– Non. Je voulais avoir les conclusions de l'autopsie. Je me suis demandé si...

– Quoi donc ?

– Eh bien, vu ce qui t'est arrivé... s'il était possible que ce ne soit pas un suicide.

– Tu penses qu'elle aurait été... assassinée ?

Burke haussa les épaules.

– Ça paraissait invraisemblable, mais après ce qui s'est passé pour toi... je ne sais plus. Je ne suis plus sûr de rien.

– Et la lettre où elle annonçait son suicide ? Elle n'avait rien d'ambigu. Elle était manuscrite et Natalie y expliquait clairement ses intentions.

Un reporter particulièrement fouineur avait eu connaissance du contenu de cette lettre qui s'était retrouvée, au grand désarroi de Burke, en légende sous une photo de la belle Natalie.

– C'est vrai, admit-il. Mais je n'arrête pas de me dire que... j'ai peut-être été négligent. L'évolution a été si brutale. En principe, après une de ses phases maniaques, la descente était plus progressive. Et souvent, il y avait une sorte de détonateur. Elle avait été sur un nuage, avec la Solomon Medal, je ne cesse de me demander si quelque chose ne m'aurait pas échappé...

– Burke, ne te torture pas comme ça. Nul n'en aurait fait autant que toi. Et tu sais que ce n'était pas sa première tentative. On est impuissant face à une personne profondément suicidaire.

Burke ne répliqua pas.

– Nous y sommes.

Il désignait, niché dans un bosquet d'arbres dénudés, un cottage blanc aux fenêtres cintrées, coiffé d'un toit de bardeaux en écailles de poisson. Le cœur d'Emma s'accéléra. Ils savaient par Stephanie que, cet après-midi, Alida avait cours de théâtre ; c'était donc l'occasion idéale pour parler à la mère sans que la jeune fille – ni son père – ne s'en doutent. Il y avait un minivan dans l'allée. Devlin conduisait une voiture de sport ; il était donc, probablement, à l'université.

– Super, commenta Emma. La chance est avec nous.

Burke sortit de la voiture qu'il contourna pour l'aider à descendre. Une fois qu'elle fut sur le trottoir, il verrouilla les portières et tous deux se dirigèrent vers le perron. Pourvu qu'il y ait quelqu'un, pensa Emma. Malgré la présence du minivan, les volets étaient tous tirés, ce qui donnait à la maison un air sinistre, abandonné. Elle frappa à la porte et attendit. On entendait brailler la télévision. Elle frappa de nouveau, plus fort, cria :

– Il y a quelqu'un ?

Comme Risa Devlin ne répondait pas, Emma essaya de se pencher pour regarder dans l'interstice entre le bord du volet et le seuil. Mais une douleur au côté lui arracha un gémissement.

– Laisse-moi faire, dit Burke qui s'accroupit.

– Qu'est-ce que tu vois ?

– L'écran de télé, mais personne dans la pièce.

– Elle est peut-être dans le jardin et ne nous entend pas.

– On n'a qu'à faire le tour.

Emma descendit les marches du perron et foula le tapis de feuilles qui bordait la maison. Le jardin était désert. À l'arrière de la demeure on avait adjoint une véranda vitrée qui paraissait disproportionnée et incongrue, accotée au cottage ancien. Emma aperçut des plantes vertes et un piano sur lequel s'entassaient, en équilibre précaire, des partitions. Mais là non plus, personne ; la porte intérieure donnant accès au cottage était pourtant grande ouverte. Sans réfléchir, Emma tourna la poignée extérieure. Le battant pivota.

– Ooops...

– Ce n'est pas grave. De toute façon, ce n'était pas fermé à clé.

– Je vais l'appeler de là.

À pas de loup, ils traversèrent la véranda encombrée. Comme Emma passait devant deux fenêtres closes, elle jeta un coup d'œil. Ces fenêtres donnaient sur la cuisine, et elle eut la surprise d'y voir attablée une femme plutôt grasse, blonde, pieds nus, en jean et corsage soyeux très décolleté. La table était jonchée d'assiettes sales, de couverts, de serviettes chiffonnées. Lentement, la femme plongeait une cuillère dans un pot de crème glacée de deux litres, puis la portait à sa bouche tout en s'observant dans le miroir posé devant elle. Elle scrutait intensément son reflet, cependant son visage était totalement dénué d'expression. Elle semblait se regarder ingurgiter la crème glacée, comme pour se prouver qu'elle était réellement là.

Emma tapa à la fenêtre, la femme sursauta et se tourna, paniquée, les yeux écarquillés. Emma la salua de la main avec une grimace d'excuse. L'autre poussa un cri et lâcha la cuillère dans le pot de glace. Elle ne paraissait pas furieuse, pourtant sa colère aurait été justifiée. Risa Devlin se leva et s'approcha de la fenêtre qu'elle eut du mal à ouvrir. Quel joli visage, pensa

Emma, même s'il était un peu gonflé et que des cernes soulignaient ses grands yeux couleur de bleuet.

– Madame Devlin, je suis désolée de vous avoir effrayée. J'ai frappé à la porte d'entrée, en vain.

Risa Devlin battit des paupières et regarda vaguement par-dessus son épaule, en direction de l'allée de la maison.

– Je n'ai pas entendu. La télé, sans doute. Qu'est-ce que vous faites ici ? demanda-t-elle après réflexion.

– Pourrions-nous vous parler, le Dr Heisler et moi ?

L'anxiété envahit aussitôt le regard vitreux de Risa Devlin.

– Si mon mari revient...

– Ce ne sera pas long. Vous nous permettez d'entrer ? Le professeur d'Alida nous a rendu visite.

– Alida ! s'écria Risa. Est-ce qu'elle va bien ?

Emma hésita. Elle comprenait la question de son interlocutrice : y avait-il eu un accident ? sa fille était-elle blessée ? En ce sens, la réponse s'imposait.

– Oui, oui, Alida va bien.

Risa tremblait.

– Vous en êtes sûre ? Vous n'allez pas m'annoncer une horrible nouvelle, n'est-ce pas ?

– Non. Rien n'est... arrivé à Alida.

Risa Devlin s'appuya contre le rebord de la fenêtre, les doigts crispés sur son décolleté, soufflant de soulagement.

– Vous m'avez fait peur.

– Je suis navrée.

La mère d'Alida croyait à présent que sa fille n'était pas en danger. Elle n'imaginait pas qu'ils étaient ici pour évoquer un autre genre de blessure, plus intime.

– Entrez donc, dit-elle en montrant la porte intérieure, ouverte, de la véranda.

Emma et Burke s'exécutèrent et suivirent la femme aux pieds nus le long d'un couloir qui, supposèrentils, menait au salon. Au lieu de quoi, Rose Devlin les guida jusqu'à une chambre : l'antre d'une adolescente, sans erreur possible. Les murs disparaissaient sous des posters de rappeurs, de sportifs et de séduisants acteurs de cinéma. Outre le lit d'une place recouvert d'un quilt fleuri de couleur vive, la pièce était meublée d'une commode blanche, d'un bureau et d'un fauteuil pivotant. Risa fit signe à Emma de s'asseoir sur le fauteuil. Burke se campa près d'elle. Risa, elle, s'allongea sur le lit, sur le côté, et les regarda.

– J'espère que ça ne vous dérange pas, dit-elle d'une voix légèrement pâteuse. Je suis très fatiguée.

– Non, je vous en prie, répondit Emma.

Elle jeta un coup d'œil circulaire, se demandant à qui cette chambre appartenait. Ivy ou Alida.

– C'est la chambre d'Ivy, déclara Risa, comme si elle avait lu dans ses pensées. J'y passe beaucoup de temps. Ça me réconforte.

– J'imagine, dit Emma.

Pourtant cette femme était tout sauf apaisée. À l'évidence, elle s'acharnait à étouffer ses problèmes à grand renfort de médicaments et avait perdu le sens des convenances – recevoir des visiteurs dans la chambre de son enfant morte le démontrait.

– Pourquoi vous êtes venus ? Il s'est passé quelque chose au collège ? Pourquoi ce n'est pas le professeur qui est venu ?

Emma leva les yeux vers Burke.

– Madame Devlin, intervint-il, je vous remercie de nous accueillir. Je suis conscient que nous vous avons mise dans une position gênante quand Ivy était au Centre. Si vous aviez refusé de nous voir, j'aurais compris. Je n'ignore pas que la colère de votre mari est toujours aussi vive.

Les larmes voilèrent les yeux bleus de Risa.

– Vous vouliez aider Ivy, je le sais. Même si vous aviez tort. Nous devions avoir une certitude.

Nous ? Que représente ce « nous » ? songea Emma. Elle avait été impressionnée, à l'époque où ils soignaient Ivy, par le courage de Risa Devlin face à la violente réaction de son mari. Elle était encore plus sidérée que cette femme, qui devait avoir énormément souffert de la vertueuse indignation de Lyle Devlin, se cramponne toujours à la conviction d'avoir agi comme il fallait.

– Aujourd'hui, Alida et son professeur ont eu un entretien.

– Elle a de bonnes notes.

– On ne lui reproche rien. Seulement... après ce qui est arrivé à Ivy, le professeur pensait qu'Alida vivait des moments difficiles...

Les grands yeux bleus brillèrent, mais l'expression du visage gonflé ne changea pas.

– Naturellement. Elle a perdu sa sœur.

– Son professeur a remarqué des... transformations chez Alida, continua Emma avec circonspection. Elle paraît... plus mûre que son âge. Lorsque son professeur a évoqué la possibilité de consulter un psychologue, Alida a répondu que son père s'y opposerait. À cause de votre expérience avec Ivy.

La tête sur l'oreiller d'Ivy, Risa ne bronchait pas. Emma crut qu'elle allait se fourrer le pouce dans la bouche. Elle semblait partir à la dérive, abrutie par les médicaments. Emma tenta d'accrocher son regard.

– Bref, Mlle Piper s'est adressée à nous, afin de voir s'il y aurait un moyen de résoudre le problème.

– Quel problème ?

Emma se tourna vers Burke qui fixa sévèrement Risa Devlin.

– Une fois déjà, nous vous avons demandé votre aide, et vous étiez prête à remuer ciel et terre pour le salut de votre fille.

Les larmes coulaient à présent sur les joues de Mme Devlin.

– Ça n'a pas marché, bredouilla-t-elle. Tout a échoué.

Burke montra le cahier d'Alida qu'il avait apporté.

– Pendant son entretien avec Mlle Piper, votre fille Alida a fait un dessin. Après son départ, quand Mlle Piper a ramassé les cahiers de rédaction, elle a découvert le dessin d'Alida. Nous avons estimé que vous souhaiteriez le voir.

Risa se rassit péniblement, l'air méfiant, et saisit le cahier que Burke lui tendait. Il étudia sa réaction. Le regard de Risa parcourut le dessin comme si Burke lui avait remis la photo du cadavre d'un être aimé depuis longtemps disparu. Dans ce regard on lisait de l'horreur, du chagrin et de la compréhension.

– Manifestement, elle a fait de son mieux pour dissimuler sa... détresse, dit Emma. J'ai pensé que vous deviez en être informée. AU SECOURS. Avez-vous une idée de la raison qui l'a poussée à écrire ces mots ?

Risa secoua d'abord la tête, tenant le cahier de ses mains tremblantes.

– Madame Devlin ?

L'expression de Risa n'était plus la même. Elle releva le menton.

– Je ne peux pas refaire ça. Et je ne le referai pas.

Une note implacable vibrait dans sa voix douce, et les brumes qui voilaient ses yeux bleus se dissipaient déjà.

23

BURKE HEISLER servit un verre d'eau minérale à Emma, confortablement installée sur le divan aux coussins moelleux, couleur sable, dans le salon de Burke.

– Sa réaction m'a sidérée.

Il opina et s'assit dans un fauteuil club en cuir crème.

– Oui. Je ne savais pas trop ce qui nous attendait. Risa Devlin semble tellement...

– Passive, en effet. Mais elle ne l'est pas. Apparemment, elle a même un sacré cran. Malgré la mort d'Ivy qui l'a anéantie.

– J'ai mal supporté de lui flanquer ce fardeau supplémentaire sur les épaules. Après tout ce qu'elle a traversé... Mais il m'a semblé que c'était la bonne décision.

– Je suis d'accord. Il fallait qu'elle soit au courant. J'aurais toutefois préféré qu'elle nous permette de rester avec elle. Ou d'alerter la police. Qu'elle soit seule pour l'affronter, ça me tracasse. Si Lyle Devlin est mon agresseur, c'est un individu terriblement dangereux.

– Tu as raison. Mais elle a été tellement catégorique. Je n'ai pas voulu lui dicter sa conduite. Son mari lui a suffisamment fait le coup. Je prévois de lui téléphoner régulièrement, ce soir. Si je la sens en danger, je préviens la police.

– Parfait.

Soudain, Emma sursauta.

– Burke, tu entends ? Ce bruit de pas ?

Il tendit l'oreille, puis désigna la terrasse de derrière. Emma hocha la tête. Burke s'approcha des baies vitrées coulissantes et alluma les lumières extérieures.

David était sur la terrasse.

– David, dit Burke en ouvrant l'une des baies.

– Chéri, qu'est-ce que tu fais là, dehors ?

– J'ai eu envie de jeter un coup d'œil. Je me demandais ce que je verrais.

– Qu'est-ce que cela signifie ? rétorqua Burke.

Négligeant cette question, David pénétra dans le salon. Il s'adressa à sa femme, lovée dans l'angle du canapé, sa jupe caramel ramassée sous elle, ses bottes abandonnées sur le tapis.

– Eh bien, tu as l'air à ton aise. J'aurais dû me douter que tu serais là. Je suis allé te chercher au Centre. Personne ne savait où tu étais. L'idée que je m'inquiéterais ne t'a pas effleurée ? Je devais venir te prendre après le travail, tu le savais.

– Oh, David, je suis vraiment désolée. J'ai oublié de t'appeler. Nous étions...

– Nous, c'est-à-dire ?

– Burke et moi. Nous avons rendu visite à la femme de Lyle Devlin.

– Pourquoi ? Tu aurais intérêt à te tenir aussi loin que possible de ce type.

David se tourna vers son ami.

– Pourquoi tu l'as amenée là-bas ?

– À cause d'un problème que nous n'avions pas résolu, grimaça Burke. Tu as raison, j'aurais dû te prévenir. Mais le jeu en valait la chandelle. Tu seras de notre avis quand nous t'aurons expliqué. Je te sers à boire ? Un verre de vin ?

– Je ne veux pas de vin. Je veux ramener ma femme à la maison.

– C'est ma faute, dit Burke. J'aurais dû réaliser que tu redouterais le pire. J'ai été stupide.

– Oui, tu aurais dû réaliser ça, toi plus que quiconque.

Toute chaleur déserta le regard de Burke.

– David ! s'indigna Emma.

– C'est vrai, s'obstina celui-ci.

Emma se releva tant bien que mal et reposa son verre sur la table basse en ronce de noyer.

– Je suis navrée, Burke. Je suis fautive, je me suis tellement impliquée dans ce que nous avions à faire. David, c'était une visite importante. Je t'assure. Je regrette uniquement de ne pas t'avoir averti.

Elle remit ses bottes et rajusta son ensemble caramel.

– Allons-y, articula David.

– D'accord. Je te raconterai tout pendant le trajet jusqu'au box de stockage.

– Le box de stockage ? Il fait presque nuit.

– Tu as promis de m'y emmener après le travail. Ça ne prendra pas longtemps. J'y tiens, David, ajouta-t-elle en vérifiant que sa tresse n'était pas décoiffée.

Il secoua la tête.

– S'il te plaît. Tu sais que je ne suis pas en état de conduire.

– Je peux faire quelque chose ? intervint Burke.

– Reste en dehors de ça, rétorqua David. Tu as la clé ? demanda-t-il à Emma.

– Là, dans mon sac.

– Bon. Finissons-en avec ça.

Emma l'embrassa.

– Merci. Burke, à demain au bureau.

– Je vous raccompagne. Je vais prendre le courrier du légiste dans la voiture.

David n'adressa pas un mot à Burke. Il les précéda à l'extérieur, traversa la terrasse et descendit bruyamment les marches menant à l'allée.

L'entrepôt de stockage était situé dans une zone industrielle de Clarenceville où se trouvaient un centre de recyclage et les locaux de la compagnie des eaux, ainsi que des hangars. À présent que la journée de travail était terminée, tous ces bâtiments étaient déserts. L'entrepôt était constitué de rangées de box verrouillés, de la taille d'un garage, et entourés d'un grillage. On l'avait construit dans l'ombre d'un pont d'autoroute le long de Smoking River. Une caravane servait de bureau et un parking le jouxtait.

Lorsque David et Emma y arrivèrent, le bureau était fermé et les réverbères halogènes, autour du parking et des box, allumés.

– Comment on ouvre ce portail pour entrer ? dit David.

– J'ignore si c'est possible à cette heure-ci. Je crois que l'ouverture automatique du portail est commandée depuis le bureau.

– C'est complètement idiot, rétorqua-t-il avec irritation. On ne peut pas aller dans son box après les heures de travail ?

Emma brandit sa clé.

– Si. Il suffit de se garer sur le parking.

– C'est ridicule. Et si on a besoin de déménager quelque chose ?

– Je suppose qu'il faut revenir pendant la journée. Mais, heureusement, je n'ai qu'un petit pistolet à emporter. Dépose-moi et je t'attendrai ici, sous ce réverbère, pendant que tu te gares.

– Oh non, pas question. Je ne te laisse pas seule. Pas une minute.

– Je vais être obligée de marcher du parking jusqu'ici ? se plaignit-elle.

– Non, on oublie le parking. J'arrête la voiture ici.

– Mais regarde les panneaux, c'est interdit.

David coupa le contact.

– J'ai une femme qui ne doit pas faire tout ce chemin à pied. Et je ne te laisse pas seule ici. Par conséquent, si ça ne plaît pas, on n'aura qu'à me flanquer une contravention.

– On pourrait t'embarquer, objecta-t-elle, secrètement contente cependant qu'il soit prêt à enfreindre les règlements pour elle.

Il sortit et contourna le véhicule.

– On ne m'embarquera pas. Si les flics se pointent, je les écouterai. Et je leur expliquerai. D'ailleurs, on ne restera qu'un petit moment, j'espère ?

Emma acquiesça, prenant la main qu'il lui tendait pour l'aider à descendre. Elle avait mal partout, mais l'idée d'avoir cette arme en sa possession la stimulait.

– En effet. Allons-y.

À l'extrémité de chaque rangée de box était peinte une lettre bien visible. Emma et David se dirigèrent vers le G. Grâce aux réverbères, elle distinguait toute la rangée, de bout en bout. Pas un chat en vue. Cela ne l'empêcha pas d'éprouver de l'appréhension, tout en claudiquant auprès de David vers le box 14.

– C'est celui-là, annonça-t-elle en s'arrêtant devant un portail en tôle ondulée.

Elle introduisit la clé dans la serrure du n° 14, la tourna. Le portail était basculant, mais pas automatique, et Emma avait oublié qu'il fallait le soulever pour enclencher le mécanisme. Elle hésita une seconde, songeant à ses points de suture. Puis elle se rappela sa résolution de la veille – prouver à David qu'elle ne se vautrait pas dans la victimisation. Elle se bagarrait.

Si elle pouvait se servir d'une arme, elle pouvait ouvrir ce fichu machin.

Elle respira à fond, se pencha et saisit la poignée.

– Hé, pas si vite, dit-il. Qu'est-ce que tu fabriques ? Laisse-moi faire.

– Je vais y arriver.

– Chérie, je suis là. Laisse-moi faire.

Il l'écarta doucement, et manipula la poignée. Le portail se souleva avec un bruit métallique. Emma appuya sur l'interrupteur, près de l'entrée, et une ampoule éclaira chichement l'intérieur du box. Le cœur d'Emma se serra. C'était pire que dans son souvenir. Pourquoi ai-je conservé tout ce fatras ? songea-t-elle.

À l'époque du remariage de sa mère, elle avait jugé raisonnable – et même indispensable – de se cramponner aux souvenirs de son enfance, dont Kay semblait vouloir se débarrasser. Mais à présent, en voyant tous ces cartons bourrés de jouets, un cheval à bascule cassé, des assiettes bizarres, un équipement de camping moisi, des films vidéo, elle se demandait si elle était prête, elle aussi, à se délester du passé pour entamer sa nouvelle vie d'épouse et de mère sans traîner ces pesants bagages.

– Seigneur, regarde-moi ces cochonneries, dit David.

Elle se hérissa.

– Ce ne sont pas des cochonneries.

– J'ai prononcé ce mot ? la taquina-t-il. Je voulais dire : trésors. Regarde tous ces trésors.

– C'est mieux, répondit-elle avec un sourire.

– Comment tu comptes dénicher quoi que ce soit là-dedans ?

– Je connais la place de chaque chose. Simplement, ne reste pas dans mes pattes.

Elle s'avança et commença sa recherche. Elle déchiffra toutes les étiquettes, enjamba des tapis roulés et des raquettes de tennis pour atteindre le fond du box. Elle devrait malgré tout déplacer deux ou trois cartons pour trouver celui qu'elle voulait. Elle en soulevait un sur lequel était inscrite la mention « linge », quand David s'exclama :

– Ne touche pas à ça, tu vas arracher tes points de suture.

Il se dirigea vers elle dans le local encombré.

– Donne-moi ça. Je vais m'en occuper, qu'on puisse partir d'ici.

Immobile au milieu de sa collection de souvenirs, d'aspect certes piteux, Emma se sentit bousculée par l'impatience de son mari.

– David, arrête. Je veux faire ça à mon rythme. Je ne porterai pas de poids, promis. Mais... laisse-moi faire.

Il la dévisagea d'un air sceptique, constata qu'elle était déterminée.

– D'accord, j'attendrai à l'entrée. Mais si tu as un carton trop lourd à bouger, appelle-moi, je m'en chargerai.

– Très bien. Maintenant, file.

Elle se mit à déplacer les cartons, un par un, les soupesant et soulevant uniquement les plus légers, tandis que David retournait vers le portail. Elle dénicha le carton qu'elle cherchait au bas d'une pile.

– Papa, lut-elle sur l'étiquette.

Elle le posa sur une petite tour d'autres cartons pour pouvoir le fouiller sans avoir à se pencher. Quand elle l'ouvrit, le parfum ténu de l'after-shave paternel lui chatouilla les narines. Elle entreprit de trier les objets familiers, depuis longtemps oubliés. Une vieille montre-bracelet qui ne marchait plus. Un chapeau de pêche en toile et un recueil d'essais de H.L. Mencken où étaient encore glissés des feuillets de papier à lettres pour marquer les pages préférées de son père. Le petit télescope qu'ils emportaient toujours quand ils campaient. Si la nuit était claire, ils s'installaient au bord d'un lac ou d'une rivière et contemplaient les constellations dans le ciel. Il y avait également une photo encadrée du père et de la fille, brandissant un chapelet de poissons. Elle étudia le cliché, leurs sourires réjouis, innocents.

Soudain elle entendit David gémir et marmotter un juron.

– Qu'est-ce qu'il y a ?

– Je me suis cogné l'orteil contre ces précieux chenets que tu as cachés ici, ronchonna-t-il.

Emma sourit.

– Navrée. Ça fait mal ?

– Plutôt. Maintenant, on sera deux à boiter.

– Si ça peut te consoler, sache que ces chenets ont vraiment de la valeur.

– Oh, je me sens beaucoup mieux. Je vais les cogner avec l'autre pied pour voir si je réussis à me casser un deuxième orteil.

– Tu n'es qu'un bébé, s'esclaffa-t-elle. Appuie-toi contre le mur ou assieds-toi. J'ai trouvé le carton. Je n'en ai plus pour longtemps.

Dépêche-toi, se dit-elle, ne lambine pas. Tu feras ton pèlerinage du souvenir une autre fois. Elle écarta ce qui restait dans le carton et là, au fond, dans un holster d'épaule en suède moisi, elle découvrit le vieux pistolet Smith & Wesson double action. Elle esquissa un sourire – elle aimait tellement regarder son père boucler le holster, il ressemblait aux shérifs des films de cow-boys qu'ils regardaient ensemble sur la chaîne Western. Lui aussi aimait ça, pour la même raison. À côté du holster, une bourse également moisie abritait les balles. Emma était certaine que l'arme n'était pas chargée. Mitchell Hollis déchargeait scrupuleusement le pistolet dès qu'ils le manipulaient. Cependant il lui avait appris à le recharger et, à présent, ses nombreuses démonstrations lui revenaient en mémoire.

À l'extérieur du box, elle entendit David gémir de nouveau, puis un choc sourd comme si quelque chose était tombé sur le bitume. J'espère qu'il ne s'est pas cassé cet orteil, se dit-elle. Elle extirpa quelques balles de la bourse tachée, prit le holster et, pointant le canon vers le sol, déboucla l'étui pour en sortir l'arme. Elle fit tourner le barillet, ainsi que son père le lui avait enseigné. Effectivement, les chambres étaient vides. Elle y introduisit les cartouches puis, à deux mains, rebloqua soigneusement le barillet. Elle avait l'impression que Mitchell Hollis était juste à côté d'elle dans ce local poussiéreux, et qu'il lui expliquait une fois de plus comment manipuler l'arme.

– David ! lança-t-elle d'un ton triomphant. Je suis parée.

Elle saisit le holster et la bourse, avant de jeter tout le reste dans le carton. Puis elle pivota.

Sur le seuil du box, Lyle Devlin la regardait fixement.

Emma poussa un cri.

Les halogènes se reflétaient sur les lunettes à monture d'acier de Devlin et leur lumière auréolait ses cheveux grisonnants coiffés en brosse. On distinguait ses poings serrés dans les poches de sa veste.

– Monsieur Devlin... Que faites-vous ici ? Où est mon mari ?

Elle s'efforçait de paraître calme et maîtresse d'elle-même, mais elle percevait la panique dans sa voix.

– Je croyais vous avoir demandé de ne pas vous mêler de mes affaires.

– Je n'ai rien à vous dire, répondit-elle.

Son cœur cognait. Sa main moite était crispée sur la crosse du pistolet pointé vers le sol, dissimulé.

– D'abord, vous lâchez les flics contre moi. Ils viennent me demander des comptes, où j'étais quand ça vous est arrivé. En insinuant que je suis coupable. Je leur ai dit que je ne vous gardais pas rancune. J'ai menti. Je leur ai dit que, si Ivy est morte, c'était ma faute.

Emma soutint son regard qui étincelait ; elle resta silencieuse, l'estomac noué. Où était David ?

– Mais ça ne vous suffisait pas, hein ? continua-t-il. Il vous fallait prouver que j'étais coupable. Comme vous ne parveniez pas à vos fins avec les flics, vous avez décidé de passer à l'action. Et aujourd'hui, vous avez débarqué chez moi pour voir ma femme. À cause d'une espèce de dessin dans le cahier de ma fille, vous m'accusez d'être un monstre, pas un père.

– Allez-vous-en. David !

– Vous me persécutez. Vous me traquez. Et maintenant vous vous étonnez que je sois ici ?

– Je n'ai pas...

Soudain, il sortit les mains de ses poches et agrippa la poignée du portail, au-dessus de sa tête.

– Qu'est-ce que...

Elle entendit le grincement du portail qui commençait à descendre.

– Non, arrêtez ! s'écria-t-elle, trébuchant sur les cartons et les objets qui lui barraient le passage.

Devlin secouait le portail qui était à hauteur de sa taille. Dans un instant, il le fermerait et Emma serait prisonnière.

Irait-il jusqu'à l'enfermer là-dedans ?

– Arrêtez !

– Profitez bien de votre séjour, sale garce.

Emma ne voyait plus que la partie inférieure de ses jambes. Empoignant l'arme de son père, elle visa les tibias de Devlin. Ses bras tremblaient. Elle s'efforça de les contrôler, pria pour que ce vieux pistolet fonctionne encore, et tira.

Un horrible hurlement retentit. Elle vit Devlin s'écrouler, serrant son tibia fracassé et glapissant de douleur.

Emma se précipita pour coincer son cheval à bascule sous le portail qui s'abaissait.

– Salope ! braillait Devlin.

Emma rempocha le pistolet, agrippa le portail avec un gémissement de souffrance et entreprit de le relever. Puis elle sortit en titubant. Devlin se tordait sur le bitume de l'allée. Elle dut lutter contre la tentation de lui mettre une autre balle dans le corps.

Elle entendit un autre grognement, se tourna et découvrit David affalé par terre.

– David !

Elle s'agenouilla, tenta de le prendre dans ses bras. Il réussit tant bien que mal à se rasseoir. Il se palpait le crâne.

– Tu saignes...

Il regarda sa main.

– Qu'est-ce qui s'est passé ? bredouilla-t-il.

– Devlin. Il voulait m'enfermer dans le box.

– Bonté divine, je ne l'ai même pas vu arriver. J'étais là, je te regardais fouiner dans ce bric-à-brac. J'ai entendu quelque chose derrière moi, je me suis retourné et... vlan. J'ai reçu un coup à assommer un bœuf. Il m'a mis K.O.

Avec précaution, il tâta les gravillons plantés dans sa blessure.

– J'ai dû m'écorcher la tête en tombant. Et toi, ça va ? enchaîna-t-il en scrutant Emma. Il t'a fait mal ?

– Je lui ai tiré dessus.
– C'est vrai ?
Il lui étreignit les bras. Il avait les yeux écarquillés.
– Il est là-bas. Je lui ai mis une balle dans le genou.
David considéra la silhouette qui se tordait sur le sol en beuglant de douleur. Sur son visage, l'horreur céda la place à la jubilation. Il attira Emma contre lui.
– Bravo. Ce fumier ne l'a pas volé. Allez, en marche.

24

La maison des Devlin était plongée dans l'obscurité, à l'exception d'une lumière derrière les volets d'une fenêtre. Dans l'allée était garé un minivan bleu. Joan Atkins frappa résolument à la porte.

– Madame Devlin ! C'est le lieutenant Atkins et l'inspecteur Marbery.

Silence. Elle tambourina de nouveau contre le battant.

Le silence se prolongea, puis Risa Devlin apparut sur le seuil.

Était-ce bien la femme qu'elle avait rencontrée lors de sa précédente visite ? songea Joan, stupéfaite. Risa Devlin portait une veste noire boutonnée jusqu'au cou, ceinturée à la taille. Ses mèches blondes bouclaient toujours de façon séduisante autour de son visage, mais elle était pâle et son regard avait la dureté du silex.

– Que voulez-vous ?

– Vous parler. Votre mari a été blessé par balle. Il est à l'hôpital, en garde à vue.

Les yeux de Risa s'arrondirent.

– On lui a tiré dessus ?

Joan nota qu'elle ne demandait pas qui lui avait tiré dessus, s'il était grièvement blessé ou s'il se rétablirait. Les questions habituelles.

– Sa vie n'est pas en danger, déclara Joan, lui expliquant malgré tout la situation. Il a reçu une balle dans le genou. Pourrions-nous entrer un moment pour discuter ?

– Alors il va guérir, dit Risa d'un air vaguement désappointé.

– Oui. Pour l'instant il est au bloc opératoire, on lui retire le projectile et on lui répare le genou.

Risa haussa les épaules.

– Vous n'avez qu'à entrer. Mais je suis en train de faire les bagages et il faut que je continue. On doit partir pour l'aéroport.

Sur quoi, elle pivota, laissant la porte entrebâillée. Joan et Trey Marbery la suivirent à l'intérieur. Effectivement, trois valises étaient posées par terre dans le vestibule.

– Où allez-vous ? interrogea Joan.

– Je retourne dans le Wisconsin, auprès de ma famille. Mon père et mes frères vivent là-bas. Avec eux on sera en sécurité. Quand je leur aurai raconté...

Elle n'acheva pas sa phrase, se campa au pied de l'escalier et appela :

– Alida ! Tu es prête ?

– Presque. J'arrive, répondit la jeune fille d'une voix sourde, comme si elle avait pleuré.

– Vous vous êtes disputés, votre mari et vous ? demanda Joan.

– Comment vous le savez ?

– Votre mari a été blessé par le Dr Webster. Il était furieux qu'elle soit venue vous voir hier. Il l'a menacée et elle lui a tiré dessus.

– Il a blessé le Dr Webster ?

– Non, heureusement. M. Webster, lui, a récolté quelques plaies et bosses sans gravité. Mais dès que votre mari sera en état, nous désirons l'interroger à propos des autres agressions qu'a subies le Dr Webster.

Les yeux bleus de Risa s'écarquillèrent d'horreur ; elle chercha à tâtons la rampe d'escalier, s'assit lourdement sur les marches.

– Vous pensez que c'est lui qui a tenté de la tuer ?

– Nous l'ignorons. Ce soir, le Dr Webster nous a signalé que votre mari travaille dans le bâtiment en face de la gare, où on a voulu la pousser sur les rails. Jusqu'ici, nous n'avons pas retrouvé l'étudiante à qui il aurait prétendument, à cette heure-là, donné un cours. Quant à la première tentative de meurtre, c'est vous qui lui avez fourni un alibi pour cette nuit-là. Vous avez confirmé sa déclaration – il était ici en train de regarder un film italien. Était-ce la vérité ?

Risa Devlin soupira.

– Je me souviens vaguement d'avoir vu ce film. Mais je ne jurerais pas que c'était ce soir-là.

– Où louez-vous vos films ? intervint Trey.

– Chez Blockbuster. Le vidéoclub dans Shelby.

– Ils auront la date de la location.

– Ça ne nous indiquera pas quand ils se sont passé le film, objecta Joan.

– On saura au moins s'ils l'ont rendu le lendemain.

Joan acquiesça.

– Vous vérifiez ?

– Bien sûr. Tout de suite ?

– Dès que nous aurons fini ici, décida Joan. Madame Devlin, pour quelle raison le Dr Webster est-elle venue vous voir aujourd'hui ? Vous vous rappelez ?

Risa opina, promenant son regard alentour, comme si elle s'efforçait de reconstruire quelque chose dans son esprit.

– C'était au sujet de... – elle jeta un coup d'œil anxieux au palier, en haut des marches. N'en parlez pas à Alida. Elle en a subi assez pour la journée.

– Il nous est nécessaire de savoir de quoi vous avez discuté avec le Dr Webster.

Risa considéra Joan avec circonspection.

– Elle ne vous a pas expliqué ?

– Pas sans votre autorisation. Secret professionnel.

Risa parut réfléchir, avant de secouer la tête.

– Je ne dirai rien de plus. Ma fille n'a vraiment pas besoin que toute cette histoire soit étalée dans les journaux. Non. On s'en va. Alida ! Descends, il faut partir.

– Madame Devlin... Vous ne pouvez pas vous enfuir. Si vous savez pourquoi votre mari s'en est pris au Dr Webster, vous serez obligée de nous le révéler. En réalité, vous aurez à témoigner au tribunal.

– Qu'est-ce qu'il a fait, papa ? demanda une petite voix.

Tous levèrent les yeux. Alida, en sweatshirt trop grand, les paupières rougies, était figée en haut des marches, chargée d'un sac à dos et d'un sac de voyage.

– Viens, chérie, dit Risa. Ne t'occupe pas de ça. On s'en va.

Alida ne bougea pas.

– Qu'est-ce qui s'est passé ?

– Ton père est à l'hôpital, répondit Risa. On lui a tiré dessus.

– À cause de moi ? balbutia Alida qui pâlit.

– Non, mon cœur, bien sûr que non.

– Qu'est-ce qui vous fait penser ça, Alida ? interrogea Joan.

Alida secoua la tête.

– Les deux docteurs sont partis, et puis mes parents se sont terriblement disputés. Mon père criait contre ma mère.

– Bon, ça suffit, coupa Risa. N'ajoute rien.

La jeune fille fixa sur sa mère un regard dépité.

– Tu m'as dit de ne pas avoir honte. Que je n'étais pas coupable. Ni Ivy.

– Coupable de quoi ? demanda Joan.

Alida quêta la permission de sa mère, son soutien.

– Non, mon cœur, tu n'es pas coupable, murmura Risa.

– Que s'est-il passé, Alida ? dit Joan avec douceur.

L'adolescente, qui avait descendu la moitié des marches, avait l'air d'un ange blond dépenaillé, nimbé par la lumière du palier. Sa petite voix chevrotait, mais ses paroles étaient nettes.

– Mon père a fait des choses. À moi. D'après lui, il voulait que je sache comment m'y prendre quand j'aurais un copain pour de bon.

Joan Atkins tressaillit, effarée par cette révélation, par le sens de cette justification imbécile à la perversité. Seigneur, il y avait tant d'hommes lamentables en ce monde. Tant d'hommes prêts à tout pour obtenir ce qu'ils voulaient et qui se fichaient éperdument de leur victime. Mais... et sa femme ? Pourquoi n'avait-elle pas vu ce qui se déroulait sous son nez, pourquoi n'avait-elle pas réagi ?

Comme en réponse aux interrogations de Joan, les épaules de Mme Devlin se voûtèrent.

– Mes deux petites filles. Il a fait ça à mes deux petites filles. Mon Ivy s'est affamée. Elle essayait de... disparaître. C'est ce qu'a dit le Dr Webster. Disparaître. Ivy essayait de... lui échapper. Quand je l'ai emmenée au Centre, le Dr Webster a tenté de m'expliquer ce que ça signifiait, mais je n'y ai pas cru.

Risa secouait la tête, désespérée.

– Ce soir, il est arrivé avec cet air supérieur, il me regardait de haut. Mais on m'avait montré le dessin de ma fille à l'école. Ils me l'ont montré. Et ça m'a éclairée. J'ai enfin compris. Il avait continué. Il s'en est pris à Alida. Comment j'ai pu être aussi aveugle ?

Elle sanglotait. Alida descendit les marches quatre à quatre, son sac rebondissant derrière elle. Elle entoura de ses bras les épaules de sa mère et appuya son visage contre la veste noire.

– Ne pleure pas, maman. On va chez grand-père, maman, comme tu as dit. Dépêche-toi. Il faut partir avant qu'il revienne.

Risa étreignit sa fille et fixa un regard implorant sur Joan.

– Laissez-moi l'emmener loin d'ici. Je vous en prie.

– J'ai besoin de vous pour l'enquête.

– Je reviendrai. Vous pourrez me téléphoner. Mais je dois mettre ma fille à l'abri. Il n'est pas question de rester dans cette maison. Pour avoir fait ça, à ses deux enfants, il est complètement fou. Et ensuite... cette pauvre femme.

Risa frissonna. Joan l'observait pensivement.

– J'ai besoin d'une déposition. Écrite et signée. Ça ne sera pas long. Ensuite vous pourrez partir.

– D'accord.

– Ce ne sera pas fini, vous le comprenez. Je serai obligée de vous interroger de nouveau.

– Je comprends, dit Risa d'un ton solennel.

– Très bien. On rédige votre déposition le plus vite possible, ensuite je demanderai à un policier de vous conduire à l'aéroport. Verriez-vous un inconvénient à ce que mes hommes fouillent votre maison et examinent le disque dur de vos ordinateurs ?

Risa regarda autour d'elle, le foyer qu'elle avait tenté de construire. Elle quittait cette maison et espérait ne jamais y remettre les pieds.

– Faites comme chez vous, dit-elle.

Les journalistes appelaient sans arrêt, si bien que David finit par laisser le téléphone décroché. On ne parlait que de ça à la télévision, à la radio. Le Pr Lyle Devlin, de Lambert University, avait été blessé et se trouvait actuellement en salle d'opération. La police comptait l'interroger sur l'agression d'Emma Webster et le meurtre du chasseur Claude Mathis dans les Pine Barrens ; on l'accusait aussi d'avoir sexuellement abusé de ses deux filles. Emma suivit les journaux télévisés, d'abord curieuse, puis littéralement hypnotisée, jusqu'à ce que David éteigne le poste.

– Comment a-t-il pu ? marmonna-t-elle.

– C'est un malade. Mais je ne t'apprends rien, c'est toi la psy.

– Je n'arrive pas à comprendre cette mentalité. J'ai beau essayer... S'attaquer à ses propres enfants alors qu'ils n'ont pas les moyens de résister. Se servir d'eux de cette façon. Les détruire. C'est presque pire qu'un meurtre. Un spécialiste dans ce domaine qualifie ça de « meurtre de l'âme ». Ça me paraît très juste.

– Tu as tenté de les prévenir. Ce type est le diable.

– On ne peut jamais véritablement surmonter une chose pareille, continua Emma. La notion même de confiance devient... risible. Si ton propre père se comporte envers toi de manière aussi égoïste et cruelle...

– Je suis d'accord. C'est horrible. Mais tu as stoppé tout ça avec ton Smith & Wesson, ce dont il faut se féliciter.

Elle effleura le crâne bandé de David.

– Tu as raison. Comment tu te sens ?

– D'un côté, j'ai une migraine atroce. Mais, ajouta-t-il en souriant, d'un autre côté, j'ai complètement oublié mon orteil.

Elle lui prit la main, l'embrassa. Tous deux étaient sur le canapé, en peignoir, les restes de la pizza qu'ils avaient commandée encore dans la boîte sur la table basse.

– Et toi ? Tu te sens mieux ? demanda-t-il.

– Ça vient doucement.

Soudain, on frappa à la porte. Emma se recroquilla dans le coin du divan, resserrant le col de son peignoir. David se leva.

– Ils n'abandonnent jamais. Je vais me débarrasser d'eux, dit-il d'un ton las.

Il alla entrebâiller la porte. Emma entendit des voix, puis David ouvrit. Joan Atkins s'avança dans le vestibule, vêtue d'un imperméable gris en microfibre sur son tailleur. Elle vit Emma dans le salon.

– Comment allez-vous, Emma ?

– Mieux, merci.

– J'imagine que vous avez écouté les nouvelles. À cette heure-ci, on est en train d'opérer Devlin du genou. Sa femme et sa fille sont en route pour l'aéroport, elles partent rejoindre la famille maternelle dans le Midwest. Nous mettrons Devlin en état d'arrestation dès qu'il sera sorti de la salle de réveil. Dans la nuit, je suppose.

– Et s'il nie tout ? suggéra Emma.

– Nous avons suffisamment de preuves pour le boucler. Nous avons découvert dans le disque dur de ses ordinateurs qu'il avait de nombreux contacts avec des mineures. Sa fille a juré par écrit avoir subi des abus sexuels. Sa mère la soutient.

– Et les agressions qu'a subies Emma ? dit David.

– Eh bien, nous allons évidemment l'interroger à ce sujet, répondit prudemment Joan.

– Vous avez des doutes ? rétorqua David.

Joan le considéra pensivement. De fait, il avait une excellente raison d'en vouloir à Devlin. Ce pansement sur son crâne et la tentative d'enfermer sa femme dans le box de stockage étaient des motifs suffisants. Cependant elle trouvait sa hâte à accuser Devlin un peu trop... commode.

– Malgré tout, ce soir, Devlin n'a pas posé la main sur votre femme.

– Celle-là, c'est la meilleure, s'indigna-t-il. Il a tenté de l'enfermer. Et moi, il m'a assommé, ajouta-t-il en palpant précautionneusement sa tête.

– Je sais. Mais jusqu'ici nous n'avons pas relié cela aux autres agressions.

– Je vous ai signalé que l'école de musique est juste en face de la gare, dit Emma.

– Je n'ai pas oublié.

– Et les lettres anonymes que j'ai reçues ? Y a-t-il un rapport avec Devlin ?

– Nous ignorons qui est l'auteur de ces lettres. L'enquête suit son cours. Il est possible que Devlin devienne notre principal suspect.

– Il me remplacera, ironisa David, lugubre.

Joan prit une grande inspiration.

– Ce n'est pas la raison de ma présence.

Emma la dévisagea.

– Bien que le Pr Devlin ne l'ait franchement pas volé, Emma, vous lui avez tiré dessus avec une arme mortelle. Une arme à feu illégale, de surcroît.

– Une arme mortelle... ! répéta David, outré. Après ce qu'elle a subi ?

– Vous n'avez pas de permis de port d'armes valide.

– Que voulez-vous dire ? balbutia Emma soudain très pâle. Vous m'arrêtez ?

Joan lui sourit.

– Non. Cela me surprendrait que l'on vous accuse de tentative de meurtre. À mon avis, ce sera considéré comme un cas de légitime défense.

– Au moins le système n'est pas complètement détraqué, commenta David.

– Vous comparaîtrez tout de même devant le juge pour acte délictueux et vous aurez probablement à payer une amende. Dans l'immédiat, je suis là pour confisquer l'arme.

– Mais j'ai besoin de ce pistolet, protesta Emma.

– Vous n'avez pas de permis.

– Il appartenait à mon père. Je refuse de m'en séparer.

– Vous le récupérerez un jour ou l'autre.

Emma leva les yeux vers David, comme pour lui demander d'intervenir. Puis elle se souvint qu'elle s'efforçait de ne pas se comporter de la sorte. Ne pas se délester de son fardeau sur lui. Elle poussa un soupir.

– D'accord, lieutenant.

Elle s'extirpa du canapé et se dirigea vers le bahut Stickley de la salle à manger. Elle y prit le pistolet, qu'elle avait déchargé lorsqu'ils étaient rentrés à la maison. Elle remit le holster dans le meuble et tendit l'arme au lieutenant.

– Merci, dit Joan. Maintenant, essayez de vous reposer. Je crois que ce pistolet a rempli son rôle.

Emma la raccompagna jusqu'à la porte, la regarda s'éloigner puis regagna le salon. David ramassait les croûtes de pizza et fourrait les assiettes en carton dans la boîte.

– Ce n'est pas juste, dit-elle.

– Sans blague, railla-t-il. Mais, en un sens, je suis soulagé. L'idée que tu trimballais ce pistolet ne me plaisait pas. Même si, je l'avoue, tu t'en es drôlement bien servie ce soir.

– Merci, répondit-elle en souriant.

Elle l'aida à ranger les serviettes et les verres.

– Pourquoi tu ne me laisses pas terminer ? suggéra-t-elle. Tu as mal à la tête.

– Je vais bien. Mais je crois que je ne tarderai pas à me coucher.

Ensemble ils emportèrent les vestiges de leur repas dans la cuisine et les jetèrent à la poubelle.

– Maintenant, une bonne douche, déclara David. Quant à toi, ajouta-t-il en pointant le doigt vers elle, plus d'infos à la télé.

Emma le suivit de nouveau dans le salon et alluma le téléviseur.

– Plus d'infos, promis. Je regarde Discovery Channel, dit-elle, se rasseyant devant l'écran où glissaient des requins, tandis que le présentateur s'extasiait sur les prodiges de la Grande Barrière de Corail. Ne mouille pas ton pansement, conseilla-t-elle à son mari.

Celui-ci lui fit un clin d'œil et se dirigea vers la salle de bains. Un moment après, Emma entendit l'eau couler. Elle hésita, se redressa, décrocha le téléphone et composa le numéro de Burke. Au bout de six sonneries, le répondeur s'enclencha. Elle attendit la fin de l'annonce, puis :

– Burke, c'est Emma. Euh... rappelle-nous à ton retour. La police a arrêté Devlin.

Elle raccrocha et reprit sa place sur le canapé. Sur l'écran de télé, même les plus éclatants des poissons tropicaux paraissaient ternes. Et les requins semblaient piégés dans ce petit carré bleu, comme prisonniers d'un sinistre aquarium. Elle éteignit le poste et envisagea de se lancer dans la longue ascension jusqu'à leur chambre. Ce matin, elle avait descendu l'escalier, tant bien que mal. Et elle préférait vraiment se réinstaller dans cette chambre, même si toutes ces marches la décourageaient.

Vas-y, essaie. N'attends pas qu'il te porte là-haut. Essaie.

Elle inspira à fond et commença à monter. Elle atteignait la quatrième marche lorsque le téléphone sonna. David était encore sous la douche. Inutile de l'appeler pour qu'il prenne la communication. Mais elle n'avait pas non plus envie de redescendre. C'est peut-être Burke, se dit-elle. Ou alors, plus vraisemblablement, un autre journaliste. Si c'est Burke, quand je reconnaîtrai sa voix, je clopinerai jusqu'au téléphone. Après plusieurs sonneries, un homme déclara :

– David, ici Bob Cheatham. Je regrette infiniment d'avoir loupé notre interview l'autre jour. Il y a des problèmes de postproduction sur mon film, on avait besoin de moi en Californie sans délai. Mais j'ai une dette envers vous, et je compte bien me racheter la prochaine fois que je serai à New York. Merci pour votre compréhension.

Fin du message.

Emma demeura immobile, les yeux rivés sur le téléphone. Ensuite, lentement, elle redescendit les marches.

Quelques minutes plus tard, David reparut dans le salon. Il se séchait les cheveux.

– Je suis crevé, dit-il à Emma, assise sur le canapé devant la télé éteinte. Mais... je croyais que tu allais te coucher. On dort en haut ou en bas ? Si tu veux passer la nuit dans notre chambre, je serai ravi de te porter dans mes bras.

Elle ne répondit pas, évitant son regard.

– Chérie, qu'est-ce que tu as ? Tu as l'air... malade.

Emma considéra ce visage rasé de frais, rougi par l'eau chaude, ces cheveux humides et dépeignés. David avait l'air sincère et innocent. Les apparences pouvaient être trompeuses, songea-t-elle.

– Nous avons eu un coup de fil pendant que tu étais à la salle de bains.

– Tu ne devrais pas répondre. C'est pour ça que j'avais laissé le téléphone décroché, tout à l'heure. Ces gens ne nous lâcheront pas.

– C'était Bob Cheatham.

Les traits de David se crispèrent. Pinçant les lèvres, il s'assit dans un fauteuil vis-à-vis du canapé.

– Ah...

– Il disait à quel point il était désolé d'avoir annulé votre rendez-vous de l'autre jour.

David soupira.

– Où étais-tu si tu n'es pas allé à New York ? demanda-t-elle d'un ton froid.

Il écarta les mains comme pour mieux prouver sa bonne foi.

– Je suis bien allé à New York. J'ignorais qu'il annulerait. Je l'ai su au restaurant.

Elle se remémora la frayeur qu'elle avait éprouvée à son retour à la maison, après sa visite au magasin Kellerman. Le vent qui hurlait, l'infirmière partie. Et elle tellement terrorisée qu'elle avait fini par appeler la police à cause d'une fenêtre ouverte et d'une porte qui claquait.

– Alors tu y es resté pour déjeuner ? interrogea-t-elle amèrement.

– Non. Bien sûr que non. Nevin m'a contacté au restaurant. Il m'a annoncé que Cheatham ne viendrait pas et m'a confié une autre interview. Un romancier français, insaisissable, qui quittait le pays le lendemain. Nevin voulait que je l'attrape au vol. J'ai dû sauter dans un taxi et le rejoindre au Village.

Emma le regardait fixement.

– J'étais à New York, Emma. Je ne pouvais pas refuser, il fallait que j'accepte ce reportage. Nevin avait besoin que je le remplace.

Elle se leva, resserra la ceinture de son peignoir.

– Je vais me coucher.

– Emma...

Elle se tourna vers lui.

– Pourquoi tu ne me l'as pas dit, tout simplement ? Pourquoi mentir ?

– Parce que je savais que tu aurais cette réaction. J'étais certain que tu le prendrais mal. Tu ne voulais pas que j'y aille. Si je t'avais raconté que j'avais accepté une autre interview au lieu de rentrer au triple galop...

Elle ne répliqua pas. Elle se dirigea lentement vers la chambre du rez-de-chaussée, où elle ôta son peignoir qu'elle posa au pied de son lit, avant de se glisser précautionneusement sous les couvertures. Elle entendit David tourniquer, vérifier que tout était verrouillé et éteindre les lumières.

Un moment plus tard, il pénétra dans la pièce et retira également son peignoir. Il éteignit la lampe, s'assit doucement sur le lit, près d'Emma. Elle roula sur le côté, lui tournant le dos. Dans le noir, on n'entendait que leur respiration.

– J'aurais dû te le dire.

– Oui, tu aurais dû.

Il lui effleura l'épaule, mais elle s'écarta.

– Emma, ça paraît stupide, j'en conviens, mais je croyais te ménager.

– Tu mentais, David. S'il te plaît, lève-toi. Ton poids sur le matelas, ça me fait mal.

David poussa un soupir, se redressa, la contempla longuement. Puis il contourna le lit.

– J'avais l'intention de t'avouer la vérité dès mon retour à la maison. Je me figurais que tu étais en sécurité avec l'infirmière et que j'aurais juste à t'expliquer que mon planning avait été modifié. J'étais convaincu que tu comprendrais. Tu n'es pas le genre de femme qui pique une crise à cause d'un changement de planning. Sinon, je ne t'aurais pas épousée. Alors, oui, j'avais l'intention de tout te dire.

Emma gardait le silence.

– Mais quand je t'ai retrouvée chez Burke, quand j'ai appris que l'infirmière était partie, je me suis senti coupable. Penser que tu étais restée ici toute seule... Effrayée. Je n'ai pas voulu aggraver encore les choses en te racontant que j'avais fait une autre interview.

– Tout ça, ce sont des prétextes.

David s'allongea sur le dos, scrutant le plafond.

Au bout de quelques minutes de mutisme, Emma le regarda.

– Eh bien ? À quoi tu penses ?

– Que tu as raison. Voilà ce que je fais, je me cherche des excuses. N'importe quoi, sauf dire la vérité. Je crains que ce soit ma personnalité, Emma, ajouta-t-il d'une voix sourde. J'ai essayé de te dire que tu commettrais une erreur en m'épousant. Je savais que tu le regretterais.

Emma lui tourna de nouveau le dos.

– Je n'ai pas dit que je regrettais de m'être mariée avec toi.

Ils étaient là, tendus, côte à côte dans leurs lits jumeaux ; au bout d'un moment, David se redressa sur un coude, toucha timidement le bras d'Emma. Elle ne le repoussa pas.

– Tu ne sais pas à quel point j'ai besoin de toi, murmura-t-il. Plus que tu l'imagines. Je m'efforcerai d'être le mari que tu espérais. Je ne te garantis rien, mais j'essaierai. Et, au moins pour ce soir, l'essentiel est résolu. On a arrêté le type qui a tenté de... te faire du mal.

– Le lieutenant Atkins n'a pas dit ça.

– C'est ce Devlin. Forcément. Maintenant, j'ai la certitude que tu es en sécurité.

– Peut-être.

– Tu ne risques plus rien. C'est fini, à présent. Tu verras.

De nouveau elle ne répondit pas. Il se recoucha et, bientôt, sa respiration se fit régulière. Comme si tout allait pour le mieux dans leur univers. Sa satisfaction la rendit furieuse. Ses mensonges oubliés, il dormait tranquillement. Mais pourquoi pas ? Il n'avait pas tort. La police détenait Lyle Devlin. Il n'y avait plus rien à redouter. Pourtant elle gardait les yeux grands ouverts, près de son mari endormi.

25

JOAN ATKINS arriva au poste de police de Clarenceville vers dix heures. Elle fit escale devant le distributeur de café pour remplir son mug, tout en observant l'animation qui régnait dans la grande salle.

Trey était à son bureau. Près de lui, sur une chaise, était perchée une fille au visage triangulaire, affublée de lunettes œil de chat et d'un cardigan turquoise en orlon qu'elle considérait probablement comme le nec plus ultra – autrement dit, elle l'avait acheté d'occasion.

– Bonjour, lieutenant, dit un policier qui passait.

– Bonjour, répondit Joan.

Trey, en entendant sa voix, se leva et s'approcha, une feuille de papier à la main.

– Bonjour. Regardez donc ça.

– Qu'est-ce que c'est, inspecteur ? demanda Joan qui sirotait son café.

Impassible, Trey lui tendait le papier. Joan sourcilla et s'en saisit.

– Il est écrit là que Lyle Devlin a loué ce film italien le soir de l'agression contre Emma Webster, commenta Trey. Il l'a rendu le lendemain.

– D'accord, articula Joan qui ressentit une pointe d'appréhension.

– De plus, vous voyez cette fille près de mon bureau ? Elle s'appelle Olive Provo.

Joan reconnut ce nom.

– L'étudiante dont Devlin est le conseiller pédagogique.

– Il vaudrait mieux que vous lui parliez.

Joan posa son mug de café et se dirigea vers la fille.

– Mademoiselle Provo ? Je suis le lieutenant Atkins de la police d'État. Nous avons eu du mal à vous retrouver. Où étiez-vous ?

– J'ignorais que vous me cherchiez.

– Nous avons interrogé votre camarade de chambre, votre tuteur. Personne ne savait où vous étiez.

Olive roula les yeux.

– Je vais avoir des ennuis ?

– Je n'en sais rien. Qu'avez-vous fait ?

– J'ai passé la nuit avec un gars, d'accord ?

– Ce sont vos affaires. Cela ne me concerne pas.

– Vous comprenez, il est marié. Il est violoniste au Portland Symphony. Je l'ai rencontré là-bas, cet été, j'étais en stage. Et comme il était de passage ici...

Joan interrompit d'un geste le récit de cette palpitante liaison.

– Peu importe, dit-elle.

Olive parut déconfite, se dépeindre en femme fatale lui plaisait bien. Ce n'était pourtant pas un rôle qu'on lui confierait pour sa seule apparence physique.

– Ah... Enfin bref, je n'en ai parlé à personne parce que c'était un secret.

– Nous souhaitions vous poser une simple question : où étiez-vous mardi après-midi entre seize heures trente et dix-huit heures trente ?

La fille sourit ; des fossettes creusaient ses joues et adoucissaient son visage.

– Wouah, c'est cool. On me suspecte ?

– Ce n'est pas une plaisanterie, mademoiselle Provo.

Les fossettes s'évanouirent.

– D'accord, attendez voir. J'étais... à mon cours de travaux pratiques avec le Pr Devlin, à l'école de musique. J'ai entendu dire qu'il avait des problèmes...

– Et pendant ce cours, le Pr Devlin a-t-il quitté la pièce à un moment quelconque ?

Olive réfléchit, et Joan sut avec une désagréable certitude que cette jeune femme allait disculper Lyle Devlin.

– Je répondrais non. Non, non. Je travaille sur un morceau en solo pour le concert de l'hiver. Je joue du violoncelle... et il m'a fait passer un sale moment parce que je n'arrêtais pas de massacrer les huitièmes de ton...

– Accepteriez-vous de signer une déposition à ce sujet, certifiant que vous avez été avec le Pr Devlin pendant tout ce temps ?

Les petits sourcils d'Olive, en forme de virgule, s'arquèrent par-dessus les lunettes.

– Ouais, bien sûr.

– Vous vous occupez de préparer cette déposition, inspecteur ? demanda Joan à Trey Marbery.

– Oui, lieutenant. Désolé, lui chuchota-t-il à l'oreille. Je crois que Devlin n'est pas notre homme.

– Apparemment non.

– Il y a autre chose, ajouta Trey.

– Génial. Quoi donc ?

– Mardi, le sergent de garde a reçu un appel d'une agence d'infirmières. Une de leurs employées avait quitté son travail sans explication. On était allés chez elle, mais elle ne répondait pas. Le sergent leur a expliqué qu'il nous était impossible de rechercher un adulte avant quarante-huit heures. Ils ont donc rappelé ce matin, parce qu'ils n'ont toujours aucune nouvelle de cette femme.

– Marbery, rétorqua Joan avec impatience. Vous savez bien qu'il s'agit d'une affaire locale. Je ne suis là que pour Mme Webster, parce que ce cas implique deux juridictions. Une infirmière disparue...

– Écoutez-moi jusqu'au bout. D'après l'agence, le nom du client était McLean.

– Quel client ? ronchonna Joan, mais ce nom ne lui était que trop familier.

– Rory McLean a payé les émoluments de l'infirmière pour veiller sur sa belle-fille, Emma Webster. C'est là qu'elle a disparu. Chez les Webster. Le sergent n'a pas reconnu le nom de McLean lors du premier coup de fil. Mais il me semble que la disparition de cette infirmière est suspecte. La maison d'Emma Webster est le dernier endroit où elle s'est trouvée, on le sait.

– Merde, marmotta Joan.

– C'est exactement ce que j'ai pensé.

Emma ne s'était endormie qu'à l'aube et n'avait aucune envie d'émerger du sommeil, quand le téléphone sonna. Ouvrant les yeux, elle distingua David dans la pénombre de la chambre-bureau, assis au bord de son matelas, qui parlait tout bas dans le combiné. Puis il raccrocha et se tourna vers elle.

– Ça t'a réveillée ? Je suis désolé.

– Ce n'est pas grave. Qui était-ce ?

– Birdie, elle appelait de l'hôpital. On autorise ma mère à sortir aujourd'hui vers treize heures, et elle a besoin de moi pour la ramener à la maison.

– Je peux t'accompagner ?

– Je ne sais pas si c'est une bonne idée, répondit-il avec douceur. Entre ma mère, le réservoir d'oxygène à roulettes et tout le reste, je risque d'avoir les mains pleines.

– Tu insinues que je serais un embarras.

– Non... Je dis simplement que tu n'as pas récupéré à cent pour cent. Il n'est pas nécessaire que tu arpentes les couloirs de l'hôpital.

– Comme tu veux, rétorqua-t-elle, un brin vexée.

– Tu aimerais l'aider à s'installer, je sais, mais il vaudrait mieux que tu lui rendes visite une fois qu'elle sera de retour dans sa maison, dans son lit. D'accord ?

– Oui, tu as raison.

– Mais il n'est pas question que tu restes seule ici. Pas même une heure ou deux.

– Ça ira. Ils ont arrêté Devlin.

– Non. Jusqu'à ce que nous ayons des certitudes, je refuse de te laisser seule. Hier, je me suis occupé de chercher un garde du corps. J'ai discuté avec un ancien joueur de football qui s'est recyclé dans cette branche. Il habite à vingt minutes d'ici. Il m'a dit que je n'avais qu'à lui téléphoner et qu'il viendrait. Il m'a fourni quelques références, j'ai vérifié. Il a une bonne réputation.

– Tu as fait tout ça ?

– Évidemment. Je te l'avais promis.

– Merci.

Emma le regarda. Dans la lumière matinale, elle se demanda pourquoi elle avait été si furieuse contre lui, la veille. Son mensonge à propos de l'interview était certes... inutile, mais ce n'était tout de même pas une trahison impardonnable.

– Alors, si je l'appelais pour le prévenir que nous avons besoin de lui vers treize heures ? Ensuite je pourrai aller chercher ma mère sans m'inquiéter.

– Écoute, ne t'embête pas avec ça. Je crois que je vais travailler au Centre. Nous sommes jeudi. Cet après-midi j'ai mon groupe d'ados, et je voudrais les voir. Le temps que la réunion se termine, tu auras sans doute ramené Helen chez elle et tu n'auras qu'à passer me prendre. J'irai voir ta maman quand elle sera confortablement installée dans sa maison.

– Au Centre, il faut que tu aies un vigile avec toi. Au cas où.

– D'accord. Au cas où.

Sur le perron de la bâtisse à la façade en brique, divisée en deux logements, où vivait Lizette Slocum, Joan Atkins frappa à la porte pour la dixième fois. La boîte à lettres, fixée au mur à côté de la porte, était bourrée de courrier. Une petite femme charmante, vêtue d'un sweatshirt à col polo, orné de colibris brodés, sortit sur le perron adjacent.

– Ces derniers jours, il n'y a pas eu un bruit chez la voisine, dit-elle.

– Vous connaissez Mlle Slocum ?

– Elle a emménagé il y a seulement quelques mois. Mon mari et moi, on la salue quand on la croise, mais c'est tout.

– Quand l'avez-vous vue pour la dernière fois ?

La femme fronça les sourcils.

– Lundi matin. Elle s'en allait.

– En principe, vous l'apercevez tous les jours ?

– Non, pas tous les jours. Mais une personne qui va et vient, ça s'entend.

– Qui est le propriétaire ?

– Il s'appelle Jarvis. Je vous apporte son numéro de téléphone.

Elle s'engouffra dans sa maison, à l'instant où Trey Marbery se hâtait dans l'allée menant au perron.

– Qu'y a-t-il ? lui demanda Joan.

– Deux de nos policiers ont repéré sa voiture. À la gare routière.

Joan s'écarta de la porte de Lizette et s'appuya contre le mur.

– La gare routière ? Voilà peut-être pourquoi elle est introuvable. Il se peut que Mlle Slocum ait décidé de faire un voyage en bus. Il vaudrait mieux vérifier si quelqu'un se souvient de lui avoir vendu un billet.

La femme aux colibris brodés sur son sweatshirt reparut avec un bout de papier.

– Le numéro du propriétaire.

– Merci. Il aura éventuellement à venir ici pour nous laisser entrer. Il habite loin ?

– La ville voisine.

– Lorsque vous avez vu Mlle Slocum, lundi, vous a-t-elle parlé d'un éventuel départ ?

– Non, elle n'a rien dit. Nous nous sommes juste saluées de la main.

– Elle ne vous a pas demandé de relever son courrier, par exemple ?

– Non. Vous pensez qu'elle est partie en voyage ?

– Je l'espère, dit Joan.

Emma avait pris place dans le cercle de chaises, lorsque Sarita Ruiz fit entrer Rachel, une nouvelle patiente qui n'avait plus ni cils ni sourcils. Emma accueillit gentiment la jeune fille et l'invita à s'asseoir. Elle retrouvait l'énergie de travailler, la volonté de déraciner la souffrance morale qui incitait une jolie fille à se regarder dans un miroir et à arracher de son visage le moindre poil.

Ce jour-là, le groupe comportait six personnes – quatre garçons et deux filles. Kieran était là ; vautré sur sa chaise, il s'obstinait à éviter le regard d'Emma. Au début de la séance, elle commença par détourner les questions sur ses blessures pour orienter fermement la discussion sur leur vie.

– Je voudrais que vous me parliez de l'avenir tel que chacun de vous l'imagine. Les rêves qui, selon vous, ne se réaliseront jamais, mais que vous continuez à nourrir en secret. Finissez cette phrase : dans cinq ans, j'aimerais être...

Les membres du groupe ne se jetaient pas un coup d'œil, trop timides pour exposer des espérances dont les autres risquaient de se moquer.

– Toi, Kieran ? lança Emma. Je sais, par exemple, que tu es un auteur de chansons et un guitariste de grand talent. Quand tu regardes MTV, tu imagines parfois te voir dans un clip vidéo ?

Il ne répondit pas, ne leva pas le nez.

Emma se pencha en avant et, avec sincérité, leur dit :

– Je ne cherche pas à vous mettre, les uns et les autres, en position d'être ridiculisés. Vous savez tous, je crois, que ce n'est pas l'objectif de ce groupe. Chacun de vous a manifesté de façon tangible que le futur le désespérait. Je vous demande de vous projeter dans un avenir qui vous plaise.

– Je serai mort, dit sourdement Kieran.

Emma se tourna vers lui. Seigneur, ce tatouage est abominable, songea-t-elle, s'efforçant de ne pas fixer le troisième œil dessiné sur le front.

– C'est ce que tu imagines ? Et ta musique ? Personne ne l'entendra jamais.

– Si, on jouera ma musique partout. Et on dira : « L'amour tue, le sexe tue, il essayait de nous prévenir. »

L'un des garçons ricana, les autres membres du groupe regardèrent Kieran comme s'il descendait d'une soucoupe volante.

– Pourquoi dis-tu ça, Kieran ? demanda Emma.

– Le sexe est la drogue ultime, répondit-il, jugeant visiblement la question stupide. Tout le monde le sait mais personne ne veut en parler.

Emma promena son regard autour du cercle.

– Quelqu'un souhaite faire un commentaire ?

À cet instant, Rachel, la fille sans cils, leva humblement la main.

– Oui, Rachel ?

– Quelquefois je pense devenir aromathérapeute.

Les garçons se mirent tous à renifler l'air. Et voilà, terminé, soupira Emma.

La séance achevée, Emma longea le couloir menant au bureau de Burke. Geraldine n'était pas à son poste et la porte du bureau était ouverte.

– Burke ?

Pas de réponse. Emma s'approcha, espérant le découvrir dans la pièce, perdu dans ses pensées, ou bien au téléphone, en train d'écouter son correspondant. Mais le bureau était désert. Les branches nues d'un bouleau blanc giflaient les hautes vitres de la baie derrière la table. Pas de manteau pendu à la patère. La lampe banquier n'était pas alllumée. Burke, où es-tu ? Une fraction de seconde, une terrible pensée lui vint à l'esprit. Burke l'avait accompagnée chez Lyle Devlin. Hier soir, quand elle lui avait téléphoné, il n'avait pas décroché. Il ne l'avait pas non plus rappelée. Et si Devlin avait attaqué Burke avant qu'elle lui tire dans le genou ? Et si Burke gisait quelque part, blessé, ou pire ?

Geraldine regagna la réception, un mug de café à la main.

– Geraldine, articula Emma en sortant du bureau directorial.

– Oh mon Dieu, vous m'avez fait peur.

– Burke est là, aujourd'hui ?

– Non. Il a prévenu ce matin qu'il serait absent. Une affaire urgente, à ce qu'il a dit.

– Tant mieux, soupira Emma, soulagée. Du moment que vous lui avez parlé.

– Vous voulez lui laisser un message ?

Emma fit non de la tête puis se dirigea vers le hall. Kieran arrivait, de sa démarche pesante, dans un cliquetis de chaînes et de boucles, ses clés de voiture tintant dans sa main.

– Je suis contente que tu sois venu aujourd'hui, Kieran.

Il s'arrêta et la regarda.

– Euh, ouais.

Emma lui emboîta le pas jusqu'à l'entrée.

– Vous partez, docteur Webster ?

– Oui, je fonctionne encore au ralenti.

– Vous voulez que je vous emmène ?

– Tu conduis ? s'étonna-t-elle – la plupart des jeunes du Centre n'avaient plus de permis à cause de la drogue ou de l'alcool.

– Ouais. J'ai une voiture à moi.

– Eh bien, je te remercie, mais mon mari doit passer me prendre.

– Bon, marmotta-t-il en haussant les épaules.

– Ne roule pas trop vite.

– Je peux pas. Les flics m'arrêtent dès qu'ils me voient.

Emma observa à la dérobée les cheveux fuchsia, le troisième œil tatoué. Pas étonnant qu'on l'arrête.

– Bon week-end, Kieran.

Ne te mets pas en danger, l'exhorta-t-elle en silence.

26

Audie Osmund regarda tour à tour, écœuré, les sachets de plastique pleins de médicaments illégaux, et le jeune homme menotté, soigné et bien habillé, assis face au bureau cabossé en métal vert militaire.

– Farley, vous devriez avoir honte. Vous, un enseignant. Vendre ces saletés à vos propres élèves.

– Je ne..., voulut protester Bob Farley.

– Ne vous fatiguez pas. C'est inutile. On vous a pris la main dans le sac, mon vieux. Cette gamine à qui vous avez vendu ces pilules à l'école de danse, où vous étiez censé jouer les chaperons, est la nièce de mon sergent. On vous avait à l'œil depuis des mois. On a pris notre temps et attendu que vous l'abordiez.

– Vous m'avez tendu un piège. Dès que mon avocat sera là...

– Vous lui avez fait une proposition, il n'y a pas de piège. On va vous retirer de la circulation, et les parents du coin respireront beaucoup mieux.

– Ces gamins trouveront un autre fournisseur.

– Ce doit être triste d'avoir aussi peu d'amour-propre. Gene ! cria Audie à son sergent. Viens chercher ce fumier. Je ne supporte plus de l'avoir sous les yeux.

Gene Revere, impeccable dans son uniforme kaki, pénétra dans le bureau d'Audie et enfonça sa matraque dans le flanc de Farley pour l'obliger à se lever.

– Allez, allez... Il y a cette femme qui veut vous parler, dit-il à Audie. Celle qui a vu le mari au chalet des Zamsky.

Audie se redressa dans son fauteuil.

– Mme Tuttle ?

– C'est ça.

– Envoie-la-moi.

Gene traîna le dealer hors du bureau.

– Vous pouvez entrer, madame.

Donna Tuttle – ses cheveux noirs hérissés, revêtue d'une veste de camouflage sur une chemise Henley marron qui accentuait son extrême minceur – frôla au passage l'enseignant à l'allure d'étudiant sage et pénétra dans le minuscule bureau du chef de la police.

– Monsieur Osmund, mon fils m'a transmis votre message. J'allais vous téléphoner, et puis j'ai décidé de venir en ville...

– Merci beaucoup, madame Tuttle. Asseyez-vous donc. Je veux vous montrer cette photo. Comment va votre mémoire, aujourd'hui ?

– Affûtée, affirma-t-elle en opinant du bonnet.

– Un instant, marmotta Audie.

Il passa dans la salle principale du petit poste de police et fureta sur la table de Gene Revere, à la recherche de la chemise en papier kraft qu'ils avaient préparée pour la visite de Donna Tuttle. Il la trouva sans difficulté. Le dossier contenait six photos : celle de David Webster et des clichés d'hommes qui lui ressemblaient – des clichés pris lors de leur arrestation. Aucun d'eux n'avait le regard aussi triste, la mâchoire aussi carrée ni, de façon générale, la séduction de David Webster, cependant tous avaient des cheveux noirs plutôt longs, ils étaient glabres et ne portaient pas de lunettes. Audie ne pouvait pas faire mieux.

Il regagna son bureau et se pencha par-dessus sa table, du côté où était assise Mme Tuttle, afin qu'elle ne voie pas les photos qu'il disposait en deux rangées de trois. Puis il recula.

– Voilà. J'aimerais que vous examiniez ces photos et que vous me montriez l'homme avec qui vous avez parlé ce jour-là, au chalet Zamsky.

Donna Tuttle acquiesça d'un air solennel, en bonne citoyenne prête à œuvrer pour la vérité et la justice. Elle se leva et se pencha à son tour sur la table, saisissant chaque cliché et marmottant entre ses dents. Quand elle prit la photo de David Webster et l'étudia, Audie s'efforça de rester absolument impassible.

Donna approcha et éloigna le cliché, puis lança un coup d'œil à Audie.

– Un beau gosse, hein ? On croirait une vedette de cinéma.

– Est-ce lui que vous avez rencontré au chalet, ce jour-là ?

– Oh oui, gloussa-t-elle. Une gueule pareille, on l'oublie pas.

Elle reposa la photo, jeta un dernier coup d'œil à la galerie de portraits puis secoua la tête.

– À propos, vous savez quoi ? J'ai réfléchi. Vous m'avez demandé s'il était seul là-bas et je vous ai répondu que je n'avais vu personne d'autre.

– Oui ?

– Figurez-vous que ça m'a tracassée. Comme si je n'avais pas tout à fait dit la vérité. Et après, je me suis souvenue. Je n'ai vu personne d'autre. Mais j'ai vu un soutien-gorge et une culotte de femme sur la rampe du perron. Comme si on les avait lavés et mis à sécher dehors.

Audie soupira et s'assit lourdement dans son fauteuil.

– J'ai fait quelque chose de travers ? demanda Mme Tuttle.

– Non, au contraire.

– Si je peux encore vous aider, je serai ravie de...

– Chef ! lança Gene Revere.

– Qu'y a-t-il, sergent ?

– Un incident dans Chapel Hill Road. On aurait intérêt à décoller fissa.

Osmund bondit sur ses pieds.

– Madame Tuttle, je dois vous laisser.

Elle ouvrit la bouche pour répondre, mais Audie Osmund avait déjà saisi sa veste, sa casquette, et franchissait le seuil.

David escorta Emma jusqu'au perron du Centre Wrightsman et referma la porte derrière eux.

Il tendit une main à sa femme pour l'aider à descendre les marches.

Emma se figea pour regarder Kieran Foster s'éloigner à toute allure dans sa Chrysler PT Cruiser dernier cri, songeant à ce qu'il avait déclaré pendant la séance. Que, dans cinq ans, il prévoyait d'être mort. Comment son existence était-elle devenue si désespérante ? Bien sûr, il pouvait s'agir simplement d'un romantisme noir d'adolescent. Pour ces jeunes, le sexe, l'amour et la mort constituaient un cocktail détonant. Néanmoins, chez ces patients, toute allusion à la mort devait être prise au sérieux.

– Qu'y a-t-il ? demanda David.

– Un de mes gamins.

– Viens, dit-il en la prenant par le bras pour la pousser vers leur voiture. Le seul gamin dont je me soucie, c'est celui que tu portes dans ton ventre.

Il l'aida à grimper sur le siège du passager puis s'installa au volant.

– Comment ça s'est passé avec ta mère ? interrogea Emma, tandis qu'il s'engageait dans la rue.

– Je l'ai ramenée chez elle. Elle me prend pour mon frère Phil.

– Vraiment ? Elle a les idées un peu confuses ?

– Plus qu'un peu. Quand je suis reparti, Birdie versait déjà du rhum dans son café.

– Le café de ta mère ? s'exclama-t-elle.

– Non, le sien. Encore que ce ne serait peut-être pas si néfaste. Le cœur de ma mère a besoin d'un coup de fouet.

– Qu'a dit le médecin ?

– Que ce n'était qu'un répit.

– Oh chéri, je suis navrée.

Il haussa les épaules.

– Peut-être qu'un greffon arrivera.

Emma l'observa du coin de l'œil. Que sa mère le confonde avec son frère, alors qu'il essayait de s'occuper d'elle, devait le perturber. Et il s'inquiétait forcément de la santé déclinante d'Helen, même s'il en parlait rarement. En un sens, elle admirait son stoïcisme. Mais Helen était le seul parent qu'il ait jamais réellement connu. La perspective de sa mort imminente ne pouvait qu'être effrayante. Emma supposait qu'il avait peur et qu'il le dissimulait. Cependant... Était-ce un autre mensonge ? La veille, il avait admis avoir des difficultés avec la vérité. Saurait-elle jamais ce qu'il ressentait profondément ?

Il lui lança un regard.

– Quoi ?

– On y va, que je puisse la voir ?

– Quand je suis parti, elle dormait. Il vaudrait mieux y aller plus tard. En plus, je suis affamé. Si on s'offrait un déjeuner tardif quelque part ? J'ai lu un article sur une petite auberge à quelques kilomètres de la ville où ils font le service continu. Accordons-nous un break, essayons de profiter de cette journée. Qu'est-ce que tu en penses ?

Soudain, Emma réalisa qu'elle aussi avait une faim de loup.

– Excellente idée.

Retrouver et interroger les guichetiers de service le lundi après-midi, à la gare routière de Clarenceville, n'avait pas posé de difficultés. En ce jeudi après-midi, c'était exactement la même équipe qui travaillait. Un peu plus tôt, Joan Atkins et Trey Marbery avaient pénétré dans l'appartement de Lizette Slocum – grâce à Jarvis, le propriétaire, en retard d'une demi-heure – et constaté que Lizette n'avait rien noté concernant un voyage dans son agenda ou sur son calendrier mural. L'agence d'infirmières n'ayant pas de photo de Lizette, ils en cherchèrent une dans le logement. Ils choisirent, sur le bureau, celle d'une Lizette souriante en compagnie d'une dame plus âgée qui lui ressemblait. La voisine aux colibris brodés déclara que ce cliché paraissait récent. Ils l'emportèrent donc à la gare routière.

Comme aucun employé ne se souvenait d'avoir vendu un billet à Lizette Slocum, Joan téléphona au concessionnaire Toyota et le pria de venir à la gare routière, muni d'un passe susceptible de déverrouiller la voiture de Lizette. Désireux de coopérer, l'homme assura qu'il arrivait tout de suite. À présent, Joan tournait autour de la Toyota, sur le parking, en attendant les résultats du dernier entretien de Trey. Celui-ci était avec le responsable de la gare, qui avait trié les vidéos de surveillance de la semaine et épluchait celles du lundi après-midi pour vérifier si Lizette Slocum y apparaissait.

La porte latérale du bâtiment s'ouvrit sur un moustachu aux cheveux noirs, en veste de sport et cravate.

– Je cherche le lieutenant Atkins.

– Vous êtes monsieur Vetri ? lui demanda Joan qui s'avança vers lui.

– C'est ça.

– Lieutenant Atkins, dit-elle, et elle lui serra la main. Vous avez les clés ?

– Je les ai là, répondit Vetri, jovial, en tapotant la poche de sa veste.

À cet instant, Trey Marbery sortit du bureau du responsable. Joan lui lança un regard interrogateur.

Trey secoua la tête.

– Bon, dit-elle. Voyons voir cette voiture.

Tous trois se dirigèrent vers la Toyota. Le précoce crépuscule de novembre tombait déjà. Le concessionnaire essaya plusieurs clés avant qu'ils ne perçoivent le déclic des portières déverrouillées. Le véhicule n'était pas neuf, mais d'une propreté irréprochable. Pas de gobelets à café vides à l'intérieur, pas de pièces de monnaie sur le plancher, aucune bouteille de soda sous les sièges. Lizette Slocum était une femme extrêmement soigneuse. Joan acheva d'inspecter la banquette arrière, se redressa et, par-dessus le toit, regarda Trey qui avait fouillé le côté passager.

– Le coffre ?

Il opina.

– Monsieur Vetri, pouvez-vous nous ouvrir le coffre ?

– Bien sûr, dit celui-ci, toujours aussi débonnaire.

Il trouva la bonne clé qu'il introduisit dans la serrure. Puis il ouvrit le coffre. Ses yeux s'arrondirent, une expression d'effroi se peignit sur ses traits.

– Oh non, s'exclama-t-il comme si on l'avait trompé. Elle est là. Vous le saviez, qu'elle était là-dedans ?

Joan et Trey examinèrent Lizette Slocum recroquevillée dans le coffre, son sac à dos jeté sur elle. Ses yeux étaient ouverts, sa peau d'un gris marbré.

– Je le craignais, soupira Joan.

Il était près de dix-sept heures, le ciel était sombre, lorsque David et Emma regagnèrent leur impasse après un long et tranquille déjeuner. Ils roulaient vers leur maison, quand Emma laissa échapper une exclamation consternée en reconnaissant la voiture de police banalisée arrêtée devant la demeure.

Le lieutenant Atkins et l'inspecteur Marbery en sortirent. Soupirant, David se gara dans l'allée et aida Emma à descendre de son siège.

– Nous devons vous parler, à tous les deux, annonça Joan Atkins sans préambule. Entrons.

– Mais bien sûr, dit Emma.

David resta silencieux, mais les précéda jusqu'à la porte d'entrée. Emma les invita à s'asseoir au salon. Joan refusa.

– Moi, je m'assieds, si cela ne vous dérange pas, dit la jeune femme en s'installant dans un fauteuil.

– Que se passe-t-il encore ? demanda David.

– Plusieurs choses. Primo, l'alibi de M. Devlin a été vérifié. Il n'est plus suspect, ni pour l'agression dans les Pine Barrens, ni pour celle de la gare, déclara brutalement Joan.

– Quoi ? s'insurgea David. Vous l'avez relâché ? Vous avez vu ce qu'il m'a fait ? Ce qu'il a tenté de faire à Emma ?

– Il est toujours détenu pour avoir abusé de sa fille. Mais en ce qui concerne votre affaire, docteur Webster, il ne figure plus parmi les suspects.

– Il n'y a pas de doute sur son alibi... ? interrogea Emma.

– Aucun. Ce n'était pas Devlin.

Emma leva les yeux vers David. Il fourrageait dans ses cheveux.

– Ce n'est pas tout, poursuivit Joan. Son employeur ayant signalé sa disparition, nous avons entrepris de rechercher Lizette Slocum, l'infirmière que votre beau-père...

– Oui, coupa Emma. Vous l'avez retrouvée ?

– En effet, répondit gravement Joan, nous l'avons retrouvée. Morte, enfermée dans le coffre de sa voiture abandonnée à la gare routière.

– Oh mon Dieu...

– Seigneur, murmura David qui vint s'asseoir auprès d'Emma et, machinalement, lui pétrit la main.

– Nous n'avons pas encore de certitude sur les causes de sa mort. Nous attendons le rapport du légiste. Mais, nous le savons, la dernière fois qu'on a vu Lizette Slocum vivante, c'était dans cette maison. Elle s'occupait de vous, docteur Webster. Nous présumons que l'individu qui avait tenté de vous tuer est venu ici pour achever sa tâche. À votre place, il a trouvé Lizette. J'aimerais que vous me disiez où vous étiez au moment de sa disparition.

– En ville. À mon retour, elle n'était plus là... J'ai pensé qu'elle était partie parce que je... j'avais filé sans l'avertir.

Emma se remémora soudain l'écriteau « Ne pas déranger » arraché de sa porte. Ce n'était pas l'infirmière qui avait fait ça, mais quelqu'un qui s'attendait à découvrir Emma endormie. Constater qu'elle s'était envolée l'avait rendu furieux.

– Oui, articula-t-elle, je crois qu'il y avait quelqu'un d'autre ici – et elle raconta l'incident de l'écriteau. Que Lizette s'en aille si brusquement sans prévenir personne... j'aurais dû réaliser que ce n'était pas normal.

– Oui, vous auriez dû, rétorqua Joan. Nous avons perdu un temps précieux parce que nous ignorions que sa disparition avait un lien avec vous.

– Ma femme n'est pas fautive, protesta David.

– Et vous, monsieur Webster ? Où étiez-vous le jour où Lizette Slocum a disparu ?

– À New York, pour une interview.

– Nous devrons contacter cette personne, dit Trey, s'armant d'un stylo et d'un carnet.

– Je n'ai pas ses coordonnées. Il est... en Europe.

– Comme c'est pratique, persifla Joan.

– Vous n'avez qu'à joindre mon rédacteur en chef. Il vous le confirmera. J'étais avec un écrivain français, Bernard Weber.

– Où aviez-vous rendez-vous ?

– Dans un restaurant du Village.

– Il me faut des noms. Des dates, des horaires et des lieux précis, dit Joan d'une voix forte. Et il me les faut immédiatement.

– Si vous me parlez sur ce ton, j'appelle mon avocat. Vous n'aurez qu'à dialoguer avec lui.

– Arrête, David, intervint Emma. Oublie l'avocat. Donne cette information au lieutenant. Cette pauvre infirmière est morte !

Elle voyait la fureur sur le visage de son mari, mais n'en avait cure.

– Il n'y a rien à redire, enchaîna-t-elle. Tu sais où tu étais à New York. Pourquoi faire des difficultés ?

David se leva du canapé et passa dans son bureau. Emma évita de regarder les policiers. Un instant plus tard, son mari revenait avec une feuille de papier.

– Voilà. Interrogez tout le monde. Ça vous occupera.

Joan empocha le feuillet et pointa un doigt vers David.

– Cette enquête sur les tentatives de meurtre contre votre femme poursuit son cours, monsieur Webster.

Ne quittez l'État sous aucun prétexte. Madame Webster, votre vie est toujours en danger. Je vous conseille d'engager quelqu'un pour vous protéger. Vingt-quatre heures sur vingt-quatre. Si vous voulez, nous pouvons vous recommander un spécialiste.

– Ça ira, mon mari m'a trouvé un garde du corps. Je crois que nous allons l'appeler.

Joan Atkins la considéra de ses yeux étrécis.

– Il ne me semble pas que ce soit la démarche la plus sage. Pourquoi ne pas laisser la police locale vous indiquer qui serait compétent pour assurer votre protection ? Il vous faut une personne qui ait l'expérience de ce genre de situation.

– Nous n'avons pas besoin de votre avis, d'accord ? bougonna David.

Joan le foudroya du regard.

– Je m'adressais à votre épouse. Téléphonez au poste de police et demandez le sergent de service. Il peut vous aider. Il attend votre coup de fil.

Avant que David ne riposte, Joan fit signe au jeune inspecteur, et tous deux s'en allèrent.

David se rassit sur le canapé, la tête entre ses mains.

– Je ne m'en sortirai pas. Je suis de nouveau le suspect numéro un. Ils sont déterminés à m'inculper.

Emma se rassit également, éberluée par les derniers événements.

– Cette pauvre femme..., murmura-t-elle. Elle vient ici pour s'occuper de moi et elle le paie de sa vie. Qui pourrait vouloir à ce point ma mort ? Tu y réfléchis quelquefois ?

– Évidemment. Je ne pense guère qu'à ça. J'imaginais que c'était Devlin. Ou peut-être... celui qui t'a envoyé ces lettres. Je ne sais pas. J'aimerais juste que les flics essaient de résoudre l'énigme au lieu de s'acharner à m'accuser... J'ai le pressentiment qu'ils ne croiront pas Nevin, ni même M. Weber, s'ils réussissent à lui mettre la main dessus.

Emma fronça les sourcils.

– Tu sombres dans la paranoïa, David. En ce qui concerne Lizette Slocum, tu as un alibi solide. Dès qu'ils auront parlé à Nevin ou localisé M. Weber, ils s'en rendront compte. D'ailleurs, pour l'instant, ils ne savent même pas comment elle est morte. Ils trouveront peut-être sur le cadavre des traces d'ADN qui les mèneront à un autre suspect. Au... vrai coupable.

– Tu as raison.

– Alors essaie de ne pas t'angoisser.

– Essaie de ne pas t'angoisser, répéta-t-il, sarcastique. La police pense que j'ai tenté de te tuer. Ils s'évertuent à me jeter en prison, alors que ta vie est toujours menacée.

– Oui... Mais tant que je suis avec toi, je me sens en sécurité.

– Bon, il nous faut un garde du corps. C'est primordial. Tu as entendu ces conneries sur leurs gardes du corps qui seraient plus capables de te protéger qu'un type engagé par moi ? Qu'est-ce qu'ils croient ? Que je vais embaucher un assassin ? C'est un cauchemar.

– Bon sang, David ! Laissons-les croire ce qu'ils veulent.

Soudain, le téléphone sonna. Tous deux sursautèrent. David alla décrocher, fronça les sourcils.

– Oui, articula-t-il d'un ton hargneux. Qu'est-ce que vous voulez ? Parler à ma femme ?

Il écouta attentivement. Puis il regarda Emma, les yeux ronds de stupéfaction.

– Vraiment ? Bon Dieu. Oh, excusez-moi. Vraiment ? Ce soir. Oui, on viendra. On se retrouve où ? D'accord. Oui, on y sera. D'accord.

– Que se passe-t-il ? demanda Emma quand il eut reposé le combiné.

– C'était Osmund, le chef de la police locale. Bon Dieu, j'ai failli lui raccrocher au nez.

– Qu'est-ce qu'il voulait ? Explique.

Il s'assit à côté d'elle sur le canapé.

– Mais tu trembles, s'étonna-t-elle en lui étreignant le bras.

David ébouriffa ses cheveux noirs.

– Il a dit qu'il y avait eu une autre agression dans les Pine Barrens. Même scénario. La cagoule de ski. Tout le bataclan.

Emma pressa une main sur sa bouche.

– Oh, Seigneur...

David opina ; un sourire fendit son visage.

– Mais cette fois, ils pensent l'avoir coincé.

27

– ÇA NE PEUT PAS attendre ? On est presque arrivés, chérie.

– Manifestement, tu n'as jamais été enceinte.

– Bon, bon. Il y a une station-service pas loin, avec des toilettes. J'en profiterai pour prendre de l'essence.

– Merci, chéri. Oh, David, je suis... optimiste. S'il s'agit bien du coupable, ce cauchemar sera enfin terminé.

– J'aimerais y croire. Mais nous savons que tu étais sa cible. Tu n'as pas oublié l'agression à la gare.

– Évidemment non. Enfin, au moins, nous avons une chance.

– Ça va aller, dit-il avec ce sourire triste qui serrait toujours le cœur d'Emma.

– Bonté divine, j'ai hâte de retrouver notre vie normale, soupira-t-elle.

– Moi aussi. Ah, on s'arrête là.

Le soir était tombé sur les Pine Barrens, et Emma priait pour que ce soit la dernière soirée qu'il lui faille passer ici. L'appel d'Audie Osmund lui avait redonné l'espoir que tout soit résolu, le danger définitivement écarté.

Le chef de la police souhaitait qu'elle voie leur suspect dans une parade d'identification, au cas où elle serait en mesure de le reconnaître à sa taille et sa gestuelle. Ils voulaient aussi l'interroger de nouveau, compte tenu de ce qu'ils avaient appris de la dernière victime. Leur suspect était peut-être l'assassin de Claude Mathis. Emma ne comprenait que trop combien c'était important pour Audie Osmund. Ça l'était encore plus pour elle. Elle jeta un regard circulaire, tandis que David quittait l'autoroute pour s'engager sur l'aire de la station-service. Les silhouettes dentelées des pins, alentour, se découpaient en noir sur le ciel où la lune brillait.

Sur la pompe à essence était placardé un avis de disparition avec le portrait d'une jolie fille, ainsi qu'un écriteau sur lequel on lisait : « Le pompiste n'a pas d'argent sur lui, veuillez payer à l'intérieur. »

Il manquait plusieurs dents à l'homme, aux paupières tombantes, qui s'approcha de la vitre.

– Qu'est-ce que je peux faire pour vous ?

– Le plein, répondit David.

Emma se pencha.

– Excusez-moi... Il faut une clé pour les toilettes ?

Le type souffla, la détailla d'un œil libidineux.

– Non, madame. Faites comme chez vous.

Emma se força à sourire.

– Merci.

L'employé dévissa le bouchon du réservoir d'essence, où il introduisit le pistolet de la pompe. Emma saisit son sac et descendit de son siège.

– Tu veux que je t'accompagne ? proposa David.

– Ce n'est pas la peine.

– Allez, je préfère. Je monterai la garde.

Cette fois, elle eut un vrai sourire de soulagement.

– D'accord, ce serait gentil. Cet endroit est sinistre.

Ensemble ils longèrent le côté de la station jusqu'à une porte où était inscrite la mention DAMES. Emma se prépara mentalement au spectacle répugnant qu'elle risquait de trouver, mais quand elle alluma le plafonnier, elle constata que les W.-C. étaient propres.

– Très civilisé, commenta-t-elle.

David, souriant, fourra les mains dans ses poches. Ses cheveux luisaient sous le lampadaire halogène, et Emma sentit son cœur se gonfler d'amour. Telle une sentinelle, il l'attendait et veillait sur sa sécurité. Elle ferma la porte à clé. Sur le mur devant elle était affiché le même avis de disparition qu'elle avait aperçu sur les pompes, dehors. Cette fois, elle était assez près pour qu'elle puisse le lire. Les bords du papier se retroussaient et un bout, qui s'était déchiré, était maintenu par du ruban adhésif jauni. Il était question d'une dénommée Shannon O'Brien, disparue ici même dans cette station-service, une nuit de l'hiver dernier, après ses heures de travail. Pas étonnant qu'ils aient mis ces affiches partout, se dit Emma. On voyait une photo un peu floue d'une fille aux cheveux auburn, au visage constellé de taches de rousseur, ainsi que certaines caractéristiques – âge, taille, poids, etc. En bas de l'affiche était écrit : *Pour toute information, contacter Audie Osmund, chef de la police locale.* Audessous figuraient l'adresse et le numéro de téléphone du poste de police.

Emma consulta sa montre. Il leur avait fallu du temps pour arriver jusqu'ici. Elle aurait dû redouter cette soirée, mais à la vérité l'excitation lui donnait le tournis. Les heures à venir mettraient peut-être un point final à ses peurs, ses hideux soupçons, cette déchirure dans sa vie. Elle était tellement reconnaissante à Osmund de lui permettre d'être présente quand la police tirerait cette affaire au clair. Elle le remerciait de l'avoir priée de venir tout de suite, de n'avoir pas remis ça au lendemain. De toute manière, elle n'aurait pas dormi.

Voir le numéro de téléphone du poste sur l'affiche lui donna une idée. Je vais appeler Osmund, décida-t-elle, pour le prévenir que nous ne sommes plus très loin, que nous arrivons bientôt. Elle se soulagea, se lava les mains, puis composa sur son mobile le numéro inscrit sur le poster.

– Police, annonça une voix féminine.

– Je souhaiterais parler à Audie Osmund. Je suis Emma Webster.

– Je peux vous passer quelqu'un d'autre ? Le chef n'est pas là.

Emma sourcilla.

– Oh, il doit y avoir un malentendu... Nous avons rendez-vous avec lui ce soir. Je... je voulais juste l'avertir que nous arrivons.

La femme, à l'autre bout du fil, garda un instant le silence.

– Je ne sais pas quoi vous dire.

– Pourriez-vous aller voir dans son bureau ? Je me doute qu'il n'y est généralement pas à cette heure-ci, mais...

– Je vous le répète, il n'est pas là. Et il ne reviendra pas ce soir. Son petit-fils a un banquet de remise de prix, Audie et sa femme sont là-bas. Il en a parlé toute la journée.

Emma se taisait.

– Personne d'autre ne peut vous aider ? demanda son interlocutrice.

– Il était prévu que j'assiste à une parade d'identification.

– Ah bon ? C'est peut-être Gene qui s'en occupe. Attendez une minute, je l'appelle. Restez en ligne.

Le cœur d'Emma battait à toute allure. Une simple méprise, se disait-elle. Voilà tout. Elle entendit la femme parler à la cantonade, avant de reprendre le téléphone.

– Gene dit qu'il n'y a pas d'identification ce soir. Il ne voit pas du tout de quoi il s'agit.

– Écoutez, insista Emma, les joues en feu. Le chef de la police m'a appelée. Je suis Emma Webster. Celle qui... on m'a agressée le soir où Claude Mathis a été tué.

– Oh, fit la femme d'un ton subitement intéressé. Comment ça va, maintenant ?

– Bien, répondit Emma, soulagée d'être enfin reconnue. Audie Osmund a appelé et il a parlé à mon mari de la dernière agression. Il a dit qu'ils avaient coincé le type et qu'il y aurait une parade d'identification.

– Non. On n'a pas eu d'agression. À moins... il faisait allusion au rottweiler qui a mordu quelqu'un, ce matin, dans Chapel Hill Road ?

– Un rottweiler ? souffla Emma.

– Le seul agresseur qu'on ait eu dans le coin depuis deux jours. Mais on ne fait pas de parade d'identification pour les chiens, ça j'en suis certaine, pouffa la standardiste.

Emma restait muette.

– Je suis désolée, madame Webster. Je ne sais vraiment pas quoi vous dire. Il doit y avoir une erreur. Croyez-moi, il n'y a pas eu de nouvelle agression, je serais au courant. À part cette femme à bicyclette mordue par ce chien, il n'y a eu aucun incident.

Emma interrompit brutalement la communication et demeura immobile, fixant sans la voir l'affiche sur le mur.

La poignée de la porte tourna en tout sens, bruyamment. Emma poussa un petit cri.

– Emma, ça va ? demanda David. Tu en mets, un temps !

28

Emma regardait la poignée que David secouait comme si elle avait devant les yeux un serpent qui siffle.

– Tu vas bien ? Emma, réponds-moi !

Elle avait la bouche sèche, s'humecta les lèvres.

– Ça va, bredouilla-t-elle.

– Dépêche-toi, chérie. Osmund nous attend. Il faut repartir.

Le cœur d'Emma cognait, ses genoux se dérobaient. Elle se cramponna au lavabo, ouvrit les robinets.

– Je viens, articula-t-elle d'une voix éraillée.

Elle s'efforça de retrouver sa lucidité. De bien comprendre ce qu'on venait de lui dire. Le chef de la police ne l'attendait pas. Personne ne l'attendait. Tout cela n'était que mensonge. Ce coup de fil ne venait pas d'Audie Osmund, contrairement à ce qu'avait prétendu David.

– À qui tu parlais ? demanda David. Je t'ai entendue parler.

– Ce n'est rien. J'arrive tout de suite.

Elle hésitait entre pleurer et hurler. La conclusion s'imposait. Inéluctable. Son mari était là, de l'autre côté de cette porte. Prêt à mentir encore. Ou pire. À la tuer. Elle et leur bébé. David ? Était-ce possible ? Le David qu'elle aimait, à qui elle avait promis de consacrer sa vie ? Pourquoi ? Pourquoi ferait-il une chose pareille ? Non, ce n'était pas possible. N'étaient-ils pas heureux ensemble ? Ne le lui avait-il pas répété un million de fois ? Mais un tourbillon de visages familiers, sévères et qui la mettaient en garde, bataillaient pour dominer son esprit. Oh Seigneur, non. Il ne me ferait pas ça. Il m'aime. Il ne pourrait pas. Elle s'appuya contre le lavabo, une main pressée sur son ventre. NON.

Alors, au fin fond d'une terreur et d'une souffrance abjectes, elle entrevit soudain un autre moyen d'expliquer tout ça. Il y avait une autre possibilité. Vague, mais une possibilité néanmoins. David était peut-être victime de cette machination, tout comme elle. Il était peut-être tombé dans un piège, lui aussi. L'individu qui voulait la tuer les avait attirés jusqu'ici en se faisant passer, au téléphone, pour le chef de la police. Après tout, combien de fois David avait-il parlé à Audie Osmund ? Quasiment jamais. Si un imposteur appelait et prétendait être Osmund, David ne serait-il pas convaincu ? N'importe qui le serait, non ? Il ne reconnaîtrait vraisemblablement pas la voix du chef de la police. Donc il avalerait la couleuvre.

Oui, ce devait être ça. L'espoir se ranima dans son cœur, vacillant comme un poulain nouveau-né. Elle s'accrocha de toutes ses forces à cette idée : elle n'était pas seule, trahie, la future victime de son mari, la femme la plus stupide de la terre. L'espace d'un instant, elle reprit son élan. Et puis elle s'effondra.

Ben voyons. Sois idiote jusqu'au bout. Confiante. Persuade-toi que tu es plus dégourdie que la police parce que tu es amoureuse. Et que l'amour est essentiel. Et que, par amour, tu dois croire en ton mari, en dépit de tout.

Il secoua de nouveau la poignée.

– Emma, qu'est-ce qui se passe ? C'est le bébé ?

Elle regarda sa main, sur son ventre. Involontairement, David lui avait donné la réponse. Oui, se dit-elle. Voilà. C'est le bébé. Le seul qui soit complètement innocent dans cette histoire. Or il est en danger de mort. Tout le problème est là. L'individu qui a téléphoné veut nous tuer. Tous les deux. Que David soit ou non complice, qu'il ait été dupé, la personne au bout du fil est un assassin. Il faut jouer serré et mettre dans le mille. Je dois te protéger, Aloysius. Ta vie dépend de moi. Je n'ai personne à qui me fier.

Étrangement, cette pensée pourtant effroyable la calma. Il n'y avait plus de temps pour l'espoir, ou le doute ou les hypothèses. Elle devait agir comme si elle était complètement seule dans le désert. Elle devait se comporter comme si David était le traître cruel et perfide que les gens lui décrivaient. Cette idée lui coupait les jambes, lui chavirait l'estomac. Elle avait l'impression que son univers s'écroulait. Elle ne pouvait s'appuyer que sur sa motivation et la laisser guider ses actes. Cette chance s'offrait de sauver la vie de son bébé et la sienne ; la gâcher serait un péché. Dans son cœur, elle parla à son enfant : Je te défendrai.

Téléphone pour demander de l'aide, décida-t-elle. Pas à Audie Osmund, ce serait inutile. Le lieutenant Atkins. Elle fouilla dans son sac, y trouva la carte de Joan Atkins et, d'un doigt malhabile, composa son numéro. Deux sonneries, puis le répondeur s'enclencha. Merde.

– Lieutenant, c'est... Emma Webster. Je suis dans les Pine Barrens. Oh, j'ai des ennuis, chuchota-t-elle, espérant être audible malgré le bruit de l'eau qui coulait.

Elle raccrocha puis fit le 911.

– Aidez-moi, murmura-t-elle. Je crois que mon mari veut me tuer.

– Où êtes-vous, madame ? demanda la standardiste.
– Dans une station-service.
– Où se trouve cette station-service ?
– Je ne sais pas.
– Je vous entends mal, madame et... je n'ai pas d'adresse. Vous appelez d'un portable ?
– Oui, mon mari est là, dehors.
– Il nous faut une adresse – un simple numéro de route nous serait utile. Votre mari vous a frappée ? Il est armé ? Madame ?
Non, pensa Emma. Il n'est pas armé. Il ne m'a pas touchée ni menacée. Et je ne sais même pas où je suis.
– Emma, je suis sûr que ça ne va pas, dit David. Je vais enfoncer cette porte.
Elle laissa tomber son portable dans son sac et essaya de calmer les battements affolés de son cœur.
– Tout va bien, répondit-elle en fermant les robinets. J'arrive.
Elle déverrouilla la porte ; David, immobile, la scruta.
– Tu te sens bien ? Ça n'a pas l'air d'aller.
Elle plongea son regard dans les yeux de David qui étaient à présent, qui avaient peut-être toujours été ceux d'un inconnu. Elle avait cru connaître ce visage, ces yeux noisette ; n'avaient-ils pas reflété, partagé les sentiments les plus profonds d'Emma, promis un amour et une fidélité éternels ? La tentation de se blottir contre lui, de dire tout ce qu'elle savait et se fier à lui pour tout régler, était forte. Son cœur la fit hésiter, ses entrailles lui rappelèrent tout ce qui était en jeu. Ne te fie qu'à toi-même.
– Je vais bien. J'ai juste les nerfs un peu détraqués.
– Bon, il faut que je paie l'essence dans la boutique, et on repart.
– D'accord.
Il devait payer l'essence. Sans doute avait-il laissé les clés sur le contact. Pendant qu'il serait dans la bou-

tique, elle se mettrait au volant, verrouillerait les portières et le planterait là. Elle pouvait conduire, même si on le lui avait interdit. Quelques points de suture arrachés... peu importait. C'était une question de vie ou de mort.

Elle n'irait pas plus loin dans les Pine Barrens. Elle ferait demi-tour et mettrait le cap sur Clarenceville.

David glissa sa main sous le bras d'Emma qui sursauta.

– Mais tu es sûre que ça va ?

– Je vais bien, répondit-elle avec irritation, serrant les dents pour ne pas le repousser.

– Viens, je ne veux pas te laisser seule dehors.

– Je retourne dans la voiture. Ça ira.

– Tu as vu ce dégueulasse, aux pompes ? Tu viens avec moi.

– Non, protesta-t-elle, j'ai besoin de m'asseoir. Je me sens un peu étourdie.

– Sans doute ces odeurs d'essence. Entre avec moi dans la boutique, tu respireras. Plus un mot. Tu détestes les odeurs d'essence, même quand tu n'es pas enceinte.

Il me connaît bien, pensa-t-elle. Il sait que j'aime mon café sans sucre avec une goutte de lait, que je dors sur le côté, que j'adore le muguet et déteste les odeurs d'essence. Comment pouvait-on connaître, admettre et rire des habitudes et petites manies d'une personne, et, parallèlement, projeter de la tuer ? Comment était-ce possible ? Dans l'immédiat, tu n'as pas la réponse à cette question. Tu n'as qu'une chose à faire : t'éloigner de lui.

Il la guidait vers la vitrine éclairée de la boutique ; elle traînait pourtant les pieds comme s'ils étaient en plomb et s'alourdissaient à mesure que ses espoirs d'évasion s'amenuisaient. Crier contre lui, ou tenter de fuir ? Mais qui l'aiderait ? Ce crétin de pompiste qui l'avait reluquée ? Il se moquerait d'elle, probablement, ou se lancerait lui aussi à ses trousses. Elle vit, dans la boutique, une caissière. Peut-être cette femme serait-elle solidaire.

– Viens, répéta-t-il. Quel est le problème, Emma ?

– Rien. Il n'y a pas de problème.

La tenant fermement par le coude, il la mena jusqu'au comptoir. La caissière, une femme glaciale aux cheveux décolorés, le téléphone coincé sur l'épaule, marmottait dans le récepteur et ne leva même pas le nez quand elle vérifia combien lui devait David. Le moral d'Emma dégringola. Elle n'aurait pas la possibilité de lui expliquer sa situation. Impossible. La femme ne croiserait même pas son regard suppliant. Emma fouilla des yeux la petite boutique et soudain, dans le fond, remarqua un panneau luminescent « Sortie ».

Elle dégagea son bras.

– J'ai faim. J'ai envie de manger quelque chose et de... d'un soda pour me remettre l'estomac en place.

– Je vais te les chercher.

– Vous payez par carte ou en liquide ? demanda sèchement la caissière, sans lâcher son téléphone.

David se tourna vers elle.

– J'y vais, je reviens, dit Emma.

Avant qu'il ait eu le temps de répondre, elle longea l'allée où s'alignaient les paquets de chips, cookies, litière pour chats et kleenex. Elle se dirigea vers les vitrines réfrigérées, dans le fond, et ouvrit l'une des portes, feignant d'examiner les produits présentés. En réalité, elle regardait le panneau « Sortie » qui signalait un couloir. En dessous, on lisait, écrit à la main sur un autre panneau : « Réservé au personnel. Entrée interdite ».

Emma referma la porte de la vitrine réfrigérée. Elle prit une grande inspiration. Il faut que tu le fasses. Tu n'as pas le temps de réfléchir. Elle traversa rapidement le magasin et se faufila dans le couloir. Sur la gauche, il y avait des toilettes également réservées au personnel. Sur la droite, des piles de cartons. Emma accéléra le pas et vit enfin la porte donnant sur l'extérieur.

Seigneur, faites qu'elle ne soit pas bloquée. S'il vous plaît. Elle appuya sur la barre, à hauteur de ses hanches, et la porte pivota avec un claquement. Le pompiste émergea des toilettes.

– Hé, ici c'est interdit ! s'indigna-t-il.

Emma ne daigna pas répliquer. Elle sortit dans la nuit, titubant sur le terrain envahi par les mauvaises herbes qui s'étendait derrière la station-service.

29

Les ronces s'accrochaient à la cape turquoise d'Emma qui s'enfonçait dans les herbes folles et les broussailles. Son orteil heurta une pierre qui, dans le clair de lune, ressemblait à une motte de terre ; elle trébucha sur des bouteilles de plastique vides et les canettes de soda qui jonchaient la friche derrière la boutique. La plus proche rangée d'arbres était vers la droite. Elle prit cette direction, remerciant la lune qui lui permettait d'y voir.

Elle n'avait que quelques minutes pour fuir, avant que son mari ne se rende compte qu'elle ne revenait pas ou réalise que les récriminations du pompiste visaient Emma. Quelques minutes avant qu'il ne se lance à sa poursuite, la cherche, tente de la capturer. Pourquoi, David ? Son âme hurlait, mais immédiatement elle reprit le contrôle de soi. Ce n'est pas le moment. Il te faut un plan. Bon, O.K. Tu vas dans ce bois. Une fois que tu es cachée, tu rappelles la police. Tu demandes de l'aide.

Qui d'autre je pourrais appeler ? Elle pensa aussitôt à Burke, puis se souvint. Burke était absent. Pour une affaire personnelle.

Qui encore ? Si le lieutenant Atkins était toujours indisponible, elle n'avait qu'à contacter la police de

Clarenceville. Ils étaient au courant de toute l'histoire. Et ils la croiraient sans hésiter. Ils enverraient la cavalerie à sa rescousse.

Oui, je n'ai qu'à faire ça, décida-t-elle, haletante, en atteignant le taillis de sapins. Ensuite j'essaierai de nouveau de joindre le lieutenant Atkins. La peur, et les efforts qu'elle avait déployés pour courir, lui coupaient le souffle. Les points de suture sur son flanc et ses jambes la faisaient souffrir. Elle avait la peau en feu. Elle continuait pourtant à avancer sous le couvert des arbres.

Du côté de la station-service, un cri inarticulé retentit. David criait son nom. Elle le savait. Il avait découvert sa disparition. Il la cherchait. Ne panique pas. Arrête-toi et téléphone. D'où il est, il ne t'entendra pas. Tu comprends à peine ce qu'il crie. Pourtant, elle savait. Il était sur sa piste.

Elle composa le numéro sur son portable qu'elle colla à son oreille, priant que, cette fois, Atkins réponde. Elle n'est toujours pas là, elle n'a pas rallumé son téléphone, il n'y a personne pour t'aider, pensait-elle, de plus en plus affolée.

– Allô ?

Le cœur d'Emma bondit dans sa poitrine.

– Lieutenant Atkins ? chuchota-t-elle.

– Parlez plus fort, je ne vous entends pas. Qui est à l'appareil ?

– Emma Webster, articula-t-elle. Je suis... en danger.

– J'ai eu votre message. Où êtes-vous ?

– Cachée dans un bois. Je suis dans les Pine Barrens.

– Les Pine Barrens. Mais qu'est-ce que vous fabriquez là-bas ?

– J'ai cru... il y a eu un coup de fil...

Elle ne savait pas comment s'expliquer.

– Peu importe ! aboya Joan. Où êtes-vous exactement ?

Elle regretta de n'avoir pas accordé plus d'attention aux panneaux de signalisation, sur la route. Elle avait considéré comme acquis que David connaissait le chemin.

– Je ne suis pas sûre. Il y a une station-service juste à côté.

– Emma, les Pine Barrens, ça représente un million d'hectares. Quelle sortie vous avez prise ? Quel genre de station-service ?

Emma avait beau se démancher le cou, elle n'apercevait pas l'enseigne sur la boutique.

– Je ne sais pas. Je pensais que nous allions au même endroit que la dernière fois, mais maintenant je ne sais plus. Il faut que vous m'aidiez. Je me cache, mais j'ignore combien de temps...

Elle étouffa une exclamation. À présent, elle voyait David. Il avait contourné le magasin et l'appelait.

– Demandez de l'aide à la station-service, rétorqua nerveusement Joan. Entrez et dites-leur que vous êtes en danger.

– Je ne peux pas. Il est là.

– Qui ? Votre mari, n'est-ce pas ? enchaîna Joan après un silence. Cette ordure.

Emma se tut.

– À ce propos, Osmund m'a également laissé un message. Son témoin a reconnu votre mari parmi plusieurs photos. Ce témoin affirme qu'il était au chalet Zamsky il y a deux mois. Avec une femme. Ce n'était pas vous, n'est-ce pas ?

Emma dut ravaler ses larmes.

– Non, balbutia-t-elle.

Elle crispait ses doigts tremblants sur le portable, regardait David qui s'avançait dans les broussailles derrière la boutique. Pourquoi m'as-tu fait ça à moi ?

– Emma, écoutez-moi. Il faut nous donner un indice qui nous permette de vous retrouver.

– Je ne peux pas, bredouilla-t-elle.

Puis, soudain, elle eut une idée.

– Lieutenant... il y a une affiche. Un avis de disparition. Une fille qui travaillait dans cette station-service et qui a disparu. Shannon O'Brien. Il n'existe pas un fichier des personnes disparues ? Peut-être que si vous regardez là-dedans, vous saurez où est la station-service. Non ?

– Absolument ! s'exclama Joan. Formidable, Emma. Vous vous servez sacrément bien de votre cervelle. Quelques minutes, et l'ordinateur nous indiquera votre position. Ensuite, j'envoie des hommes. Vous ne bougez pas et vous restez en ligne. On arrive.

– Merci, murmura Emma.

Elle écoutait la voix de Joan Atkins, mais ses yeux étaient rivés sur David qui s'était arrêté, avait levé la tête puis tourné son regard vers les arbres qui la dissimulaient. C'était elle qu'il regardait, de l'autre côté du terrain plongé dans l'obscurité. Il ne te voit pas, se dit-elle. C'est impossible. Il ne voit que du noir. Non... Il se remettait en marche, venait vers elle, sans cesser de fixer l'endroit où elle se terrait.

Elle lâcha le portable dans son sac et s'enfuit, cassant les branches basses, butant contre les racines ; ses points de suture arrachés commençaient à saigner. Où courait-elle ainsi ? Elle n'en avait pas la moindre idée. Elle zigzaguait entre les arbres, à droite, à gauche, regardant une seconde par-dessus son épaule mais ne voyant personne, rien que la nuit tout autour d'elle. Elle n'était pas sur un sentier. Elle allait d'un arbre à l'autre comme une boule de flipper. Comment Joan Atkins la retrouverait-elle, même si elle localisait la station-service ?

Alors, plus loin devant elle, clignotant à travers les branches hérissées d'aiguilles de pin qui la cernaient, Emma discerna quelque chose qui la fit presque défaillir de soulagement. Les lumières d'une maison. Il y avait quelqu'un là-bas. Dans cette maison. Quelqu'un à qui elle pourrait demander du secours. Elle supplierait ces gens de l'abriter jusqu'à l'arrivée de la police. Elle espérait simplement ne pas tomber sur un de ces péquenots à moitié fous. Mais elle pensa à Claude Mathis. Un homme qui avait donné sa vie pour la sauver. Une fois de plus, elle avait besoin d'un sauveur. Pitié, mon Dieu. Laissez-moi atteindre cette maison avant que David me rattrape.

Indifférente à la douleur qui lui taraudait le flanc et les jambes, Emma s'élança dans l'enchevêtrement de branches, se taillant un passage avec les bras. Les aiguilles de pin la griffaient, la piquaient. La lointaine et vacillante lumière l'attirait, un espoir, un phare dans le noir.

Poursuivant son chemin vers cette lumière, elle constata qu'elle n'entendait plus David l'appeler. Soit il la pistait en silence, une idée qui la terrifiait, soit il avait abandonné. Qu'il ait renoncé était peu vraisemblable. Mais elle n'avait ni le loisir ni la volonté d'essayer de comprendre son plan. Elle avait le sien. Elle ne pouvait pas faire mieux. Sans doute que la police était déjà en route pour la secourir. Dès qu'elle serait dans cette maison, là-bas, elle parlerait à Joan Atkins au téléphone, lui indiquerait précisément où elle se cachait. Elle attendrait. La lumière se rapprochait de plus en plus. Elle rassembla ses forces, pensa à son bébé.

Tout écorchée par les branches de pin, Emma atteignit enfin la limite de la clairière où se dressait la maison éclairée. De plus près, cependant, cette maison n'avait rien d'engageant. Même dans la pénombre, elle avait l'air miteux, avec ses bardeaux grisâtres, le tas de pots de fleurs cassés à côté de la porte. Un bouquet d'épis de maïs à moitié mangés pendait sur la porte qui s'écaillait. Les vitres crasseuses feutraient l'éclat des lampes allumées à l'intérieur.

Emma hésitait. Soudain, elle entendit un faible hennissement provenant d'un sombre appentis au toit en tôle ondulée, au bout de la clairière. Un cheval. La présence d'un cheval lui sembla rassurante, réconfortante. Les animaux sont bons, incapables de vous trahir. Peut-être, au lieu de frapper à la porte sans savoir ce qu'elle allait trouver, devrait-elle se cacher dans cette écurie de fortune.

Tu deviens paranoïaque, se tança-t-elle, à cause de tout ce qui t'arrive. D'accord, les gens qui habitent ici ne sont pas riches et ils n'entretiennent pas particulièrement leur maison. Cela ne signifie pas qu'ils refuseront de t'aider. D'ailleurs, ils ont un cheval. Ils aiment les animaux. C'est bon signe, ça. Elle allait changer d'avis et se décider à frapper à la porte, quand elle entendit soudain un crissement de pneus sur le gravillon du chemin. Elle vit des phares, et aussitôt sa résolution fut prise. Elle fonça vers l'appentis, s'y engouffra et se tapit derrière une botte de foin.

Le cheval attaché dans l'appentis la regarda de ses grands yeux doux et renâcla.

– Chuut...

Elle repêcha son portable dans son sac.

– Lieutenant Atkins ? chuchota-t-elle.

Silence. Le réseau semblait s'être interrompu au cours du trajet. Elle appuya sur tous les boutons, puis, frustrée, secoua le mobile. Rien, pas de ligne. Brusquement, elle entendit une voiture approcher. Elle lança un coup d'œil à l'extérieur – elle s'était cachée à temps. Cette voiture qui s'engageait dans la clairière, c'était leur Jeep. Lorsqu'elle s'arrêta, le cœur d'Emma battait follement. David laissa le moteur tourner, sauta à terre, se dirigea vers la maison et frappa à la porte. Il regardait autour de lui, comme s'il flairait qu'Emma n'était pas loin. Elle se recroquevilla derrière la botte de foin, saisit une couverture poussiéreuse abandonnée sur le sol et la jeta sur elle. Elle pria pour que le cheval ne fasse pas un raffut qui la dénoncerait.

Un instant après, elle entendit deux voix masculines. Elle se redressa juste assez pour apercevoir David, sur les marches du perron, qui parlait à un jeune garçon en chemise de flanelle informe, coiffé d'une casquette de baseball. Il se découpait dans l'encadrement de la porte, la visière de sa casquette enfoncée sur ses yeux. David lui parlait d'un ton vif, pressant, il montrait la clairière. Emma baissa la tête, essayant de se rendre invisible. Il fouille tous les recoins du secteur. Il demande à ce gamin s'il m'a vue. Au moins, elle avait eu raison d'hésiter, le garçon ignorait qu'elle était là, il ne risquait pas de la livrer. Elle l'entendit beugler « maman ! », dans la maison, mais n'entendit pas de réponse.

Quelques minutes plus tard, les voix se turent, après quoi elle perçut le bruit des pas de David sur les aiguilles de pin. Avait-il demandé au gamin la permission de vérifier si elle était dans les parages ? Allait-il entrer dans l'écurie ? Le cœur d'Emma cognait si fort qu'elle ne pouvait plus respirer. Soudain, la portière de la voiture claqua, le moteur ronfla. David fit demi-tour dans la clairière et roula sur le chemin, à travers bois, en direction de la route.

Merci, mon Dieu. Le soulagement et l'espoir l'envahirent. Il est parti. Nous sommes sauvés. Elle posa une main sur son ventre et bénit son bébé. Maintenant nous savons qu'il y a une femme dans cette maison, grâce au gamin qui appelait sa mère. Nous allons lui demander de nous aider, de nous expliquer où nous sommes. Ensuite nous avertirons la police. Ces gens ont sans doute un téléphone fixe. Peut-être qu'on nous offrira même une tasse de thé. Merci, mon Dieu. Merci.

Emma se débarrassa de la couverture de cheval pleine de poussière et se releva. Elle caressa le long chanfrein velouté de l'animal, puis se faufila hors de l'appentis. Elle avait encore peur d'être dehors, au clair de lune. Restant dans l'ombre, elle longea le bord de la clairière avant de se ruer vers le perron et de frapper à la porte. Elle regardait anxieusement autour d'elle, se frottait les mains, attendant qu'on lui ouvre.

Lorsqu'on déverrouilla la serrure, elle prit une grande inspiration, prête à expliquer son problème de la façon la plus cohérente possible.

La propriétaire ouvrit la porte.

– Oh, Dieu merci. Je suis navrée de vous déranger, mais je suis aux abois. J'ai besoin de votre aide, implora Emma.

Alors, détaillant la femme immobile, elle se pétrifia.

Les lèvres de cette femme esquissèrent un sourire, mais son regard était réfrigérant.

– Quelle surprise, dit-elle.

Emma la fixait, secouant la tête car elle n'en croyait pas ses yeux. Elle se cramponna au chambranle pour ne pas tomber.

– Tu es vivante, souffla-t-elle.

30

– JE DOIS RÊVER, dit Emma, les larmes aux yeux. Natalie, c'est toi ? Oh, mon Dieu.

Elle essayait d'assimiler. C'était Natalie, et ce n'était pas elle. Elle avait teint en noir ses cheveux roux et portait une chemise informe. Pourtant c'était bien elle, vivante. Emma étreignit son amie qui resta de marbre, la relâcha aussitôt.

– Je n'en reviens pas. Te retrouver ici, dans ce... trou perdu. La première maison sur laquelle je tombe. Ça paraît... inouï, mais tu es là.

Natalie n'eut pas un sourire.

– Ce n'est pas une coïncidence. Le chalet de l'oncle de David est un peu plus loin sur la route. C'est là-bas que tu allais, je suppose.

Emma se demanda vaguement comment Natalie savait que l'oncle de David possédait un chalet dans le coin. Aucune importance. Si c'était la maison la plus proche, pourquoi ne le saurait-elle pas ? Emma balaya cette question et contempla son amie, savourant un instant le plaisir inimaginable de revoir un être aimé revenu de l'au-delà.

– Tu réalises que tout le monde te croit morte, Nat ?

Une fugace expression de défi se peignit sur le beau visage de Natalie.

– Je sais.

– Que s'est-il passé ? Tu as survécu à ta chute ? Tu as changé d'avis ? Qu'est-ce qui s'est passé ?

Natalie scruta la clairière, puis saisit Emma par le bras.

– Entre.

Elle tira Emma à l'intérieur et claqua la porte. Emma se laissa faire, étudiant sa vieille amie qui verrouillait la porte. Elle discernait, sous les vêtements trop grands, le corps souple et vigoureux. Et même sous cette tignasse de cheveux teints en noir, on reconnaissait sans peine les traits finement ciselés de Natalie, son teint transparent qui, même dans la lumière glauque de cette maison sale, avait l'éclat nacré d'une perle.

– Nat, je ne comprends pas. Je dois avoir la berlue. Qu'est-ce que tu fais ici ? Pourquoi tu te caches comme ça ?

À l'instant où elle posait la question, une explication lui vint à l'esprit. Il était possible que Natalie ait honte d'avouer qu'elle ne s'était pas suicidée.

– Écoute, si tu as renoncé au suicide, tu ne devrais pas en être gênée. Au contraire, personne ne t'en voudra. C'est merveilleux. Que tu sois encore en vie, c'est un miracle. Rentre chez toi. Burke a eu tellement de chagrin. Comme nous tous.

– Oh, Emma. J'avais oublié comment tu étais. Toujours solide. Un roc. Aucun problème n'est insurmontable pour Emma.

Celle-ci interpréta d'abord les paroles de son amie comme un compliment, avant de percevoir la pointe de sarcasme. Elle regarda autour d'elle – un taudis.

– Tu dois assumer tes actes, dit-elle, puis une nouvelle bouffée de compassion l'envahit. Laisse-moi te ramener chez toi. Je t'aiderai.

– Tu as tes propres problèmes.

Emma se figea, sidérée par la justesse de cette remarque.

– Qu'est-ce que tu en sais ?

– Eh bien, l'agression la nuit de tes noces, juste de l'autre côté de ces arbres. Par ici, ce n'est pas vraiment un secret.

Oui, bien sûr. Tous les habitants du coin étaient au courant. Le choc de revoir Natalie... Emma, un moment, en avait oublié David et le danger mortel qu'elle courait.

– David était ici il y a quelques minutes. Tu l'as vu ? De toute façon, il n'a pas dû te reconnaître. Il... il me cherche.

– Et tu ne veux pas qu'il te retrouve ?

– Effectivement. Parce que... je crois que c'est lui. Celui qui a tenté de me tuer.

Natalie haussa les sourcils.

– Vraiment ?

– J'en ai peur, oui. Oh, c'est une longue histoire. Un véritable cauchemar. Au fait, qui lui a ouvert quand il a frappé à la porte ?

– Un ami.

– Il t'a appelée « maman ».

– Je ne suis pas sa mère.

– Mais alors, pourquoi... ?

– C'est plus simple comme ça. Continue, Emma. Qu'est-ce que tu vas faire, maintenant ? Pourquoi penses-tu que ton mari essaie de t'assassiner ?

– C'est une longue histoire, répéta Emma, soudain exténuée.

– Si tu as besoin de lui échapper, tu pourrais disparaître. Comme moi.

– Pourquoi je disparaîtrais ? Il n'en est pas question. Je vais me débrouiller pour qu'il paie très cher. Je ne vivrai pas comme une fugitive. Contrairement à lui, je n'ai rien à me reprocher. La police l'arrêtera pour ce qu'il m'a fait.

Natalie la fixait, impassible.

– Quoi ? dit Emma.

– Tu es un vrai petit policier. Qui défend la loi et l'ordre.

Cette fois, il n'y avait pas de doute – ce commentaire était bel et bien une insulte. Très proche de ce que lui avait lancé David, quand il l'avait accusée de ressembler à un flic. Et cela la rendit tout aussi furieuse.

– Au moins je suis capable de distinguer le bien du mal. Or ce que tu fais ici est mal. Laisser Burke souffrir, convaincu que tu es morte, tout ça pour ménager ta susceptibilité froissée...

Emma s'interrompit ; une pensée perturbante lui traversait l'esprit.

– Attends, attends... Burke a identifié ton corps.

– Le grand psychologue, railla Natalie. Il a cru exactement ce qu'il était censé croire. Il a lu ma lettre manuscrite, il a vu ma voiture près du pont. Quand on a retrouvé un cadavre en voie de décomposition dans l'eau, avec des cheveux roux, mes vêtements, mes bijoux, il m'a reconnue. Et déclarée morte, conclut-elle avec jubilation.

– Mais... si ce n'était pas toi dans cette rivière, qui était-ce ?

– Quelle importance ? Tu ne la connais pas, répondit Natalie, agacée. Elle travaillait dans une station-service de la région.

Emma songea au poster, à la station-service. La fille rousse, au teint pâle, disparue après ses heures de travail.

– Shannon O'Brien ? s'exclama-t-elle.

Natalie la considéra avec circonspection.

– Bravo, Emma. Quelle perspicacité !

– Je ne comprends pas. Comment pouvait-elle porter tes vêtements, tes bijoux ?

– Et même mon alliance. Il m'a semblé que ça complétait joliment le tableau.

Emma pressa une main sur sa poitrine ; elle avait la nausée.

– Tu veux dire que... que tu l'as jetée à l'eau ?

– Oui, après l'avoir habillée.

– Oh, Seigneur. Tu l'avais trouvée morte quelque part ? Natalie, tu n'as pas...

Le regard de cette dernière était froid et vide.

– C'était une toxico. Elle était dans les vapes, couchée sur le bord de la route, dans les broussailles quand on l'a... quand je l'ai trouvée. Pas morte, d'accord, mais ça n'aurait pas tardé.

– Tu aurais pu appeler les secours. Une ambulance.

– Elle aurait recommencé. À présent, elle est dans ma tombe. Il n'y a plus rien à faire.

– Pourquoi, mais pourquoi ?

– En fait, quand je l'ai découverte, ça m'a donné l'idée. Si tout le monde me croyait morte, ce serait mieux. Après tout, la vie de Natalie White, la poétesse, était terminée. J'étais foutue. Mon existence était foutue. Je me suis dit qu'au moins un suicide rendrait mon travail plus intéressant. Que ça ferait peut-être même de moi une icône, comme Sylvia Plath.

– Foutue ? Qu'est-ce que tu racontes ? Tu étais en plein succès. On venait de te décerner la Solomon Medal.

Natalie secoua impatiemment la tête.

– On m'aurait tout enlevé. Ma réputation aurait été anéantie. Il fallait que je meure. Il n'était absolument pas question que j'aille en prison. Je n'avais pas d'autre choix.

– Tu divagues, dit prudemment Emma.

– Oh, lâche-moi, ironisa Natalie. Je pensais que ton mari t'aurait peut-être expliqué.

– Quoi donc ?

Natalie ricana.

– Toute cette magnifique publicité à propos de la Solomon Medal m'est retombée dessus. Tu vois, le printemps dernier, il y a eu un accident. Un vieux bonhomme s'est fait écraser. Un professeur d'université à la retraite.

– Oui, je m'en souviens vaguement. Il a été renversé par un chauffard qui a pris la fuite, n'est-ce pas ?

– Il y avait un témoin. Une espèce d'abruti qui filmait les allées et venues de sa petite copine, dans le quartier. Il a filmé l'accident mais n'en a jamais parlé aux flics, parce qu'il était marié et ne tenait pas à ce que sa femme découvre qu'il avait une maîtresse. Bref, il m'a vue à la télé, il m'a reconnue. Il menaçait de me ruiner. Il me faisait chanter.

Emma la dévisageait fixement.

– C'était toi ? Le chauffard ?

– Il était vieux, ce type, rétorqua Natalie, comme si l'âge de la victime rendait son crime insignifiant.

– Oh, mon Dieu...

– Épargne-moi le coup de la vertu, cracha Natalie avec dégoût.

– Excuse-moi d'être... choquée. Tu as tué cet homme. Et Shannon ? Sa famille ne sait même pas où elle est !

– Je n'y peux rien.

– Seigneur, tu es tellement égoïste. Ça n'a aucune importance pour toi, n'est-ce pas ? Aucune.

Natalie la fusilla des yeux.

– Moi, je suis égoïste ? Tu oses dire ça ? Toi, la fille qui a une famille idéale, une vie idéale. Tu n'imagines pas à quel point, moi, j'ai souffert...

– Oh, mais si, Nat, coupa Emma, écœurée. Ton enfance abominable. Tout le monde est au courant. Je t'ai écoutée un million de fois. Consolée un million de fois. Ignorer que tu as souffert ? Tu ne laisserais personne l'oublier.

– Sale garce ! s'écria Natalie qui, de toute sa force, se rua sur Emma.

Trop abasourdie pour réagir, ou tenter de garder son équilibre, Emma tomba lourdement à genoux sur le sol crasseux. Hoquetant, elle tendit les bras pour se cramponner à quelque chose.

Alors Natalie glissa la main dans un fourreau en cuir dissimulé sous sa chemise de flanelle. Elle en extirpa un couteau de chasse qu'elle brandit. Avant qu'Emma ait pu se redresser, Natalie lui assena un coup dans le flanc avec le bout de sa lourde botte de chantier. Emma sentit les points de suture se déchirer. Du sang rouge et poisseux coula sous la manche de son ample tunique.

– Maintenant, debout, commanda Natalie.

Le souffle court, tenaillée par la douleur, Emma était abasourdie par la tournure qu'avaient prise ces retrouvailles. Résister ? Une lueur redoutable flambait dans les yeux de Natalie. Elle n'hésiterait pas à se servir de ce couteau, on pouvait miser là-dessus. Emma devait coopérer. Garder l'espoir de la raisonner. Elle pensa brièvement à l'autre personne, le garçon à la casquette de baseball. Qui était-il et où était-il parti ? Était-il encore là ? Elle pourrait peut-être l'appeler à l'aide.

– Debout ! glapit Natalie, aiguillonnant Emma avec le couteau.

Emma se remit debout tant bien que mal. Natalie lui mit la pointe de la lame sous la gorge.

– Avance !

Et Emma avança. Elles passèrent de la cuisine jonchée de détritus à une petite chambre qui se résumait à un lit défait, empestant le sexe et la sueur, une chaise à dossier droit, ainsi qu'une pile de vêtements et un sac en plastique plein d'objets de toilette jetés sur un bureau.

– Assise ! ordonna Natalie, traînant bruyamment la chaise jusqu'au milieu de la pièce.

Emma était trop faible pour lutter, elle devait obéir. Surtout à cause de la pointe de ce couteau qui, maintenant, lui piquait la nuque. Elle s'assit sur la chaise, Natalie ouvrit un tiroir où elle prit un rouleau de cordelette et ligota Emma.

Celle-ci inspira à fond et s'évertua à garder les bras écartés de son torse, le plus possible, tandis que Natalie la ficelait comme un saucisson.

– Pourquoi tu me fais ça, Natalie ? Moi, je ne t'ai jamais fait de mal. J'ai été ton amie pendant toutes ces années, je t'ai soutenue dans les épreuves. Même le jour de mon mariage, j'ai regretté que tu ne sois pas près de moi. Malgré tous les moments difficiles, j'aurais aimé partager cette journée avec toi.

Les yeux de Natalie flamboyèrent.

– Ah oui. J'ai été vraiment désolée de louper ça. Ton mariage.

Emma la regarda et ressentit une autre peur, pareille à une rose noire subitement éclose dans sa poitrine.

– Une minute. Tu as dit tout à l'heure... tu pensais que David m'en avait peut-être parlé. De l'accident.

– Mais il ne l'a pas fait, n'est-ce pas ?

– Comment l'aurait-il su ?

Un sourire malin s'étala sur le visage de Natalie.

– Tu ne vois vraiment pas, hein ? Il a gardé notre secret.

– Quel secret ?

– Réfléchis un peu, Emma. À ton avis, à qui je demanderais de l'aide si un salopard débarquait pour me faire chanter ?

– À ton mari. Burke.

Natalie roula les yeux.

– Burke. Ben, tiens. Il me serait vachement utile. Dégoulinant de sollicitude. Monsieur blanc-comme-neige. Il me donnerait une leçon de morale sur mon rôle dans la débâcle de la société.

– Burke t'adorait.

– Sa femme, la poétesse. Un accessoire dans son petit univers parfait. L'épouse belle et brillante qui avait simplement besoin d'être psychologiquement remise sur les rails. Non, non. Burke n'aurait pas supporté l'idée que sa précieuse compagne soit une meurtrière. Mieux valait pour lui croire que j'étais morte. Alors non, je n'ai rien dit à Burke.

Emma la fixait, les yeux écarquillés.

– Un ami ?

– Un ami, répéta Natalie qui esquissa un sourire. On peut sans doute employer ce terme. Un ami. Très spécial. Un ami que je retrouvais pour des après-midi fabuleux dans le petit chalet de ta lune de miel, là-bas, derrière la colline.

– Toi et David, souffla Emma.

– Eh oui...

– Il ne m'aurait pas caché ça, protesta Emma sans conviction.

– Il l'a pourtant fait. N'est-ce pas ?

– Oui...

– Désolée.

Emma ne pouvait plus respirer. Même si elle avait réussi à empêcher ses liens de l'étouffer, elle avait l'impression que l'air ne parvenait plus à ses poumons.

Elle se représentait David là-bas, avec Natalie, dans ce nid où il avait emmené, pour leur lune de miel, celle qu'il venait d'épouser. David et Natalie, amants adultères, leurs rendez-vous dans ce chalet où il avait fait entrer Emma en la portant dans ses bras, pour marquer le début de leur nouvelle vie. Le chalet où elle avait été attaquée avec une hache. Le lieu où il avait tenté de la tuer.

Cette cruelle pensée la transperça, elle laissa échapper un gémissement. Avoir envie de mourir, elle savait maintenant ce que c'était.

31

LES YEUX de Natalie flamboyaient toujours.

– Tu n'étais vraiment pas au courant, hein ? Il a gardé notre secret. Tu ne savais pas qu'il m'appartenait. Qu'il m'aimait.

Soudain la porte de la chambre se rabattit contre le mur, et un jeune homme en sweatshirt s'encadra sur le seuil, le regard plein de fureur. Il avait enlevé sa casquette des Eagles. Emma vit les cheveux fuchsia, le troisième œil sur le front.

– Arrête ! cria-t-il. Arrête de parler de lui comme ça. Il t'appartient pas. Il est parti. Il est plus rien pour toi. Tu m'as, moi. C'est moi qui t'aime. Tu y penses, à moi ?

– Kieran, balbutia Emma.

– Sors d'ici, ordonna Natalie.

– Tu es à moi. Tu me l'as dit. Tu m'as dit que tu étais à moi. Pourquoi tu parles tout le temps de lui ? Il est pas là pour t'aider. C'est moi qui suis là.

– Calme-toi. Viens, on va parler dehors.

– Qu'est-ce qu'il faut que je fasse ? continua Kieran, le regard fou. J'ai fait tout ce que tu voulais. Tout. Pourquoi tu me tortures ? Je croyais qu'on allait finir tout ça et partir d'ici. Tu l'as dit. Tu me l'as promis.

Pourquoi tu l'as laissée entrer ? Pourquoi tu lui as raconté ?

– Il faut qu'elle sache. Elle croit que je mens. Explique-lui, Kieran. Explique comment tu nous as vus ensemble. Moi et David. Comment tu es venu chez moi, avec tes chansons, et comment tu m'as vue avec lui. Tu as vu ce que fait un vrai mec. Ça a dû te plaire. Tu es resté là à regarder, et je ne m'en suis pas rendu compte.

Kieran se boucha les yeux, secouant la tête.

– Je veux pas me souvenir, geignit-il, tel un enfant meurtri. Tu as dit que tu parlerais plus de lui. Sinon, je t'aide plus !

Il se rua dans l'autre pièce.

– Kieran ! s'écria Natalie qui courut le rejoindre. Non, mon bébé !

Emma entendit, dans le living, leurs voix qui enflaient puis chuchotaient.

– Mais bien sûr, mon bébé, susurrait Natalie.

Emma s'efforçait de comprendre leurs paroles. Elle tendait l'oreille pour capter le nom de David. Pour se punir, l'imaginer dans un lit avec Natalie, en train de la tromper.

– Merde, gémissait Kieran. J'en ai assez. Je le supporte plus. Quand est-ce que ce sera fini ?

Tout à coup, le silence s'instaura dans l'autre pièce. Où sont-ils ? se demanda Emma. Et Kieran... ce gamin perdu, bousillé. Savait-il depuis le début que Natalie était vivante, et avait-il gardé son secret ? Maintenant qu'elle y réfléchissait, Emma se rappelait ses chansons tourmentées, sa solitude. Elle se remémora aussi qu'il avait l'habitude de montrer ses textes à Natalie.

Comment en étaient-ils arrivés là ? Comment étaient-ils passés des cookies et des élogieuses critiques littéraires à ce taudis au fin fond des bois ? Emma se souvint de Kieran déclarant qu'il projetait de mourir par amour. À présent elle comprenait – il pensait à Natalie, une femme prétendument morte. Toutes ces révélations... elle en avait la tête qui tournait, cependant elle savait une chose : sa situation était précaire, périlleuse. Ils la retenaient prisonnière, ligotée. Ils la considéraient comme une sorte de menace or, manifestement, tous deux vivaient dans une réalité parallèle où feindre d'être mort n'avait rien de répréhensible. Une réalité où Emma ne s'attarderait pas. Avant tout, il s'agissait de fuir. Le plus loin possible.

Sers-toi de ta cervelle. Pas moyen de téléphoner. Son portable était dans son sac, dans l'autre pièce ; elle l'avait lâché quand Natalie l'avait poussée en avant. Donc, pas question d'alerter quelqu'un. Emma s'obligea à ne pas ruminer cette sinistre évidence. Elle balaya la pièce du regard, dans l'espoir de découvrir une issue. Hormis la porte, à proscrire, il n'y avait qu'une fenêtre aux vitres presque opaques – on ne l'avait pas ouverte, semblait-il, depuis des années.

Commence par le commencement. Tu dois te libérer. Elle respira à fond et pensa à son bébé qui voulait vivre. Je ne les laisserai pas nous tuer, Aloysius. Je ne te laisserai pas mourir. Elle se concentra sur ses liens, contracta ses muscles et rapprocha ses bras. Elle sentit la corde se détendre, mais pas beaucoup. Elle répéta l'opération avec ses jambes, essayant de les écarter des pieds de la chaise. Combien de temps faudra-t-il ? J'ai combien de temps devant moi ?

Elle continua de son mieux, gonflant et crispant ses muscles afin d'avoir la place de bouger. C'était lent et douloureux. Elle écoutait les murmures et les cris qui avaient repris dans l'autre pièce. Elle eut envie de hurler, mais c'était stupide. La plus proche maison était celle des Zamsky et il n'y avait personne. Aussi s'acharnait-elle sur ses liens, en priant. Brusquement, elle eut une idée. Si elle faisait passer la corde enroulée autour de ses poignets par-dessus l'une des boules en laiton terni du cadre de lit, elle s'en servirait pour se détacher. Ça valait le coup d'essayer. Mais, pour cela, il fallait déplacer la chaise, et en silence. Courbant les épaules, elle se pencha en avant et souleva ses fesses jusqu'à ce que les pieds de la chaise décollent du sol. Portant la chaise en équilibre sur son dos, elle se traîna dans la pièce en s'efforçant d'éviter au maximum que les pieds du siège ne raclent le parquet. Enfin, elle atteignit le lit et put se rasseoir.

Elle lança un coup d'œil vers la porte, mais apparemment on ne l'avait pas entendue. Elle ne percevait que des murmures. Elle tourna le dos au cadre de lit, se redressa, avec la chaise, tout en soulevant ses mains ligotées pour les faire passer sur la boule en laiton afin de frotter la corde contre le métal des barreaux. En tout cas, c'était son plan, mais elle n'avait pas d'yeux derrière le crâne ; quand elle leva les bras pour les positionner sur la boule, se pencha en avant, elle loupa sa cible et tomba. Elle resta affalée sur le côté, toujours attachée à la chaise, ravalant un cri – la douleur irradiait dans tout son corps.

Les voix, dans l'autre pièce, se turent un instant. La porte de la chambre grinça – on l'ouvrait.

– Elle est tombée, dit Kieran.

– Laisse-la comme ça, répondit Natalie.

Emma sentit les larmes lui monter aux yeux, de souffrance et de désespoir. Les moutons qui s'amoncelaient par terre lui chatouillaient la figure et la faisaient suffoquer. Elle contemplait, sans le voir vraiment, un tas de vêtements noirs qu'on avait fourrés sous le lit. Une capuche molletonnée, des jambes de pantalon et des manches émergeaient de ce fouillis, ainsi qu'autre chose. Il fallut un moment à Emma pour reconnaître une cagoule. Noire. Avec des trous pour les yeux, bordés de rouge.

Elle se recula vivement, étouffant un hurlement.

Les vêtements de son agresseur. Celui qui l'avait attaquée, ici dans les Pinelands, et à la gare.

J'ai fait tout ce tu m'as dit, avait déclaré Kieran.

Qu'est-ce que tu as fait, Kieran ? C'est toi qui as tenté de me tuer ? C'est Natalie ? L'un de vous deux a endossé ces habits, m'a frappée avec une hache et, ayant échoué, a ensuite voulu me pousser sous un train. Et l'autre le savait.

Elle pensa aux deux personnes qui conspiraient dans l'autre pièce. Elle avait considéré l'un comme un patient, l'autre comme une amie. Elle avait la nausée à la pensée de toute cette haine que lui vouaient deux êtres pour qui elle avait eu de l'affection.

Tu n'as pas mérité cette haine. Ne les laisse pas te vaincre. N'oublie pas ton bébé, se répéta-t-elle.

Se servant de ses pieds, elle s'écarta du lit, se tortillant sur le plancher comme un crabe retourné sur le dos. Quand la chaise heurta le mur, elle en fut secouée de la tête aux orteils. Elle se balança en arrière, avec précaution ; lentement, péniblement, elle souleva son poids et remit sa chaise debout. Lorsqu'elle fut enfin assise, toujours ligotée, dans un coin de la chambre, elle haletait et son cœur cognait.

Elle entendit, à l'extérieur, un son ténu et familier. Un hennissement. Qui se répéta plusieurs fois. Le cheval s'agitait-il, ou y aurait-il quelqu'un dans les parages ? Se pouvait-il que la police ait réussi à la retrouver ? Ou bien refusait-elle d'admettre qu'elle était fichue ? Espérant contre tout espoir, elle tourna la tête pour regarder par-dessus son épaule – elle ne verrait que la nuit noire par la fenêtre, elle le savait.

Un homme pressait sa figure contre la vitre crasseuse ; ses yeux noisette, tristes et épouvantés, étaient rivés sur Emma.

– Stop ! cria Joan Atkins. Qu'est-ce que c'est que ça ?

Audie Osmund, alerté, avait quitté le banquet et son petit-fils pour participer aux recherches. Il avait rassemblé six hommes et rejoint Joan Atkins et Trey Marbery à la station-service décrite par Emma. Dans la boutique, la blonde décolorée qui trônait à la caisse leur avait déclaré avec indifférence :

– Peut-être que la dame avait une raison de vouloir plaquer le mari.

– En tout cas, elle était drôlement pressée, avait renchéri le pompiste en leur montrant la porte de derrière.

Audie ordonna à ses subordonnés de se déployer en éventail, sûr qu'elle avait laissé une piste. Jusqu'où pouvait-elle aller dans son état – une femme enceinte, blessée et à pied ?

– Elle porte sans doute cette cape en alpaga, avait suggéré Joan. Les branches et les broussailles s'y accrocheront. Cherchons des bouts de laine pour nous guider.

Plusieurs policiers se mirent en marche, mais Audie qui connaissait bien les chemins et les sentiers du secteur, proposa de prendre son pick-up. À présent, Joan était à côté de lui, tendue ; Trey, lui, s'était casé dans l'étroit espace derrière les sièges. Éclairés par les feux de route, ils commencèrent à rouler dans les bois. Joan râlait encore, disant qu'ils auraient mieux fait d'aller à pied. Toutes les dix secondes, elle essayait d'appeler Emma sur son portable, en vain.

Et puis, subitement, Joan aperçut quelque chose.

– Là-bas ! s'exclama-t-elle.

– C'est le chemin qui mène au chalet de l'oncle, rétorqua Audie.

– Vous ne voyez rien par là-bas ?

Audie scruta l'obscurité. Entre les arbres, il crut discerner effectivement quelque chose.

– Une lumière ?

– Dans le chalet ? demanda Joan.

– Non, c'est trop faible.

– Vous avez raison.

C'était même plus faible que l'éclat d'une lampe-torche dans la nuit. Et, de plus, ça ne bougeait pas. Ça paraissait émaner d'une seule petite ampoule.

– Allons vérifier, dit Joan. Ça ne prendra qu'une minute.

Audie arrêta le pick-up, sauta à terre et récupéra sa torche dans le coffre. Joan et Trey descendirent de la cabine et s'avancèrent sur le chemin truffé d'ornières, en direction de la lumière.

– Emma ! cria Joan. Vous nous entendez ?

Audie les rattrapa, tenant comme une arme sa longue et puissante torche électrique. La source lumineuse était juste après une courbe du chemin. Ils continuèrent à avancer.

Une voiture était arrêtée dans un bouquet de pins, sur le bord du chemin, quasiment couchée sur le côté contre le talus pentu. La portière du passager était ouverte dans le vide, au milieu des branches, ce qui avait provoqué l'allumage du plafonnier. Personne en vue, le véhicule semblait vide.

Joan s'en approcha prudemment, dégainant son pistolet. Cette voiture abandonnée, en pleine nuit, cette portière ouverte ne présageaient rien de bon. Qui l'avait laissée ici ? De toute manière, pourquoi quelqu'un se baladerait-il sur ce chemin ? Soudain, venant du véhicule, elle entendit un son ténu. Une voix humaine, un gémissement.

Emma.

Brandissant sa torche, Audie se précipita.

– Qui est là ? lança Trey. Qui est-ce ? Madame Webster ?

Il s'agissait d'une Cadillac grise, récente. Sur la vitre arrière était collée une vignette de parking du Centre Wrightsman.

– Je crois connaître cette voiture ! s'exclama Trey. Elle appartient au Dr Heisler, le directeur du Centre Wrightsman.

Quand ils atteignirent la Cadillac, ils découvrirent qu'un corps était coincé entre la portière ouverte et les branches basses des pins.

Sans songer aux dégâts que risquait de subir le pantalon de son élégant tailleur, Joan écarta les branches et grimpa dans la voiture. Elle souleva l'homme pour le dégager. Le visage de Burke Heisler, ensanglanté, était méconnaissable ; ses yeux mi-clos paraissaient laiteux.

– Docteur Heisler, mais que s'est-il passé ?

Si Joan ne l'avait pas entendu gémir, elle l'aurait cru mort. Il semblait avoir été sauvagement tabassé puis calé sur le siège du conducteur. À en juger par le sang séché – il y en avait partout – le malheureux était là depuis un certain temps. Le poids de son corps inerte avait dû finir par ouvrir la portière. À moins qu'il n'ait réussi à l'ouvrir lui-même, dans un suprême effort pour fuir.

Audie saisit la radio pendue à son ceinturon et appela les renforts.

– Les secours seront bientôt là, docteur Heisler. Accrochez-vous. Ils arrivent.

Pas de réponse. Le psychiatre était-il inconscient ? Il respirait à peine.

– Qu'est-ce qui s'est passé ? murmura Joan sans attendre vraiment de réponse.

Les paupières de Burke frémirent, et Joan vit la stupeur dans ses yeux vitreux.

– Natalie, balbutia-t-il.

– Sa femme, expliqua Trey qui, de l'autre côté, aidait Joan à le soutenir. Celle qui s'est suicidée.

– Pauvre homme...

– Vivante, chuchota Burke.

– Non, monsieur, dit gentiment Trey. Rappelez-vous, votre femme est morte.

– Vivante, répéta Burke d'une voix à peine audible. Dans ces bois. Aidez-la. Aidez Emma.

32

Emma étouffa un cri. David... Il lui intimait le silence, un doigt sur les lèvres. Elle le supplia du regard, et il hocha la tête. Il était revenu. Pourquoi ? Qu'est-ce qui l'avait poussé à revenir ici ? Elle lui fit un signe, pointant le menton. Soudain, la porte de la chambre grinça.

Le cœur d'Emma s'emballa. Ils entraient, tous les deux. Natalie sourcilla.

– Qu'est-ce que tu fabriques ? Comment tu t'es retrouvée là-bas ?

Emma foudroya des yeux cette femme qu'elle avait aimée, dont elle avait pleuré la mort.

– J'ai regardé sous le lit. J'ai vu les vêtements. La cagoule et le sweat à capuche.

Natalie ne feignit même pas de ne rien comprendre.

– J'aurais vraiment dû les balancer. Je n'en aurai plus besoin.

– Brûle-les, dit Kieran.

– C'était toi, murmura Emma. C'est toi qui as tenté de me tuer.

Natalie ne nia pas.

– Pourquoi ? demanda Emma.

– Tu serais morte et lui aurait atterri en prison pour ça. Mon ultime riposte, disons. Pour les traîtres.

– Toi et David, voilà qui sont les traîtres. Vous nous avez trompés, Burke et moi.

Natalie haussa les épaules.

– Ça ne te suffisait pas d'être une petite fille riche. Il fallait que tu me prennes ce qui m'appartenait. David était à moi.

– Parle pas comme ça, marmotta Kieran.

Emma, sidérée, fixait Natalie.

– Et Claude Mathis qui essayait de me sauver. Et l'infirmière qui me soignait. Pourquoi tu l'as tuée ? s'écria-t-elle.

– L'infirmière, c'est Kieran qui l'a liquidée.

– Ne lui dis pas ! protesta-t-il.

– Pourquoi pas ? Elle ne le répètera pas. Elle sera morte. Kieran devait te kidnapper et t'amener ici. Mais c'est l'infirmière qui lui a ouvert la porte. Il s'est affolé et l'a frappée. Ensuite il s'est rendu compte que tu n'étais même pas là. Ce n'était pas très futé, mais...

– Tu étais bien contente ! s'insurgea-t-il.

– Kieran, pourquoi tu me fais ça à moi ? Nous avons si souvent discuté au Centre. Avec le groupe.

Natalie éclata de rire.

– Il a aussi tué Burke. Il fait absolument tout ce que je lui demande.

– Burke ? souffla Emma, qui eut l'impression que son cœur se fendait. Pas Burke !

– Je ne sais pas comment, mais Burke commençait à se douter que je n'étais pas morte.

Emma pensa aussitôt au rapport d'autopsie, dans la voiture de Burke. Il avait effectivement des soupçons.

– Burke furetait autour du chalet des Zamsky quand je suis tombée nez à nez avec lui. Imagine la surprise. Heureusement, Kieran était là pour donner un coup de main.

– Tu te fiches éperdument de ce qui n'est pas toi, n'est-ce pas, Natalie ?

– C'est pas vrai, intervint Kieran. Moi, elle m'aime. On va partir ensemble, elle et moi. Et on se séparera jamais.

Emma le dévisagea avec tristesse.

– Oh, Kieran, te ne crois quand même pas à ça ? Elle se sert simplement de toi, ensuite elle te jettera.

Il tenait le couteau dans sa main droite ; Natalie se glissait derrière lui, un sourire excité aux lèvres et au fond des yeux. Il se retourna. Son regard si jeune était empli de douleur.

– C'est pas vrai, dit-il.

– Elle cherche à gagner du temps, commenta Natalie. Elle va mourir, elle le sait.

– Ce n'est pas trop tard pour toi, Kieran. Ne lui obéis pas, insista Emma.

– Il le faut. Elle est tout pour moi.

– La police arrive. Tu ne t'en sortiras pas.

Il se détourna, mais Emma vit dans ses yeux une lueur de peur. Une toute petite lueur, qui lui redonna cependant un peu d'espoir.

– Elle ne t'aime pas, Kieran. Elle n'aime personne.

– Si, moi elle m'aime. Depuis la première fois que je lui ai montré mes chansons. Elle a tout de suite compris que j'étais un génie.

Emma le scruta et, instantanément, sut quelle stratégie adopter. C'était cruel, néanmoins elle n'avait pas le choix. Et pas d'autre arme à sa disposition. Diviser et vaincre.

– Kieran, je suis navrée de te l'apprendre, mais elle s'est moquée de tes chansons. Elle a dit qu'elles étaient idiotes, pathétiques.

Les yeux de Kieran s'arrondirent. Quand il se tourna vers Natalie, sa figure semblait ravagée par le doute.

– Tu m'as dit que j'étais un génie.

– Elle invente, ne l'écoute pas, répondit Natalie. Toi et moi, nous connaissons la vérité.

Kieran pivota et gifla Emma dont la tête bascula en arrière.

– Menteuse !

Emma avait la joue en feu.

– Je ne mens pas.

– Qu'est-ce que tu attends ? cria Natalie. Ne l'écoute pas.

– Tu l'as dit ? Tu as dit que mes chansons étaient pathétiques ?

Natalie s'empara soudain du couteau de chasse, le brandit dans les airs, menaçant à la fois Kieran et Emma.

– Natalie, bon sang ! Donne-moi ça.

– Tu ne peux pas, hein ? hurla Natalie. Tu es incapable de la tuer.

– Si, je peux et je vais le faire. Rends-moi le couteau.

Natalie leva le couteau.

– Tu es trop faible, Kieran ?

– Bien sûr que non, protesta-t-il, essayant de la toucher, de l'enlacer.

Natalie le tenait à distance, fouettant l'air autour de lui avec le poignard. Indifférent aux coups qu'elle tentait de lui assener, Kieran lui saisit les poignets.

– Bien sûr que non. Je t'aime ! Sans toi j'ai plus de vie. Évidemment que je vais la tuer pour toi.

Natalie, méfiante, baissa le couteau. Kieran l'attira contre lui ; il tournait le dos à la porte. Natalie se laissa faire, les doigts toujours crispés sur le poignard. Kieran appuya son front hideux sur l'épaule de la jeune femme.

Les yeux écarquillés, Natalie fixait le seuil de la pièce.

– David, souffla-t-elle.

Kieran recula, le regard étincelant, et la repoussa. Le couteau tomba bruyamment sur le sol. Kieran agrippa Natalie par le cou, serra.

– Non ! Assez ! Arrête de regretter que je sois pas lui !

David bondit dans la pièce, armé d'un démonte-pneu qu'il abattit sur le dos de Kieran. Les mains du garçon, sur la gorge de Natalie, se firent molles. Il chancela.

Sans hésiter, David lui assena un nouveau coup, à l'épaule. Kieran s'écroula sur le sol.

Natalie regardait fixement David.

Celui-ci se pencha pour ramasser le couteau. Kieran était inconscient, un hématome noircissait le côté de sa figure. David se redressa. Le cœur au bord des lèvres, Emma le dévisageait. Il lança un regard à Natalie. Puis il pivota et trancha la cordelette qui attachait Emma à la chaise. Après quoi, il lui tendit le couteau. À cet instant, Natalie comprit : elle se rua sur lui, cherchant à lui griffer la figure, le martelant de ses poings.

Dédaignant cette rage, David empoigna le démonte-pneu.

– Natalie ! vociféra-t-il pour se faire entendre. Ne m'oblige pas à te tuer. Si je te frappe avec ce truc, je te jure que je te tuerai.

Natalie s'interrompit une seconde, recula, les yeux exorbités. Emma leva le couteau, prête à le planter, sans regret, dans le corps de Natalie si celle-ci s'approchait. Mais Natalie ne remarqua rien. Elle se focalisait sur David.

– Comment tu as su que j'étais ici ?

– Je cherchais Emma. Quand ce garçon m'a ouvert la porte, j'ai eu l'impression de le connaître. Je suis reparti, mais je n'arrêtais pas de me dire que j'avais déjà vu cette figure. C'est cette casquette qui m'a dérouté. Elle cachait les cheveux fuchsia et cet horrible tatouage. Je me le suis représenté sans cette casquette. Et alors j'ai eu le déclic. Le garçon au troisième œil. Du Centre Wrightsman. Le patient d'Emma. Elle était tellement gentille avec lui. Qu'est-ce que tu lui as fait, à ce gamin ?

– J'ai parlé de nous à Emma, David, déclara Natalie, négligeant sa question. Elle n'était pas au courant.

David rougit.

– Il n'y a rien à dire, marmonna-t-il.

– Vraiment ? Rien à dire ?

Emma lut le remords dans les yeux de David et sut alors que c'était la vérité. Ils étaient amants. Ce n'était pas une élucubration de l'imagination débridée de Natalie.

– Il n'y avait aucune raison d'en parler. C'était une aventure sans importance. Surtout quand je t'ai crue morte...

– Sans importance ? Tu m'aimais !

– Je ne t'ai jamais aimée.

– Si ! Ne nie pas pour la ménager. Il ne pouvait pas se rassasier de moi, ajouta Natalie, regardant Emma avec mépris.

– Épargnez-moi les détails, rétorqua Emma d'un ton morne.

– N'adresse pas la parole à ma femme, articula David. Garde ton venin.

Natalie darda sur lui un regard noir.

– Tu as pleuré pour moi ? Tu as versé des larmes sur ma tombe ?

– Moi ? Certainement pas. J'ai estimé que ce n'était que justice, même si tu avais choisi la porte de sortie réservée aux lâches. Tu as écrasé ce vieil homme. Tu es descendue de ta voiture pour t'assurer qu'il était bien mort, et tu es repartie.

– Tu étais avec elle à ce moment-là ? questionna Emma, horrifiée.

– Non. Je n'étais même pas au courant avant que le type la contacte, avec son film vidéo. Je te connaissais déjà, j'avais rompu avec elle, mais elle m'a appelé, supplié. Sous prétexte qu'elle avait un terrible problème et que j'étais le seul capable de l'aider.

– Et tu es allé la retrouver.

David dévisagea Natalie.

– J'y suis allé. Elle m'a tout raconté et imploré de l'aider.

– Et tu l'as aidée ? interrogea Emma.

– Je lui ai conseillé de se livrer à la police. Sinon, je la dénoncerais.

– Tu te fichais de ce que je deviendrais, cracha Natalie.

– Tu avais tué un homme.

– Tu mets les choses à ta sauce, tout ça paraît tellement digne. Avoue la vérité, David. Tu voulais te débarrasser de moi et épouser l'héritière pour son fric. Mais je n'allais pas te donner cette satisfaction. Tu as cru que je m'en irais sur la pointe des pieds, que je te laisserais t'en tirer comme ça ? Tu pensais que tu n'aurais pas à payer pour tes crimes ? Je t'ai demandé ton aide et tu m'as trahie. Existe-t-il des crimes plus impardonnables ?

À l'extérieur, des voitures roulaient dans la clairière, des portières claquaient. Emma jeta un coup d'œil en direction de la fenêtre. Elle entendait Osmund qui, dans un mégaphone, criait à ses hommes d'abattre les suspects si nécessaire. Et Joan Atkins qui leur recommandait la prudence d'un ton froid quoique pressant. Emma aurait dû exulter, mais elle n'éprouvait rien, hormis une profonde hébétude.

– La police est là, dit-elle.

David la considéra tristement, elle détourna les yeux. Il reporta son attention sur Natalie.

– Raconte plutôt tes crimes à ma femme, qui ne veut plus me regarder. Et à mon meilleur ami que j'ai effectivement trahi...

– Burke est mort, marmonna Emma. Ils l'ont tué.

– Non ! s'écria-t-il.

– C'est ce qu'ils ont dit.

David pâlit, chancela.

– Il ne t'a jamais témoigné que de la gentillesse, Natalie. Il a fait tout ce qui était en son pouvoir pour t'aider.

– Il me gardait prisonnière dans son petit univers bien ordonné. Avec ses théories, ses médicaments et ses tabliers de cuisine « Un baiser pour le chef ». Vivre là-bas auprès de lui... je mourais à petit feu. Je te l'ai dit la première fois qu'on s'est retrouvés. Tu te souviens ?

– David, murmura Emma. Mon Dieu...

– Je me souviens, répondit-il. Je me rappelle avoir pensé à ce moment-là que mon ami Burke était trop bon pour toi. Que je devrais m'éloigner de toi et ne jamais regarder en arrière.

– Mais tu ne l'as pas fait ! s'exclama-t-elle, triomphante. N'est-ce pas ?

Emma retint un instant sa respiration, espérant qu'il allait nier.

À ce moment, on cogna à la porte.

– Police ! brailla Audie Osmund.

– Entrez ! cria Emma, serrant plus fort le couteau qu'elle leva, prête à frapper s'il le fallait. On est là.

– Sauve-moi, chuchota Natalie à David, enjambant le corps inerte de Kieran.

Elle avait les joues rouges, sur sa peau d'albâtre perlaient des gouttes de sueur.

Emma regarda son mari, se demanda ce qu'il ressentait, comment elle avait pu si mal le connaître. Son visage était un masque indéchiffrable.

– Jamais, dit-il à Natalie. Pas même si je le pouvais.

33

Il était plus de minuit quand ils en eurent fini, du moins dans l'immédiat, avec la police, l'hôpital et les médias. Natalie était en prison, sans possibilité de libération sous caution. Kieran était lui aussi en état d'arrestation et hospitalisé. On lui avait accordé la libération sous caution, mais sa sœur était en croisière, par conséquent il restait sous les verrous. Burke était conscient, on l'avait transporté en soins intensifs. Les médecins étaient optimistes. Il avait déclaré à la police qu'il doutait de la mort de Natalie depuis qu'Emma avait reçu, en guise de cadeau de mariage, le ravier en forme de coquille Saint-Jacques. Les résultats de l'autopsie lui avaient confirmé qu'il s'était trompé en identifiant le cadavre de sa femme. Il était alors parti à la recherche de Natalie. Avec les conséquences désastreuses que l'on connaissait.

David et Emma avaient fait leur déposition, sous la houlette de M. Yunger qui, arraché à un dîner chic, avait débarqué en smoking pour les guider tout au long de la procédure. Ils avaient fui la mitraille des journalistes, Yunger tenant à ce qu'ils ne compromettent pas leur témoignage en parlant à la presse. Maintenant, enfin, ils étaient à la maison. David déverrouilla la porte, Emma entra lentement – elle avait mal partout. Elle dégrafa sa cape ; David la débarrassa du vêtement taché et déchiré, et le suspendit à un crochet, dans le placard.

– On devrait jeter cette chose, dit-il.

– Non, répondit-elle sèchement. Non, je veux la garder.

Elle se dirigea vers le seuil du salon et s'appuya contre le chambranle, tandis que David allumait le lampadaire et les diverses lampes en verre. Emma balaya la pièce du regard. Elle était relativement bien rangée, grâce à Lizette qui l'avait nettoyée pour eux avant de rencontrer Kieran, son assassin. Une trace de l'infirmière si efficace mais condamnée à un funeste destin semblait s'attarder entre ces murs, une bouffée de chagrin. Naguère, Emma et David s'étaient imaginés, par les nuits froides comme celle-ci, pelotonnés devant leur cheminée – à la lueur des bougies et celle, délicatement colorée, des abat-jour de verre. Mais à présent, même dans la chaude lumière ambrée qui le baignait, Emma ne trouvait pas ce salon accueillant.

– Viens t'asseoir, lui dit David.

Elle se sentait trop exténuée et engourdie pour protester. Elle s'approcha du canapé en cuir et s'assit dans l'angle, contre un gros coussin en tapisserie.

– Je te sers quelque chose ? suggéra-t-il.

Emma secoua la tête.

– J'ai l'impression qu'on est partis pendant des années, dit-elle.

– Oui.

Elle le scruta un instant.

– Tu avais des soupçons ?

– Non. J'ai honte de l'avouer, mais je commençais à penser que c'était peut-être Burke.

– Burke ? s'exclama-t-elle.

– J'étais dans le brouillard. Les lettres que tu recevais au bureau. Il aurait pu en être l'auteur. Je me disais qu'il avait peut-être eu vent de mon aventure avec sa femme. Je devenais passablement paranoïaque.

– Pauvre Burke...

– Oui... Mais, apparemment, ils considèrent qu'il se rétablira.

– Comment réussira-t-il à guérir de tout ça ? Le choc, la trahison...

Ils gardèrent un moment le silence.

– Je n'ai pas de réponse, dit-il. Nous devrons tous guérir.

– D'une manière ou d'une autre.

– Demain on prendra un nouveau départ.

– J'ai réfléchi.

– Oui ?

– Je crois que, demain, j'irai à Chicago. Je resterai un certain temps chez ma mère et Rory.

Il se tut. Elle attendit une réaction, qui ne vint pas. Finalement, elle le dévisagea.

– Pourquoi ? demanda-t-il, fixant le vide devant lui.

– Parce que j'ai besoin de... de m'éloigner.

– De moi.

– Simplement m'éloigner.

– De nous, rétorqua-t-il d'un ton accusateur.

– David, je n'ai pas envie de me disputer avec toi. Je suis trop lasse.

– Tu en as assez de notre mariage.

– Quel mariage ? lança-t-elle d'un ton mordant.

Un instant, Emma le regarda droit dans les yeux. Elle vit qu'elle l'avait blessé. Elle en fut contente, en un sens. Cela lui causait une sombre satisfaction. Elle contempla ses mains, dans son giron, remua les doigts.

– Comprends-moi bien. Je te suis reconnaissante de m'avoir retrouvée. De m'avoir cherchée. Et je ne veux pas de malentendu. Je ne te reproche pas ce que Natalie a tenté de me faire. C'est une malade mentale, et elle est cruelle. Une terrible combinaison. Je te dois la vie, David. Jamais je ne l'oublierai.

– C'est très touchant. Vu que tu me soupçonnais de vouloir te tuer.

– Qu'aurais-tu pensé, à ma place ? demanda-t-elle, refusant de se laisser culpabiliser. J'étais obligée d'envisager cette hypothèse. Je suis enceinte. Je n'avais pas le droit de mettre la vie de mon bébé en danger. Si tu es offensé, eh bien, j'en suis désolée. Mais je n'avais pas beaucoup de solutions.

– Je sais.

Ils étaient assis côte à côte, tendus, sans se toucher. Emma avait le cœur lourd. Une petite part d'elle-même avait envie de le dire, tout simplement. D'admettre qu'elle souffrait, puisque c'était vrai. Cependant il risquait d'en conclure que c'était bon signe. Que tout allait bien. Or ce n'était pas le cas.

– Dis-moi ce que tu as dans la tête, murmura-t-il enfin.

Emma ne répliqua pas. Elle savait pertinemment que les actes de David n'étaient nullement comparables aux crimes de Natalie. Mais la trahison n'entrait pas dans les statistiques du crime.

– On ne s'en sortira pas si tu ne me parles pas. Parle-moi, supplia-t-il.

– Pour que tu puisses répondre que c'est faux ?

Elle discerna une étincelle de colère dans les yeux de David.

– Je ne vois pas quelles justifications tu peux te trouver, ajouta-t-elle.

David tressaillit mais ne détourna pas son regard.

– Comment tu as pu prendre pour maîtresse la femme de ton meilleur ami ?

– J'en avais envie.

Emma faillit fondre en larmes. C'était la vérité, elle ne l'ignorait pas. Cela n'avait rien de surprenant. Cependant entendre cet aveu était une nouvelle gifle.

– Génial, David.

– Je sais.

– Tu n'as donc aucune loyauté ? Comment as-tu osé faire ça à Burke ?

David inspira à fond.

– Je prétendrais bien qu'elle m'a ensorcelé, mais je ne suis pas un adolescent. Je la désirais, et j'ai cru... je ne sais pas, soupira-t-il. J'aimerais te dire que ça m'a rendu malade. Pourtant je l'ai fait. Même si ça m'avait effectivement rendu malade, ça ne changerait rien. Je l'ai fait.

– Il était ton ami le plus proche.

– Il était surtout comme un frère pour moi. Avec ce que ça implique de rivalité. Quand nous étions gamins, je l'ai toujours envié. Ce n'est pas une excuse, évidemment.

Emma se tut.

– Qu'est-ce que tu as encore sur le cœur ? interrogea-t-il.

– Ça ne suffit pas ?

– Si, mais ce n'est pas tout.

Elle ne voulait pas le dire à haute voix parce que, en réalité, elle suspectait Natalie d'avoir menti. Cependant un mensonge pouvait devenir un abcès suppurant. David la fixait. Il attendait.

– Elle a affirmé que tu l'aimais toujours. Même si tu m'as épousée.

David la scruta, cherchant à capter son regard. Elle finit par céder.

– Tu crois ça ?

Elle ne répondit pas.

– Écoute, je ne vais pas te raconter en détail mon aventure avec Natalie. Nous ne sommes pas masochistes, ni toi ni moi. Mais je te dirai ceci : quand je suis allé la voir, après que le maître chanteur s'est manifesté, je lui ai demandé de me parler de l'accident. La mort du vieux monsieur. Elle m'en a fait un récit complet. Elle était en pleine forme, elle roulait à toute vitesse, en chantant à tue-tête et soudain... bing. Elle l'a percuté. Il marchait sur le côté de la route, elle ne l'a pas vu. Elle est sortie de la voiture, le vieil homme agonisait. Il n'y avait pas un chat dans les parages. Alors elle a pensé qu'elle avait de la chance. Si elle repartait immédiatement, tout irait bien. Parce que personne ne saurait rien de cette histoire.

Il s'interrompit.

– Comment peux-tu croire que je l'ai aimée ?

– Mais tu la désirais. Assez pour trahir ton ami.

– Je me suis conduit comme un porc.

– Et avec moi ? C'était quoi, avec moi ?

– Emma, tu le sais. Nous deux... tu n'as pas oublié. Je ne suis pas comédien à ce point. Tu sais.

Oui... Elle se remémora leurs journées et leurs nuits ensemble. La façon dont leurs corps fusionnaient, leurs cœurs et leurs âmes communiaient.

– Je sais, murmura-t-elle. Mais... je suis si furieuse contre toi. Parce que tu n'es pas... comme je t'imaginais.

– Respectable ?

Cette fois, Emma laissa couler ses larmes.

– Vois-tu, soupira David, quand tu as commencé à recevoir ces lettres tordues, j'ai trouvé qu'elles ressemblaient à ce que Natalie aurait pu écrire. Et puis je me suis dit, non, Natalie est morte. J'étais totalement incapable de concevoir ce qu'elle trafiquait.

– Les lettres cachées dans le tiroir fermé à clé... c'étaient les siennes ?

– Oui. Après que j'ai rompu, elle a continué à m'en envoyer. Elles étaient… délirantes. C'était fascinant, tellement c'était répugnant.

– Je vois, marmonna-t-elle, maussade.

– Maintenant, c'est fini. Et je te demande de me donner une autre chance.

Il se rapprocha sur le canapé ; avec précaution, il entoura de son bras les épaules d'Emma.

– Pour que je devienne cet homme respectable. J'ai la certitude de pouvoir être cet homme-là. Il nous faut repartir de zéro. Nous préparer pour notre bébé. Prouver que Natalie n'a pas détruit notre rêve.

Emma était trop désemparée pour articuler un mot.

– Écoute, je ne suis pas doué pour ça. Toute ma vie, j'ai méprisé mon père, en me conduisant exactement comme lui. J'ai toujours été doué pour fuir, pas pour rester. Mais quand j'ai prononcé ce serment le jour de notre mariage, j'ai parlé du fond du cœur. Je me suis engagé vis-à-vis de toi et de notre bébé. De nos enfants. C'est toi la tête pensante, Emma. Aide-moi à comprendre comment faire.

Le séduisant visage de David était tout près, ses yeux tristes sondaient ceux d'Emma. Elle voulait par-dessus tout lâcher prise et se blottir dans ses bras. Elle se détourna, regarda la nuit par les fenêtres et songea au printemps, quand le bébé naîtrait. Comme elle languissait après ces longues soirées, ces crépuscules bleu tendre. Plus d'obscurité, de noir.

Elle fit face à David.

– Après notre rencontre, tu as couché de nouveau avec elle ?

– Non.

Oui, non. Qu'est-ce que cela prouvait ? Comment savoir ?

– Je ne t'ai pas trompée, Emma. Je ne te tromperai jamais.

– Comment puis-je te croire ?
– Je n'ai pas la réponse à cette question.
– Jure-le. Jure sur la vie de notre bébé.
David hésita.
– Non, je refuse. Laisse notre bébé en dehors de ça. C'est une histoire entre toi et moi.
Elle en fut surprise, mais ces paroles la soulagèrent. Elle lui avait posé une condition irréalisable. Tous les amants se promettent d'être sincères. Et ils l'étaient, du moins à cet instant-là, de tout leur cœur. Mais un parent, un père, ne se sert pas de la vie de son enfant simplement pour atteindre son but. Par son refus, il l'avait en fait convaincue que recommencer n'était peut-être pas impossible. Pas moyen cependant de retrouver le bonheur fou, innocent, du jour de son mariage. Il lui faudrait du temps pour faire son deuil.
– Je pense que si je partais un peu chez ma mère, ça m'aiderait. J'ai besoin de réfléchir.
– Non, Emma. Réfléchis chez nous. Réfléchis avec moi. Je te laisserai tout l'espace que tu veux. Mais ce n'est pas le moment de nous séparer. Reste ici.
Il lui prit la main gauche, où brillait son alliance.
– Pour le meilleur et pour le pire. C'est ce que nous nous sommes promis.
Elle regarda sa main dans celle de David.
– Oui, nous nous le sommes promis, concéda-t-elle.
– Le meilleur va arriver.
Elle opina.
– On peut recommencer ? demanda-t-il.
Était-ce possible ? David n'était pas le prince charmant dont elle avait rêvé. Elle savait bien pourtant que le prince charmant n'existait pas.
Il lui baisa les doigts.
– Nous réussirons, Emma. Si tu peux me pardonner et nous permettre d'essayer, nous réussirons. Tous les trois. Toi, moi et notre bébé.

– Tous les trois, murmura-t-elle.

Elle se représenta son enfant endormi bien à l'abri au tréfonds d'elle. Elle voulait croire qu'ils formeraient une famille. C'était d'abord pour cela qu'elle l'avait épousé. Il n'était pas un prince, mais un homme comme tous les hommes. Leur vie ne serait pas parfaite, cependant c'était la vie qu'elle souhaitait. Pardonner serait un bon début. Elle hésita, puis se décida. Du bout des doigts, elle caressa le visage de David et, dans son cœur, rendit grâce.

REMERCIEMENTS

Un grand merci au Dr Jacqueline Moyerman pour sa perspicacité, son savoir et ses propos passionnants. Merci également, comme toujours, à l'équipe qui m'a gardée sur le bon chemin tout au long de ce périple : Art Bourgeau, Sara Bourgeau, Meg Ruley, Jane Berkey et Maggie Crawford.

Merci également à Louise Berks pour ses superbes livres de poche, à Peggy Gordjin qui m'a emmenée d'un port étranger à l'autre, ainsi qu'à toute l'équipe d'Albin Michel à Paris, particulièrement à Tony Cartano, Francis Esménard, Joëlle Faure, Danielle Boespflug, Sandrine Labrevois et Florence Godfernaux, tous si attentionnés.

DU MÊME AUTEUR

Aux Éditions Albin Michel

UN ÉTRANGER DANS LA MAISON, 1985.

PETITE SŒUR, 1987.

SANS RETOUR, 1989.

LA DOUBLE MORT DE LINDA, 1994.

UNE FEMME SOUS SURVEILLANCE, 1995.

EXPIATION, 1996.

PERSONNES DISPARUES, 1997.

DERNIER REFUGE, 2001.

UN COUPABLE TROP PARFAIT, 2002.

ORIGINE SUSPECTE, 2003.

LA FILLE SANS VISAGE, 2005.

« *SPÉCIAL SUSPENSE* »

MATT ALEXANDER
Requiem pour les artistes

STEPHEN AMIDON
Sortie de route

RICHARD BACHMAN
La Peau sur les os
Chantier
Rage
Marche ou crève

CLIVE BARKER
Le Jeu de la Damnation

INGRID BLACK
Sept jours pour mourir

GILES BLUNT
Le Témoin privilégié

GERALD A. BROWNE
19 Purchase Street
Stone 588
Adieu Sibérie

ROBERT BUCHARD
Parole d'homme
Meurtres à Missoula

JOHN CAMP
Trajectoire de fou

CAROLINE CARVER
Carrefour sanglant

JOHN CASE
Genesis

PATRICK CAUVIN
Le Sang des roses
Jardin fatal

JEAN-FRANÇOIS COATMEUR
La Nuit rouge
Yesterday
Narcose
La Danse des masques
Des feux sous la cendre
La Porte de l'enfer
Tous nos soleils sont morts
La Fille de Baal

CAROLINE B. COONEY
Une femme traquée

HUBERT CORBIN
Week-end sauvage
Nécropsie
Droit de traque

PHILIPPE COUSIN
Le Pacte Pretorius

DEBORAH CROMBIE
Le passé ne meurt jamais
Une affaire très personnelle

VINCENT CROUZET
Rouge intense

JAMES CRUMLEY
La Danse de l'ours

JACK CURTIS
Le Parlement des corbeaux

ROBERT DALEY
La nuit tombe sur Manhattan

GARY DEVON
Désirs inavouables
Nuit de noces

WILLIAM DICKINSON
Des diamants pour Mrs Clark
Mrs Clark et les enfants du diable
De l'autre côté de la nuit

MARJORIE DORNER
Plan fixe

FRÉDÉRIC H. FAJARDIE
Le Loup d'écume

FROMENTAL/LANDON
Le Système de l'homme-mort

STEPHEN GALLAGHER
Mort sur catalogue

CHRISTIAN GERNIGON
La Queue du Scorpion
(Grand Prix de littérature policière 1985)
Le Sommeil de l'ours
Berlinstrasse
Les Yeux du soupçon

JOHN GILSTRAP
Nathan

MICHELE GIUTTARI
Souviens-toi que tu dois mourir

JEAN-CHRISTOPHE GRANGÉ
Le Vol des cigognes
Les Rivières pourpres
(Prix RTL-LIRE 1998)
Le Concile de pierre

SYLVIE GRANOTIER
Double Je
Le passé n'oublie jamais
Cette fille est dangereuse

AMY GUTMAN
Anniversaire fatal

JAMES W. HALL
En plein jour
Bleu Floride
Marée rouge
Court-circuit

JEAN-CLAUDE HÉBERLÉ
La Deuxième Vie de Ray Sullivan

CARL HIAASEN
Cousu main

JACK HIGGINS
Confessionnal

MARY HIGGINS CLARK
La Nuit du Renard
(Grand Prix de littérature policière 1980)
La Clinique du Docteur H.
Un cri dans la nuit
La Maison du guet
Le Démon du passé
Ne pleure pas, ma belle
Dors ma jolie
Le Fantôme de Lady Margaret
Recherche jeune femme aimant danser
Nous n'irons plus au bois
Un jour tu verras...
Souviens-toi
Ce que vivent les roses
La Maison du clair de lune
Ni vue ni connue
Tu m'appartiens
Et nous nous reverrons...
Avant de te dire adieu
Dans la rue où vit celle que j'aime
Toi que j'aimais tant
Le Billet gagnant
Une seconde chance
La nuit est mon royaume
Rien ne vaut la douceur du foyer
Deux petites filles en bleu

CHUCK HOGAN
Face à face

KAY HOOPER
Ombres volées

PHILIPPE HUET
La Nuit des docks

GWEN HUNTER
La Malédiction des bayous

PETER JAMES
Vérité

TOM KAKONIS
Chicane au Michigan
Double Mise

MICHAEL KIMBALL
Un cercueil pour les Caïmans

LAURIE R. KING
Un talent mortel

STEPHEN KING
Cujo
Charlie

JOSEPH KLEMPNER
Le Grand Chelem
Un hiver à Flat Lake
Mon nom est Jillian Gray

DEAN R. KOONTZ
Chasse à mort
Les Étrangers

NOËLLE LORIOT
Le Tueur est parmi nous
Le Domaine du Prince
L'Inculpé
Prière d'insérer
Meurtrière bourgeoisie

ANDREW LYONS
La tentation des ténèbres

PATRICIA MACDONALD
Un étranger dans la maison
Petite Sœur
Sans retour
La Double Mort de Linda
Une femme sous surveillance
Expiation
Personnes disparues
Dernier refuge
Un coupable trop parfait
Origine suspecte
La Fille sans visage

JULIETTE MANET
Le Disciple du Mal

PHILLIP M. MARGOLIN
La Rose noire
Les Heures noires
Le Dernier Homme innocent
Justice barbare
L'Avocat de Portland
Un lien très compromettant

DAVID MARTIN
Un si beau mensonge

LISA MISCIONE
L'Ange de feu

MIKAËL OLLIVIER
Trois souris aveugles
L'inhumaine nuit des nuits

ALAIN PARIS
Impact
Opération Gomorrhe

DAVID PASCOE
Fugitive

RICHARD NORTH PATTERSON
Projection privée

THOMAS PERRY
Une fille de rêve
Chien qui dort

STEPHEN PETERS
Central Park

JOHN PHILPIN/PATRICIA SIERRA
Plumes de sang
Tunnel de nuit

NICHOLAS PROFFITT
L'Exécuteur du Mékong

PETER ROBINSON
Qui sème la violence...
Saison sèche
Froid comme la tombe
Beau monstre
L'été qui ne s'achève jamais
Ne jouez pas avec le feu
Étrange affaire

FRANCIS RYCK
Le Nuage et la Foudre
Le Piège

RYCK EDO
Mauvais sort

LEONARD SANDERS
Dans la vallée des ombres

TOM SAVAGE
Le Meurtre de la Saint-Valentin

JOYCE ANNE SCHNEIDER
Baignade interdite

THIERRY SERFATY
Le Gène de la révolte

JENNY SILER
Argent facile

BROOKS STANWOOD
Jogging

WHITLEY STRIEBER
Billy
Feu d'enfer

MAUD TABACHNIK
Le Cinquième Jour
Mauvais Frère
Douze heures pour mourir
J'ai regardé le diable en face

THE ADAMS ROUND TABLE PRÉSENTE
Meurtres en cavale
Meurtres entre amis
Meurtres en famille

ISBN 2-226-17344-7
ISSN 0290-3326
N° d'édition : 24456 – N° d'impression :
Dépôt légal : septembre 2006.